唐代《诗经》学与诗学

经典诠释及其对诗学的影响

唐婷　著

学苑出版社

图书在版编目（CIP）数据

唐代《诗经》学与诗学：经典诠释及其对诗学发展的影响／唐婷著. —北京：学苑出版社，2023.9
ISBN 978-7-5077-6733-9

Ⅰ. ①唐… Ⅱ. ①唐… Ⅲ. ①《诗经》–诗歌研究
Ⅳ. ①I207. 222 – 55

中国国家版本馆 CIP 数据核字（2023）第 147334 号

责任编辑：战葆红　李蕊沁
出版发行：学苑出版社
社　　　址：北京市丰台区南方庄 2 号院 1 号楼
邮政编码：100079
网　　　址：www. book001. com
电子邮箱：xueyuanpress@163. com
联系电话：010 – 67601101（营销部）、010 – 67603091（总编室）
印　刷　厂：北京建宏印刷有限公司
开本尺寸：880 mm×1230 mm　1/32
字　　　数：202 千字
印　　　张：12. 375
版　　　次：2023 年 9 月第 1 版
印　　　次：2023 年 9 月第 1 次印刷
定　　　价：50. 00 元

目　录

绪　论

一、《诗经》与《诗经》学 …………………………………………… 1

二、唐代《诗经》学研究综述 ………………………………… 7

三、本书的研究构想与思路 ………………………………… 20

第一章　唐代初期《毛诗》诠释体系的传承与诗学新论

第一节　汉唐《毛诗》诠释体系的构建与传承 ……………… 25

一、从兴到兴喻:《毛诗》诠释体系的构建 ………… 25

二、《毛诗正义》对《毛诗》诠释体系的传承 ………… 38

第二节　《正义》外的《诗经》诠释及其价值取向 ……… 87

一、经典注疏中的《诗经》诠释 ……………………… 88

二、陆德明《毛诗音义》的诠释特征 ………………… 102

三、颜师古《汉书注》中的《诗经》学 ……………… 109

四、李善《文选注》的《诗》学价值 ………………… 148

第三节　《毛诗》诠释体系影响下的诗学新论 ……… 166

一、"诗缘政作"的诗学新命题 ……………………… 167

二、古典诗学"兴象"论的生成 ……………………… 184

第二章　唐代中期科举变革背景下的"诗教"说及"讽喻诗"

第一节　科举变革与"诗教"说兴起 …………………………… 199

一、科举之弊与诗风浮靡 …………………………… 201

二、强调"诗教"的变革说 …………………………… 205

第二节　《明经策问》对"诗教"的考察 …………………… 210

第三节　《策林》中的"讽教"观与"讽喻诗" …………… 227

一、《策林》与白居易的"讽教"观 ……………… 229

二、白居易对"讽教"的诠释 ……………………… 234

三、"讽教"与"讽喻诗"的创作 ………………… 236

第三章　唐代中期儒学复兴思潮下的《诗》学新说

第一节　儒学复兴与《诗》学新说 ……………………… 249

一、儒学复兴思潮的兴起 …………………………… 250

二、以情理为重的《诗》学新说 ………………… 253

第二节　韩愈颠覆"子夏作《序》"及其影响 ………… 260

一、"子夏作《序》"说的提出 …………………… 261

二、韩愈颠覆"子夏作《序》" ………………… 266

三、颠覆"子夏作《序》"的《诗》学影响 …… 274

第三节　成伯玙对"子夏作《序》"的再诠释 ……… 280

第四章　唐代晚期《诗》学背离传统与诗学重"缘情"

第一节　由《诗》入《骚》的诗学转向 ……………… 289

一、"诗格"对"三体三辞"的背离 …………… 290

二、"诗格"对"比兴"的重新诠释 ·········· 296

三、由《诗》入《骚》的诗学特征 ·········· 300

第二节 "反道缘情"的诗学观念 ·········· 306

一、"反道"论的出现 ·········· 307

二、以"缘情"为主的诗歌创作 ·········· 314

第三节 祖述"诗教"与崇尚"楚骚" ·········· 324

一、祖述"诗教"的诗学理论 ·········· 325

二、崇尚"楚骚"的诗学实践 ·········· 336

结　语　《诗》学与诗学的交融:唐代《诗经》学的发展迹象

一、唐代《诗经》学对《毛诗》学的继承与发展 ·········· 345

二、唐代《诗经》学逐渐诗学化的发展趋势 ·········· 348

三、唐代《诗经》学的学术价值 ·········· 350

附　录

一、唐代《诗经》学著作目录 ·········· 353

二、唐代《诗经》学资料汇编 ·········· 362

后　记

·········· 378

参考文献

·········· 379

绪　论

一、《诗经》与《诗经》学

　　《诗经》作为儒家"六经"之一,在四部分类中属于"经部",20世纪以前都是将《诗经》视为"经"。而《诗经》的本质是诗、是文学的。目前,文学史对《诗经》的普遍定义是:"《诗经》是我国第一部诗歌总集,共收入自西周初期(公元前 11 世纪)到春秋中叶(公元前 6 世纪)500 余年间的诗歌 305 篇(《小雅》中另有 6 篇'笙诗',有目无辞,不计在内),最初称《诗》,汉代儒者奉为经典,乃称《诗经》。"①这里强调《诗经》是诗歌总集的同时,也特意说明了从《诗》到《诗经》的过程。《诗经》具有双重身份,这是其随着主流文化的精神发展而独有的内涵,是其厚重、深刻、耐人寻味的特质,对于开展《诗经》研究来说,认识其双重身份是首要前提②。

　　"在心为志,发言为诗"(《诗序》),诗是先民抒发内心情感志意的产物,故而"心之忧矣,我歌且谣"(《园有桃》),"君子作歌,维以告哀"(《四月》),"家父作诵,以究王讻"(《节南山》),"寺人孟子,作为此诗,凡百君子,敬而听之"(《巷伯》),这些诗都是因诗人

---

　　①　章培恒、骆玉明主编:《中国文学史》(上),复旦大学出版社,1996 年,第 81 页。

　　②　刘毓庆提道,须清楚"《诗经》的双重身份,她既是'诗',也是'经'。'诗'是她自身的素质,而'经'则是社会与历史赋予她的文化角色。作为'诗',她传递的是先民心灵的信息;而作为'经',她则肩负着承传礼乐文化、构建精神家园的伟大使命"。(《从文学到经学——先秦两汉诗经学史论》,华东师范大学出版社,2009 年,第 1－2 页)

情感涌动、排遣志意而自然发生的。正是"六情静于中,百物荡于外,情缘物动,物感情迁"(《毛诗正义序》),见关雎而思淑女君子,见葛覃而思是刈是濩,见桃夭而思宜其室家,因所见而有所感,因所感而有所思,因所思而有所言,重章叠唱乃反复致意,字里行间总关乎人情,如思念君子便再三说"振振君子,归哉归哉"(《殷其雷》),心意已定便坚决地说"之死矢靡它!母也天只,不谅人只"(《柏舟》),投桃报李便欢欣地说"匪报也,永以为好也"(《木瓜》),都是先民质朴情感、真挚心灵的记录,故子曰"《诗三百》,一言以蔽之,曰思无邪"(《为政》)。朱熹云:"大率古人作诗,与今人作诗一般,其间亦自有感物道情,吟咏情性。"①及近现代,胡适先生说:"用文学的眼光来读《诗》。没有文学的鉴赏力和想象力的人,不能读《诗》。"②朱东润先生说:"《诗三百篇》不妨认为诸夏民族的乐歌集。"③孙机先生说《诗经》:"是以纯文学的面貌出现的。尽管《雅》《颂》和一部分《国风》包含着丰富的史料,在对祖先的颂扬中,历数其功烈,又不妨看作是用诗的语言叙述的历史。"④以上皆肯定《诗》作为文学的灵动生命。在汉至明清的经典诠释中,阐述经义

---

①　黎靖德编:《朱子语类》,中华书局,1986年,第2076页。

②　胡适:《记关于〈诗经三百篇〉的演讲》,《胡适学术文集·中国文学史》,中华书局,1998年,第411页。

③　朱东润:《怎样读〈诗经〉》,《朱东润文存》(下),上海古籍出版社,2014年,第768页。

④　孙机:《诗经名物新证序》,载扬之水:《诗经名物新证》,天津教育出版社,2012年,第4页。

之余往往也顾及《诗》终究是"诗"的本质①，但毕竟不是关注的重点。因此，古史辨派代表顾颉刚先生说："《诗经》是一部文学书"，"我们既知道它是一部文学书，就应该用文学的眼光去批评它，用文学书的惯例去注释它，才是正办"，"二千年来的《诗》学专家闹得太不成样子了，它的真相全给这一辈人弄糊涂了"，进而以《诗》如古碑、旧说如盘满古碑的藤蔓为喻，提出要斩除藤蔓才能见古碑真

---

①　对《诗经》本质是"诗"的认识决定了《诗经》的文学阐释。汪祚民先生提道，《诗经》研究的各阶段都有文学阐释，先秦时期，通过赋诗引诗表现出"一种感性审美的文学阐释"；两汉时期，文学创作开始增多"对《诗》的语句、情境、形象"的化用重构，"多具有文学鉴赏与阐释的属性"；魏晋南北朝时期，《诗》的文学阐释活跃，表现在"文学品赏""总结艺术形式""创作取法于《诗》"等多方面；隋唐时期，《诗》学研究总结《诗》在字词章句、文势等方面的艺术特征，诗歌创作以《诗》为审美典范，表现出文学与经学的融通。宋至明清，文学阐释逐渐深化，尤其明代《诗经》文学评点著作大量涌现，表明文学阐释与经学阐释一样被重视。(《〈诗经〉文学阐释史（先秦隋唐）》，第 10 – 14 页，人民文学出版社，2005 年) 代《诗经》诠释转向文学，又详见刘毓庆《从经学到文学——明代〈诗经〉学史论》，书中提到明代《诗经》学最突出的贡献在于"这个时代第一次用艺术心态面对这部圣人的经典，把它纳入了文学研究的范畴"，除涌现出大量《诗经》文学研究专著与大批《诗》学名家外，还出现了各种不同的流派，表明"《诗经》的文学研究思潮，已以绝对的优势，压倒了经学研究，使《诗经》研究走上了新的发展道路"(《自序》，商务印书馆，2003 年)。其他，专论性质的论著、论文也多提到对《诗》的文学阐释，如韩宏韬《〈毛诗正义〉研究》、白长虹《〈毛诗正义〉的辨体观》、蒋立甫《欧阳修是开拓〈诗经〉文学研究的第一人》、莫砺锋《从经学走向文学：朱熹"淫诗"说实质》、檀作文《朱熹对〈诗经〉文学性的深刻体认》、郑伟《"诗可以观"与〈诗经〉的文学阐释学——以欧阳修、苏辙的诗经学为中心》、何海燕《清代〈诗经〉的文学阐释及其文学史意义》等，以上成果说明，在以经学诠释为主的《诗经》研究历程中皆有文学阐释的存在。

容的主张①。此后，学者们纷纷将《诗》定义为"诗歌"集子展开阐述②，反又抹杀了《诗》作为"经"承载礼乐文化、影响社会风俗的意义。

不可否认，《诗经》是"经"。宋代周紫芝云："诗之作，虽出于国史、贱隶与夫闺门妇女之口，类皆托于鸟兽草木以吟咏其性情，观其辞致高远，所以感人心而格天意者，委曲而尽情，优游而不迫，以先王之泽犹在，礼义之风未泯，是以言皆合于圣人之旨，非是则删而去之矣。"③这是《诗》之所以成为"经"的内在条件，真正被视为"经"其实是从孔子起。孔子编订《诗》，确立"六经"为传承文化的经典系统，《诗》就转而具有了"经"的意义④。太炎先生说："布彰六籍，令人人知前世废兴，中夏所以创业垂统者，孔氏也。"⑤孔子订"六经"是为了垂世立教，修复世道人心。其中"温柔敦厚，《诗》教也"，指《诗》依违讽谏、不指切事情，发乎情而止乎礼义，这是《诗》所承载的礼乐文化的精髓，也是经义之所在。故《诗序》云："先王以是经夫妇，成孝敬，厚人伦，美教化，移风俗"，孔颖达云：

---

① 顾颉刚：《诗经的厄运与幸运》，(上海)商务印书馆，1924年，第1－2页。

② 古史辨派发声之后，近现代《诗经》研究多以文学阐释为主，如游国恩：《周代的诗歌——诗经三百篇》，《教师报》1956年7月31日—8月3日；褚斌杰：《我国最早的一部诗歌总集——诗经》，《读书月报》1956年第10期；马积高：《诗经——我国第一部诗歌选集》，《语文教学》1978年第2期，刘高权：《我国第一部诗歌总集——诗经》，《语文函授》1978年第5期，同题的还有张耶发于《北京日报》(1978年6月27日)、叶晨晖发表于《太原文艺》(1980年第1期)、武显漳发表于《云南教育》(1980年第1期)、阴法鲁发表于《词刊》(1981年第3期)等，可见一时风气。(寇淑慧：《二十世纪诗经研究文献目录》，学苑出版社，2001年，第21－22页)

③ 《毛诗讲义序》，《经义考新校》第1958页所引，上海古籍出版社，2010年。

④ 刘毓庆：《从文学到经学·序》，华东师范大学出版社，2009年。

⑤ 章太炎：《订孔》，《章太炎论学集》，商务印书馆，2019年，第297页。

"夫诗者,论功颂德之歌,止僻防邪之训,虽无为而自发,乃有益于生灵"(《毛诗正义·序》),朱熹云:"诗之为经,所以人事浃于下,天道备于上,而无一理之不具也"(《诗集传·序》),因此,在经典诠释中,《关雎》不是"贵族青年的恋歌",而是"后妃之德",后妃"乐得淑女以配君子,忧在进贤,不淫其色,哀窈窕,思贤才,而无伤善之心";《葛覃》不是"女子准备回家探望爹娘的诗",而是"后妃之本","后妃在父母家,则志在于女功之事,躬俭节用,服澣濯之衣,尊敬师傅,则可以归安父母,化天下以妇道";《桃夭》不是"贺新娘的诗"①,而是"后妃之所致",言"不妒忌,则男女以正,婚姻以时,国无鳏民"②,《诗》不仅要表达情感心灵,还要对现实政治、社会风俗起到引导规劝的作用。比起《诗》之为诗,《诗》之为经的作用影响更深刻、更久远。"经也者,恒久之至道,不刊之鸿教"③,在经学家的观念里,《诗经》即至道、鸿教,故从汉至清《诗经》研究不是重考据就是重义理,皆重在阐释风雅比兴、微言大义,《诗》作为"经"的权威地位从未动摇。

《诗经》亦诗亦经的双重身份,影响着历代《诗经》诠释。传统研究大都将《诗》作为"经",如何诠释就等同于如何挖掘"经义",以求为现实政治、社会人生提供理论支撑。先秦时,子曰:"《诗》可以兴、可以观、可以群、可以怨,迩之事父,远之事君,多识于鸟兽草木之名",重在启发心志、培养君子人格;孟子云"说《诗》者,不以文害辞,不以辞害志。以意逆志,是为得之",重在追求诗人志意。汉末以至隋唐,《毛诗》一家独尊,学者皆遵《序》说诗,阐释礼乐政教,

---

① 程俊英、蒋见元:《诗经注析》,中华书局,1991 年,第 2、6、15 页。

② 《毛诗正义》卷一,《十三经注疏》,中华书局,2009 年,第 569、580、586 页。

③ 刘勰:《宗经》,《文心雕龙校注》,人民文学出版社,2008 年,第 21 页。

少有异义。有宋一代，废《序》存《序》之争兴起，对《诗》的诠释始见分立①。明清时期，或尊朱以阐发义理，或崇汉重在训诂考据，或另辟蹊径兴起评点之风，《诗经》诠释又各不同。及近现代，主张以文学的眼光重新审视《诗》，摒弃传统旧说，说《诗》又落入了文学赏析的窠臼。从汉到近现代，主流意识形态、主流学术思维随着时代而改变，对《诗经》的内容、性质、特点等就有不同诠释，体现出不同历史时期的《诗经》学②。本书以"唐代《诗经》学"为考察对象，包含唐人围绕《诗经》的内容、性质、特点、源流、派别等所做的一切研究及其观点、学说。基于对《诗经》双重身份的体认，唐代《诗》学呈

---

① 主张参考《诗序》者，欧阳修云："今考《毛诗》诸《序》与孟子说《诗》多和，故吾于《诗》常以《序》为证也。"（《诗本义》，《影印文渊阁四库全书》第70册，台湾商务印书馆，1986年，第294页）苏辙惟取首句，云："予存其一言而已。曰是诗言是事也，而尽去其余。"（《诗集传》，《影印文渊阁四库全书》第70册第315页）程子云："学《诗》而不求《序》，犹欲入室而不由户也。"（程颐：《河南程氏经说卷第三·诗解》，《二程集》，中华书局，2004年，第1046页）。主张以诗说诗者，张载云："置心平易，然后可以言《诗》。涵泳从容，则忽不自知而自解颐矣。"谢良佐云："学《诗》须先识得六义体面，而讽味以得之。古诗即今之歌曲。今之歌曲往往能使人感动，至学《诗》却无感动兴起处，只为泥章句故也。"（见《诗集传·诗传纲领》所引，第10-11页）朱熹云："今人不以《诗》说《诗》，却以《序》解《诗》，是以委曲牵合，必欲如序者之意，宁失诗人之本意不恤也"，"去了《小序》，只玩味《诗》词，却又觉得道理贯彻"，又"读《诗》之法，只是熟读涵味，自然和气从胸中流出，其妙处不可得而言。不待安排措置，务自立说，只恁平读着，意思自足。"（黎靖德：《朱子语类》第2077、2078、2086页）

② 关于"《诗经》学"的定义，洪湛侯先生说："诗经学是研究《诗经》的内容、性质、特点、源流、派别的一门学问。"（《诗经学史》，中华书局，2002年，第9页）胡朴安认为："诗经学者，关于《诗经》之本身，及历代治《诗经》者之派别，并据各家之著作，研究其分类，而成一有统系之学也。"（《诗经学》，岳麓书社，2010年，第1页）二者分别代表了狭义与广义两种说法，本书中"《诗经》学"取狭义之说。

现形式多样,除仅有的《诗》学专著外,还见于诗格诗话、科举策问、诗赋论文等。与专著占到《诗》学资料绝大比重的其他历史时期相比,唐代《诗》学的大部分资料多是隐藏在诗学发展的背后,这是尤其值得关注的特征,故本书考察唐代《诗经》学,就势必要涉及《诗经》学对诗学发展的影响。

二、唐代《诗经》学研究综述

在历代《诗经》学研究中,"唐代《诗经》学"并不是关注的重点。之所以如此,一是资料太有限,唐代《诗》学专著总共 14 部,仅存 3 部①,其余散见的资料也并不算多。再者,前期研究认为唐代《诗》学缺乏鲜明的、独立的学术特征,或略去不提,或一两句带过,胡朴安《诗经学》仅言《正义》以刘焯、刘炫为本,"孔氏之疏,专明毛郑之义"②;谢无量《诗经研究》仅一句"唐太宗诏诸儒修《五经正

---

①　据《历代诗经著述考(先秦—元代)》,唐代《诗》学著作 15 部,分别是:陆德明《毛诗音义》、颜师古《毛诗定本》、孔颖达《毛诗正义》、许叔牙《毛诗纂义》、王玄度《毛诗注》、刘迅《诗说三千言》、施士匄《诗说》、成伯玙《毛诗指说》《毛诗断章》、程修己《毛诗草木虫鱼图》《毛诗物象图》、令狐氏《毛诗音义》、贾岛《二南密旨》、张诉《毛诗别录》《吉日诗图》。(中华书局,2002 年,第117 - 128 页)其中,仅《毛诗音义》《毛诗正义》《毛诗指说》《二南密旨》存留至今,但《二南密旨》更偏重诗论,其实并非《诗经》学专著。所以,确切地说总共有 14 部,现存 3 部。虽《毛诗音义》在陈代已完成,皮锡瑞提到该书创始于陈后主元年,成书在未入隋以前。(《经学历史》,中华书局,2008 年,第 207 页)黄焯先生考证多家,亦认为此书在陈代已写成(《经典释文汇校》,中华书局,2006 年,第 967 页)今因《经典释文》广为人知是在贞观年间,《旧唐书》载贞观十六年"唐太宗阅德明音义,美其弘益学",故将《毛诗音义》划入唐代《诗》学。刘毓庆:《历代诗经著述考(先秦—元代)》,中华书局,2002 年。
②　胡朴安:《诗经学》,(上海)商务印书馆,1931 年,第 95 页。

义》,孔颖达独取《毛诗郑笺》作疏,自是唐代言诗,总不出《正义》范围,没有其他新发明之处"①来概括;傅斯年先生《泛论诗经学》直接跳过唐代,在《毛诗》过后就是"宋代诗学"②。有这些的前期认识之后,唐代《诗经》学研究现状又如何,今考察相关成果,概述如下。

(一)《诗经》学史研究

此类言及唐代《诗经》学虽力求捕捉其特色,但限于概论,比较简略。如夏传才先生《〈诗经〉研究史概要》将汉至唐的《诗经》研究统称为"汉学",唐代部分仅提及《毛诗正义》,重在点明其继承汉学、统一学说③。洪湛侯先生《诗经学史》也仅论及《毛诗正义》与敦煌《诗经》文献④,总结出《正义》有"说解、文字、音训统一""集诗经汉学说解之大成""汉魏六朝毛诗学的文献库"三点价值;有"强毛从郑,依《笺》改经""疏不破注""引文彼此互异""杂引谶纬"四点不足,虽部分观点需商榷,但较前期研究已更细化。此外,承袭潘重规先生之论,再次强调了敦煌《诗经》卷子的价值。林业连先生《中国历代〈诗经〉学》唐代部分提及《正义》《指说》、施士匄《诗说》,及敦煌《诗经》资料⑤,但都过于精简,其中关于《正义》的阐述不过三五百字,乃引简博贤先生所论《毛诗正义》之乖谬;至于《指说》《诗说》则三五句内容概述,皆未展开详细探讨,但涉及的著作在增多。另有一些通论研究,还关注到了陆德明和颜师古。如田

---

① 谢无量:《诗经研究》,商务印书馆,1924 年,第 44 页。
② 傅斯年:《〈诗经〉讲义稿》,上海古籍出版社,2011 年,第 12 页。
③ 夏传才:《〈诗经〉研究史概要》,中州书画社,1982 年,第 102 页。
④ 洪湛侯:《诗经学史》,中华书局,2002 年,第241-259页。
⑤ 林业连:《中国历代诗经学》,花木兰文化出版社,2006 年,第126-142 页。

中和夫先生《汉唐诗经学研究》论及唐代《诗》学共 7 篇文章①,除
《正义》外,主要探讨了颜师古《汉书》注与《匡谬正俗》中关于《诗
经》的解释,资料搜集比较充分,但《汉书》颜注的《诗经》解释与
《汉书》的《诗经》解释需更明确的细化区分。戴维先生《诗经研究
史》按照唐代"初期""中晚期"而论②,"初期"除《正义》外,提及陆
德明《经典释文》,认为"带有南北朝著述特定,无多大新义,偏重于
音与名物";及颜师古《匡谬正俗》,认为"对南北朝时的谬言俗说,
多所匡正,侧重点在音韵方面"。"中晚期"则提及施士匄《诗说》
及成伯玙《毛诗指说》,肯定二者有新义,开宋人先河。以上都是从
经学研究的角度而论,而汪祚民先生《〈诗经〉文学阐释史》特意关
注了唐代《诗经》学中文学阐释的部分,提到《毛诗正义》对句法章
法的分析、以"文势"阐释、对作品的鉴赏等,及唐代文学理论批评、
李杜诗歌创作对《诗经》的接受与阐释③,尤其是后者体现了《诗
经》亦诗亦经身份对诗学的深刻影响,有助于更全面地认识唐代
《诗经》学。另外,以文献研究为主,刘毓庆《历代诗经著述考(先
秦—元代)》梳理唐代《诗经》学著述共 15 部,孙雪萍《隋与唐前期
〈诗经〉文献研究》④除讨论陆德明、颜师古、《毛诗正义》外,还论及
李善《文选注》、唐前期史注、类书中的《诗经》文献,具有一定参考

---

① 田中和夫:《汉唐诗经学研究》,凤凰出版社,2013 年,第 101 – 237
页。

② 戴维:《诗经研究史》,湖南教育出版社,2001 年,第 245 – 264 页。

③ 汪祚民:《诗经文学阐释史》,人民文学出版社,2005 年,第 302 –
362 页。

④ 孙雪萍:《隋与唐前期〈诗经〉文献研究》,山东大学 2010 年博士学位
论文。

价值。王长华、赵鹏鸽《唐代亡佚〈诗〉学著述考论》①对从唐初到开元亡佚的《诗》学著作、亡佚原因作考察，但并非是对唐代的《诗经》学亡佚著作考辨，此需辨明。综上，在通论研究中还未见专门研究"唐代《诗经》学"的著作，以上研究论及唐代还是重在关注《毛诗正义》，概括出《正义》的主要特色但未详细展开，多数散见的《诗》学资料也未提及，故唐代《诗经》学的整体风貌、发展历程、学术特征、价值意义等，都还有待更系统、更详细的考察。

（二）专题研究

按照内容大致归类，可分为以下 7 个专题。

1.《毛诗正义》专题研究

这是唐代《诗经》学研究的重头戏。从 20 世纪七八十年代到如今，50 年来以《毛诗正义》为关键词的论著论文有 396 篇，其中，近 20 年就达到了 254 篇，可见，21 世纪以来对《正义》的关注逐渐增多。此间出现的综合性研究有韩宏韬《〈毛诗正义〉研究》（中国社会科学出版社，2009 年），该书分"文献研究""经学研究"两部分论述，在文献研究中探讨"编撰性质""版本和体例""引书价值"，对《正义》"注""疏"分合、卷变问题有清晰论证，论及"引书"纠正补充了《毛诗注疏引书引得》的缺失。在经学研究中探讨"对《诗经》汉学的统一、发展与批评"，及"解经过程中体现的文学思想"，高度概括出经学诠释之"《诗序》观、编次观、体用观"与文学思想之"情志观、比兴观、语境观"，从文献、经学、文学思想三方面梳理辨证《毛诗正义》的版本流传、学术特征、价值意义等，提供了很多具有参考价值的论述。其余相关的论著论文各有侧重，成果丰硕：

（1）侧重思想内容研究。白长虹《〈毛诗正义〉的辨体观》（《诗

---

① 王长华、赵鹏鸽：《唐代亡佚〈诗〉学著述考论》，《文献》2010 年 10 月第 4 期。

经研究丛刊》2005 年第 2 期）、张立兵《论〈毛诗正义〉的学术成就》（扬州大学博士学位论文 2007 年）、杨金花《〈毛诗正义〉研究——以诗学为中心》（中华书局 2009 年）、赵鹏鸽《〈毛诗正义〉"孔子删〈诗〉"观及其成因》（《唐都学刊》2010 年第 3 期）、刘挺颂《孔颖达〈毛诗正义序〉探析》（《诗经研究丛刊》2011 年第 2 期）、赵鹏鸽《〈毛诗正义〉的〈诗序〉作者观》（《湖南科技学院学报》2011 年第 3 期）、赵鹏鸽《论〈毛诗正义〉的"诗缘政"说》（《文艺评论》2012 年第 6 期）、赵鹏鸽《〈毛诗正义〉的〈诗〉篇编次观》（《洛阳师范学院学报》2012 年第 10 期）、赵鹏鸽《〈毛诗正义〉"六义"观论略》（《河北师范大学学报》2014 年第 1 期）、赵鹏鸽《〈毛诗正义〉"比兴"观论略》（《中州学刊》2015 年第 10 期）、郑伟《"疏不破注"与"别开生机"——论孔颖达对毛诗学理论的创新阐释》（《山西大学学报》2017 年第 3 期）、潘忠伟《重情与非情：〈毛诗正义〉的"夫妇为兄弟"说》（《四川师范大学学报》2021 年第 1 期）、郑伟《孔颖达论诗、乐关系及其诗学史意义》（《中州学刊》2022 年第 3 期）、黄贞权《从〈诗〉学到诗学——孔颖达〈毛诗正义〉诗学思想研究》（武汉大学出版社，2022 年）等。张立兵文综合探讨了《正义》在经学、诗学方面的特征，从"对两汉旧注的继承与扬弃""对《诗经》编撰的探讨""教化理论""诗学观"四方面，但并未突出这些特征在《诗经》学史上的意义与影响。其余文章，或从经学上来考察，或从诗学上来考察。经学方面，赵鹏鸽发表了数量可观的一组文章，涉及"孔子删《诗》""《诗序》""诗缘政""六义""比兴""《诗》编次"等重点问题，分别论述了《正义》坚持"子夏作"的《诗序》观、提出"诗缘政"说的内涵及作用、首倡"三体三用"说及影响、强调圣人编诗深意的《诗》次观等，这组文章抓住了《正义》经学诠释的关键点，却有述过于论之嫌，在挖掘每个论题的《诗》学内涵、《诗》学价值上略显单薄。郑伟的两篇文章,其一《"疏不破注"与"别开生机"》提出"疏不破注"乃孔颖达在时代问题意识下的积极创造,出于为汉代诗学"寻找新的根据、释疑解惑并疏通毛诗学的意脉"。所论较深刻而具有启发意义,传统研究以"疏不驳注"非议《正义》,此文提出了独到的见解。另一篇《孔颖达论诗、乐关系及其诗学史意义》在梳理历代诗乐关系的基础上,提出孔颖达以"诗乐相将""诗为乐心"诸说定义诗乐关系,化解了秦汉以义说诗的矛盾,启发了宋代及后世以诗统乐的诗学理路。此文论证详明、言之有据,有助于厘清整个诗乐问题的发展脉络。此外,刘挺颂文根据《正义序》,分析了孔颖达强调"诗教"体现时代意识、引入"物感"说重视文学因素、彰显了客观平正的治《诗》理念。潘忠伟文侧重从儒家伦理学说的角度,分析《正义》继承刘炫"夫妇为兄弟"说的内涵及时代信息。所论较新颖,但时代信息仅限于北朝风俗伦理。诗学方面,白长虹《〈毛诗正义〉的辨体观》指出《正义》首次提出"体"这一概念及其含义,并将此与六朝文论、朱熹等人相关理论做比较分析,从中发现《正义》"辨体观"有传承六朝、下启朱熹的意义。杨金花、黄贞权则偏重考察提《正义》以文学解释,杨文提出"以文学手法解诗"有"以文势解""依韵解""以比兴解"三类,并分析了文学解诗的原因及影响、意义。黄文提出"阐释诗学论",也归纳出"以文势""以意象""以经"三种阐释方法,又按内容分为"历史地理""宗教民俗文化""文化人类学"方向加以分析。综上,既有研究已广泛涉及《毛诗正义》在经学阐释、文学阐释两方面的重点问题、核心概念、学术源流等,都取得了一定成果,相关论文或有交叉,但可互为补充,为全面了解《正义》特色、进一步阐释其《诗》学史意义提供了基础。

（2）侧重训诂研究,白长虹《〈毛诗正义〉串讲的体式与方法》（《辽宁大学学报（哲学社会科学版）》2003 年第 5 期）、赵鹏鸽《〈毛诗正义〉"疏不破注"论》(《洛阳理工学院学报》2014年第5期)、李娜《〈毛诗正义〉的注释体例与引书规则举例》(《社会科学论坛》2022年第3期)、田中和夫《〈毛诗正义〉中的"若然"之意管窥》《略谈〈毛诗注疏〉所见问答体构成的论证形式——简论关于"若然"的使用方法》(《汉唐诗经学研究》,凤凰出版社2013年),及高华娟《〈毛诗正义〉注释研究》(西南大学2013年硕士论文)、党代莉《〈毛诗正义〉训诂术语研究》(西北师范大学2011年硕士论文)等,以上研究总体上不外乎涉及训诂观念、训诂方式、训诂术语三类,训诂观念类,赵鹏鸽文指出《正义》对《传》《笺》常有违逆,学派观念并不突出;李娜文也重在分析"疏不破注",考察《正义》处理毛、郑异说的态度。训诂方式类,白长虹文归纳总结了《正义》的"串讲方式";高华娟文从注释原则、特点、不足与意义多方面总结《正义》注释的特征。训诂术语类,党代莉文将《正义》所使用的术语按内容分为了"释义""解释修辞""说明语法""校勘""说明音义关系"五种,分门别类加以分析。田中和夫的两篇文章侧重探讨在注疏过程中,《正义》所使用的"若然"一词的作用、意义及方式。总之,训诂研究以"疏不破注"为聚讼之端,或寻找突破(如赵鹏鸽文、郑伟文)、或是延续传统看法(如李娜文),论文皆提出了较详细的论证,可作一家之言,以资参考。

(3)侧重文献研究,许建平《敦煌经籍序录》卷三"诗经"(中华书局2006年)、许建平《敦煌〈诗经〉写卷研究综述》(《敦煌研究》2014年第1期)、王晓平《京都市藏唐抄本〈毛诗正义秦风残卷〉研究》(《天津师范大学学报》2005年第5期)、程苏东《〈毛诗正义〉所引〈定本〉考索》(《中国典籍与文化论丛》2010年)、徐建委《〈毛诗正义〉校文与刊本〈毛诗诂训传〉之渊源:以国家图书馆藏宋刊〈毛诗诂训传〉为例》(《文献》2012年第2期)、石立善《德国柏林旧藏吐鲁番出于唐写本〈毛诗正义〉残叶考》(《诗经研究丛刊》2013 年第 2 期)、程苏东《〈毛诗正义〉"删定"考》(《文学遗产》2016 年第 5 期)、董守志《〈毛诗正义〉校勘拾零》(《古籍整理研究学刊》2016 年第 4 期)、张新朋《敦煌吐鲁番出土〈诗经〉残片考辨四则》(《西南民族大学学报》2017 年第 4 期)、李振聚《〈毛诗注疏〉版本研究》(山东大学 2018 年博士学位论文)、王勇《东京国立博物馆藏古抄本〈毛诗正义〉残卷略探》(《国际中国文学研究丛刊》2020 年)、陈兵兵《台北故宫博物院藏日抄八行本〈毛诗注疏〉残本考略》(《中国典籍与文化》2021 年第 2 期),等等。以上研究分别涉及敦煌出土残卷、吐鲁番出土残卷、日本藏抄本残卷及"宋刊本"、《定本》等,其中"敦煌出土残卷"研究,许建平《敦煌经籍叙录》卷三"诗经"部分详细介绍了敦煌出土《毛诗正义》残卷《思齐》"4 行、《民劳》37 行的内容及情况,其《敦煌〈诗经〉写卷研究综述》则详细梳理了从 1911 年以来对敦煌《毛诗》写本的研究情况,从这两篇力作可见敦煌《毛诗》写本的内容及研究梗概。"吐鲁番出土残卷"研究,据石立善文,德国柏林旧藏吐鲁番出土的唐写本《诗经》残叶存 23 行 374 字,石文对此写本的出土时间及地点、名称、抄写年代做了分析,并以南宋刊十行本、阮刻本与此互校。张新朋就日本龙谷大学所藏的吐鲁番出土《诗经》残片 5 片做分析,整理缀合成 4 个抄本断片,反映出当时在敦煌、吐鲁番地区《诗经》的文本体系及其流传情况。"日藏抄本残卷"研究,王晓平将京都市所藏的唐抄本《秦风》残卷(包含《小戎》《蒹葭》两篇及《正义》部分内容共 67 行),逐字与阮刻本《毛诗注疏》对校研究;王勇对东京国立博物馆藏唐抄本《毛诗正义》残卷(包含《大雅·韩奕》二章、《江汉》全篇)的异文作对校研究。陈兵兵则对台北故宫博物院所藏的日抄"八行本"残卷的注疏特点、价值做了分析。"宋刊本",徐建委主要是通过《毛诗正义》中的校勘文字,对国图所藏南宋刊本《毛诗故训传》(二十卷)作对校研究,最终提出"《毛诗正义》不仅集汉唐《毛诗》学之大成,其校文也是影响唐写本与宋刊本之间过渡的重要因素之一"。"定本"研究,程苏东根据《毛诗正义》征引体例认为所引《定本》就是颜师古的《定本》无疑,并对《正义》的内部结构做了深入分析,提出疏文包括了二刘旧疏和唐人补疏两个层次(此亦为其《〈毛诗正义〉删定考》主要内容),二刘旧疏占主体部分。此外,"综合研究"则有李振聚博士学位论文《〈毛诗注疏〉版本研究》,"上编"论及《注疏》之"体式""校勘""传刻","下编"细分"经注本""经注附释文本""单疏本""注疏本""经注疏附释文本"作考证分析,可谓《正义》"版本研究"的集大成之作。以上,文献研究材料翔实、论证严谨,为了解《正义》的编撰体例、版本流传、文本体系、社会传播等提供了有力的结论,具有极其重要的参考价值。

综上,从思想内容、训诂、文献三方面,将近年来的相关论著论文按类分析,目前已有成果涉及《正义》在经学阐释、诗学思想、版本流传、诠释体例、社会传播等多方面的情况、特征与意义,虽不乏从《诗经》学史的角度来分析相关成就及影响,但多是据所研究的某一方面考镜源流,汉唐《诗经》传承发展的主线其实尚不明确,现有成果为我们全面系统地考察唐代《诗经》学提供了坚实基础。

2. 颜师古《诗经》学研究

颜师古《诗经》学的相关资料见于《匡谬正俗》《汉书注》。除部分《诗经》学史论及外,相关论文如田中和夫《颜师古〈匡谬正俗〉中有关〈诗经〉的注释》(《汉唐诗经研究》第 165 页),以《诗经》篇目为序重新编排《匡谬正俗》中的相关解释,但并未对这些解释的价值、影响给予分析。田中和夫《〈汉书〉颜师古注关于〈诗经〉的解释》《〈汉书〉颜师古注中的颜师古诗经学》,此前文已论。潘

铭基《〈汉书〉颜师古注引〈诗〉及其注解析论:兼论朱熹〈诗集传〉
释义对颜注之继承》(《中国文化研究所学报》2013 年第 1 期),分
析《汉书》颜注引《诗》作注的情况,及颜师古注所见"三家诗"遗
说、朱熹释义对颜注的采用,提出颜注引《诗》65% 本毛郑,在毛郑
之间择善而从。其另一篇《论颜师古释经与〈五经正义〉之异同》
(《中国文化》2020 年第 1 期) 中论及"《诗经》"部分,将颜注引
《诗》与《正义》比较研究,提出颜注与《正义》实同多异少。田汉云
《颜师古〈汉书注〉之〈诗经〉学初探》(《隋唐五代经学国际研讨会
论文集》,"中研院"中国文哲研究所 2009 年),分析了颜师古家学
渊源、注释引《诗》类型、引用"四家"诗的情况及个别新解。以上,
专论颜师古《诗经》学的文章相对较少,主要都围绕引用毛、郑及三
家诗而展开,基本上确定颜师古主体上遵从毛、郑,另外,《汉书》颜
注保存了部分"三家诗"资料,具有重要的文献价值。

　　3. 成伯玙《毛诗指说》研究

　　除通论有所涉及外,论及成伯玙《诗经》研究的论文有侯美珍
《成伯玙〈毛诗指说〉之研究》(《河北学刊》1997 年第 2 期),张启成
《成伯玙〈毛诗指说〉新探》(《贵州教育学院学报》1997 年第 4 期),
金凌霞《成伯玙〈毛诗指说〉研究》(河北大学 2007 年硕士论文),
陈岳圆、李晶晶《陈伯玙〈毛诗指说〉之渊源考论》(《湖北成人教育
学院学报》2011 年第 1 期),以上诸篇都关注到成伯玙诠释《诗经》
的创见:一是《诗序》作者问题,提出首句子夏作,二是论《文体》,从
文学角度解诗。

　　4. 陆德明《毛诗释文》研究

　　有关陆德明的论文多整体考察《经典释文》在音训、异体字、引
文等方面的特征,具体涉及《毛诗释文》的论文有,吕冠南《陆德明
〈毛诗释文〉失校〈韩诗·二雅〉异文考》(《汉语言文学研究》2017

年第 3 期)、《陆德明〈毛诗释文〉失校〈韩诗·三颂〉异文考》(《图书馆理论与实践》2018 年第 2 期),韩宏韬《〈毛诗正义〉与〈毛诗释文〉的关系考辨》(《文艺评论》2012 年第 2 期),吕冠南的两篇文章都是结合其他古籍征引,补充《释文》遗漏的《韩诗》异文,"二雅"45 则、"三颂"9 则。但所谓"失校"尚可商榷,且异文既见于其他古籍,做此补充意义又何在?韩宏韬文重在分析《正义》与《释文》之关系,从引书形式不同、频率迥异、详略有别、观点相左四方面,得出"《正义》的成书和《释文》之间没有必然的联系"。

5. 李善《诗经》学研究

李善《诗经》学资料见于《文选注》。相关论文有,程苏东《〈文选〉李善注征引〈韩诗〉异文研究》(《信阳师范学院学报》2009 年),马昕《〈文选〉李善注引〈毛诗〉异文研究》(《文献》2013 年第 2 期),赵鹏鸽《李善〈文选〉征引〈毛诗笺〉论析》(《古籍整理研究学刊》2015 年第 4 期)、《〈文选〉注中的〈诗经〉学研究述论》(《诗经研究丛刊》2020 年第 1 期),杨艳琼《〈文选〉李善注引三家〈诗〉考》(华中师范大学 2013 年硕士论文),刘高尚《〈文选〉李善注引经部佚书考》(郑州大学 2015 年硕士论文),等等。以上,程、马两篇文章侧重考辨李善引《诗》异文,程苏东根据李善征引《韩诗》体例对所引的《韩诗》异文做了考辨;马昕通过将唐写本李善注与今本《毛诗》对勘,发现李善所引《毛诗》异文 146 条,据此详细阐述了异文的学术价值。赵鹏鸽则分析了李善引《毛诗笺》缺字、改字、断章取义的现象,也属于考辨异文。杨艳琼全面梳理了李善《文选注》引"三家诗"的情况,并对每条引文做了细致考辨,文末附录引三家《诗》索引,为相关研究提供了便利。刘高尚重在考察《文选注》所录佚著,其中"《诗》类"部分过于粗略,仅列佚著名称缺乏详细考证,所列多部《诗》学著作其实并非佚著。

6. 韩愈《诗经》学研究

韩愈论及《诗经》的直接资料即《诗之序议》,相关论文有蒋秋华《韩愈〈诗之序议〉考》(《隋唐五代经学国际研讨会论文集》,"中研院"中国文哲研究所,2009 年),此文考证得出《诗之序议》最早收录在宋人祝充的《音注韩文公文集》中,其他本子对此篇或存或删,以致后人颇有疑义,文中根据《诗之序议》的内容与韩愈其他文章之联系,确定此篇确为韩愈所作,并梳理了宋以来对此篇的评论及其影响。该文文献扎实、考证严密,厘清了《诗之序议》的传播、内容及影响,为进一步探讨韩愈《诗经》学奠定了基础。除此之外,对韩愈引《诗》作考察的有周静《韩愈经学考》(曲阜师范大学 2013年博士学位论文)第四章"韩愈的《诗》学",依次梳理韩愈文集中引《诗》201 处;马小琪《试论韩愈散文对〈诗经〉的接受》(《商丘职业技术学院学报》2022 年第 1 期)将韩文引《诗》分为"以《诗》载道""以《诗》明志""以《诗》构辞"做分析。以上,对于韩愈的《诗经》学材料有较细致的梳理、分析,但韩愈对于唐宋《诗经》学的特别意义却未提及。

7.《诗经》学对诗学的影响

"《诗经》学对诗学的影响",是指在特定的历史文化背景下,诠释《诗经》而产生的理论学说、价值观念等对诗学的影响。要先辨明的是,"《诗经》学对诗学的影响"不同于"《诗经》文本对诗学的影响"。古今学者围绕题材体裁、语言技巧、意象神韵、审美艺术等谈"《诗经》文本对诗学的影响",相关成果不胜枚举,"《诗经》学对诗学的影响"却并未得到足够关注。

唐代诗学发展受到《诗经》的影响,以研究唐代诗学为对象的论文,便涉及了唐代"《诗经》学"的部分内容。相关论著论文有邓国光《唐代诗论抉原:孔颖达诗学》(《唐代文学研究》1998 年)、谢建忠《〈毛诗〉及其经学阐释对唐诗的影响研究》（巴蜀书社，2007年）、李慧智《儒经及其经学阐释对杜诗的影响研究》（南开大学2010年博士论文）、李卓藩《唐诗与〈诗经〉传承关系研究》（中华书局（香港），2011年）、李晓黎《从〈新乐府〉小序看白居易的〈诗序〉观》（《中南大学学报》2011年第1期）、邹晓春《元白对〈诗经〉接受研究》（吉林大学2013年博士学位论文）、李金坤《风骚诗脉与唐诗精神》（中国社会科学出版社，2015年）等，邓国光根据孔颖达对《诗经》的解释，提出"诗心探微：言志抒愤""诗用原旨：谏诤救世""诗法厘辨：六义兴象"，从诗心、诗用、诗法三方面钩稽孔颖达《诗》学主张，及其对唐代诗学精神的影响。谢建忠书中论及孔颖达诗学观、白居易诗学观及唐人雅丽观，分别指出：孔颖达在《诗经》经学诠释中提出了"诗缘政作论""任贤使能论"和"兴必取象论"；白居易受《诗经》诠释影响表现在"以《诗》为《六经》之首的价值观""以诗补察时政的诗学观""仿《诗三百》之义的讽喻观"；唐人在史学、政教、文论中常出现的"雅丽"观源于《诗经》经学阐释。李慧智侧重考察儒家经典对杜诗的影响，其中也言及"《毛诗》及其经学阐释"的影响，提到"诗缘政作"的观念、比兴体制、《诗》教等，除"诗缘政作"是唐代《诗》学主张外，其他影响均来自《毛诗》学或《诗经》文本。李卓藩的专著即重在探讨《诗经》文本对唐诗的影响（体式、语言、表达技巧等），仅"诗学理论"部分提及白居易对"诗教"的继承。邹晓春也是重在考察《诗经》文本对元白诗歌创作的影响，其中论及白居易对采诗、诗教的重视，亦与前人所论大同。李晓黎文则专门探讨了白居易的《诗序》观，根据《新乐府》小序"一句式"结构，提出白居易将《诗序》分为首句与续申部分，并尤其重视首句的观点。李金坤的专著考察《风》《骚》两部经典对唐诗精神影响，其中提到"《毛诗正义》之学术创新与诗学意义"，指出创新之处有二:"只承认变风、变雅皆孔子所定,其余皆非""关于三颂体制差异之辨析与三颂编排次序之阐析",诗学意义在于"三体三用说、赋比兴释义、六义之排序、《诗》章句结构与用韵",这些都体现了《正义》的《诗》学观。以上诸篇都是以"唐代诗学"为研究对象,对其中来自《诗经》及其经学诠释的影响加以分析,真正涉及唐代《诗经》学的集中在孔颖达与白居易,为系统考察唐代《诗经》学提供了参考、借鉴。

总体说来,关于唐代《诗经》学的研究,关注到了重点著作、重点人物、重点论题,但缺乏全面、系统的论述,将唐代《诗经》学置于《诗学》学史的发展中、充分考虑唐代历史文化对其的影响,以总结其独特性、时代性、创新性特征;并在丰富的诗学资料中发现《诗经》学发展的迹象,以上都尚有很大的研究空间,故本书尝试通过这些方面对唐代《诗经》学做一系统的探讨。

三、本书的研究构想与思路

基于以上相关研究及唐代《诗经》学的具体情况,本书以"唐代《诗经》学与诗学"为题,意在探讨唐代《诗经》学整个发展变化的过程,总结各阶段《诗经》学的主要特征及其对诗学的影响,此处"诗学"是指诗学理论、诗学精神。因此,需重点解决以下五个方面的问题。

(一)唐代《诗经》学的资料搜集

唐代除仅存的 4 部《诗经》学专著(《毛诗正义》《毛诗指说》《毛诗释文》《二南密旨》)外,其他资料散见于史书、笔记、类书、总集别集、诗话诗格等各类文献中,从以上文献辑录出《诗经》学的相关内容,整理出著述目录、资料汇编,作为全书论述的文献基础。

(二)唐代《诗经》学的分期问题

要客观真实地还原唐代《诗经》学的发展历程,需根据研究阶段的不同特征做分期论述。唐代与其他朝代不同,因《诗》学著作太少,不足以根据著作来分期,很大程度上要依靠其他散见的《诗》学资料。这便有一定难度,其他《诗》学资料是否足以表现出相应特征,此特征与同阶段《诗》学著作是否一致,需在这两个问题都有效解决的情况下,才能根据资料划定分期。分期的划定,代表着《诗》学发展的不同阶段;由分期到贯通,唐代《诗》学的阶段特征、发展动态、历史走向、整体概貌便都一目了然。

(三)唐代《诗经》学的阶段特征

这与第二点紧密相关,也是本书的主体部分。此前研究论及唐代《诗》学多就《毛诗正义》而言,论及《毛诗正义》又多以“集汉学之大成”概括其特征,其实细化到唐代不同时期,各阶段《诗》学自有其独特性。立足于《诗经》学史的继承与发展,这部分要深入探讨的问题诸如,《毛诗正义》系统继承《毛诗》学的关键是什么?《正义》对《毛诗》学的发展有哪些? 其独特的《诗》学特征是什么,有何价值意义? 同一时期其他《诗》学资料情况如何,主要特征与《正义》是否一致? 唐中期复兴儒学思潮兴起,产生了施士匄《诗说》、韩愈《诗之序议》、成伯玙《毛诗指说》等代表性《诗》说,它们主要的《诗》学成就是什么? 其他《诗》学资料情况如何? 以上这些《诗》学资料的特征是否一致,有何影响? 及至唐代晚期,诗格、诗话类著作大量产生,出现重新解读“六义”的趋势,其中的缘由、内涵是什么? 与前期《诗》学对照分析,反映了《诗》学发展走向如何,等等。通过考察这些问题,把握唐代《诗》学每个阶段的主要特征及其总体的历史走向。

(四)唐代《诗经》学与诗学的交融

此交融主要表现在两个层面:一是,唐代《诗经》诠释过程中产生了新的诗学理论，及其对诗学发展的影响；二是，唐代有大部分《诗经》学资料见于诗歌理论及诗歌批评中，这部分资料既是某一时期《诗经》研究的成果，也是当时诗学发展重要的理论支撑，即如前有陈子昂、李杜等反对齐梁绮靡诗风，后有权德舆、柳冕、元稹反对科举尚浮华，他们搬出《诗经》这座权威，倡导"风雅比兴""王道教化"，这代表着《诗经》诠释的一种特别形式，是唐代《诗经》学重要的组成部分及时代特征。可以说，更生动直接地诠释了《诗》何以为"经"，在于批评引导现实社会。这也是本书以考察唐代《诗经》学为主，却以"唐代《诗经》学与诗学"为题的缘由。

（五）唐代《诗经》学的学术价值

在以上论述的基础上，重新审视唐代《诗经》学的学术价值。以往研究或将《毛诗正义》作为汉代《诗经》学的终结，或以中唐作为宋学的开端，而这所谓的"终结"与"开端"恰是在同一个历史时期内。这是《诗经》学史两座高峰之间平缓地带，有学者说这是学术研究的"低谷"，但少了这"低谷"却无以现波峰，所以，有必要再挖掘唐代《诗经》学独立的学术价值。且唐代《诗经》学是如何实现由一种"集大成"走向另一种"开端"的？促使这转变的原因是什么？这一转变的学术史意义何在？对于整个《诗经》学史而言，唐代《诗经》学的"不可或缺"有待更深刻、更系统的解读。

本书立足于唐代《诗经》学目前可见的文献资料，充分考虑历史文化与学术研究之间的相互影响，对唐代《诗经》学作客观的、系统的考察。书中根据《诗》学资料的特征分期论述，以呈现唐代《诗经》学发展变化的历史轨迹，并从《诗经》学史角度加以延伸，以探讨唐代《诗经》学在学术史上独特的价值及其影响。

第一章　唐代初期①《毛诗》诠释体系的
传承与诗学新论

　　唐朝从开国起就重视文教。高祖李渊即位,立周公、孔子庙于国学,州、县、乡皆设学校。太宗更崇儒学,于大殿左增设弘文馆,听朝间隙与硕儒论治乱兴衰,取士科目增设书、律两科,进士科加读经、史一部,又广修学舍,甚至飞骑营中也安置学生,命博士讲经;种种举措都充分显示出太宗对儒学、对文教的格外重视。此时,天下既定,选拔人才成为守成的关键。唐朝科举取士大致沿袭隋朝旧制,以"九经"("三传""三礼"、《诗》《书》《易》)兼《孝经》《论语》为考核范围。然而南、北学风各异②,数百年来对经典的阐释众说纷纭,让人无所适从,这就亟须对文本进行官方的、权威的校正与解读。于是,贞观四年,太宗命颜师古等考订旧籍、厘定谬误,编成《五经定本》。贞观十二年③,命孔颖达等参考众说撰成《五经正义》,永徽四年,颁行天下。此后,唐、宋两朝明经取士都以此为准,其深远影响正如皮锡瑞所云:"夫汉帝称制临决,尚未定为全书,博士分门授徒,亦非止一家数。以经学论,未有统一若此之

---

　　①　本书根据唐代《诗经》学材料的产生时间及大致特征,将唐代《诗经》学大致分为初期(高祖武德初至代宗宝应末),中期(代宗广德初至穆宗长庆末),晚期(敬宗宝历初至昭宗天祐末),以便论述。

　　②　《隋书·儒林传》载:"南北所治章句,好尚互有不同。江左《周易》则王辅嗣,《尚书》则孔安国,《左传》则杜元凯。河洛《左传》则服子慎,《尚书》《周易》则郑康成,《诗》则并主于毛公,《礼》则同遵乎郑氏。"是南、北学术不同。(魏征等撰:《隋书》,中华书局,1973年,第1705页)

　　③　姜广辉主编:《中国经学思想史》(第二卷),中国社会科学出版社,2003年,第734页。

大且久者。"①

其实，在《定本》《正义》书成之际即有争议②，这是在唐朝建国之初、权力中心热衷儒学的背景下，经学因官方敕令修撰统一的文本和注解所呈现的活跃状态。而当《定本》《正义》颁行天下，成为国家教育唯一的教材，又与知识阶层的功名利禄直接挂钩后，经学反而随着"统一"而走向了衰微、教条，这是历来对唐朝经学的大致看法。诚然，这时期专门的经学著作很少，相对而言，也并没有划时代的、突破性的论述，但它仍是经学史、学术史上不可或缺的环节，有其自身的特色与意义。即如编撰《五经正义》，从南、北多家旧注中，选择一家作为依据、奉为圭臬，批评不合于经典和权威旧注的个人化解释③，这意味着捍卫经典和旧注在知识、思想领域的权威，"统一"则代表着包容南北差异、消解古今之争的权力意志。《五经正义》代表着新的国家意识形态系统的构建，通过注释经典解决新政权的合理性与合法性的问题，它的意义在于使"统一的国家有了统一的思想与文化"④，此"统一"即是在经学发展历程中，唐代经学不容忽视的时代性、独特性和创造性。

---

① 皮锡瑞：《经学历史》，中华书局，2008 年，第 198 页。

② 颜师古《五经定本》既成，太宗"悉诏诸儒议，于是各执所习，共非诘师古。师古辄引晋、宋旧文，随方晓答，谊据该明，出其悟表，人人叹服"。之后，孔颖达等编撰《五经正义》，书成，博士马嘉运即"驳正其失，至相讥诋"，至高宗永徽二年，又命于志宁等再次增损而后颁行。可见，撰成之时已有不少争议。（欧阳修等撰：《新唐书》，中华书局，1975 年，第 5641、5644、5645 页）

③ 葛兆光：《中国思想史》（第一卷），复旦大学出版社，2001 年，第 463 -464 页。

④ 葛兆光：《中国思想史》（第二卷），第 4 页。

第一节　汉唐《毛诗》诠释体系的构建与传承

在唐代之前,《诗经》学经历了汉代《诗》学"今古文之争",魏晋《诗》学"郑王之争",直到唐初孔颖达奉敕编撰《毛诗正义》,统一南北之学,《诗》学复归于统一,也体现了《毛诗正义》集汉代《诗》学之大成。那么,实现《诗》学"统一"的关键是什么? 要更系统、全面地解决这个问题,需从汉唐《毛诗》学之间的传承与发展再做考察。

一、从兴到兴喻:《毛诗》诠释体系的构建

《毛诗》学的诠释特征集中体现在《毛传》《郑笺》。《毛传》说《诗》最典型的特征是标兴,《郑笺》又以"兴者喻"作解,详细阐释诗义。通过标兴将《诗》中的客观物象与人伦道德、礼乐教化相联系,是《诗》作为儒家经典不可或缺的意义生成模式。从"兴"到"兴喻",汉儒构建起《诗经》关涉政治教化的诠释体系,充分体现着儒家《诗》学内在的思维模式及价值取向,而此诠释体系在《毛诗正义》这里得到系统传承,可以说,是《正义》集汉代《诗》学之大成最关键的特征。故而,"兴"对《毛诗》诠释体系尤为重要,要先辨明"兴"义,才可言诠释体系的构建。

《毛传》所谓的"兴"与诗学概念中的"兴"不同。《毛传》对"兴"的解释仅见一处,《大明》:"维予侯兴",《传》云:"兴,起也。"①《毛

---

① 郑玄笺,孔颖达正义:《毛诗正义》卷一六,《十三经注疏》,中华书局,2009 年,第 1094 页。

传》标兴 116 篇①,标在首章首句有 113 篇,在《毛传》看来兴句明显有引起下文的作用。但与朱子所说"先言他物,以引起所咏之词不同"②,朱自清先生对《毛传》标兴的特征与规律做过分析③,虽规律芜杂难以有清晰定论,但可以肯定的是,兴句与下文确有关联,共同指向《诗序》所概括的主旨。

116 篇兴诗中,89 篇《郑笺》以"兴者喻"来解释,27 篇《郑笺》虽无解,但《毛传》已明确阐释喻义 16 篇,《正义》以"某以兴某,喻(或犹)"来解释 11 篇,这说明《毛传》标兴的每一篇都有喻义。而比、兴皆有喻义,如何区分二者?东汉经学家郑众说:"比者比方于物,兴者托事于物";郑玄说:"比,见今之失,不敢斥言,取比类以言之。兴,见今之美,嫌于媚谀,取善事以喻劝之"④;唐代孔颖达根据郑司农之言,说:"兴者起也,取譬引类,起发己心,诗文诸举草木鸟兽以见意者,皆兴辞也","诸言'如'者,皆比辞也"⑤。到宋代,程颐认为:"比者,以物相比,'狼跋其胡,载疐其尾。公孙硕肤,赤舄

---

① 刘毓庆、郭万金:《从文学到经学》第 438 页"《毛传》标兴表",华东师范大学出版社,2009 年。

② 朱熹:《诗集传》,中华书局,2017 年,第 2 页。

③ 朱自清先生将《毛传》标兴主要分为以下类型:(1)平行譬喻,以平行句发兴,诸如"南有樛木,葛藟累之。乐只君子,福履绥之"之类;(2)非平行譬喻,兴句之下接正句,如"节彼南山,维石岩岩。赫赫师尹,民具尔瞻"之类;(3)兴句孤悬,貌似与下句无关,但据《序》义为譬喻,如"南山崔巍,雄狐绥绥。鲁道有荡,齐子由归"之类;(4)兴句之下无正句,全篇譬喻,如《鸱鸮》《鹤鸣》,兴句之下的譬喻为比。《毛传》标兴也有四类之外的其他情况,"《毛传》兴诗的标准并不十分明确。"(《诗言志辨·比兴》,商务印书馆,2011 年,第 58－65 页)

④ 郑玄注,贾公彦疏:《周礼注疏》卷二三,《十三经注疏》,中华书局,2009 年,第 1719 页。

⑤ 《毛诗正义》卷一,《十三经注疏》,第 565 页。

几几,’是也。兴者,兴起其义,‘采采卷耳,不盈倾筐。嗟我怀人,寘彼周行’,是也”①;王安石认为以其所类而比之之谓比,以其感发而况之之谓兴②;朱熹认为“兴者,先言他物,以引起所咏之词也”“比者,以彼物比此物也”③,以上各家说法,郑玄将比、兴与美刺相对应,是从讽喻的角度来说,郑众等则重在从比、兴生成的内在逻辑来说。从《毛传》标兴的实际来看,我们认为《正义》“兴者起也,取譬引类,起发己心”的说法更准确。

比、兴最明显的区别在“起也”,兴有引起下文、感发志意的作用。此外,比、兴在“譬喻”上也不同。比为比喻,兴为谕示,即郑众所谓的“比方于物”与“托事于物”,也即程子所谓的“直比”与“感发”。皎然《诗式》云“取象曰比,取义曰兴”④,“比”是依托形象的相似性来构建本体与喻体的联系,这种形象可以是具象的,也可以是抽象的。而“兴”强调事理的相通性,它超越了形象,用特定的“意义”构建本体与喻体的内在联系。如《樛木》:“南有樛木,葛藟累之”,《传》云:“兴也。南土之葛藟茂盛。”《笺》云:“木枝以下垂之故,故葛也藟也,得累而蔓之,而上下俱盛。兴者,喻后妃能以意下逮众妾,使得其次序,则众妾上附事之,而礼义俱盛。”据《序》“后妃逮下也”,在“逮下”这层意义上,木枝下垂而葛藟攀附与后妃逮下而众妾上附相通。又如《桃夭》:“桃之夭夭,灼灼其华”,《传》云:“兴也。桃有华之盛者,夭夭其少壮也。灼灼,华之盛也。”《笺》云:“兴者,逾时妇人皆得以年盛时行也。”此篇诗义,《诗序》说是因“后妃不妒忌,则令天下男女以

---

① 程颐:《河南程氏经说》卷第三,《二程集》,中华书局,2004,第1046页。

② 李樗、黄櫄:《毛诗李黄集解》卷一所引,《影印文渊阁四库全书》,中国台湾商务印书馆,1986,第71册,第15页。

③ 朱熹:《诗集传》,第2、7页。

④ 皎然著,李壮鹰校注:《诗式》卷一,人民文学出版社,2003,第31页。

正,年不过限,婚姻以时,行不逾月",在"正当其时"这层意义上,桃花少壮繁盛与男女正当年盛嫁娶相通。如《南山》:"南山崔巍,雄狐绥绥",《传》云:"兴也。南山,齐南山也。崔崔,高大也。国君尊严如南山崔崔然。雄狐相随绥绥然无别,失阴阳之匹。"《笺》云:"雄狐行求匹耦于南山之上,形貌绥绥然。兴者,喻襄公居人君之尊而为淫泆之行,其威仪可耻,恶如狐。"据《诗序》"刺襄公也。鸟兽之行,淫乎其妹"①,在"阴阳失匹"这层意义上,齐襄公的行为即如雄狐,等等,都是在逻辑事理层面,找到了物象与人事的相通之处、相似点,而这相似点自然与《诗序》对诗旨的概括相关。"比"则不同,"手如柔荑,肤如凝脂,领如蝤蛴,齿如瓠犀,螓首蛾眉"②之类,外在形象明显相似,无须借助《诗序》也可理解。不过,无论是形象的相似性,还是事理的相通性,比、兴都是借助他物来表意,都有喻义。后世关注比、兴的同,而难于说破二者的异,往往比、兴连用,便生成了新的诗学概念"比兴",这与《毛传》所说的比、兴并非一回事③。

《毛传》《郑笺》通过"兴喻"将物象与情志之间的关联外化为规律、模式。如此,看似牵强的解释便可通过这个规律、模式,转变为某种意义层面上、某种事理逻辑中的自圆其说。如《柏舟》:"泛彼柏舟,亦泛其流",《笺》云:"舟载渡物者今不用,而与众物泛泛然俱流水中,兴者喻仁人之不见用而于群小人并列,亦犹是也";《凯风》:"凯风自南,吹彼棘心",《笺》云:"兴者以凯风喻宽仁之母,棘

---

① 《毛诗正义》卷一、卷一、卷五,《十三经注疏》,第 585、586、745 页。

② 《毛诗正义》卷三,《十三经注疏》,第 679 页。

③ 钱志熙先生也谈道,作为诗人所标榜并实践的创作方法的比兴,与经师及文论家解释比兴不同。经师与文论家的比兴,是一个阐释学中范畴;而诗人在创作实践中使用的比兴,并不着意区分比与兴两义,而是合比兴为一义,视之为一种创作方法与主张。(《唐人比兴观及其诗学实践》,《文学遗产》2015 年第 6 期)

犹七子也";《旄丘》:"旄丘之葛兮,何诞之节兮",《笺》云:"土气缓则葛生阔节,兴者喻此时卫伯不恤其职,故其臣于君事亦疏废";《北风》:"北风其凉,雨雪其雱",《笺》云:"寒凉之风病害万物,兴者喻君政教酷暴,使民散乱";《芄兰》:"芄兰之支",《笺》云:"芄兰柔弱但蔓延于地,有所依缘则起,兴者喻幼稚之君任用大臣,乃能成其政"①,等等。每首诗物象、情志之间,这些令人费解的关联、"兴"所喻示的特定对象、所阐释的喻义,其实都有渊源,通过对此进行考察,便可勾勒出《毛诗》诠释体系的构建过程。

(一)《诗序》是《毛诗》诠释体系的核心导向,决定了"兴喻"的意义关联

《毛诗》能在东汉末对抗已经是官学的"三家诗",并在后期一家独大,从文本内容来说,因《毛诗》有一卷子夏所作的《序》。"三家诗"或也有序,但并未完整地见于古籍记载。"惟《毛诗》之序本乎子夏,子夏习《诗》而明其义,又能推原国史,明乎得失之故"②。加之,《序》说与《尚书》《仪礼》《左传》《国语》《孟子》等古籍记载相合,因此,保持着独立学术姿态、拥有权威文本的《毛诗》便在东汉后期迅速赢得了学术阵地。

《毛诗》《诗序》皆传自子夏③,《诗序》概括了诗的主旨内容、创

---

①　《毛诗正义》卷二、卷二、卷二、卷二、卷三,《十三经注疏》,第624、635、643、654、687页。

②　朱彝尊撰,林庆彰等编:《经义考新校》,上海古籍出版社,2010,第1871页。

③　根据陆玑《毛诗草木虫鱼疏》云:"孔子删《诗》,授卜商,商为之《序》,以授鲁人曾申,申授魏人李克,克授鲁人孟仲子,仲子授根牟子,根牟子授赵人荀卿,荀卿授鲁国毛亨,毛亨作《训诂传》以授赵国毛苌,时人谓亨为大毛公,苌为小毛公。"则《毛诗》《毛诗序》皆传自子夏。(《丛书集成初编》,上海商务印书馆,1935,第70页)

作背景,诠释《毛诗》自然应以《诗序》为导向。正如马端临所言,有"诗之不言所作之意,而赖序以明者",如《茉苢》《黍离》;也有"诗之序其事以讽,初不言刺之之意,而赖序以明者",如《扬之水》《椒聊》;也有"诗之辞同意异,而赖序以明者",如《鸨羽》《陟岵》与《四牡》《采薇》,四首诗同为征役戍守,而前者为变风,后者为正雅①。这些诗单看诗文,作诗之意皆不明确。这类诗尤其以《风》诗居多,因为《风》诗多比兴之词,正如《茉苢》只是形容采掇茉苢的情形,《黍离》只是感叹禾黍生长的状态,但却分别有"美后妃""闵宗周"之义,这类诗的确需要"赖序以明"。

　　《诗序》提供了"诗本事",《毛传》从中挖掘出物象与情志之间的意义关联,此意义关联往往就是《诗序》中涉及政教风化的关键词,如上文提到的《桃夭》:"正当其时"、《樛木》:"逮下"、《南山》:"阴阳失匹"外,又如《卷耳》:"忧勤",《传》云:"忧者之兴也。采采,事采之也。卷耳,苓耳也。顷筐,畚属,易盈之器也。"这首诗写采摘之人有所忧思、心不在焉,所以采了半天浅筐也没装满。而《序》云:"后妃之志也。又当辅佐君子,求贤审官,知臣下之勤劳,内有进贤之志,而无险诐私谒之心,朝夕思念,至于忧勤也。"采摘之人忧思深切,后妃辅佐君子也忧思深切,二者相类,所以《传》特意说"忧者之兴",据此便从"采采卷耳"说到"后妃之志"。《雄雉》:"淫乱",《传》云:"兴也。雄雉见雌雉,飞而鼓其翼泄泄然。"《笺》云:"兴者,喻宣公整其衣服而起,奋讯其形貌,志在妇人而已,不恤国之政事。"②原文写雄雉振翅而飞,这是自然界常见的现象,

---

却扯到了卫宣公不恤国政上。据《序》："刺卫宣公也。淫乱不恤国事，军旅数起，大夫久役，男女怨旷，国人患之而作是诗"，雄雉振翅，是向雌雉发射求偶信号；宣公在意形貌，也是向妇人表示爱慕，二者相通，因此用雄雉来讽刺宣公荒淫。《北风》："刺虐"，《笺》云："寒凉之风病害万物，兴者，喻君政教酷暴使民散乱。"据《序》"刺虐也。卫国并为威虐，百姓不亲，莫不相挟持而去焉"，寒风残害生物，是虐；暴政残害百姓，也是虐，二者相类。这些诗完全是根据《诗序》来解释，也有些诗虽具体解释与《诗序》不吻合，但意义关联依然是根据《诗序》来定。如《凯风》："凯风自南，吹彼棘心"，《传》云："兴也。南风谓之凯风，乐夏之长养者"，《笺》云："兴者，以凯风喻宽仁之母，棘犹七子。"下文"母氏圣善，我无令人""有子七人，母氏劳苦""有子七人，莫慰母心"，根据《传》《笺》解释，都是写母亲宽仁叡知，七个儿子于孝道则做得不够好，而《序》云："美孝子也。卫之淫风流行，虽有七子之母，犹不能安其室"，美孝子又刺其母欲改嫁，前后两种说法显然是不同的。但从凯风长养万物，到母亲抚养儿女，同是"长养"之义，《毛传》便找到了"兴喻"的意义关联。《诗序》在流传过程中，经过不断地修正补充，会出现古序与续序重复论述或自相矛盾，同时，《序》《传》之间也会互相矛盾①，但凡是涉及比、兴，物象所喻示的人事（"诗本事"）皆依据《诗序》而来，即"兴喻"之所以成立的意义关联皆由《诗序》而定。这层意义关联是《诗经》关涉人伦道德、指导现实政治的核心内容，即是《诗经》的经义所在。

（二）"兴喻"是《毛诗》诠释体系的主要方式，受到春秋赋诗、孔子诗论的影响

胡念贻先生提道，除《诗序》外，《毛诗》胜过三家诗的还有

---

① 刘毓庆、郭万金：《从文学到经学》，第 416－418 页。

"《毛传》标兴义,而且有完整的体系"①。从《毛传》标兴到《郑笺》以"兴者喻"作解,《毛诗》的诠释体系逐步走向完善。我们认为,"兴喻"这种独特的解经方式是源于春秋时期赋诗引诗及孔子诗论。

春秋时期,赋诗言志是外交场合最常用的方式。《左传》中记载着各类人物引《诗》赋《诗》共 187 次②,所赋所引的篇目去其重复,见于今《诗经》的共有 123 篇,其中《毛传》标兴的有 40 篇③。当时,公卿士大夫们大多深谙《诗》的本义,赋诗断章只是为了达成自己所要表达的意思,与《诗》的本义并不一定吻合,不过,双方却都能准确听出彼此的言下之意。《左传·文公十三年》:

> 公如晋朝,且寻盟。卫侯会公于沓,请平于晋。公还,郑伯会公于棐,亦请平于晋。公皆成之。郑伯与公宴于棐,子家赋《鸿雁》。季文子曰:"寡君未免于此。"文子赋《四月》,子家赋《载驰》之四章,文子赋《采薇》之四章,郑伯拜,公答拜。④

郑伯在棐设宴款待鲁文公,想请他再去晋国帮郑国说和。宴席间,郑国大夫子家赋《鸿雁》,取"爰及矜人,哀此鳏寡"句,以鳏寡自况,向文公求助。季文子则以《四月》诗婉拒,"取行役逾时,思归祭祀,不欲为还晋"之义,子家听后便急忙赋《载驰》:"控于大邦,谁

---

① 胡念贻:《论汉代和宋代的〈诗经〉研究及其在清代的继承和发展》,《古代文学研究集》,中国文联出版公司,1985,第 95 页。

② 刘毓庆、郭万金:《从文学到经学》,第 34 页。

③ 朱自清:《诗言志辨·比兴》,第 67 页。

④ 杜预注,孔颖达正义:《春秋左传正义》卷十九下,《十三经注疏》,中华书局,2009,第 4022 页。

因其极",取小国有急,向大国求助之义,这时季文子才以《采薇》:
"岂敢定居,一月三捷"①作为回答,表示同意为郑国跑这一趟。正
是"四诗拉还称引,各各不言而喻,而当时大国凭陵,小国奔命之
苦,凄然如见"②。先秦崇尚诗礼风流,在明明已经剑拔弩张的外交
场合,大夫之间你来我往充分展现出赋诗表意的风雅。另外,因春
秋时期距离《诗》产生的时间较近,这些外交辞令中的引诗赋诗,就
不免对后世阐释《诗》义造成影响。据统计,《毛传》引用《春秋》三
传及《国语》多达四十八条③。如《左传·襄公四年》:

> 穆叔如晋。报知武子之聘也。晋侯享之。金奏《肆
> 夏》之三,不拜。工歌《文王》之三,又不拜。歌《鹿鸣》之
> 三。三拜。韩献子使行人子员问之。曰:子以君命辱于
> 敝邑。先君之礼,藉之以乐,以辱君子。吾子舍其大而重
> 拜其细。敢问何礼也? 对曰:三《夏》,天子所以享元侯
> 也。使臣弗敢与闻。《文王》,两君相见之乐也。臣不敢
> 及。《鹿鸣》,君所以嘉寡君也。敢不拜嘉。《四牡》,君所
> 以劳使臣也。敢不重拜。《皇皇者华》,君教使臣曰"必谘
> 于周"。臣闻之,访问于善为谘。谘亲为询,谘礼为度,谘
> 事为诹,谘难为谋。臣获五善,敢不重拜。④

这段精彩的论说,劳孝舆便称"其训诂之精细,直是汉儒玉律

---

① 杜预注,孔颖达正义:《春秋左传正义》卷十九下,《十三经注疏》,第
4022 页。
② 劳孝舆:《春秋诗话》,(上海)商务印书馆,1936,第 2 页。
③ 谭德兴:《汉代〈诗〉学研究》,贵州人民出版社,2003,第 101 页。
④ 杜预注,孔颖达正义:《春秋左传正义》卷二九,《十三经注疏》,第
4192 - 4194页。

金科"①。《皇皇者华》篇,《毛传》云:"访问于善为咨,咨事为诹",
"咨事之难易为谋","咨礼义所宜为度","亲戚之谋为询"②,与《左
传》穆叔的解释完全相同,显然,《毛传》的解释是从《左传》而来。

朱自清先生说:"《毛诗》比兴受到了《左传》的影响。但春秋
时赋诗引诗,是即景生情的;在彼此晤对的背景之下,尽管断章取
义,还是亲切易晓。《毛诗》一律用赋诗引诗的方法,却没了那背
景,所以有时便令人觉得无中生有了。《郑笺》力求系统化,力求泯
去断章的痕迹,但根本态度与《毛传》同,所以也还不免无中生有的
毛病。"③赋诗引诗大多断章取义,主要是为了实现特定的表达需
要。而借鉴赋诗引诗之路数发展而来的比兴,则是《毛传》为实现
《诗序》对诗旨的概括,在具体诠释中用比兴实现了意义转换。尔
后《郑笺》用"兴者喻"补充说明,力求让诠释方式规律化、模式化,
虽部分解释如今看来依然令人费解,但我们更应该看到汉儒构建
"兴喻"诠释体系的良苦用心,将猛禽雎鸠说成"挚而有别",进而说
到不专宠不妒忌的后妃之德;将灼灼桃花说成"少壮繁盛",再引申
到男女婚姻及时;将绵绵葛藟说成"生于河之涯,得其润泽以长大
而不绝",说到王族同姓需得到王的恩施来延续种族;将鸤鸠说成
养子"平均如一",再说到人君要有均一之德等,诗旨从客观事物讲
到家国天下、人伦道德,这也是从"诗"到"经"的发展过程。

在古代的教育系统中,《诗》教有"温柔敦厚"的特质。孔子说:
"《诗》,可以兴,可以观,可以群,可以怨;迩之事父,远之事君",指
读《诗》可以感发志意,可以明白得失,可以学会忠孝,有助于儒家
君子人格的养成,即使这样,"温柔敦厚"的内涵都还没体现透彻。

---

① 劳孝舆:《春秋诗话》,第3页。
② 《毛诗正义》卷九,《十三经注疏》,第869页。
③ 朱自清:《诗言志辨·比兴》,第71页。

于是,孔子接着又说:"多识于鸟兽草木之名",这就更明确了。原因在于,多识鸟兽草木之名,并不只是让学生记住那些动植物的名称、熟悉它们的属性,更要掌握鸟兽草木的"象征性质"①。《诗》用鸟兽草木的"象征性质",实现了言在此而意在彼的表达艺术,言辞委婉又能直击要害,正是"主文而谲谏,言之者无罪,闻之者足以戒"之所谓,"温柔敦厚"的深刻内涵就体现在此。所以,充分认识鸟兽草木的"象征性质"是实现《诗》教的重要途径。同时,揭示出这层"象征性质"也就为《毛传》标兴奠定了理论基础。《毛诗正义》即云"诗文诸举草木鸟兽以见意者皆兴辞",草木鸟兽因具有象征性而成为表意的渠道,这便是标兴的依据。

可以说,"兴喻"是在汲取、总结先秦《诗》学的基础上而出现,根据春秋时期赋诗断章的用例,根据"鸟兽草木"的象征性质,为阐释王道政治而刻意发明的一种经义诠释方式。"兴的认定,就是对诗篇经之意义的认定"②,它体现着《毛诗》内在的思维模式及价值取向,也成为《诗经》汉学建构价值系统的关键。

(三)"王道"是《毛诗》诠释体系的最终目的,借助兴喻、美刺为手段来实现

从《诗序》概括诗旨特意指向文王之道、文王之化、文王之政,到《毛传》诠释诗意以王道兴衰为评判标准,加之,那些直接记载文王盛德、武王英明的篇章,我们大致做一梳理,就会发现《毛诗》的诠释体系明显有着先秦学术的精神气质,有为万世开太平的大气

---

①　[美]夏含夷:《兴与象:中国古代文化史论集》,上海古籍出版社,2012,第8页。日本江户时代学者丹波元简也提出鸟兽草木并非只为博学,说:"儒者讲毛诗之学,以疏证鸟兽草木之名物,亦岂贪多识而夸博文乎哉?要在去其兴象,以正人之性情焉。"〔《毛诗名物图说序》,据《毛诗名物图说》引(养真堂文化五年(1808)刻本)〕

②　刘毓庆、郭万金:《从文学到经学》,第37页。

象,它并不直接服务于那个君权至上的汉朝,其以文武之道为楷模,意在为所有政权提供一个成系统的、有道义担当的评判体系,这体系最终是以实现王道、匡时济俗为目的。因此,在具体的诠释过程中需要通过兴喻来转换意义,需要借用美刺来判定得失,用兴喻、美刺来实现《诗》惩恶劝善、讽喻教化的社会作用。

依《诗序》所言,"二南"是"正始之道,王化之基",讲文王先齐家而后治国,故《关雎》《葛覃》《卷耳》《樛木》皆说后妃之德、后妃之本,因为夫妇乃人伦之大,是化成天下之肇端。而后《汉广》《摽有梅》《汝坟》《羔羊》便说南国之化,文王教化南土而成王业,王化基始便在于此。文、武之时,政令教化皆从天子出,海内清晏、四宇咸宁,百姓未见恶,也不知何为善,夷王、懿王之后,"王道衰,礼义废,政教失,国异政,家殊俗,而变风变雅作"①,政有善恶之分,诗有美刺褒贬。从王道基始到王道衰败,《毛诗》用王道兴衰勾连起从文王到陈灵公五百余年的政治文化,系统阐释了王道政治的深刻内涵。在此过程中,《毛诗》反复申说王道对于匡救时弊的意义。如文王教化施行,百姓受此熏染而民德归于淳厚,则有《汉广》言文王之道被于南国,美化行乎江汉之域,百姓无思犯礼;《汝坟》言文王之化行乎汝坟之国,妇人能闵其君子,勉之以正;《羔羊》言召南之国化文王之政,在位皆节俭正直,德如羔羊;《摽有梅》言召南之国被文王之化,男女得以及时嫁娶;《野有死麇》言被文王之化,虽当乱世,犹恶无礼②,皆是文王之道化民于俗的记载。尔后,夷王受贿而颂公得封,懿王信谗而哀公被烹,礼义凌迟,政教不兴,王道始衰,行人振木铎而得民声,政治的善恶得失都反映在《国风》,于是

---

① 《毛诗正义》卷一,《十三经注疏》,第 566 页。
② 以上诸篇见《毛诗正义》卷一,《十三经注疏》,第 591、593、607、612、615 页。

有《柏舟》刺卫顷公无德,仁人不遇;《匏有苦叶》刺卫宣公与夫人并为淫乱;《墙有茨》刺公子顽通乎君母;《考槃》刺庄公使贤者退而穷处;《将仲子》刺郑庄公不胜其母,以害其弟;《南山》《敝笱》《载驱》刺齐襄公与妹文姜淫乱之事;《扬之水》刺晋昭公分国封沃;《蒹葭》刺秦襄公未能用周礼①,等等。将这些诗与"二南"诸篇相对照,可见《毛诗》从美刺两方面反复在说明"夫妇有别则父子亲,父子亲则君臣敬,君臣敬则朝廷正,朝廷正则王化成"的道理。

以王道为标尺,对诗中所反映的政治问题做出评判,是属于"正得失"的范畴。此外,还需要解决王道如何养成的问题。《驺虞序》说:"人伦既正,朝廷既治,天下纯被文王之化,则庶类繁殖,蒐田以时,仁如驺虞,则王道成也"②,文王之化作用于人伦关系、朝廷政治,万物得以生长,天下太平而瑞兽现,这是王道既成的表现。而王道如何养成?《鱼丽序》明确提到"文武以《天保》以上治内,《采薇》以下治外,始于忧勤,终于逸乐,故美万物盛多,可以告于神明矣"③,《天保》以上是《鹿鸣》《四牡》《皇皇者华》《常棣》《伐木》,分别讲君臣、兄弟、朋友之道,有和乐忠信之义,因此是"治内";《采薇》以下是《出车》《杕杜》,讲遣戍役、劳将帅、劳戍役之事,文王时有西戎北狄之难,需将士戍守疆土,这三篇有劳还勤归之义,因此是"治外"。内外皆治则万物勃发,可告慰神明。于是,"王道成也"。同时,《大雅》数篇提到周王室创始到文武受命遂定天下的过程:

　　《文王》言受命作周,《大明》言天复命武王……文王

---

①　以上诸篇见《毛诗正义》卷二、卷二、卷三、卷三、卷四、卷五、卷五、卷五、卷六、卷六,第624、637、660、678、711、745、748、749、768、791页。
②　《毛诗正义》卷一,《十三经注疏》,第618页。
③　《毛诗正义》卷九,《十三经注疏》,第891页。

所以得受天命,由祖考之业,故又次《绵》也,言文王之兴
本由大王也。文王既因祖业得四臣之力,即是能官其人,
故次《棫朴》也。既言任臣之力,又述受祖之美,故次《旱
麓》也。……既言受祖之业,又述其母之贤而得成为圣,
故次《思齐》也。文王既圣,世修其德,天使之代殷,故次
《皇矣》。既圣能代,德及鸟兽,故次《灵台》。①

　　《小雅》谈文王治内、治外的为政之法,《大雅》则谈王道积淀之
美,由文王受命作周上溯祖考旧业,郑玄说,《诗》所以如此编著次
序,是"要于极贤圣之情,著天道之助",将先贤圣王的功业品德淋
漓尽致地展现在王道养成的过程中,从而为后世君王提供了一套
渊源有自、学习有方、有既定评价标准的王道政治体系。宪章文
武、实现王道,是贯穿《毛诗》诠释体系始终的核心观念。

　　从《毛传》标兴到《郑笺》以"兴者喻"作解,《毛诗》围绕王道政治
的诠释体系构建完成,这是一个以《诗序》为核心导向、以兴喻为主要
方式、以王道为最终目的的政治思想、道德伦理诠释体系。《毛诗》通
过兴喻实现了《诗》的当代诠释,对现实政治乃至历代政治提供权威
的评判标准及解决依据,也就实现了从《诗》到《经》的华丽变身。这
便说明"兴喻"对构建《毛诗》诠释体系有着钢筋铁骨般的重要作用,
之后集《毛诗》学之大成的《毛诗正义》也突出反映了这一观点。

二、《毛诗正义》对《毛诗》诠释体系的传承

　　《毛诗正义》的编撰取刘焯、刘炫《义疏》为本。二刘为隋朝大

---

① 《毛诗正义》卷九,《十三经注疏》,第859页。

儒,学通南北,博极古今,"所制诸经议疏,搢绅咸师宗之"①。《五经正义》中除《周易》《礼记》外,其余三经皆取二刘义疏作为主要参考。从个案研究而言,围绕孔颖达与《毛诗正义》,学界已有丰硕的研究成果,对《毛诗正义》的文献价值、文学思想、经学诠释等有很细致深入的解读②。又从《诗经》学史而言,前人总结出《正义》有"疏不破注""统一南学、北学""集汉学之大成"③等特征。而《正义》具有以上特征的本质原因是什么?这个本质原因才是说明《毛诗正义》时代性、独特性、创造性之根本所在。

我们认为,《毛诗正义》之所以有如上特征,皆源于对《毛诗》诠

---

① 李延寿撰:《北史·儒林传序》,中华书局,2013,第2707页。
② 《毛诗正义》相关研究已有丰硕成果,如从文献角度切入,探讨《正义》的"版本流传"(韩宏韬《〈毛诗正义〉研究》、李振聚《〈毛诗注疏〉版本研究》、程苏东《〈毛诗正义〉"删定"考》等)、"训诂特色"(冯浩菲《〈毛诗正义〉通达训释诸例概述》、陈广恩《论"疏不破注"——以〈毛诗正义〉为例》等)、"注释体例"(李娜《〈毛诗正义〉注释体例与引书规则举例》、高华娟《〈毛诗正义〉注释研究》、白长虹《〈毛诗正义〉串讲的体式与方法》、张启成《论〈毛诗正义〉与诗经学》等)、"引文的文献价值"(韩宏韬《〈毛诗正义〉研究》、洪业《〈毛诗注疏〉引书引得》等)。从文学研究的角度切入,韩宏韬《〈毛诗正义〉研究》探讨了孔颖达的情志观、比兴观、语境观;黄庆权《孔颖达〈毛诗正义〉的文学阐释思想》探讨了《毛诗正义》在意象、历史地理、宗教民俗文化、文化人类学等方面的阐释,及审美维度赋比兴阐释;白长虹《〈毛诗正义〉文学研究》提出《正义》在"辨体""篇次""辞章"方面表现出的文学观念,等等。从经学研究的角度切入,韩宏韬《〈毛诗正义〉研究》探讨了《正义》对《诗经》汉学的统一(尊《诗序》、调和毛郑、"诗人救世"说)与及发展(《诗序》观、编次观、体用观),赵鹏鸽《〈毛诗正义〉"六义"观论略》《〈毛诗正义〉"比兴"观论略》探讨了《正义》对"六义""比兴"的阐释及其影响,等等。综上,通过从文献、文学、经学三方面,《毛诗正义》的相关问题已有较清晰准确的研究,为把握《毛诗正义》的特征提供了基础。
③ 见皮锡瑞:《经学历史》,中华书局,2009,第196–198页;洪湛侯:《诗经学史》,中华书局,2002,第245页。

释体系的系统传承。《毛诗正义》传承《毛诗》诠释体系有三大关键：一是延续《毛诗》学派对《诗》的认识；二是传承毛、郑以"兴喻"说诗的方式；三是强化《毛诗》以礼为本的价值诉求，这三方面本也是《毛诗》诠释体系的基础、方式、意义，《毛诗正义》通过传承并发展此诠释体系，从而实现其构建新意识形态话语系统的现实目的。

（一）延续《毛诗》学派对《诗》的认识，体现了一致的《诗》学观

《诗经》收录从西周初年到春秋中叶近五百年间的诗歌，是先秦时期民族心灵世界、情感观念、价值判断的记载。孔子当年周游列国也无法实现王政，从卫国返鲁后便整理典籍、收授弟子，建立起一个传承中华文化精髓的经典系统。孔子整理《诗》是带着非常深切的文化责任感，他要用《诗经》来修复世道人心、复兴礼乐文化。在他看来"《诗》是作为一种文化制度的载体而存在"，"同时也是有周一代人伦道德观念的载体"①。所谓"兴于《诗》，立于礼，成于乐"，孔子认为《诗》不仅是先民的心灵写照，也是养成君子人格的基础、是人伦道德的典范。孔子之后，弟子中最会言《诗》的莫过于子夏。子夏以其独特的感悟能力传承师说并创作了《诗序》，这在《诗》学史上具有重要的历史意义。子夏强调《诗》是内心情志的外化形式，也强调《诗》与社会政治紧密相关，其云"以一国之事，系一人之本，谓之风。言天下之事，形四方之风，谓之雅。雅者，正也，言王政之所由废兴也。政有大小，故有小雅焉，有大雅焉。颂者，美盛德之形容，以其成功告于神明者也"，认为《诗》反映了先秦时期王政的兴衰变化并揭示了其中缘由，有移风易俗、讽喻教化的现实作用，并从神秘感应上提出《诗》可以"正得失、动天地、感鬼神"②。之后，子夏《诗》学几经辗转传至大、小毛公，毛公作《传》也

---

① 刘毓庆、郭万金：《从文学到经学》，第 56 – 60 页。
② 《毛诗正义》卷一，《十三经注疏》，第 568、564 页。

强调《诗》反映王道、关涉教化，将先秦儒家《诗》学关于先王政治、道德评判的学说细化到具体诠释中。东汉，郑玄作《笺》以"兴喻"阐释《诗》所喻示的礼乐制度、人伦道德，以实现《诗》"主文而谲谏，言之者无罪，闻之者足以戒"的政教功能。从孔子、子夏到郑玄，《毛诗》学派继承圣人之学，对《诗经》的认识不曾改变，即《诗经》既是先民内心情志的抒发，也是先秦政治文化、道德观念的载体。

《正义序》开篇即云："夫诗者，论功颂德之歌，止僻防邪之训，虽无为而自发，乃有益于生灵。六情静于中，百物荡于外，情缘物动，物感情迁。若政遇醇和，则欢娱被于朝野。时当惨黩，亦怨刺形于咏歌。作之者以畅怀舒愤，闻之者足以塞违从正。发诸情性，谐于律吕，故曰'感天地，动鬼神，莫近于诗'，此乃诗之为用，其利大矣。"①这里对《诗》的功用做了明确阐释，诗是用来论功颂德或止僻防邪，有惩恶劝善、修复世道之用。人的哀乐喜怒之情受外物促动而产生，情感充溢于心而后外化为诗，这些欢娱之声、怨刺之歌与社会政治的好坏相对应，诗既是作者抒发愤懑的载体，同时也是反映风俗民情、社会政治的载体，于美刺褒贬之间实现讽喻教化的作用，显然，《正义》延续了《毛诗》学派对《诗》的认识。又云："《尚书》之'三风''十愆'，疾病也。诗人之'四始''六义'，救药也。……诗人救世亦犹是矣。典刑未亡，觊可追改，则箴规之意切，《鹤鸣》《沔水》殷勤而责王也。淫风大行，莫之能救，则匡谏之志微，《溱洧》《桑中》所以咨嗟叹息而闵世。"②诗是疗治社会疾病的药石，"诗人救世"更加形象地说明了"诗之为用，其利大矣"，与《诗序》所说"经夫妇、成孝敬、厚人伦、美教化、移风俗"异曲同工。《正义》延续子夏、毛郑对《诗》的认识，秉持一贯的《诗》学观，这是

① 《毛诗正义序》，《十三经注疏》，第553页。
② 《毛诗正义》卷一，《十三经注疏》，第567页。

其"疏不破注"的本质原因。

(二)传承毛、郑以"兴喻"说诗的方式,赋予了《诗》新的诠释

《诗》学观一致,也将对《诗》的诠释方式产生影响。《正义》认为"兴者,起也,取譬引类,起发己心,诗文诸举草木鸟兽以见意者,皆兴辞也"①。所谓"取譬引类,起发己心",指借助类比、譬喻来引起志意,又提到诗中用草木鸟兽来表达志意的都算作"兴"。上文我们已对毛、郑解经范畴内的"兴"作出分析,明确"兴"是阐释经义的特殊方式,它的发生机制中须有一层意义关联才可"取譬引类"。而《正义》对"兴"的定义,即准确地概括了"兴"阐释经义的过程。说明《正义》深谙"兴"的发生机制,于是《螽斯》篇,毛、郑皆不言"兴",而《正义》说:

> 此实兴也。《传》不言兴者,《郑志》答张逸云:"若此无人事,实兴也,文义自解,故不言之。"凡说不解者耳,众篇皆然。是由其可解,故《传》不言兴也。②

依《郑志》所言,"螽斯羽,诜诜兮"没有明显提及人事,则螽斯实际上是代人事表意,根据《诗序》"螽斯,后妃子孙众多也。言若螽斯不妒忌,则子孙众多也"可轻易读懂诗义,故《传》不言"兴也"。所谓"若此无人事,实兴也",正是《正义》说"诸举草木鸟兽以见意者,皆兴辞"的意思。因此,根据毛、郑以"兴喻"解经的路数,《正义》认为《螽斯》实际上也是"兴"诗。能准确把握"兴"的内涵,并在诠释实践中加以运用,是《正义》传承《毛诗》诠释体系的重要标志。

---

① 《毛诗正义》卷一,《十三经注疏》,第565页。
② 《毛诗正义》卷一,《十三经注疏》,第585页。

《正义》分析"兴者喻"：

> 《传》言兴也，《笺》言兴者喻，言《传》所以兴者欲以
> 喻此事也。兴、喻名异而实同，或与《传》兴同而义异，亦
> 云兴者喻，《摽有梅》之类也。亦有兴也不言兴者，或郑不
> 为兴，若"厌浥行露"之类；或便文径喻，若"褖衣"之类；或
> 同兴，《笺》略不言喻者，若《邶风》"习习谷风"之类也；或
> 叠《传》之文，若《葛覃笺》云"兴焉"之类是也。然有兴
> 也，不必要有兴者，而有兴者，必有兴也。亦有毛不言兴，
> 自言兴者，若《四月笺》云"兴人为恶有渐"是也。或兴、喻
> 并不言，直云犹、亦、若者。虽大局有准，而应机无定。郑
> 云喻者，喻犹晓也，取事比方以晓人，故谓之为喻也。①

在《正义》看来，兴、喻同义，都是晓喻、喻示的意思；再者，《毛
传》《郑笺》标兴情况复杂，篇目也有差异，《正义》归纳为"兴同而
义异""有兴也不言兴者""有毛不言兴，自言兴者""兴、喻并不言，
直云犹、亦、若者"四类，每类之中又因具体情况有不同。据统计，
在《毛传》标兴的116篇中，有27篇《郑笺》没有对兴进行阐释；而
《毛传》不标兴的184篇中，却有32篇《郑笺》认为有"兴义"，并用
"以喻""犹""以言"等来标明(译见本节文后的附表1)，二者在标
兴上确实出入较大②，如此错综复杂，《正义》高度概括为"大局有

---

① 《毛诗正义》卷一，《十三经注疏》，第586页。
② 朱自清先生曾对毛、郑标兴的情况做过详尽分析，认为："《郑笺》说
兴诗，详明而有系统，胜于《毛传》。"又，"《郑笺》虽然详明而有系统，可是所
说的兴诗喻义，与《毛传》一样，远超出常人想象之外。"(《诗言志辨·比兴》，
商务印书馆，2011，第65页)

准，而应机无定"，就是说毛、郑因对《诗》的认识一致，则标兴秉持的原则一致，只是由于具体篇目阐释不同而造成标兴差异。《正义》领会毛、郑标兴的本质，在看似无规律中概括出规律，也是《诗》学观一致的必然表现。

延续毛、郑标兴的路数，《正义》认为有"兴义"的篇目多达158篇(详见本节文后的附表1)，占《诗经》总篇目的一半还多，在《毛传》标兴的篇目外，又增加了42篇，或根据诗有"兴义"而补充或直接根据《毛传》标兴的路数而补充。具体而言，《正义》对"兴喻"的传承集中表现在：根据毛、郑标兴的规律，增多兴诗；强调兴义，并对《诗》作出新的诠释。毛、郑标兴并没有明显的规律，但从所标篇目中尚可摸索出一些线索来。

1. 根据《毛传》的诠释规律

《氓》"桑之未落，其叶沃若"，《传》云："桑，女功之所起。沃若，犹沃沃然。"《郑笺》："桑之未落，谓其时仲秋也。"《正义》："毛以为桑之未落之时，其叶则沃沃然盛，以兴己色未衰之时，其貌亦灼灼然美。"标兴的依据是："言桑者，女功之所起，故此女取桑落与未落，以兴己色之盛衰。毛氏之说《诗》未有为记时者，明此以为兴也。"[1]以桑叶茂盛喻女子貌美，与下文"桑之落矣，其黄而陨"用桑叶飘落喻女子色衰形成对照，正是《序》所谓"华落色衰，复相背弃"之意，以讽刺当时礼义消亡、淫风大行的社会风气。《诗》三百篇中《桃夭》《摽有梅》，《郑笺》认为是以植物的生长状态"记时"，而《毛传》皆解释为喻女子的年华容颜[2]，"毛氏之说《诗》未有为记时者"，故《正义》认为即是"兴"。"毛氏之说《诗》未有为记时者"，就是《正义》推断标兴的规律之一，此类又如《东山》"仓庚于飞，熠耀

---

① 《毛诗正义》卷三，《十三经注疏》，第684页。
② 《毛诗正义》卷一、卷一，《十三经注疏》，第586、612页。

其羽"，《我行其野》"我行其野，蔽芾其樗"，等等。

2.根据"平行譬喻"结构

《诗经》中有"以平行句发兴"，如《蘀兮》："蘀兮蘀兮，风其吹女。叔兮伯兮，倡予和女"，《甫田》："无田甫田，维莠骄骄。无思远人，劳心忉忉"，《黍苗》："芃芃黍苗，阴雨膏之。悠悠南行，召伯劳之"，等等。朱自清先生说，此类就如《荀子·大略》篇所引古语"流丸止于瓯臾，流言止于知者"一样，是平行的譬喻①。《正义》发现这个规律，《东山》："蜎蜎者蠋，烝在桑野。敦彼独宿，亦在车下"，其云：

> 蜎蜎然者桑中之蠋，虫常久在桑野之中，似有劳苦。
> 以兴敦敦然彼独宿之军士，亦常在车下而宿，甚为劳苦。

《正义》认为蠋处桑野喻军士行役常宿车下，《毛传》不言兴，《郑笺》云："蠋，蜎蜎然特行，久处桑野，有似劳苦者。"蠋本桑虫，久处桑野也是自然，何来劳苦之说呢？《正义》解释说："蠋在桑野，是其常处，实非劳苦，故云'似有劳苦'。军士独宿车下，则实有劳苦，故下《笺》云：'诚有劳苦。'以不实喻实者，取其在桑野、在车下，其事相类故也。"②则用蠋喻军士，也是以军士类蠋，属于"平行譬喻"。又如《匪风》"谁能亨鱼，溉之釜鬵。谁将西归，怀之好音"，《正义》云：

> 此见周道既灭，思得有人辅之。言谁能亨鱼者乎？
> 有能亨鱼者，我则溉涤而与之釜鬵。以兴谁能西归辅周

---

① 朱自清：《诗言志辨·比兴》，第58－59页。
② 《毛诗正义》卷八，《十三经注疏》，第845页。

治民者乎？有能辅周治民者，我则归之以周旧政令之好
音。恨当时之人无辅周者。亨鱼烦则碎，治民烦则散。
亨鱼类于治民，故以亨鱼为喻。溉者，涤器之名。溉之釜
鬵，欲归与亨者之意。归之好音，欲备具好音之意。釜鬵
言溉，亦归与之而。好音言归，亦备具之而。互相晓。

　　这首《毛传》不标兴，云：“亨鱼烦则碎，治民烦则散，知亨鱼则
知治民矣。”《郑笺》：“谁能者，言人偶能割亨者。”于下句又云：“桧
在周之东，故言西归。有能西仕于周者，我则怀之以好音，谓周之
旧政令。”烹鱼与治民在事理上相通，老子即说“治大国若烹小鲜”。
《正义》根据毛、郑，认为烹鱼喻治国，溉釜兴怀之好音，互文相
晓①，属于“平行譬喻”结构，故标为兴诗。《诗》三百篇中，《正义》
因平行譬喻而标兴的，又如《采薇》：“彼尔维何？维常之华。彼路
斯何？君子之车”；《正月》：“燎之方扬，宁或灭之。赫赫宗周，褒姒
灭之”，《无将大车》：“无将大车，祇自尘兮。无思百忧，祇自疧
兮”②，等等。

　　3. 根据逻辑相通性
　　毛、郑标兴的原则是喻义不明则不标兴，《正义》却将这类诗的
部分篇目标为“兴”。《东门之墠》，《毛传》不言“兴”是因为喻意不
明，而男女之际与墠阪之间确实有相通处，故云“如”。《正义》则
说：“毛以为言人之行者，践东门之坛则易登，茹蘆在阪则难越，以
兴为婚姻者得礼则易，不得礼则难。”按《序》：“东门之墠，刺乱也。

---

　　① 《毛诗正义》卷七，《十三经注疏》，第815页。
　　② 《毛诗正义》卷九、卷十二、卷十三，《十三经注疏》，第881、950、
995页。

男女有不待礼而相奔者也。"①《正义》据《序》认为此篇暗含"兴义",取事有难易之义。这种取兴手法较特殊,并不同于直接用物象喻人事,而是取二者在抽象逻辑上相通、或状态性质上相似。即如《卷耳》篇"忧者之兴",《正义》云:

> 不云"兴也",而云"忧者之兴",明有异于余兴。余兴言采菜,即取采菜喻;言生长,即以生长喻。此言采菜,而取忧为兴,故特言"忧者之兴",言兴取其忧而已,不取其采菜也。②

不用卷耳或采卷耳取兴,而是用采卷耳却半天采不满一小筐这背后的忧思作比,因此才有别于其他,而说"忧者之兴"。这类取兴带有比较强烈的主观性。《正义》认为《东门之墠》与此同理,取"践东门之坛则易登,茹藘在阪则难越",喻"得礼则易,不得礼则难",为难易之兴。这类兴诗重在"兴义",《正义》根据毛、郑阐释的诗意,挖掘物象与情志的逻辑相通之处,找到了意义上的关联,即标为"兴"。

标兴并不是经典阐释的终极目的,标兴是为了将诗关于政治、关于教化的意义阐释出来,揭示兴义(即经义)才是最终目的。因此,在注疏过程中,毛、郑阐释的喻义也就成了《正义》用以标兴的依据。《正义》强调兴义,并在注疏中借"兴喻"对《诗》进行新诠释,这便是《诗》学发展到唐代后,暗藏在"疏不破注"形式下的新动向。

---

① 《毛诗正义》卷四,《十三经注疏》,第728页。
② 《毛诗正义》卷一,《十三经注疏》,第584页。

4.根据毛、郑阐释的诗义

《毛传》对"兴"的判定标准既不十分明确，这就出现了不少《毛传》不标兴而阐释中却暗含"兴义"的篇目，《正义》便根据《毛传》的阐释来判定"兴"。如《简兮》："有力如虎，执辔如组。"《毛传》："组，织组也。武力比于虎，可以御乱。御众有文章。言能治众，动于近，成于远也。"是说诗将硕人孔武有力比于猛虎，则可抵御侵伐之乱；又将硕人治众比作执辔御马，将能治众比作织组，因其"动于近，而成于远也"。《毛传》的阐释突出了诗的喻义，但并不标兴。《郑笺》云："硕人有御乱、御众之德，可任为王臣。"义同《毛传》，也不标兴。《正义》便说：

> 言硕人既有武力，比如虎，可以能御乱矣。又有文德，能治民，如御马之执辔，使之有文章，如织组矣。以御者执辔于此，使马骋于彼，织组者总纰于此，而成文于彼，皆动于近，成于远。以兴硕人能治众施化，于己而有文章，在民亦动于近，成于远矣。①

明言"执辔如组"以兴硕人能治众施化，并解释"执辔如组"暗含了双重喻义：一是治众如执辔御马；二是执辔御马如织组。皆"动于近，而成于远矣"。"动近成远"是将治众、御马、织组三者相联系的纽带，也是《正义》标兴的依据和核心内容。《毛传》只言"动于近，成于远"，《正义》以"硕人能治众于己，而有文章在民"来解释，突出"动近成远"隐含的德教意义，以宣扬治众要修德及人、施行教化的仁政观念。通过标兴，御马、织组如此寻常的事件中也

---

① 《毛诗正义》卷二，《十三经注疏》，第649页。

蕴藏着治理国家、教化人民的大道理。这样的解释到宋儒就已经不被接受,王安石、程颐、苏辙、朱子①等普遍是将"执辔如组"讲作赋,指御马的技艺。为何同样一篇诗,一作兴讲,一作赋讲?阐释意义区别在哪?两相对照,《正义》用兴串联起由治众、御马、织组三元素构成的逻辑意义闭合圈,就是为了强调"治众施化"这层意义,其标兴的用意昭然若揭。于《干旄》"素丝纰之",《正义》再次强调:"织组者总纰于此,成文于彼,犹如御者执辔于此,马骋于彼,以喻治民立化于己,而德加于民,使之得所,有文章也。"②治众、御马、织组便成为了一个喻示教化施行的固定模式。

根据诗义而判定为兴诗的,又如《羔裘》,《传》云:"祛,袂也。本末不同,在位与民异心自用也。"《正义》:"在位之臣服羔裘豹祛,晋人因其服,举以为喻。言以羔皮为裘,豹皮为祛,裘祛异皮,本末不同,以兴民欲在上忧己,在上疾恶其民,是上下之意亦不同也。"《破斧》,《传》:"隋銎曰斧。斧斨,民之用也。礼义,国家之用也。"《正义》:"毛以为,斧斨者生民之所用,以喻礼乐者亦国家之所用。有人既破我家之斧,又缺我家之斨,损其斧斨,是废其家用,其人是为大罪。以喻四国之君,废其礼义,坏其国用,其君是为大罪。"《伐柯》,《传》:"柯,斧柄也。礼义者,亦治国之柄。"《正义》:"毛以为,柯者为家之器用,礼者治国之所用,言欲伐柯以为家用,当如何乎?

①　《毛诗李黄集解》引王安石之说,云此言艺也。(《影印文渊阁四库全书》,中国台湾商务印书馆,1986,第71册,第127页)程颐云:"执辔如组,艺也。"(《二程集·河南程氏经说》卷三,中华书局,1981,第1051页)苏辙云:"组者,织组也。织组者,总织于此而成文于彼,盖御者执辔于上而马调于下,如织组也。言有力而善御者,可以御侮也。"(《诗集传》卷二,《影印文渊阁四库全书》第70册,中国台湾商务印书馆,1986,第335页)朱熹:"赋也。御能使马,则辔柔如组矣。"(《诗集传》,第35页)

②　《毛诗正义》卷三,《十三经注疏》,第673页。

非斧则不能。以兴欲取礼以治国者,当如之何乎？非周公则不能。言斧能伐柯,得柯以为家用;喻周公能行礼,得礼以治国。"①诸如此类,《毛传》皆不言兴,《正义》都是根据诗义标"兴",如此便将《诗》义与诗中的物象紧密联系。

《毛传》将《诗》的大义贯穿在具体阐释中,清人陈澧说:"毛公说《诗》之大义,既著于续序中矣,其在传内者亦不少。如《关雎传》云:'夫妇有别则父子亲,父子亲则君臣敬,君臣敬则朝廷正,朝廷正则王化成。'《鹿鸣传》云:'夫不能致其乐,则不能得其志;不能得其志,则嘉宾不能竭其力。'如此类者,不可以其易解而忽之也。又如《苕之华传》云:'治日少而乱日多。'此语甚悲,有无穷之感概。"②这些文字或言人伦、或言情性、或言社会苍生,都是《毛传》通过标兴所揭示的关涉诗教的"大义"。"大义"是《诗》作为"经"的重要内涵,是《诗》与社会政治及诗人人生之间的意义关联,为评判、处理现实问题提供了价值判断。而"大义"是由"微言"③来具体呈现,在先秦以至秦汉的《诗》说中,很多喻义逐渐与本义融合,久而久之形成一种固定的兴喻模式,如御马(御术)、织组与治术,斧戕、伐柯与"以礼治国",桃夭、摽梅与及时嫁娶,绿衣、羔裘与"本末不同"等,皆属于"微言大义"。《正义》对部分"兴"的判定与补充正是根据这些"微言大义"而来。

除增多兴诗外,《正义》还根据"兴喻"具有较大阐释空间的特性,在注疏中加入了新诠释,使《诗》作为圣人裁定的"经"为时代发

----

① 《毛诗正义》卷四、卷八、卷八,第 718、850、851 页。

② 陈澧:《陈澧集·东塾读书记》卷六,上海古籍出版社,2008,第 107 页。

③ 此微言指"具有象征性、隐喻性以及深奥意义之言"。(《从文学到经学》,第 339 页)

挥着指导意义。《唐风·扬之水》:"扬之水,白石凿凿。"《毛传》:
"兴也。凿凿然鲜明貌。"《郑笺》:"激扬之水,波流湍疾,洗去垢
浊,使白石凿凿然。兴者喻桓叔盛强,除民所恶,民得以有礼义
也。"此诗刺晋昭公,《正义》云:

> 昭公分其国地以封沃国,谓封叔父桓叔于曲沃之邑
> 也。桓叔有德,沃是大都,沃国日以盛强,昭公国既削小,
> 身又无德,其国日以微弱,故晋国之人皆将叛而归于沃国
> 焉。昭公分国封沃已为不可,国人将叛,又不能抚之也,
> 故刺之。此刺昭公,经皆陈桓叔之德者,由昭公无德而微
> 弱,桓叔有德而盛强。国人叛从桓叔,昭公之国危矣,而
> 昭公不知,故陈桓叔有德,民乐从之,所以刺昭公也。①

晋昭公与桓叔之事,见桓公二年《春秋左氏传》,"惠之二十四
年,晋始乱,故封桓叔于曲沃。……惠之三十年,晋潘父弑昭侯而
立桓叔,不克。晋人立孝侯。惠之四十五年,曲沃庄伯伐翼,弑孝
侯。翼人立其弟鄂侯。"②桓叔名成师,是晋文侯弟。昭侯名伯,是
文侯之子。曲沃庄伯是桓叔子,也就是昭侯的堂兄弟。正是这位
堂兄弟攻打了晋国国都翼城并弑君。这首诗,《传》《笺》提到"桓
叔盛强""曲沃有善政",《正义》在此基础上说《扬之水》:"兴桓叔
之德,政教宽明,行于民上,除去民之疾恶,使沃国之民皆得有礼义
也。桓叔既有善政,其国日以盛强,晋国之民皆欲叛而从之。……
桓叔之得民心如是,民将叛而从之,而昭公不知,故刺。"③这一段

---

①　《毛诗正义》卷六,《十三经注疏》,第768页。
②　《春秋左传正义》卷五,《十三经注疏》,第3786－3787页。
③　《毛诗正义》卷六,《十三经注疏》,第768页。

看似"疏不破注",其中却巧妙地隐藏着《正义》新的解释动机,(1)反复陈述昭公的不是,分国封沃不可、国人将叛不抚,《序》说"昭公微弱",《正义》则加上了"无德";(2)高度赞扬桓叔有德,《序》仅说"桓叔盛强",而《正义》说"有德而盛强",并进一步说桓叔"政教宽明""得民心";(3)说国人"叛从"桓叔,并且是"乐从",而经、《序》说"国人将叛",《正义》把未然之事改为已然,是何缘由呢?

据《晋世家》,潘父弑君而迎桓叔,"桓叔欲入晋,晋人发兵攻桓叔。桓叔败,还归曲沃"①,桓叔本有夺权的打算,只是失败了。晋人发兵攻打桓叔,则并没有"叛从"。《正义》偏离历史真实的阐述,其实隐藏着更深层的目的,就是回护当权政治。将这场弑君夺权的案件,在叙述层次上、语言上稍做处理,便会在无形中让读者形成一个认识,首先昭公无德,再者桓叔有德又有善政,最后国人是自愿跟从桓叔而主动叛变的。如此一来,弑君夺权便成了替天行道,这就是把"将叛"改为"叛从"的强大效果。而这层意义是秦汉《诗》学均未提及的,是深藏在唐代注疏中的新诠释。当年玄武门之变,秦王李世民杀太子建成、齐王元吉而得皇位,与桓叔之事颇为近似,《正义》引用"皇天无亲,惟德是辅"的权威论断,意在为太宗篡夺皇位提供合理性,因此,才在《扬之水》的注疏中加入新的喻义。《正义》的这份诠释意图,又见《淇奥》篇,云:"案《世家》云,武公以其赂,赂士以袭攻共伯,而杀兄篡国。得为美者,美其逆取顺守,德流于民,故美之。齐桓、晋文皆篡弑而立,终建大功,亦皆类也。"②于《氓》篇又云:"士有大功则掩小过,故云可以功过相除。齐桓、晋文皆杀亲戚,篡国而立,终能建立高勋于周世,是以功除过

---

① 司马迁撰:《史记》卷三十九,中华书局,1959,第1638页。
② 《毛诗正义》卷三,《十三经注疏》,第676页。

也。"①显然,用齐桓、晋文类比,又说"皇天无亲,惟德是辅",又说"逆取顺守""功过相除",《正义》的这些说辞都是在为太宗、为新政权辩解。

《五经》经圣人整理,被确立为传承中华文化精髓的典籍系统,更是世人君子修齐治平的进身之阶,这便决定了它在知识、思想、文化领域不可撼动的权威地位。当新政权一旦建立,需要构建新的意识形态、思想秩序及制度规范,就必然会通过垄断《五经》阐释的话语权,并将其与现实的功名利禄相关联,来实现对世人的思想引导与精神统治。葛兆光先生说:"当《五经正义》撰修完毕,《贞观礼》和《显庆礼》已经颁布,《晋书》《齐书》《周书》《梁书》《陈书》《南史》《北史》以及《隋书》陆续写出,儒道佛的争论已经在强大的政治压力下逐渐平息,一个似乎是新的意识形态、新的制度规范以及新的历史被建构并叙述出来之后,唐王朝的合法性就完全确立"②。正是因为参与建构王朝的合法性、合理性,《毛诗正义》中便出现了极力维护政权的阐释,这些特殊的"时代性阐释"寄寓在注疏之中,也即是《诗》学发展到唐代的一个时代特征。

(三) 强化《毛诗》以礼为本的价值诉求,实现了《诗》的政教功能

"礼"规定了社会各项秩序、维系着国家的稳定,它包括"仪式的象征和暗示,也包括行为伦理和生活道德的规定,还包括一整套政治制度"③,是政权约束上下、引导思想、批判现实问题的权威力量。《诗》产生在先秦礼乐文化大背景下,与礼、乐关系尤其紧密。即如在儒家的思想体系中,"兴于诗,立于礼,成于乐",诗、礼、乐共

①　《毛诗正义》卷三,《十三经注疏》,第 685 页。
②　葛兆光:《中国思想史》(第二卷),第 4 页。
③　葛兆光:《中国思想史》(第二卷),第 29 页。

同构成塑造君子人格的渐进过程。《礼记》云："温柔敦厚,诗教也";"广博易良,乐教也";"恭俭庄敬,礼教也"①,三者教化功用不同又相辅相成。"六经其教虽异,总以礼为本"②,因此,"礼"是汉唐《诗经》诠释不变的价值内核。

"《诗》是礼之影,礼是《诗》之实"③,《毛传》说《诗》即"多载礼制"④,之后《郑笺》以《礼》笺《诗》⑤,《诗》《礼》之间转互相明。《正义》引郑玄《箴膏肓》云:"礼虽散亡,以诗义论之,天子以至大夫皆有留车反马之礼。"⑥已完全将《诗》视为另一种形式的礼经。毛、郑发明的"兴喻"是通向诗礼庙堂的路径,"兴喻"所阐释诗义总是关涉人伦道德、制度规范及社会风化,故《正义》在注疏过程中,用了大量笔墨来阐释《诗》的文化背景,阐释毛、郑标兴的礼乐内涵,以揭示《诗》所承载的教化意义。如《摽有梅》,《序》云:"男女及时也。召南之国,被文王之化,男女得以及时也。"《正义》云:

> 毛以卒章云三十之男、二十之女为蕃育法,二章为男年二十八九、女年十八九,首章谓男年二十六七、女年十六七,以梅落喻男女年衰,则未落宜据男年二十五,女年十五矣。则毛以上二章陈年盛正昏之时,卒章蕃育法虽在期尽,亦是及时。《东门之杨传》云:"不逮秋冬。"则毛意以秋冬皆得成昏。孙卿曰:"霜降逆女,冰泮杀止。"霜降,九月也;冰泮,正月也。孙卿,毛氏之师,明毛亦然,以

---

① 《礼记正义》卷五十,《十三经注疏》,第 3493 页。
② 《礼记正义》卷五十,《十三经注疏》,第 3493 页。
③ 刘毓庆、郭万金:《从文学到经学》,第 471 页。
④ 陈澧:《陈澧集·东塾读书记》,第 108 页。
⑤ 刘毓庆、郭万金:《从文学到经学》,第 471 页。
⑥ 《毛诗正义》卷一,《十三经注疏》,第 596 页。

九月至正月皆可为昏也。又《家语》曰："霜降而妇功成，
而嫁娶者行焉。冰泮，农业起，昏礼杀于此。"又云："冬合
男女，春班爵位。"《邶诗》曰："士如归妻，迨冰未泮。"是
其事也。其《周礼》言仲春，《夏小正》言二月者，皆为期尽
蕃育之法。《礼记》云"二十曰弱冠"，又曰"冠，成人之
道"，成人乃可为人父矣。《丧服传》曰："十九至十六为长
殇"，《礼》"子不殇父"，明男子二十为初娶之端。又《礼
记》曰："女子十五许嫁而笄"，以十五为成人，许嫁不为
殇，明女子十五为初昏之端矣。王肃述毛曰："前贤有言，
丈夫二十不敢不有室；女子十五不敢不事人。"谯周亦云：
"是故，男自二十以及三十，女自十五以至二十，皆得以嫁
娶。先是则速，后是则晚矣。凡人嫁娶，或以贤淑，或以
方类，岂但年数而已。"此皆取说于毛氏矣。然则男自二
十九，女自十五以至十九，皆为盛年，其昏，自季秋至于孟
春，惟其所用，不限其月。若男三十、女二十为期尽蕃育，
虽仲春犹可行。即此卒章是也。①

　　这段阐释可按内容分为四层次：一是《正义》从整体上作系统
梳理，分章阐释《毛传》，特别点明三章在男女年龄上有渐长的差
别；二是《正义》根据荀子及《家语》等文献资料证明《毛传》以秋冬
为嫁娶正时；三是《正义》据《礼》说明古时男子二十、女子十五始可
婚娶；四是《正义》结合婚娶正时与适婚年龄来阐释"期尽蕃育"。
所谓"蕃育法"，指已过黄金结婚年龄而未得嫁娶的男女，可赶在礼
法规定的最后期限及时婚嫁。所云"《周礼》言仲春，《夏小正》言

---

① 《毛诗正义》卷一，《十三经注疏》，第612页。

二月者,皆为期尽蕃育之法",据《大戴礼记·夏小正》载:"二月绥多女士。绥,安也。冠子取妇之时也。"①又《周礼·媒氏》载:"媒氏掌万民之判,凡男女自成名以上皆书年、月、日、名焉。令男三十而娶,女二十而嫁。凡娶判妻入子者,皆书之。中春之月令会男女,于是时也,奔者不禁。"②按礼,秋冬行嫁娶,是婚姻之正。施行期尽蕃育之法,则二月、仲春皆可婚娶。古时于礼法之外,更以及时嫁娶、绵延子嗣为重。《诗序》所谓"男女及时"其实暗含着"蕃育人民"之义,《毛传》以梅落喻女子年龄渐衰,强调"蕃育法",表露出以男女人伦、延续血脉为重的道德关怀。通过《正义》的层层疏解,在了解了两周男女婚娶的相关礼制之后,才能更深切地明白"期尽蕃育法"之所指,也就更能领会《毛传》标兴的深刻内涵。唐朝初期,太宗作《令有司劝勉民间嫁娶诏》,即云:

> 昔周公治定,制礼垂裕后昆,命媒氏之职以会男女,每以仲春之月顺时行令,蕃育之礼既宏,邦家之化攸在。及政教凌迟,诸侯力争,官失其守,人变其风,致使谣俗有失时之讥,鳏寡无自存之术。……朕肃奉天命,为之父母,……不申之以婚姻,明之以顾复,便恐中馈之礼斯废,绝嗣之衅方深,有怀怨旷之情,或致淫奔之辱。③

所谓"蕃育之礼既宏""政教凌迟,诸侯力争",这段诏令明显可见《诗经》对国家政教的重要影响。男女及时婚姻嫁娶是国家教化

---

① 王聘珍撰,王文锦点校:《大戴礼记解诂》,中华书局,1998,第31页。
② 郑玄注,贾公彦疏:《周礼注疏》卷十四,《十三经注疏》,中华书局,2009,第1579-1580页。
③ 董诰等编:《全唐文》卷四,上海古籍出版社,1990,第17页。

的根本,《国风》中有大量记载男女失时、淫风大行的篇目,这些前车之鉴让太宗深感忧患,故搬出"肃奉天命""为之父母"的权威,要官员劝勉民间及时嫁娶。《摽有梅》篇,若如朱子所言"南国被文王之化,女子知以贞信自守,惧其嫁不及时,而有强暴之辱也"①,从道学的角度,突出女子有贞信之德,而男子多失德、行强暴,这样解释显然有失允当,已完全与两周文化中"蕃育人民"的礼制背景相去甚远。

再如《绿衣》,《序》云:"卫庄姜伤己也。妾上僭,夫人失位而作是诗也。"《郑笺》云:"褖兮衣兮者,言褖衣自有礼制也。诸侯夫人祭服之下,鞠衣为上,展衣次之,褖衣次之。次之者,众妾亦以贵贱之等服之。鞠衣黄,展衣白,褖衣黑,皆以素纱为里。今褖衣反以黄为里,非其礼制也。故以喻妾上僭。"认为"绿衣"本作"褖衣",褖衣自有成法,以素纱为里;今以黄为里,不合礼制,喻贱妾上僭不合礼义。"褖衣"为何喻贱妾?《正义》云:

> 《内司服》:"掌王后之六服,袆衣、揄翟、阙翟、鞠衣、展衣、褖衣、素纱。"注云:"后从王祭先王则服袆衣,祀先公则服揄翟,祭群小祀则服阙翟。"后以三翟为祭服,夫人于其国,衣服与王后同,亦三翟为祭服,众妾不得服之。故鞠衣以下,众妾以贵贱之等服之也。……此服既有三,则众妾亦分为三等。盖夫人下,侄娣鞠衣,二媵展衣,其余褖衣也。②

据礼,王后与诸侯夫人皆以三翟为祭服;三翟之下,鞠衣、展

①　朱熹:《诗集传》,第17页。
②　《毛诗正义》卷二,《十三经注疏》,第625页。

衣、褖衣次之,众妾须按贵贱等级来穿戴。众妾等级,这就涉及古时嫁娶有"媵"。《江有汜》,《正义》云:"嫡谓妻也,媵谓妾也。谓之媵者,以其从嫡,以送为名,故《士昏礼》注云:'媵,送也。'古者女嫁必侄娣从,谓之媵","《公羊传》曰:'诸侯一取九女,二国媵之。'所从皆名媵,独言二国者,异国主为媵,故特名之"①,按《公羊传》庄公十九年载"诸侯娶一国,则二国往媵之,以侄娣从。侄者何?兄之子也。娣者何?弟也。诸侯壹聘九女,诸侯不再娶"②。则众媵之中,侄娣为嫡妻近亲,身份较为尊贵,二国之媵次之,其余更次之。"褖衣"即身份最卑微的妾室所服。又"褖衣自有礼制",《正义》云:

> 知"鞠衣黄,展衣白,褖衣黑"者,以《士冠礼》陈服于房中,爵弁服,皮弁服,玄端,及《士丧礼》陈袭事于房中,爵弁服,皮弁服,褖衣。以褖衣当玄端,玄端黑,则褖衣亦黑也。故《内服》注以男子之褖衣黑,则知妇人之褖衣亦黑也。又子羔之袭,褖衣纁袡,袡用纁,则衣用黑明矣。褖衣既黑,以四方之色逆而差之,则展衣白、鞠衣黄可知。皆以素纱为里者,以《周礼》六服之外,别言素纱,明皆以素纱为里也。今褖衣反以黄为里,非其制,故以喻妾上僭也。然则鞠衣、展衣亦不得以黄为里,独举褖衣者,诗人意所偶言,无义例也。③

---

① 《毛诗正义》卷一,《十三经注疏》,第614页。
② 何休注,徐彦疏:《春秋公羊传注疏》卷八,《十三经注疏》,中华书局,2009,第4854页。
③ 《毛诗正义》卷二,第626页。

"褖衣"黑色且以素纱为里,而诗中以黄为里,黄色本是中央正色,鞠衣、展衣尚不能如此,何况等级最低的"褖衣"?故以"褖衣"黄里喻贱妾上僭。通过《正义》援引古礼,方了解古时的妻妾制度、祭服等级,方能明白为何《郑笺》会以褖衣喻贱妾,以褖衣黄里喻僭越犯上。古时车马衣食都是以等级尊卑而定,这正是"礼"之所在。《正义》疏解诗义往往会在这些名物制度上多下功夫,此类又如《君子偕老》之"展衣",《芄兰》之"佩觿",《权舆》之"四簋"等,其云:"礼者,人所以立身,行礼乃可度世难,无礼将无以自济。"①治世安民皆须礼,《正义》之所以大费周章地疏解礼义、突出礼义,即欲以《诗》达成修齐治平的政教目的。

《正义》以"礼"为诠释核心,这与唐朝初期巩固新政权的政治需求一致。《贞观政要》载,太宗诏魏征、虞世南等为文舞《庆善乐》、武舞《破阵乐》填词,云:"昔周公、成王,袭礼作乐,久之乃成。逮朕即位,数年之间成此二乐,五礼又复刑定,未知堪为后世作法以否?"②太宗明确表示意在"万代取法",其将西周礼乐政治作为治国导向的理想更是显露无遗。唐朝统治阶层是将"礼"作为新王朝价值体系的核心,王珪即云:"朝廷若有疑事,皆引经决定,由是人识礼教,理致太平。"③经典是评判政治得失的标准,经典的核心是"礼",这是教化人民、实现太平的方式,也是李唐王朝守成阶段最关键的统治手段。贞观十六年,太宗问侍臣:"当今国家何事最急?"岑文本便答:"《传》称:'道之以德,齐之以礼。'由斯而言,礼义为急。"④唐朝统治阶层选择以德治礼教为主的政教模式。《正

---

① 《毛诗正义》卷二,第638页。
② 吴兢:《贞观政要》写字台本卷四,中华书局,2012,第567页。
③ 吴兢:《贞观政要》卷一,第29页。
④ 吴兢:《贞观政要》卷四,第196页。

义》亦云"礼义者,政教之本"①,故在阐释《诗》义时,尤其在意借诠释《诗》来诠释礼。如《羔裘》篇,《正义》提到"三谏不从,有待放之礼";《斯干》篇,《正义》明辨明堂、路寝、宗庙之制;《正月》篇,《正义》详细说明"役之圆土"等。凡此种种,皆侧重于诠释礼制礼义,以实现温柔敦厚的诗教。

　　以上从《诗》学观、诠释方式、价值诉求三方面,充分说明《正义》系统传承了《毛诗》的诠释体系。从《序》到《传》,从《传》到《笺》,再从《笺》到《正义》,这井然有序是出于《正义》对《诗》学谱系的刻意整理。整理谱系是《正义》传承《毛诗》诠释体系的最后一环,从而为统一汉魏以来的《诗》学划定了清晰的边界,并将自身作为这个谱系的集大成者。当《序》《传》《笺》之间出现矛盾时,《正义》的谱系整理意识就更突出。当《序》《传》不同,《正义》以《诗序》为准②。《正义》总是以"作某某诗者,言"的句式来引述《诗序》,暗示《诗序》所说是作者的本义;又总是将《序》与经文一一对照,用"经序转互相明""经序相符"来肯定《序》对诗义的精准概括;并在注疏中提到"子夏作《序》"十次之多,反复强调《序》传自圣人的权威性,这些直接、间接的材料都表明在《正义》的诗学谱系中《诗序》毋庸置疑居于首位,这是《毛诗》的宗旨与纲领。至于

---

①　《毛诗正义》卷一,《十三经注疏》,第566页。
②　《东方之日》,《序》:"刺衰也。君臣失道,男女淫奔,不能以礼化也。"《传》云:"日出东方,人君明盛,无不照察也。"(《毛诗正义》卷五,《十三经注疏》第741页)说法明显相悖。《绸缪》,《序》:"刺晋乱也。国乱则婚姻不得其时焉。"(《毛诗正义》卷六,《十三经注疏》第772页《传》云:"男女待礼而成,若薪刍待人事而后束也。三星在天,可以嫁娶矣。"(诗义也正相反。《正义》巧妙地从中调和,《东方之日》篇,其云:"毛以为陈君臣盛明,化民以礼之事,以刺当时之衰";《绸缪》篇,又云:"故陈婚姻之正时,以刺之",则《传》依然阐释的是《诗序》之义。

《毛传》与《诗序》不同,"在学术血脉上可以说是祖孙之间或父子之间的冲突,是一个学派在学术思想的传递过程中发生的变更"①,二者对《诗》的认识、对《诗》价值意义的判定是一致的。因此,《毛传》作为《毛诗》学派的奠基之作,在《正义》的诗学谱系中位列《诗序》之后。当《传》《笺》不同,《正义》则多偏向《郑笺》②,孔颖达"因《郑笺》为《正义》,乃论归一定,无复歧途"③,故在《诗》学谱系中,《正义》其实是将《笺》置于与《传》同等重要的位置。在《诗》学历史上,直至《正义》撰成,才首次确立了以《序》《传》《笺》《正义》四部相传承的《诗》学谱系,这是此前任何一部《诗》学著作都并未进行的重要工作。当然,《正义》整理《诗》学谱系关键是为了统一《诗》说,并将自身作为最终的集大成者纳入谱系中,树立其传自圣人的学术权威,则所做的新诠释也就具有了不容置疑的神圣地位。

所以,在以上论述的基础上来回答最初的问题,《毛诗正义》真正实现《诗》学统一的关键,是对《毛诗》诠释体系的系统传承,官方权力的加持只能说是强有力的外在条件。《正义》实现了《诗》学史上前所未有的统一,也成了唐王朝建构新意识形态话语系统的重要环节,也就是它在《诗》学史上具有时代性、独特性、创造性的意义。

附表1 《毛诗正义》标兴表

《诗》全篇为兴者,举首句以代下文;一篇之中,仅第一句为兴者,都见备注说明,其余未说明者,即某句为兴,则单列某句。表中与"兴喻"相关的字词已加下划线标明,以便读者。

---

① 刘毓庆、郭万金:《从文学到经学》,第418页。
② 韩宏韬:《毛诗正义研究》,第105–107页。
③ 永瑢等撰:《四库全书总目》卷一五,中华书局,1965,第120页。

序号	篇目及诗句	《毛传》	《郑笺》	《正义》	备注
1	《周南·汝坟》遵彼汝坟,伐其条枚。	遵,循也。汝,水名也。坟,大防也。枝曰条,干曰枚。	伐薪于汝水之侧,非妇人之事,**以**言己之君子贤者,而处勤劳之职,亦非其事。	言大夫之妻身自循彼汝水大防之侧,伐其条枝枚干之薪,以为己伐薪汝水之侧,非妇人之事,因闵己之君子贤者而处勤劳之职,亦非其事也。	全篇为兴。
2	《召南·殷其雷》殷其雷,在南山之阳。	殷,雷声也。山南曰阳。雷出地奋,震惊百里。山出云雨,以润天下。	雷,以**喻**号令于南山之阳,又**喻**其在外。召南大夫以王命施号令于四方,**犹**雷殷殷然发声于山之阳。	言殷殷然雷声在南山之阳,以喻君子行号令在彼远方之国。	全篇为兴。
3	《小星》嘒彼小星,三五在东。	嘒,微貌。小星,众无名者。三心五噣,四时更见。	众无名之星,随心、噣在天,**犹**诸妾随夫人以次序进御于君也。	言嘒然微者彼小星,此星虽微,亦随三星之心、五星之噣,以次列在天,见于东方。以兴礼命卑者	全篇为兴。

序号	篇目及诗句	《毛传》	《郑笺》	《正义》	备注
3				是彼贱妾,虽卑,亦随夫人以次序进御于君所,由夫人不妒忌惠及故也。	
4	《邶风·燕燕》燕燕于飞,差池其羽。	燕燕,鳦也。燕之于飞,必差池其羽。	差池其羽,谓张舒其尾翼,**兴**戴妫将归,顾视其衣服。	燕燕往飞之时,必舒张其尾翼,以兴戴妫将归之时,亦顾视其衣服。	全篇为兴。
5	《日月》日居月诸,照临下土。	日乎月乎,照临之也。	日月**喻**国君与夫人也,当同德齐意以治国者,常道也。	言日乎以照昼,月乎以照夜,故得同曜齐明而照临下土,以兴国君也,夫人也。国君视外治,夫人视内政,当亦同德齐意,以治理国事,如此是其常道。	全篇为兴。

序号	篇目及诗句	《毛传》	《郑笺》	《正义》	备注
6	《简兮》有力如虎,执辔如组。	组,织组也。武力比于虎,可以御乱。御众有文章。言能治众,动于近,成于远也。	硕人有御乱、御众之德,可任为王臣。	以御者执辔于此,使马骋于彼;织组者总纰于此,而成文于彼,皆动于近、成于远。**以兴**硕人能治众施化,于己而有文章,在民亦动于近成于远矣。	
7	《静女》静女其姝,俟我于城隅。	静,贞静也。女德贞静而有法度,乃可说也。姝,美色也。俟,待也。城隅,以言高而不可踰。	女德贞静,然后可畜。美色,然后可安。又能服从,待礼而动,自防如城隅,故可爱也。	言有贞静之女,其美色姝然,又能服从君子,待礼而后动,自防如城隅然,高而不可逾,有德如是,故我爱之,欲为人君之配。	

续表

序号	篇目及诗句	《毛传》	《郑笺》	《正义》	备注
7－1	《静女》自牧归荑,洵美且异。	荑,茅之始生也。本之于荑,取其有始有终。	自牧田归荑,其信美而异者,可以供祭祀,**犹**贞女在窈窕之处,媒氏达之,可以配人君。	毛以为诗人既爱静女而不能见思,有人归之,言我欲令有人自牧田之所归我以茅,信美好而且又异者,我则供之以为祭祀之用,进之于君。以兴我愿有人自深宫之所,归我以贞信之女,信美好又异者,我则进之以为人君之妃。	
8	《新台》鱼网之设,鸿则离之。	言所得非所求也。	设鱼网者宜得鱼,鸿乃鸟也,反离焉。**犹**齐女以礼来求世子,而得宣公。		

序号	篇目及诗句	《毛传》	《郑笺》	《正义》	备注
9	《鄘风·桑中》 爱采唐矣? 沫之乡矣。	爱,于也。唐蒙,菜名。沫,卫邑。	于何采唐,必沫之乡。犹言欲为淫乱者,必之卫之都。恶卫为淫乱之主。	人欲采唐者,于何采唐菜乎?必之沫之乡矣,以兴人欲淫乱者,于何处淫乱乎?必之卫之都。言沫乡唐所生,卫都淫所主故也。	全篇为兴。
10	《蝃蝀》 朝隮于西,崇朝其雨。	隮,升云也。崇,终也。从旦至食时为终朝。	朝有升气于西方,终其朝则雨,气应自然;以言妇人生而有适人之道,亦性自然。	言朝有升气于西方,终朝其必有雨。有隮气必有雨者,是气应自然,以兴女子生则必当嫁,亦性自然以。	
11	《干旄》 素丝纰之,良马四之。	纰,所以织组也。总纰于此,成文于彼。愿以素丝纰组之法御四马也。	素丝者以为缕,以缝纰旌旗之旒縿,或以维持之。	此好善者,我愿告之以素丝纰组之法,而御善马四辔之数,以此法而治民也。织组者总纰于此,	

序号	篇目及诗句	《毛传》	《郑笺》	《正义》	备注
11				成文于彼,犹如御者执辔于此,马骋于彼,**以喻**治民立化于己,而德加于民,使之得所,有文章也。	
12	《载驰》陟彼阿丘,言采其蝱。	偏高曰阿丘。蝱,贝母也。升至偏高之丘,采其蝱者,将以疗疾。	升丘采贝母,**犹**妇人之适异国,欲得力助,安宗国也。	言有人升彼阿丘之上,言欲采其蝱者,欲得其以疗疾,犹妇人适于异国,亦欲得力助以安宗国。	
13	《卫风·氓》桑之未落,其叶沃若。	桑,女功之所起。沃若,犹沃沃然。	桑之未落,谓其时仲秋也。	毛以为桑之未落之时,其叶则沃沃然盛,**以兴**己色未衰之时,其貌亦灼灼然美。郑以为男子既秋来见己,己使之取车。男子既去,当桑之未落。其叶沃若,仲秋之时。	

序号	篇目及诗句	《毛传》	《郑笺》	《正义》	备注
14	《郑风·将仲子》 将仲子兮！无逾我里，无折我树杞。	将，请也，仲子，祭仲也。　逾，越。里，居也。二十五家为里。杞，木名也。折，言伤害也。	祭仲骤谏，庄公不能用其言，故言请，固距之。无逾我里，**喻**言无干我亲戚也；无折我树杞，**喻**言无伤害我兄弟也。	祭仲数谏庄公，庄公不能用之，反请于仲子兮，汝当无逾越我居之里垣，无损折我所树之杞木，以喻无干犯我之亲戚，无伤害我之兄弟。	全篇为兴。
15	《东门之墠》 东门之墠，茹藘在阪。	东门，城东门也。墠，除地町町者。茹藘，茅蒐也。男女之际，近而易则**如**东门之墠，远而难则茹藘在阪。	城东门之外有墠，墠边有阪，茅蒐生焉。茅蒐之为难浅矣，易越而出，此女欲奔男之辞。	（毛以为）言人之行者，践东门之坛则易，登茹藘在阪则难越，**以兴**为婚姻者得礼则易，不得礼则难。 （郑以为）女言东门之外有坛，茹藘在于阪上，其为禁难浅矣，言其易越而出。**兴**己是未嫁之	

序号	篇目及诗句	《毛传》	《郑笺》	《正义》	备注
15				女,父兄之禁难亦浅矣,言其易,可以奔男止,自男不来迎己耳。	
16	《郑风·扬之水》扬之水,不流束楚?	扬,激扬也。激扬之水,可谓不能流漂束楚乎?	激扬之水,喻忽政教乱促。不流束楚,言其政不行于臣下。	毛以为,激扬之水,可谓不能流漂一束之楚乎?言能流漂之,以兴忠臣良士,岂不能诛除逆乱之臣乎?言能诛除之。	全篇为兴。
17	《齐风·东方未明》折柳樊圃,狂夫瞿瞿。	柳,柔脆之木。樊,藩也。圃,菜园也。折柳以为藩园,无益于禁矣。瞿瞿,无守之貌。古者,有挈壶氏以水火分日夜,以告时于朝。	柳木之不可以为藩,犹是狂夫不任挈壶氏之事。	此言折柳木以为藩菜果之圃,则柳木柔脆无益于圃之禁,以喻用狂夫以为挈壶之官,则狂夫瞿瞿然,不任于官之职。	

序号	篇目及诗句	《毛传》	《郑笺》	《正义》	备注
18	《魏风·硕鼠》硕鼠硕鼠,无食我黍。		硕,大也。大鼠大鼠者,斥其君也。女无复食我黍,疾其税敛之多也。	国人疾其君重敛畏人,比之硕鼠,言"硕鼠硕鼠,无食我黍",犹言国君国君,无重敛我财。	
19	《唐风·羔裘》羔裘豹袪,自我人居居。	袪,袂也。本末不同,在位与民异心自用也。居居,怀恶不相亲比之貌。	羔裘豹袪,在位卿大夫之服也。其役使我之民人,其意居居然有悖恶之心,不恤我之困苦。	在位之臣服羔裘豹袪,晋人因其服举以为喻,言以羔皮为裘,豹皮为袪,裘袪异皮,本末不同,以兴民欲在上忧己,在上疾恶其民,是上下之意亦不同也。	全篇为兴。
20	《陈风·衡门》衡门之下,可以栖迟。	衡门,横木为门,言浅陋也。栖迟,游息也。	贤者不以衡门之浅陋,则不游息于其下,以喻人君不可以国小,则不兴治致政化。	毛以为虽浅陋衡门之下,犹可以栖迟游息,以兴虽地狭小国之中,犹可以兴治致政然。贤者不以衡门之浅	全篇为兴。

续表

序号	篇目及诗句	《毛传》	《郑笺》	《正义》	备注
20				陋,则不游息于其下,以喻人君不可以国小,则不兴治致政。	
21	《桧风·匪风》 谁能烹鱼,溉之釜鬵。 (谁将西归?怀之好音。)	溉,涤也。鬵,釜属。亨鱼烦则碎,治民烦则散,知亨鱼则知治民矣。	谁能者,言人偶能割亨者。	此见周道既灭,思得有人辅之。言谁能亨鱼者乎?有能亨鱼者,我则溉涤而与之釜鬵。**以兴**谁能西归辅周治民者乎?有能辅周治民者,我则归之以周旧政,令之好音。	
22	《曹风·候人》 维鹈在梁,不濡其翼。	鹈,洿泽鸟也。梁,水中之梁。鹈在梁可谓不濡其翼乎?	鹈在梁当濡其翼,而不濡者,非其常也;**以喻**小人在朝亦非其常。	毛以为,维鹈鸟在梁,可谓不濡其翼乎?言必濡其翼。**以兴**小人之在朝,可谓不乱其政乎?言必乱其政。	

续表

序号	篇目及诗句	《毛传》	《郑笺》	《正义》	备注
22－1	《候人》荟兮蔚兮,南山朝隮。	荟、蔚,云兴貌。南山,曹南山也。隮,升云也。	荟蔚之小云,朝升于南山,不能为大雨,**以喻**小人虽见任于君,终不能成其德教。	荟兮蔚兮之小云,在南山而朝升,不能兴为大雨,以兴小人在位而见任,不能成其德教。	
22－2	《候人》婉兮娈兮,季女斯饥。	婉,少貌。娈,好貌。季,人之少子也。女,民之弱者。	天无大雨则岁不熟,而幼弱者饥,**犹**国之无政令,则下民困病矣。	此接势为喻,天若无大雨,则岁谷不熟,婉兮而少,娈兮而好,季子少女幼弱者,斯必饥矣。以喻德教不成,国务政令,则其民将困病矣。刺君近小人而病下民也。	
23	《豳风·东山》蜎蜎者蠋,烝在桑野。(敦彼独宿,亦在车下。)	蜎蜎,蠋貌。蠋,桑虫也。烝,寘也。	蜎蜎蠋然特行久处桑野,有**似**劳苦者。	蜎蜎然者桑中之蠋,虫常久在桑野之中,**似**有劳苦。**以兴**敦敦然彼独宿之军士,亦常在车下而宿,甚为劳苦。	

续表

序号	篇目及诗句	《毛传》	《郑笺》	《正义》	备注
23-1	《东山》 有敦瓜苦,烝在栗薪。	敦犹专专也。烝,众也。言我心苦,事又苦也。	此又言妇人思其君子之居处,专专如瓜之系缀焉。瓜之瓣有苦者,**以喻**其心苦也。	言有专专然系缀于蔓者,瓜也,而其瓣甚苦。既系苦于蔓,似如劳苦,而其瓣又苦,以喻君子系属于军,是事苦也。	
23-2	《东山》 仓庚于飞,熠耀其羽。		仓庚仲春而鸣,嫁取之候也。熠耀其羽,羽鲜明也。归士始行之时,新合昏礼,今还,故极序其情以乐之。	毛以为,归士始行之时新合昏礼,序其男女及时,以戏乐之。言仓庚之鸟往飞之时,熠耀其羽甚鲜明也。**以兴**归士之妻,初昏之时,其衣服甚鲜明也。	
24	《破斧》 既破我斧,又缺我斨。	隋銎曰斧。斧斨,民之用也。礼义,国家之用也。	四国流言,既破毁我周公,又损伤我成王,以此二者为大罪。	毛以为,斧斨者生民之所用,**以喻**礼乐者亦国家之所用。有人既破我家之斧,又缺我家之斨,	

序号	篇目及诗句	《毛传》	《郑笺》	《正义》	备注
24				损其斧斯,是废其家用,其人是为大罪。**以喻**四国之君,废其礼义,坏其国用,其君是为大罪。郑以为,有人既破我之斧,又缺我之斯,此二者是为大罪。以兴四国流言,既破毁我周公之道,又损伤我成王,此二者亦是大罪,故周公东征之。	
25	《伐柯》伐柯如何,匪斧不克。	柯,斧柄也。礼义者,亦治国之柄。	克,能也。伐柯之道,唯斧乃能之。此以类求其类也。以喻成王欲迎周公,当使贤者先往。	毛以为,柯者为家之器用,礼者治国之所用,言欲伐柯以为家用,当如何乎?非斧则不能。**以兴**欲取礼以治国	

续表

序号	篇目及诗句	《毛传》	《郑笺》	《正义》	备注
25				者,当如之何乎?非周公则不能。言斧能伐柯,得柯以为家用;喻周公能行礼,得礼以治国。郑以为,伐柯之道,非斧则不能,唯斧乃能之。言以类求类,喻王欲迎周公,非贤不可往。	
26	《小雅·四牡》翩翩者雕,载飞载下,集于苞栩。	雕,夫不也。	夫不,鸟之悫谨者。人皆爱之,可以不劳,犹则飞则下,止于栩木。**喻**人虽无事,其可获安乎?感厉之。	文王以使臣劳苦,因劝厉之。言翩翩然者,雕之鸟也。此鸟其性悫谨,人皆爱之,可以不劳,犹则飞而后则下,始得集于苞栩之木。言先飞而后获所集,以喻人亦当先劳而后得所安。	

序号	篇目及诗句	《毛传》	《郑笺》	《正义》	备注
27	《皇皇者华》皇皇者华,于彼原隰。	皇皇,犹煌煌也。高平曰原,下湿曰隰。忠臣奉使,能光君命,无远无近,如华不以高下易其色。	无远无近,维所之则然。	言煌煌然而光明者是草木之华,于彼原之与隰皆煌煌而光明,不以高下而易其色也。**以言**臣之出使,当光显其君,常不辱命,于彼遐之与迩,皆使光扬,不以远近而易其志也。	开篇第一句标兴。
28	《采薇》彼尔维何?维常之华。(彼路斯何?君子之车。)	尔,华盛貌。常,常棣也。	此言彼尔者乃常棣之华,**以兴**将率车马服饰之盛。	戎役之行,随从将帅,故说将帅之车。言彼尔然而盛者,何木之华乎?维常棣之华。**以喻**彼路车者,斯何人之车乎?维君子之车。常棣之华色美,以喻君子车饰盛也。	

序号	篇目及诗句	《毛传》	《郑笺》	《正义》	备注
29	《出车》喓喓草虫，趯趯阜螽。		草虫鸣，阜螽跃而从之，天性也。**喻**近西戎之诸侯，闻南仲既征玁狁，将伐西戎之命，则跳跃而乡望之，如阜螽之闻草虫鸣焉。	言喓喓然为声而鸣者草虫也，闻此草虫之鸣，趯趯然跳跃而从之者阜螽也。以喻赫赫然有德而盛者南仲也。闻其南仲之将往，向望而美之者，近西戎之诸侯也。言阜螽之从草虫，天性然也。西方诸侯之美南仲，事势然也。	
30	《我行其野》我行其野，蔽芾其樗。	樗，恶木也。	樗之蔽芾始生，谓仲春之时，嫁娶之月。	毛以为，有人言，我行适于野，采可食之菜，唯得蔽芾然樗之恶木。**以兴**妇人言，我嫁他族以求夫，唯得无行不信之恶夫。	

序号	篇目及诗句	《毛传》	《郑笺》	《正义》	备注
31	《正月》瞻彼中林，侯薪侯蒸。	中林，林中也。薪蒸，言似而非。	侯，维也。林中大木之处，而维有薪蒸尔。喻朝廷宜有贤者，而但聚小人。	毛以为，视彼林中，谓其当有大木，而维有薪、维有蒸在林，则似大木而非大木也。以兴视彼朝上，谓其当有贤者，而唯有小人，此小人之在朝，则似贤人而非贤也。	
31－1	《正月》瞻彼阪田，有菀其特。	言朝廷曾无桀臣。	阪田，崎岖墝埆之处，而有菀然茂特之苗，喻贤者在间辟隐居之时。	王政所以为民疾苦，由不能用贤。视彼阪田墝埆之地有菀然茂特之苗，以兴空谷仄陋之处有杰然其秀异之贤。	

序号	篇目及诗句	《毛传》	《郑笺》	《正义》	备注
31－2	《正月》燎之方扬,宁或灭之。(赫赫宗周,褒姒灭之。)	灭之以水也。	火田为燎。燎之方盛之时,炎炽燺怒,宁有能灭息之者?言无有也。以无有,**喻**有之者为甚也。	言燎火方奋扬之时,炎炽燺怒,宁有能灭息之者。**以喻**宗周方隆盛之时,王业深固,宁有能灭亡之者。言此二者皆盛不可灭亡也。然此燎虽炽盛,而水能灭之,则水为甚矣。**以兴**周国虽盛,终将褒姒灭之,则褒姒恶甚矣此。	
31－3	《正月》终其永怀,又窘阴雨。	窘,困也。	窘,仍也。终王之所行,其长可忧伤矣。又将仍忧于阴雨。阴雨**喻**君有泥之难。	毛以为,言王之为恶,无心变改。若终王之所行,其长可哀伤矣。王行既可哀伤,又将至于倾危,**犹**商人涉路既有疲劳,又将困于阴	

序号	篇目及诗句	《毛传》	《郑笺》	《正义》	备注
31－3				雨。商人之遇阴雨则有泥之难,王行之至倾危,必有灭亡之忧,故以譬之。	
31－4	《正月》鱼在于沼,亦匪克乐。潜虽伏矣,亦孔之炤。	沼,池也。	池鱼之所乐而非能乐,其潜伏于渊,又不足以逃,甚炤炤易见。**以喻**时贤者在朝廷,道不行无所乐,退而穷处,又无所止也。	鱼在于沼池之中,为人所惊骇,不得逸游,亦非能有乐。退而潜处,虽伏于深渊之下,亦甚于炤炤然易见,不足以避网罟之害,莫知所逃。以兴贤者在于朝廷之上,为时所陷害,不得行道,意非能有乐。退而隐居,虽遁于山林之中,又其姓名闻彻,不足以遇苛虐之政,莫知所于。	

序号	篇目及诗句	《毛传》	《郑笺》	《正义》	备注
32	《四月》四月维夏,六月徂暑。	徂,往也。六月,火星中,暑盛而往矣。	徂,犹始也。四月立夏矣。至六月乃始盛暑,**兴**人为恶,亦有渐,非一朝一夕。	毛以为,言四月维始立夏矣,未甚暑。至六月乃极暑矣。既极然后往过其暑矣。以往表其极,言四月已渐暑,至六月乃暑极。**以兴**王初即位,虽为恶政矣,未甚酷。至于今,乃极酷也。	全篇为兴。
33	《北山》陟彼北山,言采其杞。		言,我也。登山而采杞,非可食之物,**喻**己行役不得其事。	言有人登彼北山之上者,云我采其杞菜之叶也。此杞叶非可食之物,而登山以采之,非宜矣。以兴大夫循彼长远之路者,云我从其劳苦之役也。此劳役非贤者之职,而循路以从之,非其事矣。	开篇第一句标兴。

序号	篇目及诗句	《毛传》	《郑笺》	《正义》	备注
34	《无将大车》无将大车，祇自尘兮。（无思百忧，祇自痕兮。）	大车，小人之所将也。	将，犹扶进也。祇，适也。鄙事者，贱者之所为也。君子为之，不堪其劳。**以喻**大夫而进举小人，适自作忧累，故悔之。	言君子之人，无得自将此大车。若将此大车，适自尘蔽于己。**以兴**后之君子，无得扶进此小人，适自忧累于己。	全篇为兴。
35	《小明》明明上天，照临下土。		明明上天，**喻**王者当光明如日之中也。照临下土，**喻**王者当察理天下之事也。据时，幽王不能然，故举以刺之。	言明明之上天，日中之时，能以其光照临下土之国，使无幽不独，品物咸亨也。以喻王者处尊之极，当以其明察理于天下之事，然无屈不伸，劳逸得所也。	开篇第一句标兴。

序号	篇目及诗句	《毛传》	《郑笺》	《正义》	备注
36	《鱼藻》鱼在在藻,有颂其首。	颂,大首貌。鱼以依蒲藻为得其性。	藻,水草也。鱼之依水草,**犹**人之依明王也。	言明王之时,鱼何所在乎?在于藻也。然藻者是水中之草,乃是鱼之常处。既得其性,故能肥充,有颂然其大首也。鱼之潜逃,尚得其性,则水陆之物莫不尽然,是万物皆得其所矣。	全篇为兴。
37	《渐渐之石》渐渐之石,维其高矣。	渐渐,山石高峻。	山石渐渐然高峻,不可登而上,**喻**戎狄众强而无礼义,不可得而伐也。	(毛以为)言戎狄之地,有渐渐然险峻之山石,维其高大矣。郑以为渐渐为渐渐然险峻之山石,维其高大,不可登而上矣,以兴戎狄众强,不可得而伐矣。	全篇为兴。

序号	篇目及诗句	《毛传》	《郑笺》	《正义》	备注
38	《大雅·旱麓》瞻彼旱麓,榛楛济济。	旱,山名也。麓,山足也。济济,众多也。	旱山之足,林木茂盛者,得山云雨之润泽也。喻周邦之民独丰乐者,被其君德教。	毛以为,视彼周国旱山之麓,其上则有榛楛之木济济然茂盛而众多,是由阴阳和,以致山薮殖也。阴阳调和,是君之所感。木犹尚然,明民亦得其性。	
38 - 1	《大雅·旱麓》鸢飞戾天,鱼跃于渊。	言上下察也。	鸢,鸱之类,鸟之贪恶者也。飞而至天,喻恶人远去,不为民害也。鱼跳跃于渊中,喻民喜得所。	毛以为大王、王季德教明察,著于上下。其上则鸢鸟得飞至于天以游翔,其下则鱼皆跳跃于渊中而喜乐。是道被飞潜万物,得所化之明察故也。能化及上下,故叹美之。	

续表

序号	篇目及诗句	《毛传》	《郑笺》	《正义》	备注
38－2	《大雅·旱麓》莫莫葛藟,施于条枚。	莫莫,施貌。	葛也藟也,延蔓于木之枝木而茂盛,喻子孙依缘先人之功而起。	言莫莫然而延蔓者是葛也藟也,乃施于木之条枚之上而长也。以兴依缘者,此大王、王季也。乃依缘己之先祖之功业而起也。	
39	《凫鹥》凫鹥在泾,公尸来燕来宁。	凫,水鸟也。鹥,凫属。太平则万物众多。	泾,水名也。水鸟而居水中,犹人为公尸之在宗庙也。故以喻焉。	毛以为,成王之时,天下太平,万物众多,莫不得所。其凫鹥之鸟,在于泾水之中,得其处也。郑唯上句为异,言凫鹥在泾水之中,以兴公尸在宗庙之内。	全篇为兴。
40	《召旻》池之竭矣,不云自频?	频,厓也。	频,当作"滨"。厓,犹外也。自,由也。池水之溢,	言人见池水之竭尽矣,岂不言云:由其外之滨厓无水以益之故也。以	

序号	篇目及诗句	《毛传》	《郑笺》	《正义》	备注
40			由外灌焉。今池竭,人不言由外无益者与?言由之也。喻王犹池也,政之乱,由外无贤臣益之。	喻人见王政之丧乱矣,岂不言曰:由其外之群臣无贤以佐之故也。	
40－1	《召旻》泉之竭矣,不云自中?	泉水从中以益者也。	泉者,中水生则益深,水不生则竭。喻王犹泉也,政之乱,又由内无贤妃益之。	人见泉水之枯竭矣,岂不言由其内之地中无水以生之故也。以喻人见王政危乱矣,岂不言曰:由其内之妃后无德以助之故也。	
41	《鲁颂·有駜》有駜有駜,駜彼乘黄。	駜,马肥强貌。马肥强则能升高进远,臣强力则能安国。	此喻僖公之用臣,必先致其禄食,禄食足而臣莫不尽其忠。	言有駜有駜然肥强制马,此駜然肥强者,彼之所乘黄马也。将欲乘之,先养以刍秣,故得肥	全篇为兴。

序号	篇目及诗句	《毛传》	《郑笺》	《正义》	备注
41				强。乘之则可以升高致远，得为人用矣。以兴僖公有贤能之臣，将任之，先致其禄食，故皆尽忠任之，则可以安国治民，得为君用矣。	
42	《泮水》翩彼飞鸮，集于泮林。食我桑黮，怀我好音。	翩，飞貌。鸮，恶声之鸟也。黮，桑实也。	怀，归也。言鸮恒恶鸣，今来止于泮水之木上，食其桑黮。为此之故，故改其鸣，归就我以善音。**喻**人感于恩则化也。	翩然而飞者，彼飞鸮恶声之鸟，今来集止于我泮水之林，食我泮宫之桑葚，归我好善之美音。恶声之鸟，食桑葚而变音，喻不善之人感恩惠而从化。	

第二节　《正义》外的《诗经》诠释及其价值取向

唐代《诗》学著作共 14 部，除《毛诗正义》外，今仅存《毛诗音

义》(三卷)、《毛诗指说》(一卷)①;非专著类的《诗》学材料,主要
见于注疏、笔记、诗文中。整体来说资料并不多且较零散,这是唐
代《诗经》学的实际情况。"文献不足征"的困境,是导致唐代《诗
经》学没有得到学界充分重视的原因之一。借此,我们通过梳理
《毛诗正义》之外唐初其他《诗经》学材料,分析其诠释特色及价值
取向,以呈现唐初《诗经》诠释的大致特征及发展状况。

一、经典注疏中的《诗经》诠释

　　《五经正义》的编撰,孔颖达负责总揽大纲,诸儒分治一经。各
经编撰人员多不同②,又是同时编撰,则注疏未完成前互相不便提
供参考。因此,除《毛诗正义》外,在此经典诠释系统中,其他注疏
对《诗经》的诠释代表了官方《诗》学的另一种存在形态。加之,
《五经正义》是科举取士官方指定教材,凡是想通过科考走上仕途
的人皆奉为金科玉律,以致这部分《诗经》诠释有着广泛而深刻的
社会传播,对于研究唐代《诗经》学的发展与传播而言,具有独到的
文献价值,不应被忽视。此外,贾公彦所撰《周礼疏》《仪礼疏》,杨
士勋所撰《春秋穀梁传疏》③皆为唐初所作,也是唐代科举取士的
权威课本,故也列入考察范围。兹根据材料以"解释经文引《诗》"
"解释经注引《诗》"两类来展开论述。

---

　　①　前文"唐代《诗经》学研究综述"部分已论,不再赘述。
　　②　据《正义序》,除王德韶外,各经编撰者不同。如《周易正义》有马嘉
运、赵乾叶等,《尚书正义》有王德韶、李子云等,《毛诗正义》有王德韶、齐威
等,《礼记正义》有朱子奢、李善信、贾公彦、柳士宣、范义頵、张权等,《春秋左
传正义》有谷那律、杨士勋、朱长才等,见阮元校刻:《十三经注疏》,中华书局,
2009,第 14、233、533、2652、3692 页。
　　③　刘昫等撰:《旧唐书·经籍志》卷四十六,第 1972、1979 页。

(一) 解释经文引《诗》

以上儒家经典分别记录了先秦时期的政令、历史、制度、礼仪等,其中引《诗》的相关内容反映了《诗经》在先秦社会生活中的传播,是学术研究之外,《诗经》活跃于历史世界的宝贵记载,注疏解释经文引《诗》的缘由及内涵,从《诗》在社会生活中的实际运用,加深了世人对《诗经》"兴、观、群、怨"的社会功能的认知。

经文引《诗》主要集中在《仪礼》和《左传》。《仪礼》又称《士礼》,约作于战国时期①,仪式歌《诗》主要见于《仪礼》。如"乡饮酒礼",这是周代乡大夫为选贤在乡学中举行酒会的礼节,其中作乐环节歌《诗》数篇,皆与得贤燕饮、教化乡邦相关,云:"工歌《鹿鸣》《四牡》《皇皇者华》",又"笙入堂下,磬南,北面立。乐《南陔》《白华》《华黍》",又"间歌《鱼丽》,笙《由庚》;歌《南有嘉鱼》,笙《崇丘》;歌《南山有台》,笙《由仪》",最后"乃合乐,《周南·关雎》《葛覃》《卷耳》,《召南·鹊巢》《采蘩》《采蘋》","工歌"云云,贾公彦释曰:

> 凡歌诗之法,皆歌其类。此时贡贤能,拟为卿大夫,或为君所燕食,以《鹿鸣》诗也;或为君出聘,以《皇皇者华》诗也;或使反为君劳来,以《四牡》诗也。故宾贤能而预歌此三篇,使习之也。

又释郑玄《注》(以下简称《郑注》)曰:

> 云"三者皆《小雅》篇也"者,其诗见于《小雅》之内

---

① 傅斯年:《中国古代文学史讲义》,安徽人民出版社,2019,第93页。

也。云"鹿鸣,君与臣下及四方之宾燕,讲道修政之乐歌也"者,自此已下,郑皆先引《诗序》于上,复引《诗经》于下,以其子夏作《序》,所以《序》述经意,故郑并引之也。案《鹿鸣》序云:"《鹿鸣》,燕群臣嘉宾也",然后群臣嘉宾得尽其心之事,还依《序》而言也。云"此采其已有旨酒,以召嘉宾,嘉宾既来,示我以善道"至"可则效也"者,案彼经云"我有旨酒,以燕乐嘉宾之心",又云"示我周行","德音孔昭,视民不恌,是则是效"之事。《四牡》序云:"劳使臣之来也",经云"王事靡盬,我心伤悲","岂不怀归","将母来谂"。《皇皇者华》序云"君遣使臣也",经云"于彼原隰,駪駪征夫。每怀靡及","周爰咨谋"之事,故郑依而引之为证也。①

"歌诗之法,皆歌其类",《义疏》解释"乡饮酒礼"之所以注疏此三篇的缘由,并在解释《郑注》时进一步说明《诗》的内涵。但《郑注》所云《鹿鸣》之义与《诗序》表述略异。按《鹿鸣》,《齐》《韩》《毛》三家义同。王先谦云:"郑注《礼》时用《齐诗》。"②包世荣云:"郑玄笺《礼》多主《韩诗》说。"③贾公彦则云郑依《诗序》。又"间歌",贾公彦释《郑注》曰:

　　"云六者皆《小雅》篇也"者,见编在《小雅》之内,故知

　　①　郑玄注,贾公彦疏:《仪礼注疏》卷九,《十三经注疏》,中华书局,2009,第2127页。

　　②　王先谦:《三家诗义集疏》卷十四,中华书局,1987,第551页。

　　③　包世荣:《毛诗礼征序》,《续修四库全书》第69册,上海古籍出版社,2002,第106页。

之。见在者,郑君亦先引其《序》,后引其诗。案《鱼丽》序云:"《鱼丽》,美万物盛多也。"诗云:"君子有酒,旨且多。"《南有嘉鱼》序云:"大平之君子至诚,乐与贤者共之也。"诗云:"君子有酒,嘉宾式燕以乐。"《南山有台》序云:"乐得贤也,得贤则能为邦家立大平之基矣。"诗云:"乐只君子,邦家之基。"又云"乐只君子,民之父母","遐不眉寿"是也。此其郑君所言义意。云"《由庚》《崇丘》《由仪》今亡,其义未闻"者,案《诗序》云:"《由庚》,万物得由其道也。《崇丘》,万物得极其高大也。《由仪》,万物之生各得其宜也。""有其义而亡其辞",此毛公续序义,与《南陔》《白华》《华黍》同。堂上歌者不亡,堂下笙者即亡,盖当时方以类聚,笙歌之诗各自一处,故存者并存,亡者并亡也。①

《郑注》云:"《鱼丽》,言大平年丰物多也","《南有嘉鱼》,言大平之君有酒乐与贤者共之也","《南山有台》,言大平之治,以贤者为本",大义虽与《诗序》无差,但表述皆不尽同。王先谦标为《齐诗》说②,贾公彦认为郑玄亦引《诗序》。今按,郑注《南陔》诸篇云"今亡,其义未闻",当时郑玄未见《诗序》③,其后笺《诗》乃见《毛

---

①　《仪礼注疏》卷九,《十三经注疏》,第 2128 页。
②　王先谦:《三家诗义集疏》卷十四、十五、十五,第 590、593、595 页。
③　郑玄注《礼》时未见《毛诗》,《乐记》"行其缀兆",郑注:"《诗》云'荷戈与缀'。"《正义》:"引《诗》云'荷戈与缀'者,证缀为表也。今按《诗》'荷戈与役',不同者,盖郑所见《齐》《鲁》《韩诗》本不同也。"(《礼记正义》卷三十九,《十三经注疏》,中华书局,2009,第 3349 页)言下之意,即郑玄据"三家诗"注《礼》。再者,《乐记》师乙云:"长言之不足,故嗟叹之;嗟叹之不足,故不知手之舞之,足之蹈之也",此文仅与《诗序》小异,郑玄作注却只字未提,似因其未见《诗序》之由(《礼记正义》卷三十九,《十三经注疏》,第 3350 页)。

传》,云"至毛公为《诂训传》,乃分众篇之义,各置于其篇端"①,则郑注并不是依从《诗序》。而贾公彦引《诗序》作解,并提出"子夏作《序》""毛公续《序》",肯定《诗序》的权威地位。可见,其注《诗》以《毛诗》为宗。

"间歌"数篇意在"优宾""礼贤","合乐"数篇乃"夫妇之道,生民之本,王政之端,此六篇者,其教之原也。故国君与其臣下及四方之宾燕,用之合乐。"②歌诗重在表达与仪式主题相关的一组意义,此所谓"歌其类"。《燕礼》歌诗与《乡饮酒礼》同,贾疏云:"此燕礼歌《小雅》,亦合乡乐,下就卑也。《乡饮酒》升歌《鹿鸣》之等,縂或上取,故彼此诗同。"③歌《诗》虽同,但义有"就卑""上取"之别。其余,《乡射礼》有"合乐""奏《驺虞》以射";《大射》"歌《鹿鸣》三终""管《新宫》三终",又"奏《狸首》以射"等④。贾《疏》皆据《郑注》,宗《毛诗》,重在阐释《诗》用于仪式礼节的内涵。

《左传》记载赋《诗》引《诗》一百八十七次⑤,其中赋《诗》常见于会盟燕享。士大夫们赋《诗》言志,往往断章取义,隐晦地表达个人志意或政治意图,与《诗》本义多无关。如襄公二十七年著名的"垂陇之会"⑥,赵孟请子展、伯有、子西、子产等七位大夫各赋诗,子展赋《草虫》意在比赵孟为君子;伯有赋《鹑之贲贲》意在"嫌君";子西赋《黍苗》之四章意在比赵孟于召伯;子产赋《隰桑》"既

---

① 《南陔笺》,《毛诗正义》卷十,《十三经注疏》,第893页。
② 《仪礼注疏》卷九,《十三经注疏》,第2129页。
③ 《仪礼注疏》卷十五,《十三经注疏》,第2208页。
④ 《仪礼注疏》卷十一、卷十二、卷十七、卷十七、卷十八,《十三经注疏》,第2150、2170、2234、2235、2252页。
⑤ 刘毓庆、郭万金:《从文学到经学》,第34页。
⑥ 杜预注,孔颖达正义:《春秋左传正义》卷三十八,《十三经注疏》,中华书局,2009,第4335-4336页。

见君子,其乐如何",子大叔赋《野有蔓草》"邂逅相遇,适我愿兮",皆意在表达见赵孟之欢欣;印段赋《蟋蟀》"好乐无荒,良士瞿瞿",取瞿瞿有礼之义;公孙段赋《桑扈》"君子乐胥,受天之祜",意在君子有礼将受天之祜。七位大夫用赋《诗》来隐喻自己的意图,其中所赋各篇与《诗》本义并无必然联系。因此,围绕赋《诗》断章,《正义》或略而不解、或补充隐喻之义、或评论赋《诗》得当与否,尚不能体现其《诗经》诠释。

《左传》引《诗》作为评论人事的经典依据,则与《诗》义相关。杜预云:"《春秋传》引《诗》不皆与今说《诗》者同"①,故《正义》说《诗》也不皆与《毛传》同。如庄公六年,卫侯朔入于卫,"放公子黔牟于周,放甯跪于秦,杀左公子泄、右公子职,乃即位。君子以二公子之立黔牟为不度矣。夫能固位者,必度于本末而后立衷焉。不知其本,不谋。知本之不枝,弗强。《诗》云:'本枝百世。'"杜注:"本末,终始也。衷,节适也。譬之树木,本弱者其枝必披,非人力所能强成。"又:"《诗·大雅》。言文王本枝俱茂,蕃滋百世也。"《正义》曰:

> 君子以二公子之立黔牟也,为不知揆度形势矣。夫立人为君,使能自坚固其位者,必当揆度于本末。度其本者,谓其人才德贤善,根本牢固;度其末者,谓其久终能保有邦国,蕃育子孙,知其堪能自固而后立其衷焉。衷谓节适,言使得节适时,乃立之也。若不能知其本之可立与否,则不当谋之。如似树木,知其根本之弱,不能生长枝叶,以喻所立之人材力劣弱,不能保有邦国,蕃育子孙,则不须自强立之。

---

① 《春秋左传正义》"君子曰"杜预注卷二,《十三经注疏》,第3726页。

《诗》以树木本干喻嫡，枝叶喻庶，言文王孙子，本干枝叶，嫡
子庶子，皆传国百世，由文王之德堪使蕃滋故也。刘炫云：
"度其本，谓思所立之人，有母氏之宠，有先君之爱，有强臣
之援，为国人所信服也。度其末，谓思所立之人有度量，有
知谋，有治术，为下民所爱乐也。"①

　　"本枝百世"出自《文王》。《毛诗》作"本支百世"，《传》云：
"本，本宗也。支，支子也。"《笺》云："其子孙，嫡为天子，庶为诸
侯，皆百世。"②以本为嫡，支为庶。《左传正义》的解释与此不同，
以才德贤善为本，以保有邦国、蕃育子孙为枝。刘炫之说亦不同，
认为"本"是为人君者显耀的外在支持，"末"才是其自身应具备的
条件。《正义》、刘炫之说皆与《毛传》不同，可备参考。
　　又如，僖公二十二年，"富辰言于王曰：'请召大叔。《诗》曰：协
比其邻，昏姻孔云。君兄弟之不协，焉能怨诸侯之不睦?'"杜注：
"《诗·小雅》。言王者为政，先和协近亲，则昏姻甚相归附也。邻
犹近也。孔，甚也。云，旋也。"《正义》曰："《诗·小雅·正月》之
篇也。《毛传》云：'洽，合。邻，近。云，旋也。'言王者和合亲比其
近亲，则昏姻甚回旋而相归附。其诗之意，欲令王亲亲以及远。"③
按，《毛诗》作"洽比其邻，昏姻孔云"，《传》云："是言王者不能亲亲
以及远。"王肃云："言王但以和比其邻近左右与昏姻其亲友而已，
不能亲亲及远。"④显然，《左传正义》的解释与《毛传》不同，《正义》
认为《诗》从近亲说到婚姻，以近亲为"亲"，以姻亲为"远"，则是

①　《春秋左传正义》卷八，《十三经注疏》，第 3830 页。
②　《毛诗正义》卷十六，《十三经注疏》，第 1084 页。
③　《春秋左传正义》卷十五，《十三经注疏》，第 3936 页。
④　《毛诗正义》卷十二，《十三经注疏》，第 951 页。

“亲亲以及远”。而《毛传》认为邻近、昏姻皆为“亲”，故言不能及远。《正义》说《诗》不及美刺，直言其字面之义；而《毛传》重在美刺，因“刺幽王”而言“不能亲亲以及远”，其实也是“欲令王亲亲以及远”之义。

《左传正义》说《诗》同于《毛传》者，如僖公二十四年，富辰谏君引《常棣》之诗，云：“臣闻之，大上以德抚民，其次亲亲，以相及也。昔周公吊二叔之不咸，故封建亲戚以蕃屏周。……召穆公思周德之不类，故纠合宗族于成周而作诗，曰：‘常棣之华，鄂不韡韡，凡今之人，莫如兄弟。’其四章曰：‘兄弟阋于墙，外御其侮。’”杜注：“周厉王之时，周德衰微，兄弟道缺，召穆公于东都收会宗族，特作此周公之乐歌，《常棣》诗属《小雅》。”《左传正义》曰：

> 《常棣》之诗，周公所作，故《周语》说此事，云“周文公之《诗》曰”，即明是周公作也。召穆公，厉王时人。于时周德既衰，兄弟道缺，召穆公思周德之不善，致使兄弟之恩缺，收和宗族于成周，为设燕会而作此周公乐歌之诗，曰常棣之木华鄂鄂然外发之时，岂不韡韡而光明乎！以众华俱外发，实韡韡而光明，以喻兄弟众多而相和睦，岂不强盛而有光辉乎！言兄弟和睦，实强盛而有光辉，兄弟和睦则强盛如是，然则凡今日天下之人欲致此韡韡之盛，莫如兄弟之相亲也。其四章曰兄弟或有自不相善，可争讼于墙内，若有他人侵之，则同心合意外御其他人之侵侮也。①

---

① 《春秋左传正义》卷十五，《十三经注疏》，第3945页。

这段诗义阐释同于《毛传》，"曰常棣之木"至"莫如兄弟之相亲"，与《毛诗正义》几乎完全一致。关于诗是何人所作，富辰云召公"纠合宗族于成周而作诗"，似为召公作；杜预云召公"特作此周公之乐歌"，则为周公作。按，《诗序》云："《常棣》，燕兄弟也。闵管、蔡之失道，故作《常棣》焉。"《序》义指向周公作，而《笺》云："周公吊二叔之不咸，而使兄弟恩疏。召公为作此诗，而歌之以亲之。"从《左传》富辰之言。《毛诗正义》云："(周公)恐其天下见其如此，亦疏兄弟，故作此诗，以燕兄弟，取其相亲也。此《常棣》是取兄弟相亲之诗。至厉王之时，弃其宗族，又使兄弟之恩疏。召穆公为是之故，又重述此诗，而歌以亲之。"①此说从杜预注。《左传正义》也从杜预注，直言"《常棣》之诗，周公所作"，但认为召公做此乐歌"当宣王之时"，而非"厉王时"。

以上，《仪礼》《左传》引《诗》目的各有不同，仪式歌《诗》注重《诗》的礼乐教化；引《诗》论事则将《诗》作为是否合于礼的论断依据②，注疏根据引《诗》的不同情况对诗义做不同侧重的阐释。阐释虽各有侧重，皆体现出以《毛诗》为宗的《诗》学倾向。

(二)解释经注引《诗》

除经文引《诗》外，经注引《诗》主要集中在《礼记》、《周礼》郑玄注。郑玄以礼笺《诗》成为其《诗》学的典型特色③，同时，郑玄也引《诗》注礼，《诗》为解释礼提供了依据。注疏往往以"引诗者，云"，或"是某诗，引之证"，或"诗云者，谓"等，来解释引《诗》作注的缘由与内涵。此外也有经、注虽未引《诗》，注疏以"故《诗》云"的形式来补充解释。以上两类，都是将《诗》作为注释的依据，反

---

① 《毛诗正义》卷九，《十三经注疏》，第870页。
② 刘毓庆、郭万金：《从文学到经学》，第36页。
③ 梁锡锋：《郑玄以礼笺〈诗〉研究》，学苑出版社，2005。

之,被注的内容也是对《诗》的解释。无论是引《诗》注礼,还是以礼注《诗》,都体现以"礼"为核心的诠释倾向。

如"方祀",《曲礼》云:"天子祭天地,祭四方,祭山川,祭五祀,岁遍。诸侯方祀,祭山川,祭五祀,岁遍。大夫祭五祀,岁遍。士祭其先。"郑注:"祭四方,谓祭五官之神于四郊也。句芒在东,祝融、后土在南,蓐收在西,玄冥在北。《诗》云:'来方禋祀。'方祀者,各祭其方之官而已。"《正义》曰:"引《诗》云'来方禋祀'者,是《小雅·大田》之诗,以刺幽王之无道,追论成王之时,太平时和年丰,至秋报祭,招来四方之神,禋絜祭祀。引之者,证四方之义也。"①按,《大田》"来方禋祀",《笺》云:"成王之来,则又禋祀四方之神,祈报焉。"②《礼记正义》云《郑注》引《诗》为证四方之义,反之,《诗笺》只言"禋祀四方之神",郑玄注"祭四方"可作为补充。

如"祭名",《王制》:"天子诸侯宗庙之祭,春曰礿,夏曰禘,秋曰尝,冬曰烝。"郑注:"此盖夏殷之祭名。周则改之,春曰祠,夏曰礿,以禘为殷祭。《诗·小雅》曰:'礿祠烝尝,于公先王。'此周四时祭宗庙之名。"《正义》:"引《诗·小雅》者是文王之诗,《天保》之篇,谓文王受命,已改殷之祭名。以夏祭之禘改名曰礿,而《诗》先言'礿'后'祠'者,从便文;'尝'在'烝'下,以韵句也。"③按,《天保》"禴祠烝尝",《传》云:"春曰祠,夏曰禴,秋曰尝,冬曰烝。"《释文》云:"禴,本又作'礿'。"④并未解释祭名从何而来。通过《王制》注引《天保》篇,则知"禴祠烝尝"乃周改夏殷祭名而来。又何时改

---

① 郑玄注,孔颖达正义:《礼记正义》卷五,《十三经注疏》,第2746页。
② 《毛诗正义》卷十四,《十三经注疏》,第1024页。
③ 《礼记正义》卷十二,《十三经注疏》,第2891页。
④ 《毛诗正义》卷九,《十三经注疏》,第880页。

之?《郑注》云"周则改之";孙炎云"周公制礼乃改"①;《礼记正义》据《郑注》引《诗》,认为"文王受命已改",盖确论。可见,《诗》、礼互证才能辨明四时祭名的来龙去脉。

如"籥舞",《文王世子》:"春秋学干戈,秋冬学羽籥,皆于东序。"郑注:"羽籥,籥舞,象文也,用安静之时学之。《诗》云:'左手执籥,右手秉翟。'"《正义》:"'秋冬学羽籥',羽,翟羽也,秋则体成文章也。籥,笛也。籥声出于中,冬则万物藏于中。云'羽籥,籥舞,象文也',宣八年《公羊传》云:'籥者何? 籥舞也。'以其不用兵器,故象文也。引《诗》者《邶风·简兮》之篇也,证羽籥之义。以秋冬凝寒渐静,故云'用安静之时学之'。"②按,《简兮》,《传》云:"籥,六孔。翟,翟羽也。"《笺》云:"硕人多才多艺,又能籥舞,言文武道备。"《诗》义重在"刺不用贤"③,故《笺》言多才多艺、文武道备。而羽籥之喻义及为何"象文",观此处郑注、《正义》乃可知。

如"索鬼神",《大司徒》"以荒政十有二聚万民","十有一曰索鬼神",言凶年救饥之政有十二品,其中第十一品为"索鬼神"。郑司农云:"索鬼神,求废祀而修之,《云汉》之诗所谓'靡神不举,靡爱斯牲'者也。"疏云:"年有凶灾,鬼神不佑,经云'索鬼神',谓搜索鬼神而祭之,是'求废祀而修之'。求废祀而修之,即《云汉》之诗'靡神不举'是也。连引'靡爱斯牲'者,见索鬼神是祈祷之事,须牲体以荐之。案左氏庄二十五年《传》云'天灾,有币无牲',此《诗》云'靡爱斯牲'者,若天灾之时,祈祷无牲,灾成之后,即有牲体,故

---

①　《毛诗正义》卷八引孙炎所云,《十三经注疏》,第 880 页。

②　《礼记正义》卷二十,《十三经注疏》,第 3042 页。

③　《毛诗正义》卷二,《十三经注疏》,第 649 页。

云‘靡爱斯牲’。"①按，《云汉》篇，《笺》云："言王为旱之故，求于群神，无不祭也。无所爱于三牲。"下文"靡神不宗"，《传》云："国有凶荒，则索鬼神而祭之。"即与《大司徒》所言相同。《毛诗正义》亦引《大司徒》及郑司农注，云："是遭遇天灾，必当广祭群神。"②是《诗》、礼互证的又一证明。

其余又如"牧人"，郑注引《无羊》，疏云："又云《诗》曰者，谓《无羊》诗，美宣王是也"，"引之者，以证牧人牧六牲之事也"。又"场人"，郑注引"九月筑场圃，十月纳禾稼"，疏云："此《七月》诗，引之证圃中为场之意。"又"教稼穑树蓺"，郑注引《诗》"树之榛栗""我蓺黍稷"，疏云："'《诗》云：树之榛栗'，是《定之方中》诗，引之证经树是植木。'又曰：我蓺黍稷'，是《楚茨》之诗，引之证经蓺是黍稷也。"又"凡造都鄙""以其室数制之"，郑注云"城郭之宅曰室"并引《诗》"嗟我妇子，曰为改岁，入此室处"，疏云："云'城郭之宅曰室'，又引《诗》者，是《七月》诗，取证室在城内，于其室数，制城外井邑"③，等等，皆是郑注、贾疏引《诗》为礼经所云提供依据。

《诗》是在崇尚礼乐文明的制度下产生，"礼"是《诗》最核心的价值意义，郑玄发现《诗》、礼之间这种原生的紧密关系，故引《诗》来印证"礼"。注疏沿着郑玄以礼注《诗》的思路，当经注未引《诗》时，便以"故《诗》云"来作补充。这部分内容是注"礼"，也是在注《诗》。如《曲礼》"执策分辔"，《正义》云："'执策分辔'者，策，马杖也。辔，御马索也。车有一辕，而四马驾之，中央两马夹辕者，名

---

① 郑玄注，贾公彦疏：《周礼注疏》卷十，《十三经注疏》，中华书局，2009，第1520页。
② 《毛诗正义》卷十八，《十三经注疏》，第1209页。
③ 《周礼注疏》卷九、卷九、卷十、卷十，《十三经注疏》，第1502、1508、1516、1519页。

服马,两边名骈马,亦曰骖马。故《诗》云:'两服上骧,两骖雁行。'郑云'两服,中央夹辕者也。雁行者,言与中服相次序'是也。然每一马有两辔,四马八辔,以骖马内辔系于轼前,其骖马外辔并夹辕两服马各二辔,六辔在手,分置两手,是各得三辔,故《诗》云'六辔在手'是也。今言'执策分辔',谓一手执杖,又六辔以三置空手中,以三置杖手中,故云'执策分辔'也。"①按"两服上骧,两骖雁行"出自《大叔于田》,"郑云"即《郑笺》。"六辔在手"出自《小戎》,《传》《笺》无解②。此处《正义》注"执策分辔"而解之。

又如《檀弓》:"周人尚赤,大事敛用日出,戎事乘骃,牲用骍",郑注:"骃,骊马,白腹。"《正义》云:"武王伐纣所乘也,故《诗》云:'驷骃彭彭。'《毛传》云:'上周下殷。'故周人戎事乘之。"③按"驷骃彭彭"出自《大明》,《毛诗正义》曰:"《檀弓》说三代乘马,各从正色,而周不纯赤,明其有义,故知白腹为'上周下殷'。战为二代革易,故见此义。"④三代乘马各从其正色,知此礼,《毛传》而有"上周下殷"之说。故《礼记正义》反又引之释礼。

又如《王制》:"五国以为属,属有长;十国以为连,连有帅;三十国以为卒,卒有正;二百一十国以为州,州有伯。"郑注:"殷之州长曰伯,虞夏及周皆曰牧。"《正义》曰:"周制牧下有二伯,则侯伯皆得为之。故《诗·旄丘》'责卫伯也',卫是侯爵,而为州伯。张逸疑而问郑,郑答云:'侯德适任之,谓卫侯之德,适可任州伯也。然则伯之贤者,亦可进为牧。'故《周礼·宗伯》'八命作牧',注云:'谓侯伯有功德者,加命得专征伐。'是伯得为牧也",又"殷既亦有连、属、

① 《礼记正义》卷三,《十三经注疏》,第 2711 页。
② 《毛诗正义》卷四、卷六,《十三经注疏》,第 714、787 页。
③ 《礼记正义》卷六,《十三经注疏》,第 2763 页。
④ 《毛诗正义》卷十四,《十三经注疏》,第 1094 页。

卒等，则周亦然也。故《诗·旄丘》'责卫伯不能修方伯连率之职'是也。"①按《旄丘序》"卫不能修方伯连率之职"，《毛诗正义》释"方伯连率"，引《王制》及郑注，又云："《王制》虽殷法，周诸侯之数与殷同，明亦十国为连。此诗周事有连率之文。"②此说与《礼记正义》大同小异，亦《诗》、礼互证也。

其余又如《王制》疏曰："巡守之礼，虽未大平，得为之。故《诗·时迈》'巡守告祭柴望也'。《时迈》是武王诗。迈，行也。时未大平而巡守也。"《文王世子》疏曰："其实祭未及养老亦皆合语也。故《诗·楚茨》论祭祀之事云：'笑语卒获。'《笺》云：'古者于旅也语。'是祭有合语也。"《郊特牲》疏曰："其祭天之器则用陶、匏。陶，瓦器，以荐菹醢之属，故《诗·生民》之篇述后稷郊天云'于豆于登'，注云'木曰豆，瓦曰登'，是用荐物也。匏，酌献酒，故《诗·大雅》美公刘云'酌之用匏'，注云'俭以质'，祭天尚质，故酌亦用匏为尊。"③这些阐释既是通过引《诗》来印证"礼"在历史世界的具体实施，也是从"礼"的角度对《诗》注进行补充，在《郑笺》之外，《诗》、礼互证再次得到强化。

在我们所列的考察对象中，共论及《礼记》《左传》《仪礼》《周礼》四部经典。另外三部，《周易正义》引《诗》3 处、《春秋穀梁传疏》引《诗》13 处、《尚书正义》引《诗》92 处，引《诗》相对较少且皆作为训诂依据，并无更多特色，故略而不论。总之，注疏中对《诗》阐释共有两类：一类是注疏对经文引《诗》所做的阐释，根据经文记载所关涉的具体内容，指向《诗》在仪式制度、礼乐政治中的深刻内

---

① 《礼记正义》卷十一，《十三经注疏》，第 2868 页。
② 《毛诗正义》卷二，《十三经注疏》，第 642 - 643 页。
③ 《礼记正义》卷十一、卷二十、卷二十五，《十三经注疏》，第 2875、3043、3130 页。

涵,展现了古人视《诗经》如"礼经"的观念①,为政治教化提供了经典依据。也因与经文内容有关,故部分阐释并不完全同于"今说《诗》者",主要集中在《左传》引《诗》。与《毛传》不同者,在诗旨上并不违背《诗序》,具体到诗句的阐释则不同,可作为《毛诗正义》之外的《诗》说。而其余与《毛传》相同者,对诗句的阐释则与《毛诗正义》大同小异。经文引《诗》反映了《诗》作用于历史社会的实际情况,这类阐释据此深挖《诗》的内涵,在《毛诗正义》之外,更加深了世人对"诗教"的理解。另一类是注疏对经注引《诗》所作的阐释,经注将《诗》作为训诂依据,或是词义,或是名物,或是制度,或是史实,注疏多是解释经注之所以引《诗》的缘由。其中以《礼记》《周礼》郑玄注最为突出。注疏对这部分引《诗》的解释,在表述上与《毛诗正义》互为印证说明,即注疏释礼而引《诗》,《毛诗正义》释《诗》而引礼,强化了《诗》、礼互证的紧密关系。从以上资料来看,经典注疏中的《诗经》诠释仅有小部分与《毛诗正义》不同,依然继承了《毛诗》的经义诠释,体现出以《毛诗》为宗的《诗》学观念。虽在之后的《诗》学发展中,这部分诠释并未引起更多关注与反响,但作为唐代《诗》学的存在形态而言,不应忽视。且作为《毛诗正义》之外的《诗》学传播渠道,这部分诠释与《毛诗正义》的大同小异,体现出了"经学的大一统"。

二、陆德明《毛诗音义》的诠释特征

《毛诗音义》收于《经典释文》中,陆德明著。陆德明,本名陆元朗,以字行,苏州吴人,历经陈、隋、唐三朝。时李世民为秦王,招为

---

① 刘毓庆、郭万金:《从文学到经学》,第 36 页。

文学馆学士,以经授中山王承乾,补太学博士。又因讲经得高祖赏识,迁国子博士,封吴县男。其博学明辨,善言名理,论撰颇多。所著《经典释文》采录前人音切,兼载各家训诂,考证各本异文,《四库全书总目》云:"所采汉魏六朝音切凡二百三十余家,又兼载诸儒之训诂,证各本之异同。后来得以考见古义者,《注疏》以外,惟赖此书之存。真所谓残膏剩馥,沾溉无穷者也。"①从唐代起,人们对书中所录的语言材料就多有研究②。今重在关注陆德明以"音义"为主的诠释路径,及在此路径下,陆德明对汉魏以来各家之说的梳理和统一。

"音义"作为古籍注释方式早在汉代就有,"古代文字多以声寄义,注音即等于注义"③。在《毛诗音义》前,为《毛诗》注音者就有十多家,《释文序录》即提到九家④,这些著作唐代尚存,但今仅存《毛诗音义》。陆德明撰《毛诗音义》,并不系统阐述诗义或诗学思想,而是通过对字音的考辨来确定字义,再由字义及诗义,这便是《音义》的诠释路径。所以,关键在于如何判定字音。陆德明对字音的考辨,与其对《诗》的基本认识有关。《序录》云:"诗者,所以

---

① 永瑢等撰:《四库全书总目》卷三三,中华书局,1965,第270页。

② 据万献初先生统计,"对《释文》所录的语言材料作文字、声韵、训诂方面的考证,唐代以降连绵不断,如唐玄宗引《释文》考'无偏无颇,遵王之义',宋项安世《项氏家说》多出引用和考证《诗文》材料,明朱睦㮮《授经图》涉及《易》《书》《诗》《春秋》和三礼的很多音义问题等",又清代朴学大家的札记中、著作中多有引用,如"《说文》段注引用、考校《释文》材料就有415条之多,清儒经籍注疏中也随处可见引考《释文》材料的用例",今人吴承仕、赵少咸、黄侃、沈兼士等都有相应研究,惜部分著作已散佚。(《〈经典释文〉研究综论》,《古籍整理研究学刊》2005年1月)

③ 陆德明撰,黄焯汇校:《经典释文汇校前言》,中华书局,2006,第1页。

④ 陆德明云:"为诗音者九人,郑玄、徐邈、蔡氏、孔氏、阮侃、王肃、江惇、干宝、李轨。"(《经典释文汇校》,第17页)

言志,吟咏性情以讽其上者也。古有采诗之官,王者巡守则陈诗以观民风,知得失,自考正也。动天地、感鬼神、厚人伦、美教化、移风俗,莫近乎诗。是以,孔子最先删录,既取周诗,上兼商颂,凡三百一十一篇,以授子夏。子夏遂作序焉以相传,未有章句。"①这段表述多引自《诗序》,不同的是,《诗序》说"风,风也,教也。风以动之,教以化之","上以风化下,下以风刺上",讽刺之外,也提到诗自上而下的教化,而《序录》这段表述重在"讽刺其上"。再者,提到《诗》是孔子"最先删录",以传授子夏,"子夏遂作序",他认为《诗》是经圣人亲自裁定,《诗序》是得圣人讲授而作,都具有不容置疑的权威地位。则陆德明对《诗》的认识是基于《诗序》并遵从《诗序》,肯定《诗》移风易俗、修复世道人心的作用。陆德明对《诗》的系统认知与《毛诗》学派一致,这便左右了他对经传具体字音、字义的判定。

《毛诗音义》对经传中的字词做解释,体现出与《正义》不同的诠释倾向。陆德明云:"余既撰音,须定纰缪,若两本俱用,二理兼通,今并出之,以明同异。其泾渭相乱,朱紫可分,亦悉书之,随加刊正。复有他经别本词反义乖,而又存之者,示博异闻耳。"②其只言注音,实际上音、义相通,整部《音义》的诠释特征大致如此:于理兼通者,并出以示同异;朱紫可分者,随文刊正;他经别本词义乖离者,存之以示博异。就释义而论,《音义》注"本又作""本或作""本亦作""某本作某"等,多是于理兼通以示异同,若有误则随文加以刊正,如《击鼓》"洵",《音义》:"洵,呼县反,本或作'询',误也。询,音荀,《韩诗》作'夐',夐亦远也。"③又,示博异者,如"茉苢",

------

① 《经典释文汇校》,第15页。
② 《经典释文汇校》,第3页。
③ 《经典释文汇校》,第131页。

《音义》云：

> 音浮，莒本亦作苢，音以。芣苢，马舄也。又名车前。
> 《韩诗》云："直曰车前，瞿曰芣苢。"郭璞云："江东呼为蝦
> 蟇衣。"《草木疏》云："幽州人谓之牛舌。又名当道，其子
> 治妇人生难。"《本草》云："一名牛遗，一名胜舄。"《山海
> 经》及《周书王会》皆云："芣苢，木也。实似李，食之宜子，
> 出于西戎。"卫氏《传》及许慎并同此。王肃亦同。王基已
> 有驳难也。马舄，音昔。①

芣莒与芣苢即属于"他经别本"，但"芣苢"并非"芣莒"，其随
文刊正，又以示博异。"芣莒"，《毛传》云："芣莒，马舄。马舄，车
前也，宜怀任焉。"《正义》云：

> 《传》"芣莒马舄"，《释草》文。郭璞曰："今车前草，
> 大叶，长穗，好生道边，江东呼为蝦蟇衣。"陆机《疏》云：
> "马舄，一名车前，一名当道，喜在牛迹中生，故曰车前，当
> 道也。今药中车前子是也。幽州人谓之牛舌草。可鬻作
> 茹，大滑。其子治夫人难产。"王肃引《周书王会》云："芣
> 莒，如李，出于西戎。"王基驳云：《王会》所记杂物奇兽皆
> 四夷远国，各费土地异物以为贡贽，非《周南》妇人所得
> 采。"是芣莒为马舄之草，非西戎之木也。言"宜怀妊"者，
> 即陆机《疏》云所治难产是也。

---

① 《经典释文汇校》，第123页。

　　相比之下，《音义》与《正义》在引文上明显有差异。文献上，《音义》多引《韩诗》《本草》，还提及《山海经》、卫氏《传》和许慎、王肃之说。内容上，《正义》引郭璞、陆《疏》及王基反驳之说更详尽，《音义》则仅取所需而录，并非照搬原文。二者在诠释倾向上明显不同，《正义》重在阐释诗义；《音义》则重在考定音义及异文，这一差异始终贯穿在二者对经典的阐释。又如"谑浪笑敖"，《音义》云："谑，许约反。浪，力葬反。《韩诗》云：'起也。'笑，本又作'嗼'，俗字也，悉妙反。敖，五报反。"①《正义》云："《释诂》云：'谑浪笑敖，戏谑也。'舍人曰：'谑，戏谑也。浪，意明也。笑，心乐也。敖，意舒也。戏笑，邪戏也，谑笑之貌也。'郭璞曰：'谓调戏也。'此连云笑敖，故为不敬。《淇奥》云：'善戏谑兮'，明非不敬。"《正义》更偏重于申明其中的微言大义。又如"泾以渭浊，湜湜其沚"，《音义》云："泾，音经，浊水也。渭，音谓，清水也。湜，音殖，《说文》云：'水清见底。'沚，音止。'故见渭浊'，旧本如此，一本'渭'作'谓'，后人改耳。摇，余招反，又余照反。"②《正义》则云："《禹贡》云：'泾属渭汭。'注云：'泾水、渭水发源皆几二千里，然而泾小渭大，属于渭而入于河。'又引《地理志》云：'泾水出今安定泾阳西开头山，东南至京兆陵阳，行千六百里入渭。'即泾水入渭也。以此泾浊喻旧室，以渭清喻新昏，取相入而清浊异，似新旧相并而善恶别。故云泾渭相入，不言渭水入泾也。"相对而言，《音义》释义更直接明了，《正义》则更着重诠释经义的渊源，二者因诠释倾向不同，在阐释经传时恰好起到互补的作用，故而于南宋后期将其于经、传、疏合编，以便学人。

　　此外，《毛诗音义》所引用的旧注、古音为文献辑佚提供了重要资料。有研究曾对《正义》《音义》引用文献做过细致分析，发现二

----

① 《经典释文汇校》，第131页。
② 《经典释文汇校》，第134页。

者在"引书形式""引用同一文献"(频率、详略、观点)上有不同特征,说明二者并无直接联系①。既无直接联系,更说明了《音义》独特的文献价值。即如《音义》频繁引用《韩诗》,就为后世辑佚、考辨《韩诗》提供了宝贵线索。《释文》引《韩诗》多达151次,《毛诗正义》仅引《韩诗》13次②。《音义》引《韩诗》多标识出"《韩诗》作""《韩诗》云",具体分为两类:(1)若《韩诗》与传本字不同,义也不同,陆德明以"《韩诗》作"标识。如"何彼襛矣",《音义》:"如容反,犹戎,戎也。《韩诗》作茙,茙音戎";《新台》"有洒",《音义》:"七罪反,高峻也。《韩诗》作漼,音同,云'鲜貌'";"浼浼",《音义》:"每罪反,平地也。《韩诗》作浘,浘音尾,云'盛貌'";《柏舟》"我特",《音义》:"如字,匹也。《韩诗》作直,云'相当值也'";《墙有茨》"不可详",《音义》:"如字,《韩诗》作扬,扬犹道也";《芄兰》"悸兮",《音义》:"其季反。《韩诗》作萃,垂貌";"我甲",《音义》:"如字,狎也。《尔雅》同徐,胡甲反。《韩诗》作狎"等等。(2)若《韩诗》与传本字同,而义不同,则多用"《韩诗》云"。如终风,《音义》:"终日风也,《韩诗》云:'西风也'";契阔,《音义》:"勤苦也,《韩诗》云:'约束也'";招招,《音义》:"照遥反,号召之貌。王逸云:'以手曰招,以言曰召。'《韩诗》云:'招招,声也'";氓,《音义》:"莫耕反,民也。《韩诗》云:'美貌'",等。陆德明注《毛诗》而多引《韩诗》缘由,我们认为,一则,隋唐之际,《韩诗》部分著作尚存③,陆德

①　韩宏韬:《毛诗正义研究》,中国社会科学出版社,2009,第87页。

②　《毛诗正义研究》,第84页。

③　陈乔枞考证《汉书·艺文志》《隋书·经籍志》《唐书·艺文志》中的相关记载,认为《汉书·艺文志》中《韩故》《韩说》二书亡佚已久,《唐书·艺文志》所载"韩婴注"当为《薛君章句》,"然《韩诗谱》二卷、《诗历神渊》一卷、侯包《韩诗翼要》十卷,具列《隋志》,是其书犹未尽佚。"(《三家诗遗说考·韩诗遗说考序》,《续修四库全书》第76册,上海古籍出版社,2002,第493页)

明尚可见。二则，《韩诗》阐发诗义与《毛诗》较近，从清人的辑佚来看，《韩诗》重在关乎人文教化，王道兴衰、古今得失。陈乔枞云："今观《外传》之文，记夫子之绪论与《春秋》杂说，或引《诗》以证事，或引事以明《诗》……触类引申，断章取义，皆有合于圣门商赐言诗之意也。"①因此，《音义》中引用了大量的《韩诗》作为参考。

总之，"筌蹄所寄，唯在文言，差若毫厘，谬便千里"（《释文序录》），故《毛诗音义》重在核实音义，而核实音义是根据《毛诗》对诗义的阐发。《毛诗音义》在价值取向上与《毛诗》一致。加之，在辨析异文、音义的过程中，陆德明广泛引用多家旧注，有保存文献之功；其集汉魏六朝音切之大成，系统地对《毛诗》各家注音进行梳理、统一，对《毛诗》音的研究发展极为重要。再者，陆德明借注释经注再次划定经典传承的范围。继孔子定"六经"为文化传承体系后，陆德明首次以《周易》《古文尚书》《毛诗》《三礼》《春秋》（三传）、《孝经》《论语》《老子》《庄子》《尔雅》十四部古籍为载体②，构建成为一个传承中华文化的经典体系，其云："五经六籍，圣人设教，训诱机要，宁有短长，然时有浇淳，随病投药。"经典是圣人用以教化民众、拯时济世的良药，陆德明梳理关于经注的音义、辨析异文，正是为了这副良药能汤剂纯正，才能对乱离社会起到"随病投药"的作用。虽这一组合模式并未在后续引起更大反响，却反映出隋唐之际受玄学影响下的经典诠释研究形态，也值得我们多加关注。

---

① 陈乔枞：《三家诗遗说考·韩诗遗说考序》，第 494 页。
② 将老、庄与儒家经典组合确实很独特，杨向奎先生提道："在魏晋以前，唐宋以后，儒家的经典中绝对容纳不下老庄；这是南朝的风尚，是王弼一派的支与流裔。"（《唐宋时代的经学思想——经典释文、十三经正义等书所表现的思想体系》，《文史哲》1958 年 5 月）

三、颜师古《汉书注》中的《诗经》学

颜师古的《汉书注》是"汉书学"走向成熟的标志。在颜师古之前，《汉书》已有二十三家注释①，颜师古汇集前人旧注，并参考《说文》《尔雅》及大量经典重新作注，成了"汉书注"的权威。前人对《汉书注》多有研究，或订谬补缺，或综论特色，或辨析体例，或关注文献，或概述流传②等，大都是从史籍注释、史学研究的范畴进行考察，部分研究虽已涉及《汉书注》对经学文献、经典阐释的引用③，但重在阐述注释特色，罕少论及其经学价值。此外，也有少数学者提到《汉书注》中颜师古的《诗经》学，但缺乏对材料的甄别，所论又过于宽泛。以上研究，为我们再次以《汉书注》为对象来分析颜师古的《诗经》研究提供了基础及空间。

颜师古，名籀，出生于儒学世家，其祖父颜之推、父亲颜思鲁、叔父颜游秦皆以学识闻名。他博览群书，精于训诂，贞观四年，受诏考定《五经》文字，撰成《定本》；贞观七年，《定本》颁布天下；贞观十一年，与博士等撰定《五礼》；贞观十二年，又奉诏参与《五经义赞》（后更名为《五经正义》）的编撰，其余撰述载于史籍者则有《急就章注》《汉书注》《匡谬正俗》等。史云"其所注《汉书》及《急就章》，大行于世"④，可见影响之大。《汉书注》（以下简称颜注）是颜

① 《新唐书》卷五十八《艺文志》，第1454、1456页。
② 孙显斌：《〈汉书〉颜师古注研究》"研究概述"，凤凰出版社，2018，第3－7页。
③ 《〈汉书〉颜师古注研究》"颜注征引文献述评"罗列颜注引用《汉书》古注外的文献种类及名称、引用方式（第177－194页）。
④ 《旧唐书·颜师古传》卷七十三，第2595页。

师古于贞观十一年奉太子承乾之命而作,历时四五年才完成①,时人谓之"班孟坚忠臣"②,即指颜师古作注忠于《汉书》本文。颜师古亦自云:"今则各依本文,敷畅厥指,非不考练,理固宜然。"③因此,我们在对《汉书注》中的《诗》学材料进行分析时,就要先厘清哪些注释只是依从《汉书》随文作注,哪些注释才体现颜师古自己对《诗经》的理解。就目前相关研究成果来看,或列举颜注引《诗》与《毛诗》相同的若干例证,即得出颜师古论诗以《毛诗》为宗;或直接将颜注引《诗》视为颜师古的《诗经》诠释,并在此基础上讨论其《诗》学思想,这些论述其实都值得商榷。我们对颜注展开分析就会发现:一是,当颜注引《诗》与《毛诗》相同时,并不能说明颜注是完全引用《毛诗》,如果《汉书》中出现的"三家诗"与《毛诗》并无差异④,在这种情况下,就无法断定颜师古是直引《毛诗》还是依从《汉书》;二是,当颜注引《诗》与《毛诗》不同时,也不能将这些注释完全视为颜师古对《诗经》的理解,如果《汉书》与《毛诗》本就不同,那可能颜师古也只是随文作注而已。所以,我们首先要对颜注引《诗》有一个清晰的判断与甄别,这是一部史注经典,并非专门的经学注疏,不能将其中与《诗经》相关的内容一概视为"颜师古的

---

①　颜师古于贞观十一年受命,史载:"俄又奉诏与博士等撰定《五礼》,十一年,《礼》成,进爵为子。时承乾在东宫,命师古注班固《汉书》"(《旧唐书·颜师古传》卷七十三,第 2595 页)。于贞观十五年十二月完成,见《汉书叙例》云:"岁在重光,律中大吕,是谓涂月,其书始就。"根据古代纪年方法,"岁在重光"指贞观十五年(辛丑年),"律中大吕,是谓涂月"指农历十二月。因受命始作的大概月份不可考,若十一年初受命,则历时五年;若十一年末受命,则历时四年,故以四、五年为宜。

②　《新唐书·儒学传》卷一百九十八,第 5639 页。

③　班固撰,颜师古注:《汉书叙例》,中华书局,1962,第 2 页。

④　本文主要参考王先谦《诗三家义集疏》(中华书局,1987)来辨别关于《汉书》中关于"三家诗"的内容。

《诗经》解释"。

　　据笔者统计,颜注中有关《诗经》的注释共有282条①,大致有四类情况:(1)《汉书》与《毛诗》相同,这种情况颜注既与《毛诗》相同,也与《汉书》引《诗》相同,共121条,占总数比例43%;(2)《汉书》与《毛诗》不同,颜注引《诗》均以《汉书》为宗,共103条,占总数比例37%;(3)《汉书》与《毛诗》不同,颜注引《毛诗》作注,共35条,占总数比例12%;(4)《汉书》未引《诗》,而颜注引《毛诗》作注,共23条,占总数比例8%。以上四类,前两类占总数的80%,都属于依从《汉书》来解释,是颜师古"各依本文"的注释实践,体现的是《汉书》及其所载人物的《诗经》学思想,并不能完全反映颜师古的《诗》学观念,此不再赘述。后两类占到总数的20%,第三类《汉书》引"三家诗"与《毛诗》或字同义不同,或字不同义同,或字不同义不同,无论何种情形,颜注皆引《毛诗》来解释,突破了《汉书》文本,反映出颜师古自身对《诗经》的理解。第四类《汉书》并未明确引用《诗经》,因《诗经》中有相同用例,颜师古即引《毛诗》作注,极大地丰富了《汉书》的文化内涵。确切地说,在《汉书注》中,第三、

――――――――

　　①　学界对颜注引《诗》所做统计中,田中和夫先生统计出颜注中"有关《诗经》句子的解释、音注235条,有关《诗序》的注释10条"(《汉唐诗经学研究》,凤凰出版社,2013,第103页),共245条;田汉云先生说"粗略统计,相关注文在二百条左右"(《颜师古〈汉书注〉之〈诗经〉学初探》,《隋唐五代经学国际研讨会论文集》,台北,"中研院"文哲所,2009年);笔者将颜注中明确提及《诗经》的相关内容均视为引《诗》,其中《汉书》并未明确引《诗》,而颜注引《诗》作注的也算在内。如:《武帝纪》诏曰"风之以乐",颜注:"风,教也。《诗序》曰:上以风化下",《武帝纪》"天汉元年",颜注:"《大雅》有《云汉》之诗,周大夫仍叔所作也。以美宣王遇旱灾修德勤政而能致雨,故依以为年号也",等等。如此统计,共计颜注引《诗》282条。潘铭基先生统计出颜注引《诗》共计337条(《论颜师古释经与〈五经正义〉之异同》,《中国文化》2020年5月)因并未说明统计依据,此数据尚有待考证。

第四类注释才是研究颜师古《诗经》学的直接资料,兹对此做一分析。

(一)颜师古的《诗》学观

为史书作注自然应以诠释史籍记载、补充或更正相关内容为主,这也是世人以"班孟坚忠臣"盛赞颜注精良之缘由。而在与《诗经》相关的注释中,有近 12% 表现出与《汉书》文本并不一致的个人意志,体现出了颜师古自身对《诗经》的认识与理解。这类注释根据不同的情况,又可细分为以下两类。

1.《汉书》与《毛诗》义不同,颜师古引《毛诗》作注

《关雎》,《杜周传》:"(杜钦曰)祸败曷常不由女德?是以佩玉晏鸣,《关雎》叹之,知好色之伐性短年,离制度之生无厌,天下将蒙化,陵夷而成俗也。故咏淑女,几以配上,忠孝之笃,仁厚之作也。"①"佩玉晏鸣,《关雎》叹之",颜注:"李奇曰:'后夫人鸡鸣佩玉去君所,周康王后不然,故诗人叹而伤之。'"臣瓒曰:"此鲁诗也。"又"咏淑女,几以配上",颜注:"《关雎》之诗云'窈窕淑女,君子好述',故云然也。淑,善也。"按,李奇所云为《鲁诗》,认为《关雎》是刺康王之诗。颜师古引李奇、臣瓒注,其自身观点并不明确。《杜周传》赞曰:"及钦浮沉当世,好谋而成,以建始之初深陈女戒,终如其言,庶几乎《关雎》之见微,非夫浮华博习之徒所能规也。"②班固习《齐诗》,也认为《关雎》为刺诗,故有所云。此处颜注:"《关雎》,《国风》之始,言夫妇之际政化所由,故云见微。"亦不明颜师古所宗。《匡衡传》引《关雎》,颜师古对于《关雎》的观点即可明见。《匡衡传》:"臣闻室家之道修,则天下之理得,故《诗》始《国风》,礼本冠婚",又云:"孔子论诗以《关雎》为始,言太上者民之父母,后夫

---

① 《汉书》卷六十,第 2669 页。
② 《汉书》卷六十,第 2683 页。

人之行不侔乎天地,则无以奉神灵之统而理万之宜。故诗曰:'窈窕淑女,君子好逑。'言能致其贞淑,不二其操,情欲之感无介乎容仪,宴私之意不形乎动静,夫然后可以配至尊而为宗庙主。此纲纪之首,王教之端也。自上世已来,三代兴废,未有不由此者也。"①匡衡习齐诗,也认为《关雎》为刺诗。而颜注曰:"《关雎》美后妃之德,而为《国风》之首。"与《诗序》"关雎,后妃之德"②同。可见,虽《汉书》所引《关雎》取《齐诗》《鲁诗》义,但颜师古却以《毛诗》为宗,并不依从《汉书》文本。

《斯干》,《楚元王传》:"(刘向曰)周德既衰而奢侈,宣王贤而中兴,更为俭宫室,小寝庙。诗人美之,《斯干》之诗是也,上章道宫室之如制,下章言子孙之众多也。"颜注:"《小雅》篇名,美宣王考室。其首章曰'秩秩斯干'。秩秩,流行也。干,涧也。喻宣王之德如涧水源,秩秩流出,无极已也。"③按《序》云:"宣王考室也。"《笺》云:"考,成也。德行国富,人民殷众而皆姣好,骨肉和亲。宣王于是筑宫庙群寝,既成而衅之,歌《斯干》之诗以落之,此之谓成室。"又"秩秩斯干",《传》云:"兴也。秩秩,流行也。干,涧也。"《笺》云:"兴者,喻宣王之德如涧水之源,秩秩流出,无极已也。"④颜师古完全引用《传》《笺》之说。而刘向习鲁诗,于义不同,其云"俭宫室、小寝庙",强调宣王俭约有贤德;《毛诗》却重在美"德行国富",并无"节俭"义。此诗,颜师古在诗义上也与《汉书》不同,而与《毛诗》相同。

《小苑》,《刑法志》:"狱豻不平之所致也。"颜注:服虔曰:"乡

---

① 《汉书》卷八十一、卷八十一,第3335、3340页。
② 《毛诗正义》卷一,《十三经注疏》,第562页。
③ 《汉书》卷三十六,第1956页。
④ 《毛诗正义》卷十一,《十三经注疏》,第933页。

亭之狱曰豻。"臣瓒曰:"狱岸,狱讼也。"颜注:"《小雅·小宛》之诗云:'宜岸宜狱'。瓒说是也。"①按,《小宛》"宜岸宜狱",《毛传》云:"岸,讼也。"②则臣瓒、颜师古皆据《毛传》。《释文》云:"岸如字,韦昭注《汉书》同。《韩诗》作'豻',音同,云:'乡亭之系曰豻,朝廷曰狱。'"③《说文》云:"豻,胡地野狗。从豸,干声。或从犬,作犴。《诗》曰:'宜犴宜狱。'"④豻与犴相同。班固习《齐诗》,《齐诗》作"豻",《鲁诗》《韩诗》作"犴",则"三家诗"字相同。而《毛诗》作"岸","岸,从户干声"⑤,与豻、犴声同相通。《刑法志》与《毛诗》字不相同,二者对词义的解释也不同。《韩诗》云"乡亭之系曰犴,朝廷曰狱",《毛传》云"岸,讼也",指诉讼。颜师古为何不用同为"豻"字的《韩诗》说,反倒引用写作"岸"的《毛传》?《刑法志》云:"今郡国被刑而死岁以万数,天下狱二千余所,其冤死者多少相覆,狱不减一人,此和气所以未洽者也。原狱刑所以蕃若此者,礼教不立、刑法不明、民多贫穷、豪杰务私、奸不辄得、狱豻不平之所致也","狱"字共出现四次,"狱二千余所""狱不减一人"中"狱"皆指监狱,而"狱刑"指讼案、刑罚。后文"礼教不立、刑法不明、民多贫穷、豪杰务私、奸不辄得、狱豻不平"都是导致刑狱繁多的原因,此"狱豻"若解释为大小各类监狱则于义不通,解释为各类"诉讼"更合情理,故臣瓒、颜师古皆弃《韩诗》而遵《毛诗》。

《假乐》,《郊祀志》:"(杜邺说王商曰)《诗》曰:'率由旧章。'旧章,先王法度,文王以之,交神于祀,子孙千亿。"颜注:"《大雅·

① 《汉书》卷二十三,第 1109 页。
② 《毛诗正义》卷十二,《十三经注疏》,第 969 页。
③ 陆德明撰,黄焯汇校:《经典释文汇校》卷六,第 185 页。
④ 许慎撰,徐铉校订:《说文解字》,中华书局,1963,第 198 页上。
⑤ 《说文解字》,第 191 页下。

假乐》之诗也。率，循也。由，用也。循用旧典之文章也。"①按，杜
鄴将"旧章"解释为"先王法度"，而颜师古云"旧典之文章"。《郑
笺》云："成王之令德，不过误，不遗失，循用旧典之文，谓周公之
礼法。"②颜师古引用《郑笺》，但不提"周公之礼法"，因杜鄴引《诗》
讲"文王"，故只取"旧典之文章"。此处虽《汉书》有对《诗经》的解
释，颜师古却要另引《毛诗》出注，足以见得他对《诗经》的理解与
《毛诗》相同。又如《抑》，《五行志》："（谷永曰）臣闻三代所以丧亡
者，皆繇妇人群小，湛湎于酒。……《诗》曰：'颠覆厥德，荒沈于
酒。'"师古曰："《大雅·抑》之诗也。刺王倾败其德，荒废政事而
耽酒。"③谷永只言及"湛湎于酒"，颜师古作注则多出"荒废政事"。
《郑笺》云："（厉王）倾败其功德，荒废其政事，又湛乐于酒。"④显
然，颜师古照搬了《笺》说。马瑞辰即云："荒湛者，管子云：'从乐而
不反者谓之荒。'荒亦乐酒无厌之意，不必如《笺》云'荒废其政事'
也。"⑤既"不必"，颜师古还特言之，更可见其对《毛诗》的认同。

　　以上数篇虽是以管窥豹，但颜师古皆照搬《毛诗》作注，表现出
与《毛诗》一致的《诗》学理解。除此之外，颜师古在引《毛诗》作注
时，还会参考旧注对《毛诗》的解释做出补充、修正。如《羔羊》，
《薛宣传》："（谷永上疏曰）窃见少府宣材茂行絜，达于从政。有
'退食自公'之节。"颜注："自，从也。《召南·羔羊》之诗，美在位
皆节俭正直。其诗曰：'退食自公，委蛇委蛇。'言卿大夫履行清絜，
减退膳食，率从公道也。"⑥按，《序》云："召南之国化文王之政，在

①　《汉书》卷二十五下，第 1263 页。
②　《毛诗正义》卷十七，《十三经注疏》，第 1165 页。
③　《汉书》卷二十七下之下，第 1511 页。
④　《毛诗正义》卷十八，《十三经注疏》，第 1195 页。
⑤　马瑞辰：《毛诗传笺通释》，中华书局，1989，第 949 页。
⑥　《汉书》卷八十三，第 3392 页。

位皆节俭正直,德如羔羊也。"《郑笺》云:"退食,谓减膳也。自,从也。从于公,谓正直顺于事也。"①《毛诗》重在阐释"节俭正直"。谷永习《鲁诗》,又云"退食自公,私门不开","德配周召,忠合《羔羊》"②,"'私门不开',正释'自公'之义。卿大夫入朝治事,公膳于朝,不遑家食,故私门为之不开也。"③则"退食"指退朝后膳食,"自公"指在朝用膳,并非《毛诗》所云"减退膳食"。《鲁诗》重在阐释"行絜""从政"。《鲁诗》《毛诗》解释不同,颜师古作注总体上仍袭用《毛诗》的说法,又多出一层"履行清絜"之义,乃是据《鲁诗》而来。

《大叔于田》,《匡衡传》:"郑伯好勇,而国人暴虎。"颜注:"《诗·郑风·太叔于田》之篇曰:'襢裼暴虎,献于公所。将叔无狃,戒其伤汝。'襢裼,肉袒也。暴虎,空手以搏之也。公,郑庄公也。将,请也。叔,庄公之弟太叔也。狃,忕也。汝亦太叔也。言以庄公好勇之故,太叔肉袒空手搏虎,取而献之。国人爱叔,故请之曰勿忕为之,恐伤汝也。"④按,《诗序》云:"刺庄公也。叔多才而好勇,不义而得众。"《郑笺》云:"献于公所,进于君也。狃,复也。请叔无复者,爱也。"⑤《毛诗》认为好勇者太叔,暴虎者也是太叔。而匡衡认为庄公好勇,而国人暴虎。二者说法不同。颜师古引《毛诗》作注,折中二者便形成了"庄公好勇""太叔搏虎"这既从《汉书》又尊《毛诗》的解释。"爱叔"者,颜师古认为是国人,则是一家之言。毛、郑、《孔疏》皆认为是庄公;《释文》无解;之后,朱熹云:

①　《毛诗正义》卷一,《十三经注疏》,第607页。
②　《汉书》卷八十八,第3605页。
③　王先谦:《诗三家义集疏》,第96页。
④　《汉书》卷八十一,第3335页。
⑤　《毛诗正义》卷四,《十三经注疏》,第713页。

"国人戒之曰:请叔无习此事"①,王先谦云:"'戒其伤女'者,众爱而戒之"②,皆从颜师古。

《十月之交》,《五行志》:"于《诗》,《十月之交》则著卿士、司徒,下至趣马、师氏,咸非其材。"颜注:"《十月之交》诗曰:'皇父卿士,番维司徒。棸维趣马,楀维师氏,艳妻煽方处。'司徒,地官卿也,掌邦教。趣马,中士也,掌王马之政。师氏,中大夫也,掌司朝政得失之事。番、棸、楀,皆氏也。美色曰艳。艳妻,褒姒也。艳或作阎,阎亦嫔妾之姓也。煽,炽也。诗人刺王淫于色,故皇父之徒皆用后宠而处职位,不以德选也。"③按,《毛诗》作"皇父卿士,番维司徒。家伯维宰,仲允膳夫。棸子内史,蹶维趣马,楀维师氏,艳妻煽方处。"④《五行志》文中仅提到卿士、司徒、趣马、师氏,故颜注引《诗》有缺漏,又字有不同。"蹶",《毛诗》《齐诗》⑤《鲁诗》皆同,而颜注作"棸",未知何据。"楀",《毛诗》作"楀",《齐诗》作"萬",《鲁诗》作"踽",颜注作"楀","楀乃楀之变字"⑥,颜注同《毛诗》。"煽",《毛诗》作"煽",《鲁诗》作"扇",颜注同《毛诗》。"艳",《齐诗》作"剡",《鲁诗》作"阎",所指皆非褒姒⑦。《毛传》则云:"艳

---

① 朱熹:《诗集传》卷四,中华书局,2017,第77页。
② 王先谦:《诗三家义集疏》,第340页。
③ 《汉书》卷二十七下之下,第1494页。
④ 《毛诗正义》卷十二,《十三经注疏》,第957页。
⑤ "蹶"字,据《汉书·古今人表》"趣马蹶"(第902页),则《齐诗》作"蹶"。王先谦根据《汉书·五行志》注即认为《齐诗》作"棸"(《诗三家义集疏》,第678页),此论欠妥。依王氏之推导,若颜注据《汉书·五行志》本文(即刘歆之言)来作注而作"棸"的话,则"棸"应为《鲁诗》之文。而据《潜夫论·本政篇》,《鲁诗》乃作"蹶",则颜注所引既非《齐诗》,也非《鲁诗》,未知何据。
⑥ 王先谦:《诗三家义集疏》,第678页。
⑦ 王先谦:《诗三家义集疏》,第678页。

妻,褒姒。美色曰艳。"①颜注引《毛传》,补充"艳或作阎,阎亦嫔妾之姓",又兼顾了《鲁诗》说。

《荡》,《五行志》:"《诗》云:'尔德不明,以亡陪亡卿;不明尔德,以亡背亡仄。'言上不明,暗昧蔽惑,则不能知善恶,亲近习,长同类,亡功者受赏,有罪者不杀,百官废乱,失在舒缓,故其咎舒也。"颜注:"《大雅·荡》之诗也。言不别善恶,有逆背倾仄者,有堪为卿大夫者,皆不知之也。"②按,《毛诗》云:"不明尔德,时无背无侧。尔德不明,以无陪无卿。"《五行志》与《毛诗》在文字、语序上皆不同。《五行志》本《齐诗》,语序与《毛诗》相反,"无"字作"亡","侧"字作"仄","时"字作"以"。诗义上也大不同。《毛传》云:"背无臣,侧无人也。无陪贰也,无卿士也。"《郑笺》云:"无臣、无人,谓贤者不用。"③上下两句语义相关,指如果君王不明,则身旁没有值得信任的近臣。《齐诗》则认为,上下两句语义相反,背、仄指逆背倾仄,陪、卿则指堪为卿大夫者,如果不能知善与恶,则所任非人,百官失序。颜注语序与《毛诗》一致,在文本上参考了《毛诗》;但在诗义上参考《五行志》提出了新的解释。

以上,《汉书》与《毛诗》诗义不同,颜师古一律引用《毛诗》作注,是其突破《汉书》文本的表现,也说明颜师古对《诗经》的理解与《毛诗》一致。更重要的是,颜师古引《毛诗》却又不尽同于《毛诗》,他通过参考《汉书》、旧注或自出新意,对《毛诗》的部分解释作出修正补充,如将"爱叔者"解释为国人,将《羔羊》讲作"履行清絜"等,都更契合诗义、更合于情理,这些即是颜师古隐藏在《汉书》注中、其自身对《诗经》的解释,表明他注重诗义合于情理的《诗》学观。

① 《毛诗正义》卷十二,《十三经注疏》,第957页。
② 《汉书》卷二十七中之下,第1405页。
③ 《毛诗正义》卷十八,《十三经注疏》,第1191页。

2.《汉书》与《毛诗》字不同，颜师古引《毛诗》作注

"国之司直"，《盖宽传》："(赞曰)盖宽饶为司臣，正色立于朝，虽《诗》所谓'国之司直'无以加也。"颜注："《诗·郑风·羔裘》之篇曰：'彼己之子，邦之司直。'言其德美，可主正直之任也。"①按，今本《羔裘》："彼其之子，邦之司直。""邦"字，《齐诗》作"国"②，则颜师古与《毛诗》一致。

《地理志》中这类情况较多，如"《诗》周道郁夷。"颜注："《小雅·四牡》之诗曰：'四牡騑騑，周道委迟。'《韩诗》作'郁夷'字，言使臣乘马行于此道。"又"右扶风杜阳。杜阳，杜水南入渭。《诗》曰自杜。"颜注："《大雅·绵》之诗曰：'人之初生，自土、漆、沮。'《齐诗》作'自杜'，言公刘避狄而来居杜与漆、沮之地。"又"芮水出西北，东入泾。《诗》'芮阞'，雍州川也。"颜注："阞读与鞠同。《大雅·公刘》之诗曰：'止旅乃密，芮鞠之即。'《韩诗》作'芮阞'，言公刘止其军旅，欲使安静，乃就芮阞之间耳。"又"(《邶》又曰)河水洋洋。"颜注："今《邶诗》无此句。"又"临菑名营丘，故《齐诗》曰：'子之营兮，遭我虖峱之间兮。'"颜注："《齐国风·营》诗之辞也。《毛诗》作还，《齐诗》作营。之，往也。峱，山名，字或作嶩，亦作巎，音皆乃高反。言往适营丘而相逢于峱山也。"③按，据王先谦考证，"河水洋洋"即《新台》"河水瀰瀰"④。以上几处《汉书》皆与《毛诗》字不同，颜注皆先引《毛诗》，再言"某诗"作"某"，说明其将《毛诗》文本视为权威，是以《毛诗》来参校"三家诗"异文。

---

①　《汉书》卷七十七，第 3269 页。

②　《毛诗正义》卷四，《十三经注疏》，第 718 页。

③　《汉书》卷二十八上、卷二十八下、卷二十八下，第 1548 页，第 1548 页、第 1548 页、第 1648 页、第 1660 页。

④　王先谦：《诗三家义集疏》，第 210 页。

又如,《贾山传》:"《诗》曰:'匪言不能,胡此畏忌','听言则对,潛言则退',此之谓也。"颜注:"此《大雅·桑柔》之篇也。言贤者见事之是非,非不能分别言之,而不言者何也?此但畏忌犯颜得罪罚也。又言,言而见听,则悉意答对;不见信受,则屏退也。今诗本云'听言则对,诵言如醉'。说者又别为义,与此不同。"①按,《毛诗》云"匪言不能,胡斯畏忌""听言则对,诵言如醉"。贾山习《鲁诗》②,《鲁诗》"斯"作"此","诵言如醉"作"潛言则退",贾山上文云"(秦皇帝)纵恣行诛,退诽谤之人,杀直谏之士",则此处"潛言"指谏言。颜注以"今诗本云"引出《毛诗》,可见其对《毛诗》的尊崇。

又《叙传》:"乌呼史迁,薰胥以刑",颜注:晋灼:"《齐》《韩》《鲁》诗作'薰'。'薰',帅也,从人得罪相坐之刑也。"师古曰:"晋说近是矣。《诗·小雅·雨无正》之篇曰:'若无此罪,沦胥以铺。'胥,相也。铺,遍也。言无罪之人,遇到乱政,横相牵连,遍得罪也。《韩诗》'沦'字作'薰',薰者,谓相薰蒸,亦渐及之义耳。此叙言史迁因坐李陵,横得罪也。"③按,班固习《齐诗》,《齐诗》作"薰"。又据李善注《后汉书·蔡邕传》,《鲁诗》作"熏",《韩诗》作"勳",熏、勳、薰通用④。"薰,帅也",《毛传》:"沦,率也"⑤,皆表牵连之义。颜注先引《毛诗》,再对照解释《韩诗》之异,亦表明以《毛诗》为主。

以上,《汉书》与《毛诗》在文本上的差异,是因为来自不同的《诗经》传授系统。颜师古作注虽标明"某诗"作"某",但皆先引

<hr />

① 《汉书》卷五十一,第 2334 页。
② 王先谦:《诗三家义集疏》,第 950 页。
③ 《汉书》卷一百下,第 4257 页。
④ 王先谦:《诗三家义集疏》,第 682 页。
⑤ 《毛诗正义》卷十二,《十三经注疏》,第 959 页。

《毛诗》作权威对照:一是因"三家诗"保存已不完整,世人对"三家诗"文本较生疏,颜师古作注势必只能以世人尚能见其全貌的《毛诗》为依据。二是《毛诗》从东汉后期一家独大,到经历"郑王之争",其自身《诗》学诠释体系逐渐发展完备。唐朝从官方到民间都视《毛诗》为权威,颜师古便将《毛诗》称为"今诗",这也是其必引《毛诗》之缘由。三是颜师古早在六年前撰成《五经定本》,自然会为其作《汉书注》带来方便,这亦是其引《毛诗》校对异文的原因。总之,以上再次说明颜师古对《诗经》有自己的见解,在文本勘误、诗义阐释等方面上他都以《毛诗》为最终参考。

(二) 强调《诗经》的文化内涵

《汉书》中有部分字词并未明确表示来自《诗经》,但在《诗经》中有先例,颜师古则多引《毛诗》作注。如"风",《汉书》中出现多次,其中有三次颜注引《诗序》作注:

> 《武帝纪》第六(诏曰):"盖闻导民以礼,风之以乐。"师古曰:"风,教也。《诗序》曰:上以风化下。"
>
> 《宣帝纪》第八:"遣使者持节诏郡国二千石谨收养民而风德化。"师古曰:"以德化被于下,故云风也。《诗序》曰:上以风化下。"
>
> 《律历志》第一云:"风之以德,感之以乐。"师古曰:"以德化之,以乐动之。《诗序》曰:上以风化下。"①

风,本是空气流动形成的一种自然现象。风行草偃用来比喻王政教化,《诗序》中两处提到"风"都与教化相关,"风,风也,教

---

① 《汉书》卷六、卷八、卷二十一上,第 172、239、972 页。

也。风以动之,教以化之";"上以风化下,下以风刺上,主文而谲谏,言之者无罪,闻之者足以戒,故曰风"。这几个"风"字,颜师古有不同于时人的见解:

> 《毛诗序》云:"关雎,后妃之德也。风之始也,所以风天下而正夫妇也。"今人读风为讽天下。案:《序》释云,"上以风化下,下以讽刺上",此当言"所以风天下",不宜读为"讽"。又云,"风,风也,教也。风以动之,教以化之"。今人读云"风以动之",不作"讽"音,案:此盖《序》释风者训讽、训教,讽刺谓自下而上,教化谓自上而下,今当读云"讽以动之",不宜直作风也。①

"今人"盖指陆德明等,《释文》即读为"风以动之"②。颜师古认为,若是自上而下就读"风",表示教化;若是自下而上就读"讽",表示讽刺。"风也,教也"包含两种释义,应读为"讽也,教也。讽以动之,教以化之"。颜师古或是根据魏晋旧注而来,徐邈、崔灵恩、沈重皆读为"讽"③。《毛诗正义》亦云"训讽也,教也",但认为讽、教都是自上而下的教化行为,"讽谓微加晓告,教谓殷勤诲示。讽之与教,始末之异名耳。言王者施化,先依违讽谕以动之,民渐开悟,乃后明教命以化之。"④这与颜师古对"风"的解释不同。《汉书》三处"风"都出现在君王向民众宣示德教的文书中,颜注以"教也""德化"来解释不仅最符合文义,追溯《诗序》也突出了以德化

---

① 颜师古撰,严旭疏证:《匡谬正俗疏证》,中华书局,2019,第7页。
② 陆德明撰,黄焯汇校:《经典释文汇校》,第120页。
③ 据《经典释文汇校》所引,第120页。
④ 《毛诗正义》卷一,《十三经注疏》,第562页。

民的政教渊源。

又如"天汉",《武帝纪》"天汉元年",颜注:应劭曰:"时频年苦旱,故改元为天汉,以祈甘雨。"师古曰:"《大雅》有《云汉》之诗,周大夫仍叔所作也。以美宣王遇旱灾修德勤政而能致雨,故依以为年号也。"①按,应劭诠释了年号的背景及诉求,颜师古则重在解释"天汉"的来源及内涵。《云汉序》云:"仍叔美宣王也。宣王承厉王之烈,内有拨乱之志,遇灾而惧,侧身修行,欲销去之。天下喜于王化复行,百姓见忧,故作是诗也。"②汉元封四年、元封六年皆遇"大旱",武帝效仿宣王故事,便改年号为"天汉"以求甘霖。通过溯及《云汉》,颜师古揭示了武帝效仿宣王的心理,"天汉"包含"敬天爱民"的政治内涵也昭然若揭。可见,颜师古以经典为依据来探究词义,挖掘历史文化赋予字词的社会价值,极大地丰富了史书所要表达的文化内涵。

颜师古引《诗》作注也使词义更加精确。如《食货志》"瓜瓠果蓏,殖于疆易",颜注:"张晏曰:至此易主,故曰易。师古曰:《诗·小雅·信南山》云:'中田有庐,疆场有瓜',即谓此也。"③按,张晏解释"易"因"易主"之故,但"疆易"义尚不明确,颜注引《诗》来作补充。《信南山》,《传》云:"疆,画经界也","场,畔也";《笺》云:"中田,田中也。农人作庐焉,以便其田事,于畔上种瓜,瓜成又入其税。"④中田与疆场相对,则"疆场"指田间划定的边界。

又如,《司马相如传》"相如时从车骑,雍容闲雅,甚都",颜注:"张揖曰:甚得都士之节也。韦昭曰:都邑之容也。师古曰:都,闲

①　《汉书》卷六,第 202 页。
②　《毛诗正义》卷十八,《十三经注疏》,第 1208 页。
③　《汉书》卷二十四上,第 1121 页。
④　《毛诗正义》卷十三,《十三经注疏》,第 1010 页。

美之称也。张说近之。《诗·郑风·有女同车》之篇曰'洵美且都',《山有扶苏》之篇又云'不见子都',则知都者,美也。韦言都邑,失之远矣。"①按,《有女同车》篇,《传》云:"都,闲也。"《笺》云:"言孟姜信美好,且闲习妇礼。"《山有扶苏》,《传》云:"子都,世之美好者。"②颜师古根据《诗经》中"都"字用例,认为"都"表示"闲美",是对仪态行为、品行风度的赞美,并不在于容貌。王先谦云:"齐、鲁、毛文义并同,子都、狂且,以好丑为君子、小人之喻,不指好色言。"③则张揖注"都士之节"于义稍近;韦昭注"都市之容"则离题太远。

《上林赋》"乐乐胥",颜注:"郑氏曰:《诗》云于胥乐兮。师古曰:此说非也。谓取《小雅·桑扈》之篇云'君子乐胥,万邦之屏'耳。胥,有材知之人也。王者乐得有材知之人,使在位也。"④按,"于胥乐兮"出自《有駜》,《笺》云:"君臣于是则皆喜乐也。"⑤《上林赋》中"乐乐胥"与上句"悲《伐檀》"意义相对,《伐檀》指"在位贪鄙,无功而受禄,君子不得进仕",则"乐胥"当如颜注所云,取《桑扈》篇"乐胥"之义,指"乐得有材知之人,使在位"。

《子虚赋》"罘罔弥山",颜注:"罘,覆车也,即今幡车罔也。《王国·兔爰》之诗曰'雉罹于罦',罦亦罘字耳。"⑥按,颜师古认为"罦亦罘字",故引《兔爰》、魏晋旧注作解。《兔爰传》云:"罦,覆车也。"⑦《释器》文相同。郭璞云:"今之翻车也。有两辕,中施罥

---

①　《汉书》卷五十七上,第 2530 页。

②　《毛诗正义》卷四,《十三经注疏》,第 720 – 721 页。

③　王先谦:《诗三家义集疏》,第 355 页。

④　《汉书》卷五十七上,第 2574 页。

⑤　《毛诗正义》卷二十,《十三经注疏》,第 1316 页。

⑥　《汉书》卷五十七上,第 2534 页。

⑦　《毛诗正义》卷四,《十三经注疏》,第 702 页。

以捕鸟。"则"罘罝弥山"描绘的是覆车遍布山野之状。

"疆埸""都""胥""罘"这些字词并不直接源于《诗经》，但在《诗经》中皆有用例，当其他旧注只是就词而训诂时，颜师古凭借着对经典的足够熟悉，敏锐地发现史书记载与儒家经典之间的意义联系，或是政治话语体系中的见微知著，或是文学修辞中的洗练生动，或是名物制度的历史延续等，在士人必读经典的社会背景下，引经据典不仅让词义更明确，也让世人对《汉书》更多一重经典化的认识。

颜注之所以成为"汉书注"的权威，自然是与其汇集多家旧注又精于训诂紧密相关。其"精于训诂"不仅是指词义训释精准，还包含了用经学研究的眼光，引经据典来揭示字词的言外之意。如《叙传》"项氏畔换"，孟康曰："畔，反也。换，易也。不用义帝要，换易与高祖汉中也。"师古曰："此说非也。畔换，强恣之貌，犹言跋扈也。《诗·大雅·皇矣》篇曰'无然畔换'。"①此句《齐诗》作"畔换"，《毛诗》作"畔援"，《笺》云："畔援，犹跋扈也。"②颜注取《郑笺》"跋扈"义。而班固习《齐诗》，"孟注盖本齐训"③，为何颜注反认为孟康注为非，又改用《郑笺》之说？当年项羽、刘邦等在讨伐秦军时，楚怀王与诸将有先破秦入关者为王之约，但刘邦先入关后，项羽却背弃了约定，自立为西楚霸王，又把巴蜀之地封给刘邦，名其为"汉王"④，这即是孟康云项氏"不用义帝要，换易与高祖汉中"的历史背景。较孟康注而言，颜师古引用《郑笺》，意在说明项羽背信弃义、妄自尊大，"跋扈"二字充分表达了对项羽背弃誓约的斥责，具有道德批判的色彩。颜注通过引用《诗经》，揭示史书记载的

① 《汉书》卷一百下，第 4236 页。
② 《毛诗正义》卷十六，《十三经注疏》，第 1121 页。
③ 王先谦《诗三家义集疏》引陈乔枞之言，第 875 页。
④ 事见《史记·项羽本纪》《高祖本纪》及《汉书·高帝纪第一》。

这层"微言大义",《汉书》也就具有了评判是非的价值功能。

　　以上,《汉书》并没有明确表示这些字词源于《诗经》,多家旧注也并没有直接引用《诗经》来作注,但颜师古往往溯及《诗经》,引用《诗序》《毛传》《郑笺》等找到最契合本文的解释,订正旧注之失;又通过追溯经典,补充历史记载的文化背景、揭示字里行间的微言大义、诠释文学表达的丰富内涵,使《汉书》具有了更厚重的文化价值、学术价值。同时,也反映出颜师古对儒家经典十分熟悉,对于《诗经》而言,颜师古不仅熟知"三家诗",更对《毛传》《郑笺》有充分认知,其将《传》《笺》作为训诂依据,一方面与《传》《笺》的体例相关①,另一方面也关系到颜师古"尊毛"的《诗》学观。

附表2　颜注引《诗》与《汉书》不同表

序号	出处	《汉书》原文	颜师古注	《毛诗正义》
1	《刑法志》第三	狱犴不平之所致也	服虔曰:乡亭之狱曰犴。臣瓒曰:狱岸,狱讼也。师古曰:《小雅·小宛》之诗云:"宜岸宜狱。"瓒说是也。	《小宛》:"宜岸宜狱"。《毛传》:岸,讼也。

---

①　《毛传》即《毛诗故训传》,故、训、传本就是"先秦训释古籍的三种基本方式"(《从文学到经学》,第421页),《毛传》对文字的诠释涉及多个方面,后世编撰辞书多以《毛传》为依据,足以说明其在字词训释方面的权威性。而郑玄"精于音韵训诂之学"(《从文学到经学》,第469页),《笺》是对《传》的补充、更正,也是后世考古籍、训释字词的首要参考,因此,基于《传》《笺》以训诂为重的释诗体例,颜师古将其作为注释依据便是情理之中。

序号	出处	《汉书》原文	颜师古注	《毛诗正义》
2	《郊祀志》第五下	（杜鄴说王商曰）《诗》曰："率由旧章。"旧章，先王法度，文王以之，交神于祀，子孙千亿。	《大雅·假乐》之诗也。率，循也。由，用也。循用旧典之文章也。	《假乐》：不愆不忘，率由旧章。《郑笺》：愆，过。率，循也。成王之令德，不过误，不遗失，循用旧典之文章，谓周公之礼法。
3	《五行志》第七上	孔子曰："礼，与其奢也，宁俭。"故禹卑宫室，文王刑于寡妻，此圣人之所以昭教化也。	《大雅·思齐》之诗云："刑于寡妻，至于兄弟，以御于家邦。"刑，法也。寡妻，谓正嫡也。御，治也。此美文王以礼法接待其妻，旁及兄弟宗族，又广以政教治家邦。	《思齐》：刑于寡妻，至于兄弟，以御于家邦。《毛传》：刑，法也。寡妻，适妻也。御，迎也。《郑笺》：寡妻，寡有之妻，言贤也。御，治也。文王以礼法接待其妻，至于宗族，以此又能为政，治于家邦也。

序号	出处	《汉书》原文	颜师古注	《毛诗正义》
4	《五行志》第七中之下	《诗》云:"尔德不明,以亡陪亡卿;不明尔德,以亡背亡仄。"言上不明,暗昧蔽惑,则不能知善恶,亲近习,长同类,亡功者受赏,有罪者不杀,百官废乱,失在舒缓,故其咎舒也。	《大雅·荡》之诗也。言不别善恶,有逆背倾仄者,有堪为卿大夫者,皆不知之也。仄,古侧字。	《荡》:不明尔德,时无背无侧。尔德不明,以无陪无卿。《毛传》:背无臣,侧无人也。无陪贰也,无卿士也。《郑笺》:无臣、无人,谓贤者不用。
5	《五行志》第七下之下	此推日食之占循变复之要也。……于《诗·十月之交》,则著卿士、司徒,下至趣马、师氏,咸非其材。	《十月之交》诗曰:"皇父卿士,番维司徒。棸维趣马,楀维师氏,艳妻煽方处。"司徒,地官卿也,掌邦教。趣马,中士也,掌王马之政。师氏,中大夫也,掌司朝政得失之事。番、棸、楀,皆氏也。美色曰艳。艳	《十月之交》:皇父卿士,番维司徒。家伯维宰,仲允膳夫。棸子内史,蹶维趣马,楀维师氏,艳妻煽方处。《毛传》:艳妻,褒姒。美色曰艳。煽,炽也。《郑笺》:皇父、家伯、仲允,皆字。番、棸、蹶、楀,皆氏。厉王

序号	出处	《汉书》原文	颜师古注	《毛诗正义》
5			妻，褒姒也。艳或作阎，阎亦嬖妾之姓也。煽，炽也。诗人刺王淫于色，故皇父之徒皆用后宠而处职位，不以德选也。趣音千后反。嬖音居卫反。搰音居禹反。番音扶元反。	淫于色，七子并用。后嬖宠方炽之时，并处位。言妻党盛，女谒行之甚也。
6	《五行志》第七下之下	（谷永曰……臣闻三代所以丧亡者，皆繇妇人群小，湛湎于酒。）《诗》曰："颠覆厥德，荒沈于酒。"	《大雅·抑》之诗也。刺王倾败其德，荒废政事而耽酒。	《抑》：颠覆厥德，荒湛于酒。《郑笺》：（厉王）倾败其功德，荒废其政事，又湛乐于酒，言爱小人之甚。
7	《地理志》第八上	郁夷，《诗》"周道郁夷"。	《小雅·四牡》之诗曰："四牡骓骓，周道倭迟。"《韩诗》作郁夷字，言使臣乘马行于此道。	《四牡》：四牡骓骓，周道倭迟。《毛传》：周道，岐周之道。倭迟，历远之貌。文王率诸侯抚叛国，而朝聘乎

序号	出处	《汉书》原文	颜师古注	《毛诗正义》
7				纣,故周公作乐,以歌文王之道,为后世法。
8	《地理志》第八上	右扶风杜阳。杜阳,杜水南入渭。《诗》曰"自杜"。莽曰通杜。	《大雅·绵》之诗曰:"人之初生,自土、漆、沮",《齐诗》作"自杜",言公刘避狄而来居杜与漆、沮之地。	《绵》:绵绵瓜瓞,民之初生,自土沮漆。《毛传》:自,用。土,居。
9	《地理志》第八上	芮水出西北,东入泾。《诗》"芮阰",雍州川也。	阰读与鞠同。《大雅·公刘》之诗曰:"止旅乃密,芮鞠之即",《韩诗》作芮阰。言公刘止其军旅,欲使安静,乃就芮阰之间耳。	《公刘》:芮鞠之即。《毛传》:芮,水厓也。《郑笺》:芮之言内也。水之内曰隩,水之外曰鞠。
10	《地理志》第八下	天水、陇西,山多林木,民以板为室屋。及安定、北地、上郡、西河,皆迫近戎狄,修习战备,	《小戎》之诗也。言襄公出征,则妇人居板屋之中而念其君子。	《小戎序》:美襄公也。备其兵甲以讨西戎,西戎方强而征伐不休,国人则矜其车甲,妇人能

续表

序号	出处	《汉书》原文	颜师古注	《毛诗正义》
10		高上气力,以射猎为先。故《秦诗》曰"在其板屋"。		闵其君子焉。《小戎》:在其板屋。《毛传》:西戎板屋。
11	《地理志》第八下	(《邶》又曰)"河水洋洋"。	今《邶诗》无此句。	
12	《地理志》第八下	《诗风》齐国是也。临甾名营丘,故《齐诗》曰:"子之营兮,遭我虖嶩之间兮。"	《齐国风·营》诗之辞也。《毛诗》作还,《齐诗》作营。之,往也。嶩,山名,字或作峱,亦作巎,音皆乃高反。言往适营丘而相逢于嶩山也。	《还》:子之还兮,遭我乎峱之间兮。《毛传》:还,便捷之貌。峱,山名。《郑笺》:子也、我也,皆士大夫也。俱出田猎而相遭也。
13	《地理志》第八下	(接上)又曰:"俟我于著乎而。"此亦其舒缓之体也。	《齐国风·著》诗之辞也。著,地名,即济南郡著县也。乎而,语助也,一曰,门屏之间曰著,音直庶反。	《著》:俟我于著乎而。《毛传》:门屏之间曰著。

序号	出处	《汉书》原文	颜师古注	《毛诗正义》
14	《楚元王传》第六	当此之时，武王、周公继政，朝臣和于内，万国欢于外，故尽得其欢心，以事其先祖。其《诗》曰："有来雍雍，至止肃肃，相维辟公，天子穆穆。"言四方皆以和来也。	此《周颂》禘太祖之《雝》诗也。相，助也。辟，百辟也。公，诸侯也。言有此宾客以和而来至止而敬者，乃助王祭之人，百辟与诸侯耳。于是时，天子则穆穆然。《礼记》曰"天子穆穆，诸侯皇皇"。辟音璧。	《雝》：有来雝雝，至止肃肃。相维辟公，天子穆穆。《毛传》：相，助。《郑笺》：雝雝，和也。肃肃，敬也。有是来时雝雝然，既至止而肃肃然者，乃助王禘祭百辟与诸侯也。天子是时则穆穆然。
15	《楚元王传》第六	（刘向）孔子论《诗》，至于"殷士肤敏，裸将于京"，喟然叹曰："大哉天命！善不可不传于子孙，是以富贵无常；不如是，则王公其何以戒慎，民萌何以劝勉？"	此《大雅·文王》之篇。殷士，殷之卿士也。肤，美也。敏，疾也。裸，灌鬯也。将，行也。京，周京也。言殷之臣有美德而敏疾，乃来助祭于周，行裸鬯之事，是天命无常，归于有德。	《文王》：殷士肤敏，裸将于京。《毛传》：殷士，殷侯也。肤，美。敏，疾也。裸，灌鬯也。周人尚臭。将，行。京，大也。《郑笺》：殷之臣，壮美而敏，来助周祭。

序号	出处	《汉书》原文	颜师古注	《毛诗正义》
16	《楚元王传》第六	（刘向）周德既衰而奢侈，宣王贤而中兴，更为俭宫室，小寝庙。诗人美之，《斯干》之诗是也，上章道宫室之如制，下章言子孙之众多也。	《小雅》篇名，美宣王考室。其首章曰"秩秩斯干"。秩秩，流行也。干，涧也。喻宣王之德如涧水源，秩秩流出，无极已也。	《斯干》：秩秩斯干。《毛传》：秩秩，流行也。干，涧也。《郑笺》：喻宣王之德，如涧水之源，秩秩流出，无极已也。
17	卷五十六《董仲舒传》第二十六	（制曰）今子大夫既已著大道之极，陈治乱之端矣，其悉之究之，孰之复之。《诗》不云虖？"嗟尔君子，毋常安息，神之听之，介尔景福。"	《小雅·小明》之诗也。安息，安处也。介，助也。景，大也。言人君不当苟自安处而已，若能靖恭其位，直道而行，则神听而知之，助以大福也。	《小明》：嗟尔君子，无恒安息。靖共尔位，好是正直。神之听之，介尔景福。《毛传》：息，犹处也。介、景，皆大也。《郑笺》：好，犹与也。介，助也。神明听之，将助女以大福。

序号	出处	《汉书》原文	颜师古注	《毛诗正义》
18	《严朱吾丘主父徐严终王贾传》第三十四上	(贾捐之)《诗》云"蠢尔蛮荆,大邦为仇",言圣人起则后服,中国衰则先畔,动为国家难,自古而患之久矣,何况乃复其南方万里之蛮乎!	《诗·小雅·采芑》之诗也。蠢,动貌也。蛮荆,荆州之蛮也。言敢于大国为仇敌也。	《采芑》:蠢尔蛮荆,大邦为仇。《毛传》:蠢,动也。蛮荆,荆州之蛮也。《郑笺》:大邦,列国之大也。
19	《傅常郑甘陈段传》第四十	(刘向上疏曰)昔周大夫方叔、吉甫为宣王诛狁而百蛮从,其《诗》曰:"啴啴焞焞,如霆如雷,显允方叔,征伐狁,蛮荆来威。"	《小雅·采芑》之诗也。啴啴,众也。焞焞,盛也。言车徒既众且盛,有如雷霆,故能克定狁而令荆土之蛮亦畏威而来也。啴音他丹反,焞音他回反。	《采芑》:啴啴焞焞,如霆如雷。显允方叔,征伐玁狁,蛮荆来威。《毛传》:啴啴,众也。焞焞,盛也。《郑笺》:言戎车既众盛,其威又如雷霆。言虽久在外,无疲劳也。
20	《韦贤传》第四十三	议者又以为《清庙》之诗言交神之礼无不清静。	《清庙》,《周颂》祀文王之诗也。其诗云:"於穆清庙,肃雍显相",又曰"对越在天,骏奔走在庙"。	《清庙序》:祀文王也。《清庙》:於穆清庙,肃雝显相。……对越在天,骏奔走在庙。

序号	出处	《汉书》原文	颜师古注	《毛诗正义》
21	卷七十五《眭两夏侯京翼李传》第四十五	(翼奉)西方之情,喜也;喜行宽大,己酉主之。二阳并行,是以王者吉午酉也。《诗》曰:"吉日庚午。"	《小雅·吉日》之诗也。其诗曰"吉日庚午,既差我马",言以庚午之吉日简择车马以出田也。	《吉日》:吉日庚午,既差我马。《毛传》:外事以刚日。差,择也。
22	《眭两夏侯京翼李传》第四十五	(翼奉)如因丙子之孟夏,顺太阴以东行,到后七年之明岁,必有五年之余蓄,然后大行考室之礼。	考,成也,成其礼。《诗·小雅·斯干》之诗序曰:"《斯干》,宣王考室也。"故奉引之。	《斯干》:宣王考室也。
23	《盖诸葛刘郑孙毋将何传》第四十七	(诏曰)"'欲报之德,昊天罔极。'前追号皇太后父为崇祖侯,惟念德报未殊,朕甚恶焉。"	《诗·小雅·蓼莪》之篇曰:"父兮生我,母兮鞠我,欲报之德,昊天罔极。"言欲报父母之恩德,心无已也。呼昊天者,陈己至诚也。皞字与昊同。	《蓼莪》:父兮生我,母兮鞠我。……欲报之德,昊天罔极。《郑笺》:之,犹是也。欲报父母是德,昊天乎我心无极。

续表

序号	出处	《汉书》原文	颜师古注	《毛诗正义》
24	《盖诸葛刘郑孙毋将何传》第四十七	（赞曰）盖宽饶为司臣，正色立于朝，虽《诗》所谓"国之司直"无以加也。	《诗·郑风·羔裘》之篇曰"彼己之子，邦之司直"，言其德美，可主正直之任也。	《羔裘》：彼其之子，邦之司直。
25	《宣元六王传》第五十	（太中大夫张子蟜奉玺书敕谕之曰）"今闻王自修有阙，本朝不和，流言纷纷，谤自内兴，朕甚憯焉，为王惧之。《诗》不云乎？'毋念尔祖，述修厥德，永言配命，自求多福。'"	《大雅·文王》之诗也。无念，念也。言当念尔先祖之道，修其德，则长配天命，此乃所以自求多福。	《文王》：无念尔祖，聿修厥德，永言配命，自求多福。《毛传》：聿，述。永，长。言，我也。我长配天命而行，长尔庶国亦当自求多福。《郑笺》：长犹常也。王既述修祖德，常言配天命而行则福禄自来。
26	《匡张孔马传》第五十一	（匡衡）臣窃考《国风》之诗，《周南》《召南》被贤圣之化深，故笃于行而廉于色。	笃，厚也。谓乐得淑女以配君子，忧在进贤，不淫其色之类也。	

序号	出处	《汉书》原文	颜师古注	《毛诗正义》
27	《匡张孔马传》第五十一	（匡衡）郑伯好勇，而国人暴虎。	《诗·郑风·太叔于田》之篇曰："襢裼暴虎，献于公所。将叔无狃，戒其伤汝。"襢裼，肉袒也。暴虎，空手以搏之也。公，郑庄公也。将，请也。叔，庄公之弟太叔也。狃，忕也。汝亦太叔也。言以庄公好勇之故，太叔肉袒空手搏虎，取而献之。国人爱叔，故请之曰勿忕为之，恐伤汝也。襢音祖，裼音锡，字并从衣。将音千羊反。狃音女九反。	《大叔于田》：襢裼暴虎，献于公所。将叔无狃，戒其伤女。《毛传》：襢裼，肉袒也。暴虎，空手以搏之。狃，习也。《郑笺》：献于公所，进于君也。狃，复也。请叔无复者，爱也。

序号	出处	《汉书》原文	颜师古注	《毛诗正义》
28	《匡张孔马传》第五十一	晋侯好俭,而民畜聚。	《唐风·山有枢》之诗序云:"刺晋昭公也,不能修道以正其国,有财不能用,有钟鼓不能以自乐。"其《诗》曰:"子有衣裳,弗曳弗娄。子有车马,弗驰弗驱。宛其死矣,他人是愉。"故其俗皆吝啬而积财也。畜读曰蓄。	《山有枢序》:刺晋昭公也。不能修道以正其国,有财不能用,有钟鼓不能以自乐。《山有枢》:子有衣裳,弗曳弗娄。子有车马,弗驰弗驱。宛其死矣,他人是愉。
29	《匡张孔马传》第五十一	(匡衡)臣又闻室家之道修,则天下之理得,故《诗》始《国风》。	《关雎》美后妃之德,而为《国风》之首。	
30	《匡张孔马传》第五十一	(匡衡)后夫人之行不侔乎天地,则无以奉神灵之统而理万物之宜。故《诗》曰:"窈窕淑女,君子好仇。"言能	《周南·关雎》之诗也。窈窕,幽闲也。仇,匹也。	《关雎》:窈窕淑女,君子好逑。《传》:窈窕,幽闲也。逑,匹也。

序号	出处	《汉书》原文	颜师古注	《毛诗正义》
30		致其贞淑,不贰其操,情欲之感无介乎容仪,宴私之意不形乎动静,夫然后可以配至尊而为宗庙主。		
31	《薛宣朱博传》第五十三	(谷永)有"退食自公"之节	白,从也。《召南·羔羊》之诗,美在位皆节俭正直。其诗曰:"退食自公,委蛇委蛇。"言卿大夫履行清絜,减退膳食,率从公道也。	《羔羊序》:《鹊巢》之功致也。召南之国,化文王之政,在位皆节俭正直,德如羔羊也。《羔羊》:退食自公,委蛇委蛇。《毛传》:公,公门也。委蛇,行可从迹也。《郑笺》:退食,谓减膳也。自,从也。从于公,谓正直顺于事也。委蛇,委曲自得之貌。节俭而顺,心志定,故可自得也。

续表

序号	出处	《汉书》原文	颜师古注	《毛诗正义》
32	卷八十七上《扬雄传》第五十七上	(班固)周宣所考	《小雅·斯干》之诗序曰:"宣王考室也。"考谓成也。	《斯干序》:宣王考室也。《笺》:考,成也。
33	《儒林传》第五十八	(《张山拊传》)退食自公	退食自公,《召南·羔羊》诗之辞,言贬退所食之禄,而从至公之道也。	《羔羊》:退食自公,委蛇委蛇。《笺》:退食,谓减膳也。自,从也。从于公,谓正直顺于事也。委蛇,委曲自得之貌。节俭而顺,心志定,故可自得也。
34	《叙传》第七十上	(班彪对曰)《诗》云:"皇矣上帝,临下有赫,鉴观四方,求民之莫。"	《大雅·皇矣》之诗也。皇,大也。上帝,天也。莫,定也。言大矣天之视下,赫然甚明,监察众国,求人所定而授之。	《皇矣》:皇矣上帝,临下有赫。监观四方,求民之莫。《传》:皇,大。莫,定也。《笺》:临,视也。大矣,天之视天下赫然甚明。以殷纣之暴乱,乃监察天下之众国,求民之定,谓所归就也。

序号	出处	《汉书》原文	颜师古注	《毛诗正义》
35	《叙传》	乌呼史迁,薰胥以刑。	晋灼:齐、韩、鲁诗作薰。薰,帅也,从人得罪相坐之刑也。 师古曰:晋说近是矣。《诗·小雅·雨无正》之篇曰:"若无此罪,沦胥以铺。"胥,相也。铺,遍也。言无罪之人,遇到乱政,横相牵连,遍得罪也。《韩诗》"沦"字作"薰",薰者,谓相薰蒸,亦渐及之义耳。此叙言史迁因坐李陵,横得罪也。	《雨无正》:若无此罪,沦胥以铺。 《郑笺》:胥,相。铺,遍也。言王使此无罪者见牵率相引而遍得罪也。

附表3　《汉书》未引《诗》而颜注引《诗》表

序号	出处	《汉书》原文	颜师古注	《毛诗正义》
1	《武帝纪》第六	(诏曰)盖闻导民以礼,风之以乐。	风,教也。《诗序》曰:上以风化下	《诗序》:风,风也,教也。
2	《武帝纪》第六	天汉元年。	《大雅》有《云汉》之诗,周大夫仍叔所作也。以美宣王遇旱灾修德勤政而能致雨,故依以为年号也。	《云汉序》:《云汉》,仍叔美宣王也。宣王承厉王之烈,内有拨乱之志,遇灾而惧,侧身修行,欲销去之。天下喜于王化复行,百姓见忧,故作是诗也。
3	《宣帝纪》第八	遣使者持节诏郡国二千石谨收养民而风德化。	以德化被于下,故云风也。《诗序》曰:上以风化下。	《序》:上以风化下,下以风刺上。
4	《宣帝纪》第八	(诏曰)今胶东相成,劳来不怠。	王成也。劳来者,言慰勉而招延之也。《小雅·鸿雁》之诗序曰:劳来还定安集之。劳因卢到反,来音卢代反。	《序》:《鸿雁》,美宣王也。万民离散,不安其居,而能劳来还定安集之,至于矜寡,无不得其所焉。

序号	出处	《汉书》原文	颜师古注	《毛诗正义》
5	《元帝纪》	（诏曰）是故壬人在位，而吉士雍蔽。	吉，善也。《大雅·卷阿》之诗曰：蔼蔼王多吉士。雍读曰壅。	《卷阿》：蔼蔼王多吉士。 《郑笺》：王之朝多善士蔼蔼然。
6	《律历志》第一上	风之以德，感之以乐。	以德化之，以乐动之。《诗序》曰："上以风化下。"	《诗序》：上以风化下，下以风刺上。
7	《食货志》第四上	殖于疆易。	张晏曰：至此易主，故曰易。师古曰：《诗·小雅·信南山》云："中田有庐，疆埸有瓜"，即谓此也。	《信南山》：中田有庐，疆埸有瓜，是剥是菹。
8	《司马相如传》第二十七上	相如时从车骑，雍容闲雅，甚都。	张揖曰：甚得都士之节也。韦昭曰：都邑之容也。师古曰：都，闲美之称也。张说近之。《诗·郑风·有女同车》之篇曰"洵	《有女同车》：彼美孟姜，洵美且都。 《毛传》：都，闲也。 《山有扶苏》：山有扶苏，隰有荷华。不见子都，乃见狂且。

序号	出处	《汉书》原文	颜师古注	《毛诗正义》
8			美且都",《山有扶苏》之篇又云"不见子都",则知都者,美也。韦言都邑,失之远矣。	《毛传》:子都,世之美好者也。
9	《司马相如传》第二十七上	(《子虚赋》子虚曰)罘罔弥山。	罘,覆车也,即今幡车罔也。《王国·兔爰》之诗曰:"雉罹于罘",罘亦罘字耳。弥,竟也。罘音浮。	《兔爰》:有兔爰爰,雉离于罘。
10	《司马相如传》第二十七上	(《子虚赋》亡是公)临坻注壑。	坻谓水中隆高处也。《秦风·终南》之诗曰:"宛在水中坻。"	《蒹葭》:溯游从之,宛在水中坻。
11	《司马相如传》第二十七上	(亡是公)涉冰揭河。	言其土地气寒,当暑凝冻,地为之裂,故涉冰而渡河也。揭,褰衣也。《诗·邶风·匏有苦叶》之篇曰"深则厉,浅则揭"。	《匏有苦叶》:匏有苦叶,济有深涉。深则厉,浅则揭。《毛传》:以衣涉水为厉,谓由带以上也。揭,褰衣也。

序号	出处	《汉书》原文	颜师古注	《毛诗正义》
12	《司马相如传》第二十七上	乐乐胥。	郑氏曰:"《诗》云'于胥乐兮'。"师古曰:此说非也。谓取《小雅·桑扈》之篇云"君子乐胥,万邦之屏"耳。胥,有材知之人也。王者乐得有材知之人使在位也。胥音先吕反。	《桑扈》:君子乐胥,万邦之屏。《郑笺》:王者之德,乐贤知在位,则能为天下蔽捍四表患难矣。
13	卷五十七《司马相如传》第二十七上	(司马相如)允哉汉德。	允,信也。《小雅·车攻》之诗曰"允矣君子"。	《车攻》:允矣君子,展也大成。
14	《扬雄传》第五十七下	(《长杨赋》)酌允铄,肴乐胥。	《小雅·车攻》之诗曰:"允矣君子,展也大成",《周颂·酌》之诗曰"於铄王师",《小雅·桑扈》之诗曰:"君子乐胥",故引之以为言也。胥音先吕反。	《酌》:於铄王师,遵养时晦。《毛传》:铄,美。遵,率。养,取。晦,昧也。

序号	出处	《汉书》原文	颜师古注	《毛诗正义》
15	《叙传》第七十下	项氏畔换。	孟康曰:畔,反也。换,易也。不用义帝要,换易与高祖汉中也。 师古曰:此说非也。畔换,强恣之貌,犹言跋扈也。《诗·大雅·皇矣》篇曰"无然畔换"。	《皇矣》:无然畔援。 《毛传》:无是畔道,无是援取,无是贪羡。 《郑笺》:畔援,犹跋扈也。
16	《叙传》第七十	芈强大于南汜。	汜,江水之别也。《召南》之诗曰"江有汜"。	《江有汜》
17	《叙传》第七十	旦算祀于挈龟	挈,刻也。《诗·大雅·绵绵》之篇"爰挈我龟",言刻开支,灼而卜之。	《绵》:爰始爰谋,爰契我龟。
18	《叙传》第七十	乃輶德而无累	輶,轻也。《诗·大雅·烝人》篇:"德輶如毛,人鲜克举之。"	《烝民》:人亦有言,德輶如毛,民鲜克举之,我仪图之。 《郑笺》:輶,轻。

序号	出处	《汉书》原文	颜师古注	《毛诗正义》
19	《叙传》第七十	实棐谌而相顺。	《尚书·大诰》："天棐谌辞"，《诗·大雅·荡》之篇曰"天生烝人，其命匪谌。"	《荡》：天生烝民，其命匪谌。《毛传》：谌，诚也。
20	《叙传》第七十	谟先圣之大繇兮。	谟，谋也。繇，道也。《诗·小雅·巧言》之篇曰："秩秩大繇，圣人谟之。"	《巧言》：秩秩大猷，圣人莫之。《毛传》：莫，谋也。《郑笺》：猷，道也。大道，治国之礼法。
21	《叙传》第七十	孝平不造。	《周颂》曰："闵予小子，遭家不造"，故引之也。	《闵予小子》：闵予小子，遭家不造，嬛嬛在疚。《毛传》：造，为。
22	《叙传》第七十	万石温温。	《诗·小雅·小宛》之篇曰："温温恭人。"	《小宛》：温温恭人，如集于木。《毛传》：温温，和柔貌。

序号	出处	《汉书》原文	颜师古注	《毛诗正义》
23	《叙传》第七十	王师骙骙。	郑氏曰：骙骙，盛也。师古曰：此说非也。《小雅·四牡》之诗曰："四牡骓骓，骙骙骆马。"骙骙，喘息之貌。马劳则喘，此叙言汉远征西域，人马疲弊也。	《四牡》：四牡骓骓，啴啴骆马。《毛传》：啴啴，喘息之貌。马劳则喘息。

四、李善《文选注》的《诗》学价值

唐代《文选注》共有两部：一是李善《文选注》，作于唐显庆年间；二是五臣（吕延济、刘良、张铣、吕向、李周翰）注《文选》，开元六年由吕延祚呈上。其中，李善《文选注》注释精良、旁征博引，所引的数百种古籍大部分今已佚失，此《注》不仅对字词训诂有重要的参考意义，对古籍整理校勘也有重要的文献价值，对于研究唐代《诗经》学而言即是如此。

（一）引用《毛诗》及其相关资料作注

《文选注》频繁引用《毛诗》及《传》《笺》等相关文献，分别标识为"《毛诗序》曰""《毛诗》曰（或《毛诗某篇、某风曰》）""毛苌（或毛苌《诗传》）曰""郑玄（或郑玄《毛诗笺》）曰"，其引《毛诗》大致有两类：一是《文选》化用《诗经》词、句、典故，引《诗》表明出处；如《东都赋》"旨酒万钟""列金罍"，李善注："《毛诗》曰：'我有旨酒'","《毛诗》曰:'我姑酌彼金罍'"①;潘岳《关中诗》"人之云亡",李善注:"《毛诗》曰:'人之云亡,邦国殄瘁'"②;谢混《游西池》"悟彼蟋蟀唱,信此劳者歌",李善注:"《毛诗》曰:'蟋蟀在堂,岁聿云暮。今我不乐,日月其除'"③。二是《文选》并未明确引《诗》,某字某词因《诗经》中有先例,则引《诗》作注。如《羽猎赋》"方驰千驷""殊乡别趣",李善注:"郑玄《毛诗笺》曰:'方,併也'","毛苌《诗传》曰:'趣,趋也'"④,等,盖其云"《毛诗》曰""《毛诗序》曰"多是照搬原文,仅表明确有出处;其云"毛苌曰""毛苌《诗传》曰""郑玄曰""郑玄《毛诗笺》曰"才涉及具体字词的注释。通过李善引《毛诗》作注,反映出李善的《诗序》观及《毛诗》的流传情况等,有助于我们更全面地了解唐初《毛诗》学的情况。

首先,《文选注》反映了李善的《诗序》观。李善引《诗序》作注仅节选与注释相关的内容,《诗序》所强调"美刺"并不是其关注重点。如班固《东都赋》"历《驺虞》,览《驷驖》,嘉《车攻》,采《吉日》",李善注:"《毛诗序》曰:'《驺虞》,蒐田以时,仁如驺虞也。'又曰:'《驷驖》,美襄公也,始命有田狩之事。'又曰:'《车攻》,宣王复会诸侯于东都,因田猎而选车徒焉。'又曰:'《吉日》,美宣王也,能慎微接下,无不自尽以奉其上焉。'"⑤按,今《驺虞序》:"《驺虞》,《鹊巢》之应也。《鹊巢》之化行,人伦既正,朝廷既治,天下纯被文王之化,则庶类蕃殖,蒐田以时。仁如驺虞,则王道成也。"又,《驷驖序》:"《驷驖》,美襄公也。始命,有田狩之事,园囿之乐焉。"《车

---

① 萧统编,李善注:《文选》卷一,上海古籍出版社,2019,第36页。
② 《文选》卷二十,第954页。
③ 《文选》卷二十二,第1053页。
④ 《文选》卷八,第400、401页。
⑤ 《文选》卷一,第33页。

攻序》:"《车攻》,宣王复古也。宣王能内修政事,外攘夷狄,复文、武之竟土,修车马,备器械,复会诸侯于东都,因田猎而选车徒焉。"《吉日序》:"《吉日》,美宣王田也。能慎微接下,无不自尽,以奉其上焉。"①将李善注与今《诗序》对照,李善引《诗序》只取其中与"蒐狩"直接相关的部分,虽提及"仁如驺虞""美襄公""美宣王"只为概括诗义、补充说明"蒐狩",《诗序》所强调的"美刺"并非其关注的重点。又如,王粲《从军诗》"昔人从公旦,一徂辄三龄",李善注:"毛苌《诗序》曰:'周公东征,三年而归。'"②按,今《东山序》:"《东山》,周公东征也。周公东征,三年而归,劳归士,大夫美之,故作是诗也。一章言其完也,二章言其思也,三章言其室家之望女也,四章乐男女之得及时也。君子之于人,序其情而闵其劳,所以说之。说以使民,民忘其死,其唯《东山》乎?"③因王粲仅云古人跟从周公,一出征就是三年,故李善只引其中相关的两句,至于"劳归士,大夫美之"等,既不相关,便无须提及。诚然,李善为《文选》作注,势必要根据《文选》内容来节选《诗序》,毕竟不是一部专门的《诗》学著作,这并不能代表他对《诗序》的理解,但至少反映出李善对《诗序》的部分认同。

　　关于《大序》《小序》④,李善并不细加区分,注中多统称《毛诗序》。注引《大序》称《毛诗序》,如"《毛诗序》曰:言知不足,故咏歌之;咏歌之不足,不知手之舞之";"《毛诗序》曰:声成文谓之音";

　　①　《毛诗正义》卷一、卷六、卷十、卷十,《十三经注疏》第 618、784、916、919 页。

　　②　《文选》卷二十七,第 1297 页。

　　③　《毛诗正义》卷八,《十三经注疏》,第 844 页。

　　④　《大序》《小序》之分,《诗》学上有不同说法,今从成伯玙之说,以《关雎序》为《大序》,其余众篇前为《小序》(朱彝尊撰,林庆彰校:《经义考新校》,上海古籍出版社,2010,第 1843 页)。

"《毛诗序》曰:礼义凌迟"等。注引《小序》亦称《毛诗序》,如"《毛诗序》曰:《鹿鸣》,宴群臣也";"《毛诗序》曰:过故宗庙宫室,尽为禾黍";"《毛诗序》曰:鸱鸮,周公救乱也"①等,无论《大序》《小序》,李善注皆称《毛诗序》。

关于《诗序》作者,李善认为《毛诗序》乃子夏、毛苌合作。李善注提及《诗序》作者共四次,其中"子夏"三次,"毛苌"一次。左思《三都赋序》"盖《诗》有六义焉,其二曰赋",李善注"子夏《诗序》文";束皙《补亡诗》《南陔》,孝子相戒以养也",李善注:"子夏《序》曰:《南陔》废则孝友缺矣",此乃出自《六月序》;《三国名臣赞序》"或以吟咏情性,或以述德显功",李善注:"子夏《毛诗序》曰:国史明乎得失之际,吟咏情性,以讽其上"②,以上三处有大序也有小序,李善皆认为乃子夏作。又《舞赋》,李善注:"毛苌《诗序》曰:言之不足,故嗟叹之;嗟叹之不足,故咏歌之;咏歌之不足,不知手之舞之,足之蹈之"③,此处本《大序》文,标为"毛苌《诗序》",则李善认为毛苌也参与了《诗序》的创作。李善不分大、小《序》,对于《诗序》创作的历时过程没有明确说法,故只能推知李善认为《毛诗序》乃子夏、毛苌合作,至于子夏作、毛苌作之间的具体关系,则不得而知。此说与前人说法皆不同④,且备一说。

---

① 《文选》卷十八、十八、三十八、十八、三十八、四十一,第 850、875、1767、860、1756、1781 页。
② 《文选》卷四、十九续、四十七,第 177、920、2168 页。
③ 《文选》卷十七,第 809 页。
④ 在李善之前,关于《诗序》作者已有多种说法,郑玄认为《大序》子夏作,《小序》乃子夏、毛公合作;《后汉书》认为卫宏作;陆德明认为,"《关雎》,后妃之德也"至"用之邦国焉",名为《关雎序》,谓之《大序》;此以下则《小序》也。《大序》是子夏作,《小序》是子夏、毛公合作;孔颖达认为子夏作《序》。(《经义考新校》第 1842–1843 页)

　　其次，《文选注》反映了唐初《诗经》文本的流传情况。李善注引《毛诗》与今《诗经》多有不同，我们举数例以见大概①，如：

　　1.《关雎》

　　张衡《思玄赋》"鸤鸠相和"（《文选》卷第十五），李善注："《诗》曰：'关关鸤鸠。'"按，今作"关关雎鸠"②，据王先谦考，张衡习《鲁诗》《鲁诗》作"鸤鸠"③。

　　何晏《景福殿赋》"窈窕淑女"，李善注："《毛诗》曰：'窈窕淑女，君子好仇。'"按，今作"君子好逑"，《毛传》："逑，匹也。"《郑笺》："怨耦曰仇。"《释文》："逑，本亦作仇。"《鲁诗》《齐诗》"逑"作"仇"。

　　2.《野有死麕》

　　沈约《宿东园》"惊麏去不息"，李善注："《毛诗》曰：'野有死麏。'"按，今作"野有死麕"，《释文》："麕，本亦作麏，又作麇，麕，兽名也。《草木疏》云：'麕，麞也。青州人谓之麕。'"

　　3.《甫田》

　　张衡《思玄赋》"志搏搏以应悬兮""情惆惆而思归"，李善注："《毛诗》曰：'劳心团团，忧劳也'"，"《毛诗》曰：'劳心惆惆'"。按，今作"劳心忉忉""劳心怛怛"，《传》："忉忉，忧劳也。怛怛，犹忉忉

---

　　① 　以下数例出自《文选》卷十五、卷十一、卷二十二、卷十五、卷二十三、卷十一、卷十五、卷十二、卷二十四、卷三、卷三、卷二、卷十五、卷六、卷二十五、卷二十七，第 684、542、1081、666、1134、539、667、580、1153、113、97、71、685、292、1213、1297 页。

　　② 　以上数例，所引《毛诗正义》见卷一、卷一、卷一、卷五、卷六、卷六、卷九、卷六、卷九、卷十二、卷十、卷十二、卷十二、卷十二、卷十九、卷十九、卷二十，《十三经注疏》第 570、570、615、747、769、769、890、791、877、970、896、949、974、976、1257、1295、1319 页。

　　③ 　"鸤鸠""逑"见王先谦《诗三家义集疏》第 9、10 页。

也。"并无"悁悁"之文。刘向《九叹》云:"劳心悁悁,涕滂沱兮。"

4.《扬之水》

刘桢《赠从弟》"磷磷水中石",李善注:"《毛诗》曰:'杨之水,白石磷磷。'毛苌《传》曰:'清澈也。'"按,今作"扬之水,白石粼粼",《传》:"粼粼,清澈也。"《释文》:"粼,本又作磷,同。"又,李善注沈休文《新安江水至清浅深见底贻京邑游好》"俯映石磷磷",云:"《毛诗》曰:'扬之水白石磷磷。'"此"扬"与今本《诗经》同,而前文作"杨",《鲁诗》"扬"作"杨"①。

5.《椒聊》

何晏《景福殿赋》"椒房",李善注:"《诗》曰:'椒聊之实,蔓延盈升。'"按,今作"蕃衍盈升",《笺》:"蕃衍满升。"王先谦云:"蕃衍、蔓延,声同字变,盖出三家。"②

6.《杕杜》

张衡《思玄赋》"何孤行之茕茕兮",李善注曰:"《毛诗》曰:'独行茕茕。'"按,今作"独行睘睘",《传》:"睘睘,无所依也。"《释文》:"睘,本亦作嬛,又作茕。"《鲁诗》作"茕茕"③,李善故取"茕"。

7.《蒹葭》

郭璞《江赋》"泝洄沿流",李善注:"《毛诗》曰:'泝洄丛之。'《毛苌》曰:'逆流而上曰遡洄。'"按,今作"溯洄从之",《传》:"逆流而上曰溯洄。"泝、溯、遡同,泝为俗字④。

8.《伐木》《小弁》

张茂先《答何劭》"属耳听鸎鸣",李善注:"《毛诗》曰:'耳属于

---

① 王先谦:《诗三家义集疏》,第322、419页。
② 王先谦:《诗三家义集疏》,第421页。
③ 王先谦:《诗三家义集疏》,第426页。
④ 王先谦:《诗三家义集疏》,第449页。

垣。'郑玄曰：'属耳于壁听之。'《毛诗》曰：'鹝其鸣矣。'"按，今《小弁》作"耳属于垣"，同。今《伐木》作"嘤其鸣矣"。《鲁诗》"嘤"作"鹝"①。

9.《南有嘉鱼》

张衡《东京赋》"式宴且盘"，李善注："《毛诗》曰：'嘉宾式宴以乐也。'"按，今作"嘉宾式燕以乐"，《笺》："式，用也。"燕、宴，相通。

10.《正月》

张衡《东京赋》"踼高天"，李善注："《毛诗》曰：'谓天盖高，不敢不踼。踼，佝偻也。'"按，今作"不敢不局"，《传》："局，曲也。"《释文》："局，本又作踼。"《韩诗》《鲁诗》"局"作"踼"②。

11.《巧言》

张衡《西京赋》"毚兔"，李善注："《毛诗》曰：'趯趯毚兔。'"按，今作"躍躍毚兔"，《传》《笺》无解，《释文》："躍，他历反。"此诗，"三家诗"作"趯趯"③。

12.《何人斯》

张衡《思玄赋》"爰整驾而亟行"，李善注："《毛诗》曰：'尔之亟行，皇脂尔车。'"按，今作"尔之亟行，遑脂尔车"，《笺》："遑，暇。"《说文》："遑，急也。从辵，皇声。"④皇、遑同。

13.《清庙》

左思《魏都赋》"复之而无斁"，李善注："《毛诗》曰：'无斁于人斯。'"按，今作"无射于人斯"，《释文》："射，音亦，厌也。"此句，《齐

---

① 王先谦：《诗三家义集疏》，第571页。
② 王先谦：《诗三家义集疏》，第668页。
③ 王先谦：《诗三家义集疏》，第708页。
④ 许慎撰，徐铉校定：《说文解字》，中华书局，1963，第42页下。

诗》"射"作"斁"①。

14.《小毖》

谢瞻《于安城答灵运》"肇允虽同规,翻飞各异概",李善注:"《毛诗》曰:'肇允彼桃虫,翻飞惟鸟。'"按,今作"肇允彼桃虫,拚飞维鸟",《传》:"桃虫,鹪也,鸟之始小终大者。"《笺》:"肇,始。允,信。始者,信以彼管蔡之属虽有流言之罪,如鹪鸟之小,不登诛之,后反叛而作乱,犹鹪之翻飞为大鸟也。"郑玄云"翻飞",乃为《韩诗》。李善注谢瞻《咏张子房诗》"肇允契幽叟,翻飞指帝乡",引薛君《韩诗章句》曰:"翻,飞貌。"

15.《泮水》

王粲《从军诗》"桓桓东南征"(《文选》卷第二十七),李善注:"《毛诗》曰:'桓桓于征,遂彼东南。'"按,今作"桓桓于征,狄彼东南",《笺》云:"政,征伐也。狄当作剔。剔,治也。东南,斥淮夷。"《释文》:"狄,王(肃)他历反,远也。孙毓同,郑作'剔',音同,沈云'毛如字',未详所出。《韩诗》云:'剔,除也。'"郑玄从《韩诗》作"剔",狄、剔音同相通。而李善云《毛诗》作"遂",未详所出,"遂"音同狄,狄、遂、剔亦相通。

以上,当《文选》的字词与今《诗经》不同,李善注引《诗》则与今《诗经》不同,却与《释文》所引《毛诗》"又作""亦作"多相合,说明在贞观七年《五经定本》颁布后,依然有不少《毛诗》的本子在流传②,故

---

① 王先谦:《诗三家义集疏》,第1001页。

② 马昕认为,李善注引《毛诗》异文与《释文》所存异文、敦煌《毛诗》写本等相合,《释文》保存了大量南朝写本中的异文材料,而敦煌写本则反映出北朝的情况,即李善注对于了解南北朝时期《毛诗》的样貌具有价值。(《〈文选〉李善注引〈毛诗〉异文研究》,《文献》2013年3月第2期)我们由此也可知,在李善生活的历史时期,其仍能引用这些材料,说明当时仍传播着南北朝时期的《诗经》写本。

显庆三年李善注《文选》仍可见"又作""亦作"本。另外,李善引
《传》《笺》作注,部分内容与今《传》《笺》也不同。如,张衡《西京
赋》"拔扈",李善注:"《毛诗》曰:'无然畔援。'郑玄曰:'畔换,犹拔
扈。'拔与跋,古字通。"胡克家《考异》认为,李善注所引"拔"疑
"跋"之误,因下云"拔与跋,古字通",盖原引《笺》作"跋扈"。今
《郑笺》云:"畔援,犹拔扈也。"据阮元《校勘记》,此处作"拔",不作
"跋"①。则李善注作"跋扈",与今《诗笺》不同。又注作"畔换",
与今《诗笺》作"畔援"也不同,《齐诗》乃作"畔换"②。又如,扬雄
《甘泉赋》"神莫莫而扶倾"(《文选》卷第七),李善注:"《毛诗》曰:
'君妇莫莫。'毛苌曰:'莫莫,清净也。'"《楚茨》"君妇莫莫",今《毛
传》云:"莫莫,言清静而敬至也。"李善所引与《传》不同。又如,傅
毅《舞赋》"洋洋习习",李善注:"郑玄《毛诗注》曰:'洋洋,庄敬
貌。'"案,今《诗经》中"洋洋"凡四处,《硕人》"河水洋洋",《传》:
"盛大也";《衡门》"泌之洋洋",《传》:"广大也";《大明》"牧野洋
洋",《传》:"广也";《閟宫》:"万舞洋洋",《传》:"众多也",这四处
《郑笺》皆从《传》,并未解作"庄敬貌",《释文》《正义》也未见引相
关解释,李善所云"郑玄《毛诗注》"不知所据。综上,李善所引与今
《诗经》文本不同,此类注释尚有不少,为我们了解《毛诗》文本的流
传提供了线索。

但李善注中也有部分内容,虽与今《诗经》文本不同,却不能作
为《毛诗》的其他本子。一是,李善将"三家诗"或逸诗误以为《毛
诗》。李善注"鴞其鸣矣",《毛诗》作"嘤其鸣矣",二者显然不同,
却标为《毛诗》。其将逸诗标为《毛诗》。张衡《归田赋》"五弦",李
善注:"《礼记》曰:舜作五弦之琴,以歌《南风》。郑玄《注》曰:南

---

① 《毛诗正义》卷十六,《十三经注疏》,第 1126 页。
② 王先谦:《诗三家义集疏》,第 856 页。

风,长养之风也。《毛诗》曰:南风之薰兮,可以解吾民之愠兮。"①
按,此并非《毛诗》,出自《孔子家语·辨乐》:"昔者舜弹五弦之琴,
造《南风》之诗,其诗曰:'南风之薰兮,可以解吾民之愠兮;南风之
时兮,可以阜吾民之财兮。'"②此为先秦逸诗。李善直接标为《毛
诗》,不知是何缘由。二是,《文选注》中大量的"《小雅》曰",乃指
《小尔雅》③,并非《诗经·小雅》④。如《西京赋》"前代之载",李善
注:"《小雅》曰:'载,事也'";"隔阂华荣",李善注:"《小雅》曰:
'阂,限也,五代切'"。《上林赋》"禁淫",李善注:"《小雅》曰:
'淫,过也'";"万物众夥",李善注:"《小雅》曰:'夥,多也'";"妖
冶娴都",李善注:"《小雅》曰:'都,盛也'"⑤,等,皆为《小尔雅》。
胡承珙云:"《小尔雅》者,《尔雅》之羽翼,六义之绪余也。……唐
以后人取为《孔丛子》第十一篇,世遂以《孔丛》之伪而并伪之,而郦
氏之注《水经》、李氏之注《文选》、陆氏之《音义》、孔贾之《义疏》、
小司马之注《史》、释玄应之译经,其所征引,核之今本,粲然具
存。"⑥李善注所引"《小雅》"之价值,即可见一斑。

(二)引用《韩诗》及其相关资料作注

除《毛诗》外,李善注还引用了大量《韩诗》及其相关资料,清人

① 据《考异》,合刻六臣注的袁本、茶陵本无此"郑玄注曰"至"解吾民之
愠"二十七字,仅单刻李善注的尤刻本有。(《文选》卷十五,第708页)

② 王肃注,太宰纯增注:《孔子家语》卷八,上海古籍出版社,2019,第
277页。

③ 钱大昕:《廿二史考异》附录一《三史拾遗》,上海古籍出版社,2004,
第1426页。

④ 李善注引《诗经·小雅》多标为《毛诗·小雅》,并多引用《小雅》诗
句,非字词训诂,如其曰:"《毛诗小雅》曰:'高山仰止。'"(《文选》卷三十六,
第1666页)

⑤ 《文选》卷一、卷一、卷八、卷八、卷八,第48、49、367、370、383页。

⑥ 胡承珙撰,石云孙校点:《小尔雅义证》,黄山书社,2011,第1页。

宋绵初即云:"朱子语门人,《文选注》多《韩诗》说,尝欲写出。"①其所保存的资料虽难免有衍文、脱文、错讹、前后互异等情况②,但对《韩诗》的辑佚和研究有重要价值。注中所引,也分别标明"《韩诗》曰""《韩诗某篇》曰""薛君《韩诗章句》曰""《韩诗外传》曰""《韩诗内传》曰""《韩诗序》曰"等,我们通过"《韩诗序》""《韩诗》及薛君《章句》""《韩诗外传》"三方面对其所引资料做一梳理。

　　一是引用《韩诗序》。李善注引《韩诗序》仅五处,其中三处标为"《韩诗》"。如,《东京赋》"改奢即俭,则合美乎斯干",李善注:"《韩诗》曰:'宋襄公去奢即俭'";《闲居赋》"歌事遂情",李善注:"《韩诗序》:劳者歌其事";《游西池》"劳者歌",李善注:"《韩诗》曰:《伐木》废,朋友之道缺。劳者歌其事。诗人伐木自苦其事,故以为文";《七启》"讽《汉广》之所咏",李善注:"《韩诗序》:《汉广》,悦人也。《诗》曰:汉有游女,不可求。薛君曰:游女,谓汉神也";《辩命论》"冉耕歌其芣苢",李善注:"《韩诗》曰:采苢,伤夫有恶疾也。《诗》曰:采采芣苢,薄言采之。薛君曰:芣苢,泽写也"③,以上分别言及《芣苢》《汉广》《伐木》《斯干》四篇,《毛诗序》云:"《芣苢》,后妃之美也。和平,则妇人乐有子矣","《汉广》,德广所及也。文王之道被于南国,美化行乎江、汉之域,无思犯礼,求而不可得也","《伐木》,燕朋友故旧也。自天子至于庶人,未有不须友以成者。亲亲以睦,友贤不弃,不遗故旧,则民德归厚矣","《斯

---

　　①　宋绵初:《韩诗内传征序》,《续修四库全书》第 75 册,上海古籍出版社,2002,第 81 页。

　　②　程苏东:《〈文选〉李善注征引〈韩诗〉异文研究》,《信阳师范学院学报》2009 年第 9 期。

　　③　《文选》卷三、卷十六、卷二十二、卷五十四、卷三十四,第 131、715、1053、1613、2394 页。

干》,宣王考室也"①,从这四篇诗来看,《韩诗》《毛诗》在诗旨上还是差异较大。之后,宋代晁公武据此差异,即否定王安石"诗序,诗人所自制"之说②。

二是引用《韩诗》及薛君《韩诗章句》。李善引用较多的是《韩诗》及薛君《韩诗章句》。一般前引《韩诗》后及紧跟"薛君曰",单独引用则标"薛君《韩诗章句》曰"。李善注引《韩诗》大多缘于《韩诗》与《文选》字词一致,如班固《东都赋》"丰圃草以毓兽",李善注:"《韩诗》曰:'东有圃草。'薛君曰:'圃,博也。有博大茂草也。'"《东都赋·灵台诗》"百穀蓁蓁",李善注:"《韩诗》曰:'帅时农夫,播厥百穀。'薛君曰:'穀类非一,故言百也。'又曰:'蓁蓁者莪。'薛君曰:'蓁蓁,盛貌也。'"③今《车攻》作"东有甫草",《噫嘻》作"率时农夫,播厥百谷",《菁菁者莪》作"菁菁者莪"④。班固文同《韩诗》,故引《韩诗》。若《韩诗》与《毛诗》文字并无差异,而李善仍引《韩诗》作注,则多是因《韩诗》与《文选》文义更近。如班固《两都赋序》"奚斯颂鲁",李善注:"《韩诗鲁颂》曰:'新庙弈弈,奚斯所作。'薛君曰:'奚斯,鲁公子也。言其新庙弈弈然盛。是诗,公子奚斯所作也。'"⑤今《閟宫》作"新庙奕奕,奚斯所作"。《传》:"新庙,闵公庙也。有大夫公子奚斯者,作是庙也。"⑥《毛诗》认为

---

① 《毛诗正义》卷一、卷一、卷九、卷十一,《十三经注疏》,第591、591、877、933页。

② 晁公武云,"《韩诗序·苤苢》曰:'伤夫也。'《汉广》曰:'悦人也。'《序》若诗人所自制,《毛诗》犹《韩诗》,不应不同若是。"(《经义考新校》,第1847页)

③ 《文选》卷一、卷一,第33、41页。

④ 《毛诗正义》卷十、卷十九、卷十,《十三经注疏》,第916、1274、903页。

⑤ 《文选》卷一,第4页。

⑥ 《毛诗正义》卷二十,《十三经注疏》,第1333页。

奚斯所作乃庙也,而薛君认为奚斯所作是诗,班固言"奚斯颂鲁",与薛君同义,故李善注引《韩诗》。又如,谢惠连《雪赋》"霰淅沥而先集",李善注:"《韩诗》曰:'先集惟霰。'薛君曰:'霰,霓也。'音英。"①今《頍弁》亦作"先集维霰",《传》:"霰,暴雪也。"②"霓"指雪花,《韩诗》义更近文义,故李善引之。除以上两种情况外,也有少数特例。如谢惠连《西陵遇风献康乐》"无萱将如何",李善注:"《韩诗》曰:'焉得萱草,言树之背;愿言思伯,使我心痗!'薛君曰:'谖草,忘忧也。'萱与谖通。痗音悔。"按《考异》,注引《韩诗》"萱"当作"谖"③。陆士衡《赠从兄车骑》"言树背与衿",李善注引《韩诗》即作"焉得谖草"④。今《伯兮》作"焉得谖草,言树之背。愿言思伯,使我心痗。"《传》:"谖草,令人忘忧。背,北堂也。"《释文》:"谖,本又作'萱',况爰反。《说文》作'蕿',云:'令人忘忧也。'或作'蕿'。"⑤则《韩诗》作"谖",《毛诗》作"谖"或"萱"。此诗,《毛诗》"又作"本与谢惠连诗字同,但李善仍引《韩诗》作注。

又,李善注引《韩诗》与《释文》所引有差异;甚至相同注释,李善前后所引也可能有差异。如潘岳《西征赋》"事回沈而好还",李善注:"《韩诗》曰:'谋猷回沈。'"班固《幽通赋》"叛回穴其若兹兮",李善注:"《韩诗》曰:'谋犹回穴。'"注前后所引,一作沈,一作穴。今《小旻》作"谋犹回遹","遹"字,《释文》云:"遹音聿,《韩诗》作'欥',义同。"⑥则《韩诗》作"欥",又作"穴"或"沈"⑦。此类

---

① 《文选》卷十三,第 604 页。
② 《毛诗正义》卷十四,《十三经注疏》,第 1033 页。
③ 《文选》卷二十五,第 1217 页。
④ 《文选》卷二十四,第 1168 页。
⑤ 《毛诗正义》卷三,《十三经注疏》,第 690 页。
⑥ 《文选》卷十、卷十四,第 454、651 页。
⑦ 王先谦:《诗三家义集疏》,第 688 页。

例子不少,我们将《释文》及李善注所引的《韩诗》做一对校,即可见《韩诗》也有不少"又作""或作"本,说明《韩诗》在唐初也流传着不同的本子。

三是引用《韩诗外传》。《韩诗外传》"杂引古事古语证以诗词,与经义不相比附",王世贞称《外传》"引《诗》以证事,非引事以明《诗》"①,因其体例特殊,李善引《外传》作注,内容与《诗》已无太大关涉,多是注释典故出处。如张衡《东京赋》"南谐越裳",李善注:"《韩诗外传》曰:'成王之时,越裳氏重九译而至,献白雉于周公。'"又,《南都赋》"汉皋",李善注:"《韩诗外传》曰:'郑交甫将南适楚,遵波汉皋台下,乃遇二女,佩两珠,大如荆鸡之卵。'"又,潘岳《籍田赋》"虑尽力乎树蓻",李善注:"《韩诗外传》曰:'子路治蒲,孔子曰:我入其境,田畴甚易,草莱甚辟,故其人尽力也。'"又,颜延之《赭白马赋》"少尽其力,有恻上仁",李善注:"《韩诗外传》曰:'昔者田子方出见老马于道,问其御者:此何马也?曰:公家畜也,疲而不用,故出之。子方喟然叹曰:少尽其力,老弃其身,仁者不为也。束帛而赎之。'"又,陆机《文赋》"援笔",李善注:"《韩诗外传》曰:'孙叔敖治楚三年而国霸,楚史援笔而书之于策。'"又,郭璞《游仙诗》"吞舟",李善注:"《韩诗外传》:'孟子曰:夫吞舟之鱼,不居潜泽;度量之士,不居污世'"②,诸如此类,李善旨在注释典故出处,并不涉及《诗》文。其引各类经、传的初衷并不是为保存文献,而在于注释《文选》,故所引《外传》与今《外传》③在语序、文字上或稍不同。

---

① 永瑢等:《四库全书总目》卷十六"经部·诗类二",第 136 页。
② 《文选》卷三、卷四、卷七、卷十四、卷十七、卷二十一,第 130、155、346、634、777、1040 页。
③ 韩婴撰,许维遹校释:《韩诗外传集释》,中华书局,2020。

(三) 引用汉魏《诗》注、《诗纬》及逸诗作注

李善注除《毛诗》《韩诗》外,还引用了不少汉魏《诗》注、《诗纬》及逸诗。这部分内容不及引《毛诗》《韩诗》丰富,却提供了不可多得的资料。如,其引用汉魏《诗》注及《诗纬》类著作:

1. 刘芳《诗义疏》

张衡《东京赋》"林氏之驺虞",李善注:"《山海经》曰:'林氏有珍兽,大若虎,五采毕具,尾长于身,其名驺吾,乘之日行千里。'刘芳《诗义疏》曰:'驺虞或作吾。'"

张华《鹪鹩赋》,李善注:"《诗义疏》曰:桃虫,今鹪鹩,微小黄雀也。"

鲍照《苦热行》"含沙射流影",李善注:"《毛诗义疏》曰:蜮,短狐,一名射影。"①

2. 刘芳《毛诗义证》

颜延之《赭白马赋》,李善注:"刘芳《毛诗义证》曰:彤白杂毛曰駁。彤,赤也,即赭白也。"②

按,《隋书·经籍志》著录刘芳《毛诗笺音证》十卷③,《新唐书·艺文志》不著录。马国翰云:"《毛诗笺音义证》一卷,后魏刘芳撰。芳字伯文,彭城人。官至太常卿侍中。《后魏书》有传。《隋书艺文志》载其撰《毛诗笺音义证》十卷,《唐志》不著录,佚已久。考《文选注》引一节,标题《义证》。《太平御览》引六节,或题刘芳《诗义疏》,或题刘芳《诗义笺》。意刘氏书本名《音义证》,别有《义疏》《义笺》之称。如陆德明《经典释文》亦题《音义》之类,故引者随意

---

① 《文选》卷三、卷十三、卷二十八,第 129、627、1353 页。
② 《文选》卷十四,第 3633 页。
③ 魏征主编:《隋书》,中华书局,1973,第 916、917 页。

举之耳。兹并辑录。其说'誉'非马勒,笔意与《颜氏家训》相伯仲云。"①则李善注所引刘芳《诗义疏》《诗义证》,皆《毛诗笺音证》也。

3.《诗推度灾》

左思《魏都赋》"而惊蛰飞竞",李善注:"《诗推度客》曰:'震起而惊蛰睹。'"胡可家《考异》云:"'客'当作'灾',各本皆误。"②

4.《诗含神雾》

王文考《鲁灵光殿赋》"伊唐",李善注:"《诗含神雾》曰:'庆都生伊尧。'"

谢惠连《雪赋》"烛龙",李善注:"《诗含神雾》曰:'天不足西北,无有阴阳,故有龙衔火精以照天门中也。'"

刘孝标《辩命论》"昭圣德之符",李善注:"《诗含神雾》曰:大电绕枢,照郊野,感符宝,生黄帝。"③

5.《诗汜历枢》

陆倕《新刻漏铭》,李善注:"《诗汜历枢》:灵台参天意。"④

6.《诗纬》

王元长《永明九年策秀才文卷》"悉心以对",李善注:"《诗纬》:君子息心研虑,推变见事。"

陆机《吊魏武帝文》"简礼",李善注:"《诗纬》曰:齐数好道,废义简礼。宋均曰:简,犹阙也。"⑤

按,《诗纬》是汉代纬书之一,乃假托经义言符箓瑞应。《隋书·经籍志》著录"《诗纬》十八卷,魏博士宋均注,梁十卷。"⑥两《唐志》

---

①　马国翰:《玉函山房辑佚书》,《续修四库全书》第 1201 册,第 407 页。
②　《文选》卷六,《考异》,第 323、301 页。
③　《文选》卷十一、卷十三、卷五十四,第 518、605、2399 页。
④　《文选》卷五十六,第 2479 页。
⑤　《文选》卷三十六、卷六十,第 1680、2658 页。
⑥　《隋书》卷三十二,第 940 页。

载郑玄注《诗纬》三卷,宋均注《诗纬》十卷①。《后汉书·樊英传》"七纬"注云:"《诗》纬《推度灾》《记历枢》《含神雾》"②,即两汉时《诗》类纬书有此三部。《隋志》云:"其书出于前汉,有《河图》九篇,《洛书》六篇,云自黄帝至周文王所受本文。又别有三十篇,自初起至于孔子,九圣之所增演,以广其意。又有《七经纬》三十六篇,并云孔子所作,并前合为八十一篇。而又有《尚书中候》《洛罪级》《五行传》《诗推度灾》《汜历枢》《含神雾》《孝经勾命决》《援神契》《杂谶》等书。"疑点有三:(1)"七纬"注提到纬书共三十五篇,《七经纬》三十六篇,且不包含《推度灾》等,则二者名称、篇数不同,收录的"诗纬"类著述也不同。(2)《七经纬》是否包含《诗纬》,若包含,则说明《推度灾》等三篇未收在《诗纬》中。(3)若不包含,那么,《七经纬》所指为何;《诗纬》又是否包含《推度灾》等。此三点今因文献资料有限,尚不能确知。目前相关辑本有孙毅《古微书》、赵在翰《七纬》、马国翰《玉函山房辑佚书》、[日]安居香山、中村璋八辑《纬书集成》等。

除以上所引汉魏旧注及纬书外,李善注中所引逸诗则有:

1. 潘岳《西征赋》"纳旌弓于铉台",李善注:"《左氏传》,陈敬仲曰:《诗》云:'翘翘车乘,招我以弓。'"

按,此注所引逸诗,又见于江文通《杂体诗三十首》"更以畏友朋",《宣德皇后令卷》"首应弓旌旗",李善曰:"《左氏传》,陈敬仲曰:《诗》云:'翘翘车乘,招我以弓。岂不欲往,畏我友朋。'"刘琨《答卢谌诗并书》"舆马翘翘",李善曰:"《左氏传》,陈敬伯曰:《诗》曰:'翘翘车乘,招我以弓。'杜预曰:逸诗也。"③

---

① 《旧唐书》卷四十六,第1982页,《新唐书》卷五十七,第1444页。

② 《后汉书》卷八十二上《樊英传》注,第2721页。

③ 《文选》卷十、卷三十一、卷三十六、卷二十五,第448、1494、1667、1195页。

2. 王粲《登楼赋》"俟河清其未极"，李善注："《左氏传》，郑子驷曰：周诗有之，'俟河之清，人寿几何？'杜预曰：逸诗也。"

按，张衡《思玄赋》"俟河之清祇怀忧"，李善注同此①。

3. 王延寿《鲁灵光殿赋》"盗贼奔突"，李善引张载旧注："突，唐突也。《诗》云：'昆夷突矣。'"②

4. 颜延之《赭白马赋》"既刚且淑"，李善注："《周礼》曰：'师旷见太子，太子曰：《诗》云：马之刚矣，辔之柔矣。'"③

5. 潘岳《怀旧赋》"庶报德之有邻"，李善注："《家语》，孔子曰：《诗》云：皇皇上帝，其命不忒。天之与人，必报有德。"④

6. 张华《答何邵二首》"其言明且清"，李善注："《子思子》，《诗》云：昔吾有先正，其言明且清。国家以宁，都邑以成。"⑤

7. 张衡《归田赋》郑玄注"南风"，李善："《毛诗》曰：南风之薰兮，可以解吾民之愠兮。"⑥

8. 任昉《王文宪集序》"室无姬姜"，李善："《左氏传》，君子曰：《诗》曰：虽有姬姜，无弃憔悴。"⑦

9. 陆机《汉高祖功臣颂》"知言之贯"，李善注："汉书武诏云：《诗》云：九变复贯，知言之选。"胡克家《考异》云："'书'为'孝'。"⑧

10. 刘孝标《广绝交论》"显棣华之微旨"，李善注："《论语》：棠

---

① 《文选》卷十一、卷十五，第499、692页。
② 《文选》卷十一，第517页。
③ 《文选》卷十四，第641页。
④ 《文选》卷十六，第747页。
⑤ 《文选》卷二十四，第1154页。
⑥ 《文选》卷十五，第708页。
⑦ 《文选》卷四十六，第2121页。
⑧ 《文选》卷四十七，第2152页。

棣之华,偏其反而。何晏曰:逸诗也。棠棣之华,反而后合。赋此诗以言权反而后至于大顺也。"①

11. 谢庄《宋孝武宣贵妃诔》,李善注:"《左传》,《祈招》之诗云:式如玉,式如金。"②

第三节　《毛诗》诠释体系影响下的诗学新论

《诗经》作为我国诗歌的源头,从创作技巧、题材体裁、意象意境、诗学精神等多方面对后世诗歌创作产生了深远的影响。及在《毛诗》经义诠释中,《诗经》被赋予的经义也被作为典故为后世引用。学者对此论之较多③。唐诗又是我国诗歌艺术的巅峰,因此,考察《诗经》对唐诗的影响就成了唐诗研究的重点之一。但从《诗经》经学诠释来考察唐诗发展的却相对少一些。唐初《诗》学传承《毛诗》诠释体系的过程中,在经义诠释的同时也提出了相应的诗学观念,这是之前诗学批评中不曾出现的新概念,反映了经义诠释对诗学理论的特定影响。

---

① 《文选》卷五十五,第 2417 页。

② 《文选》卷五十七,第 2531 页。

③ 在《诗经》对唐诗的影响研究方面成果丰硕,如李金坤《风骚诗脉与唐诗精神》论及唐诗在"题旨""体式""意象""意境""技巧""语典"上对《诗经》的继承与借鉴(中国社会科学出版社,2015),李卓藩《唐诗与〈诗经〉传承关系研究》除总体上按诗歌创作分类论述外,又以陈子昂、李白、杜甫、白居易等为个案研究(中华书局[香港],2011)。谢建忠《毛诗及其经学阐释对唐诗的影响研究》则侧重于经学阐释对唐诗的影响研究,论之"诗学观"以孔颖达、白居易雅丽观为主,论之"诗歌创作"以王维、孟浩然、李白、李益为代表,并论之经学阐释与唐诗意象、唐诗文学价值(巴蜀书社,2007)等,其余论著论文甚多,不再罗列。

一、"诗缘政作"的诗学新命题

唐代诗学理论大致有四种表现形态：一是通过创作实践来体现诗学主张；二是通过选本表达诗学观点；三是专著形式，如《诗式》《诗格》之类；四是通过阐释经典表述诗学理论。"诗缘政作"这一新命题，便是孔颖达在阐释《诗经》中提出的。这一命题直接影响着唐代诗学的发展和诗歌创作。

（一）"诗缘政"产生的诗学背景

"诗缘政"是在传统"诗言志"说基础上，为挑战自魏晋以来占诗学主导地位的"诗缘情"说而提出的理论。《诗序》云：

> 诗者，志之所之也。在心为志，发言为诗。情动于中，而形于言。言之不足，故嗟叹之。嗟叹之不足，故永歌之。永歌之不足，不知手之舞之，足之蹈之也。情发于声，声成文谓之音。治世之音安以乐，其政和；乱世之音怨以怒，其政乖；亡国之音哀以思，其民困。①

这便是"言志"说的出处。这里有三点值得注意：一是诗是人的志意在语言上的表达；二是这种"志"和"情"是连在一起的；三是这种情志表达与政治密切相关。在这里虽然"情"字反复出现，但"情"却有鲜明的政治内涵。学术界对《诗大序》产生的时代有不同看法，但最晚不会晚至汉末，这就说明在汉及汉以前，正统诗论认为"诗言志"中"志"是指以政治情感为内核、以讽刺时政为指向的

---

① 《毛诗正义》卷一，《十三经注疏》，第564页。

志意。《汉书·艺文志》云:"《书》曰:'诗言志,歌永言。'故哀乐之心感,而歌咏之声发,诵其言谓之诗,咏其声谓之歌,古有采诗之官,王者所以观风俗、知得失、自考正也。"①认为"志"即哀乐之心,也就是哀乐之情,不过此情是因风俗厚薄、时政得失而感发的政治情感,即如朱自清先生所说:"这种志,这种怀抱,其实是与政教分不开的。"②

　　汉末以降,由于社会动乱而导致的生死无常的人生感受,在文人心灵中产生了巨大震荡,文学创作由对政治的关注转向了对人生遭际的感叹和悲欢离合、喜怒哀乐之情的抒写。"创作上的这种变化,反映在文学思想上就是从'言志'到'缘情'的变化。……文学思想上的变化,首先是从文学创作中体现出来,而后陆机在《文赋》中才作了'诗缘情而绮靡'的概括。"③尽管有人想把"缘情"与"言志"统一起来,如李善注《文赋》云:"诗以言志,故曰缘情。"④但毕竟"缘情"与"言志"是两个概念,《毛诗序》诠释"诗言志"云:"发乎情,止乎礼义。"而"缘情",则只求"发乎情",并不要求"止乎礼义"。这是"言志"与"缘情"的本质区别。这种区别正反映了文学思想的重大变化。即如萧华荣先生所说:"从汉人的'发乎情,止乎礼义'到陆机的'诗缘情而绮靡',是中国诗学思想史上的一次飞跃,一个巨转折。"⑤同时,从"言志"到"缘情"的变化,也是传统文学思想承传谱系的巨大变异。"言志"说承之于先秦两汉的《诗》学

　　① 班固:《汉书》卷三十《艺文志》,中华书局,1962,第1708页。
　　② 朱自清:《诗言志辨》,商务印书馆,2011,第13页。
　　③ 张少康、刘三富:《中国文学理论批评发展史》(上),北京大学出版社,1995,第161、162页。
　　④ 张少康、刘三富:《中国文学理论批评发展史》(上),北京大学出版社,1995,第161、162页。
　　⑤ 萧华荣:《中国诗学思想史》,华东师范大学出版社,1996,第67页。

知识谱系,而"缘情"说则是源自《楚辞》的系统。清儒纪昀言之甚明,其云:"风人骚人,邈哉邈矣,非后人所能拟议也,而流别所自,正变递乘,分支于《三百篇》者为两汉遗音,沿于屈、宋者为六朝绮语。……'发乎情,止乎礼义'二语,实探《风》《雅》大原,后人各明一意,渐失其宗。……一则知'发乎情'而不必其'止乎礼义',自陆平原'缘情'一语引入歧途,其究乃至于绘画横陈,不诚已甚矣。"①纪昀所说的"六朝绮语",正是陆机所谓的"绮靡"。强调"缘情",实必要任情、纵情,再不必在乎先前"止乎礼义"的戒律;强调"绮靡",实必追求形式,着力于文采。以"缘情"为内核、以"绮靡"为形式的诗学理论与创作,便很快风靡于六朝,占据了诗学主导地位。如:

> 刘勰《文心雕龙·明诗》:"人禀七情,应物斯感,感物吟志,莫非自然。"②

> 钟嵘《诗品序》:"气之动物,物之感人,故摇荡性情,形诸舞咏。……若乃春风春鸟,秋月秋蝉,夏云暑雨,冬月祁寒,……凡斯种种,感荡心灵。非陈诗何以展其义?非长歌何以骋其情?"③

> 梁元帝《金楼子·立言》:"吟咏风谣,流连哀思者,谓之文……至如文者,惟须绮縠纷披,宫徵靡曼,唇吻道会,情灵摇荡。"④

---

①　纪昀:《云林诗钞序》,《纪文达公遗集》卷九,嘉庆刻本。
②　刘勰撰,范文澜注:《文心雕龙》,人民文学出版社,2008,第65页。
③　钟嵘撰,周振甫译注:《诗品译注》,中华书局,2013,第15、20－21页。
④　萧绎撰,许逸民校笺:《金楼子校笺》卷四,中华书局,2011,第966页。

　　刘勰所谓的"志",便是与七情相联系的情怀,与陆机所说的"情"同义。钟嵘所云的"摇荡性情""感荡心灵",梁元帝所云的"情灵摇荡",无不是对"缘情"一说的阐释。而葛洪《喻蔽》所谓的"五色聚而锦绣丽,八音谐而箫韶美",萧统《文选序》所谓的"综辑辞采""错比文华"等,则又是对"绮靡"说的发挥。在这种理论的鼓动下,六朝文学最终走向了一个极端,永明体、宫体诗的相继出现即是明证。沈约描述当时的文学追求说:"降及元康,潘陆特秀,律异班贾,体变曹王,缛旨星稠,繁文绮合。……爰逮宋氏,颜谢腾声。灵运之兴会标举,延年之体裁明密,并方轨前秀,垂范后昆。……五色相宣,八音协畅,由乎玄黄律吕,各适物宜,欲使宫羽,相变低昂互节,若前有浮声,则后须切响。一简之内,音韵尽殊;两句之中,轻重悉异。"[1]刘勰亦云时风"情必极貌以写物,辞必穷力而追新"[2]。裴子野则曰:"自是闾阎少年,贵游总角,不擯落六艺,吟咏情性。学者以博依为急务,谓章句为专鲁。淫文破典,斐尔为功,无被于管弦,非止乎礼义,深心主卉木,远致极风云。其兴浮,其志弱,巧而不要,隐而不深,讨其宗途,亦有宋之风也。"[3]直至隋时,李谔上疏,仍伤文弊延续,"竞一韵之奇,争一字之巧。连篇累牍,不出月露之形;积案盈箱,唯是风云之状。"[4]这种理论导向与创作实践,也遭到了后人的批评。如沈德潜云:"士衡旧推大家,然通赡自足,而绚彩无力,遂开出排偶一家。降自齐梁,专工对仗,边幅复狭,令阅者白日欲卧,未必非陆氏为之滥觞也。所撰《文赋》

---

　　① 沈约撰:《谢灵运传》,《宋书》卷六十七,中华书局,1974,第1778页。

　　② 刘勰撰,范文澜注:《文心雕龙》卷二,人民文学出版社,2008,第67页。

　　③ 裴子野:《雕虫论》,李昉等编:《文苑英华》卷七百四十二,中华书局,1966,第3873页。

　　④ 魏征等撰:《李谔传》,《隋书》卷六十六,中华书局,1973,第1544页。

云'诗缘情而绮靡',言志章教,惟资涂泽,先失诗人之旨。"①有人积极肯定六朝的这种文风,认为这是"美"为人们普遍追求的反映,是文学自觉的说明。然而,在这种文学之美的发现中,却失去了对人性美的应有关注,诗人把个人情感放在了首位,而失去了对社会应有的责任;文学失去了引人向上和向善的基本社会功能,而变成了少数人的玩物。诗歌作为精神食品,带给人的是享乐主义的欲望,民族群体的精神由此而萎靡不振。

唐朝革故鼎新,虽太宗明言诗文要"节之于中和,不系之于淫放"②,要"畅文词而咏风雅"③,但从六朝沿袭而下的绮丽诗风,仍方兴未艾。面对这种局面,如何变革诗风,扫除文坛阴霾,让诗歌恢复其原有的社会功能,积极介入社会变革的潮流,这便成为唐代统治者必须思考的问题。正是在这样的背景下,孔颖达奉命编撰《毛诗正义》,针对"诗缘情"说,代表官方的意识形态,提出了"诗缘政作"的诗学新命题。

(二)"诗缘政"的理论根据及内涵

"诗缘政"说是以"诗言志"说为根基而建立的新理论。这一理论是孔颖达在阐释《诗经》这一经典文本中提出的。他的根据主要有二。第一,是"诗"的名义与政治的意义联系。其云:

> 名为诗者,《内则》说负子之礼云:"诗负之。"注云:"诗之言承也。"《春秋说题辞》云:"在事为诗,未发为谋,

---

① 沈德潜:《说诗晬语》,人民文学出版社,2005,第202页。
② 唐太宗:《帝京篇序》,彭定求等编:《全唐诗》卷一,中华书局,1960,第1页。
③ 唐太宗:《置文馆学士教》,董诰等编:《全唐文》卷四,上海古籍出版社,1983,第49页。

恬澹为心,思虑为志,诗之为言志也。"《诗纬·含神雾》云:"诗者,持也。"然则诗有三训:承也,志也,持也。作者承君政之善恶,述己志而作诗,为诗所以持人之行,使不失队,故一名而三训也。①

这是从本源上做出的探讨。他从"诗"的三种古训中发现了"诗"与"政治"的血脉联系:"承"是"承君政"之谓,"志"是由"君政之善恶"而产生的思考,"持"是由"君政善恶"而判定是非,从而在行为上的表现。三者无一不根植于政治。这其实是在说:"诗"本来就是一个政治性的概念,其本质属性本来就是政治的。

第二,就《诗》所包含的风、雅、颂而言,其名义也无一不是具有政治性的。风、雅、颂三者之名,即是"政名",代表着政治教化的三种形态:

风、雅、颂者,皆是施政之名也。上云:"风,风也,教也。风以动之,教以化之。"是风为政名也。下云:"雅者,正也。政有大小,故有小雅焉,有大雅焉。"是雅为政名也。《周颂谱》云:"颂之言容,天子之德,光被四表,格于上下,此之谓容。"是颂为政名。人君以政化下,臣下感政作诗,故还取政教之名,以为作诗之目。②

"风"名源自政治教化,言其政教之化,如风之动物;"雅"之为言"正",正者政也,因政之大小,而有了大、小雅之分;"颂"为言天子之德容,而天子之德即天下之政,故这"德容"就是天子政治的状

---

① 《毛诗正义·诗谱序》,《十三经注疏》,中华书局,2009,第554页。
② 《毛诗正义》卷一,《十三经注疏》,第565页。

态。这些名目,也无一不结根于"政教"。就三者之序言,乃体现着政治教化的三个不同境界:

> 风、雅、颂同为政称,而事有积渐。教化之道,必先讽动之,物情既悟,然后教化,使之齐正。言其风动之初,则名之曰风,指其齐正之后,则名之曰雅。风俗既齐,然后德能容物,故功成乃谓之颂。先风后雅、颂,为此次故也。①

即教化之道,有循序渐进的过程。"风"是"讽动",这是初期阶段,是政治情绪表达阶段,先给对方一个信息,使其先有所动,即所谓之"悟"。"雅"是"齐正",这是第二个阶段,教化施行,风淳政和,使天下"齐正"如一。第三个阶段是"颂"。"颂之言容",大德容物,这是太平景象。从风动,到齐正,到大德容物,这是一个政治教化由初始到大功告成的过程。就风、雅作为诗体之别言,其分别乃在诸侯之政与天子之政的不同:

> 一国之事为风,天下之事为雅者,以诸侯列土封疆,风俗各异,故唐有尧之遗风,魏有俭约之化,由随风设教,故名之为风。天子则威加四海,齐正万方,政教所施,皆能齐正,故名之为雅。风、雅之诗,缘政而作,政既不同,诗亦异体。②

"风"设一方之教,"雅"齐万方之政。虽有广狭之别,但皆"缘政而作"。由此,孔颖达从"诗"及风、雅、颂命名之本源出发,确定了其与政治的关系。又通过"承君政之善恶,述己志而作诗"的表述,对"诗言

---

① 《毛诗正义》卷一,《十三经注疏》,第565页。
② 《毛诗正义》卷一,《十三经注疏》,第566页。

志"的意义进行了转换,从而舍弃了"诗言志"这一概念,而代之以"诗缘政"理论,并频频以此理论解释《诗经》采录与编辑问题。如关于《王风》,虽为天子之风而不能入于雅诗的问题,他解释说:"诗者缘政而作,《风》《雅》系政广狭,故王爵虽尊,犹以政狭入风也。风、雅之作,本自有体,犹而云贬之谓之风者,言作为雅、颂,贬之而作风,非谓采得其诗乃贬之也。"①关于秦国,虽附庸之国而其诗见录的问题,他说:"诗者缘政而作,故附庸而得有诗也。"②关于《小雅》本言天子之政,而诸侯用其乐,他的解释是:"小雅之为天子之政,所以诸侯得用之者,以诗本缘政而作,臣无庆赏威刑之政,故不得有诗。而诗为乐章,善恶所以为劝戒,尤美者可以为典法,故虽无诗者,今得进而用之。"③

表面上看来,这只是语言表述上的一种变化,"政"不过是"志"的翻版,这也正是"诗缘政"这一概念长期被人们忽略的原因。然而仔细考究便会发现,这一概念淡化了"诗言志"概念中原有的"发乎情,止乎礼义"的内涵,而将其"美刺比兴"的政治功能放在了首位。因而他在解释具体诗篇时,在"美刺"意义上用了更多的功夫,而且有时直接服务于当时政治④。由此,通过对《诗经》这一经典文本"缘政而作"的普遍性揭示,确立了"诗缘政"理论,从而为诗歌

---

① 《毛诗正义》卷四,《十三经注疏》,第 697 页。

② 《毛诗正义》卷六,《十三经注疏》,第 782 页。

③ 《毛诗正义》卷九,《十三经注疏》,第 859 页。

④ 如唐初李世民杀其兄而得皇位,这从伦理上说,是不道德的行为。孔颖达注《唐风·扬之水》中说:"此刺昭公,经皆陈桓叔之德者,由昭公无德而微弱,桓叔有德而盛强。国人叛从桓叔,昭公之国危矣。而昭公不知,故陈桓叔有德,民乐从之,所以刺昭公也。"显然是在以昭公影射李建成,而以桓叔比李世民,用这种方式来解释李世民继承皇位的合理性。又《卫风·氓》"士之耽兮,犹可说也",《正义》云:"士有大功则掩小过,故云可以功过相除。齐桓、晋文皆杀亲戚篡国而立,终能建立高勋于周世,是以功除过也。"同样也是在为李世民杀亲篡国的合理性做辩护。

创作服务于政治提供了理论根据。如果说"诗言志"更多强调的是作者的主观情志的话,那么"诗缘政"更关注的则是诗歌应承担的社会职责。其目的是更有针对性地颠覆六朝以来的"诗缘情"理论,扭转萎靡不振的诗风,唤回诗歌担当道义、扶持社会正气的传统精神。

"诗缘政"理论无疑有很大片面性,但在"诗缘情"说倡行并导致诗人失去社会责任、丧失社会角色意识的特殊背景下,其积极意义则是不言而喻的。因此唐代学人沿着这一方向,对诗歌应有的政治角色做了不断的阐述和强调。如高仲武作《中兴间气集序》说:"古之作者,因事造端,敷弘体要,立义以全其制,因文以寄其心,著王政之兴衰,表国风之善否,岂其苟悦权右,取媚薄俗哉。"①柳冕《与滑州卢大夫论文书》说:"夫文生于情,情生于哀乐,哀乐生于治乱,故君子感哀乐而为文章,以知治乱之本。"②《与徐给事论文书》说:"文章本于教化,形于治乱,系于国风,故在君子之心为志,形君子之言为文,论君子之道为教。"③成伯玙《毛诗指说》云:"诗、乐相通,可以观政矣。古之王者,发言举事,左右书之,犹虑臣有曲从、史无直笔,于是省方巡狩,大明黜陟,诸侯之国各使陈诗以观风,又置采诗之官而主纳之,申命瞽史习其箴诵,广闻教谏之义也。人心之哀乐,王政之得失,备于此矣。"④这种理论,直接影响了唐人的诗歌理论与创作,也影响了唐诗的历史走向。

---

① 元结、殷璠等选:《唐人选唐诗(十种)》,上海古籍出版社,1978,第303页。

② 董诰等编:《全唐文》卷五百二十七,上海古籍出版社,1983,第2372页。

③ 董诰等编:《全唐文》卷五百二十七,上海古籍出版社,1983,第2372页。

④ 成伯玙:《毛诗指说·兴述第一》,《影印文渊阁四库全书》第70册,中国台湾商务印书馆,1986,第170页。

（三）"诗缘政"对唐代诗歌创作的渗透

　　尽管唐代初期由于释、道两种宗教势力的影响，传统经学未能像汉、宋时那样，完全统治意识形态领域。但它毕竟有官方支持，《诗经》毕竟是有志于进身于仕途的读书人必读之书，因而由朝廷颁布的《毛诗正义》，便成为唐代"对扬圣范、垂训幼蒙"①的教科书。陈振孙《直斋书录解题》谓《毛诗正义》以后，"郊社宗庙，冠婚丧祭，其仪法莫不本此"。其影响之大可想而知。因而孔颖达"诗缘政"的理论，一方面代表着官方意识形态，另一方面代表当时有志于革除齐梁文弊者的呼声和时代革故鼎新的需求，逐渐由经学领域转移于创作领域，唤起了一批诗人的社会责任感，从而对唐诗的创作起到了积极的指导作用。首先对这一理论做积极呼应与实践的是陈子昂，他在《与东方左史虬修竹篇序》中说：

　　　　文章道弊五百年矣，汉、魏风骨，晋、宋莫传，然而文献有可征者。仆尝暇时观齐、梁间诗，彩丽竞繁，而兴寄都绝，每以永叹。思古人，尝恐逶迤颓靡，《风》《雅》不作，以耿耿也。②

　　"这序文里鲜明地提出了两个口号：一个是'兴寄'；一个是'风骨'。'兴寄'就是要有政治寄托，'风骨'也就是建安风骨。"③而"建安风骨"正是在表现与现实政治密切相关的时事内容中体现出来的。同时这里也指出"《风》《雅》"，这是以君政为内容的诗歌经典范式。这篇序是延续《诗经》"风雅"传统，面对当下诗文创作现

---

①　《毛诗正义序》，《十三经注疏》，第 553 页。
②　陈子昂撰，徐鹏点校：《陈子昂集》卷一，中华书局，1962，第 15 页。
③　林庚：《唐诗综论》，清华大学出版社，2007，第 14 页。

实而作出的思考。而其《感遇诗三十八首》,则可以说是对这一理论的实践。如:

> 临歧泣世道,天命良悠悠。昔日殷王子,玉马遂朝周。宝鼎沦伊谷,瑶台成古邱。西山伤遗老,东陵有故侯。(其十四)①
>
> 索居犹几日,炎夏忽然衰。阳彩皆阴翳,亲友尽睽违。登山望不见,涕泣久涟洏。宿夕梦颜色,若与白云期。马上骄豪子,驱逐正蚩蚩。蜀山与楚水,携手在何时。(其三十二)②

"昔日"句指太子、相王等改姓武氏一事,"周"乃借寓武氏的国号③。"炎夏"句喻高宗驾崩,逾年武后废庐陵王称制之事;"阳彩"句喻武后时佞幸党附之人盈朝,"亲友"句喻唐朝宗室勋旧徂谢;"骄豪""驱逐"是讽刺乘势煽权之人④。不难看出,其诗笔之锋芒直指当时的武氏王朝,而再不是梁朝以来风花雪月、无关风化的老调了。其手法,显系《诗经》比兴之发扬;其内容,显系《风》《雅》"缘政"之传统;其功能,则不外《诗经》之美刺。他的这种作风,使诗歌从"没筋骨、没心肝"⑤的齐梁诗风中解脱出来,"从生活的旁

---

① 陈子昂撰,徐鹏点校:《陈子昂集》卷一,第6页。
② 陈子昂撰,徐鹏点校:《陈子昂集》卷一,第11页。
③ 陈沆:《诗比兴笺》,上海古籍出版社,1981,第99页。
④ 陈沆:《诗比兴笺》,第101页。
⑤ 闻一多先生说:"宫体诗在唐初,依然是简文帝时那没筋骨、没心肝的宫体诗。"(《唐诗杂论·宫体诗的自赎》,生活·读书·新知三联书店,2012,第18页)

观者,变为生活的干预者"①,自觉地承担起了诗歌应有的社会责任。"国朝盛文章,子昂始高蹈"②,陈子昂"诗缘政作"的理论与实践,为唐代诗歌的发展开辟了一条新路径。

陈子昂之后,李白、杜甫等诗人相继而起,而李白又以旷世之才高扬《风》《雅》精神,与陈子昂"相映成辉"③。李白论诗曰:"梁、陈以来,艳薄斯极。沈休文又尚以声律。将复古道,非我而谁与?"④大有以振兴诗歌精神为己任之概。而其所谓的"古道",就是《风》《雅》以来诗歌干预时政和现实的传统。其《古风》五十九便是其"复古道"的实践。在这一组诗中,开篇即云:

> 《大雅》久不作,吾衰竟谁陈?《王风》委蔓草,战国多荆榛。龙虎相啖食,兵戈逮狂秦。正声何微茫,哀怨起骚人。扬马激颓波,开流荡无垠。废兴虽万变,宪章亦已沦。自从建安来,绮丽不足珍。圣代复元古,垂衣贵清真。群才属休明,乘运共跃鳞。文质相炳焕,众星罗秋旻。我志在删述,重辉映千春。希圣如有立,绝笔于获麟。⑤

这首诗最能表现李白在诗歌上的主张及其理想。《雅》"言王政之所由废兴"(《诗大序》),《王风》"闵周室之颠覆"(《黍离序》),代表了《诗经》"缘政而作"的精神。而此种传统"久不作""委蔓草",使诗之"正声微茫","哀怨"声起,这是"古道"衰落的说

---

①　罗宗强:《隋唐五代文学思想史》,中华书局,2011,第 37 页。

②　韩愈:《荐士》,钱仲联集释:《韩昌黎诗系年集释》卷五,上海古籍出版社,1984,第 527 页。

③　林庚:《唐诗综论》,第 27 页。

④　孟棨:《本事诗》"高逸"第三,上海古籍出版社,1991,第 17 页。

⑤　李白撰,王琦注:《李太白全集》卷二,中华书局,1977,第 87 页。

明。在李白看来,屈宋以降的诗歌皆非"正声",非"古道",建安之后由楚辞影响而兴起的"绮丽"之风,更不足道,故必须革除。他的理想是要继承孔子"删述"之志,重振《诗经》传统。故赵翼《欧北诗话》论李白此诗说:"青莲一生本领,即在五十九首《古风》之第一首。开门便说:《大雅》不作,骚人斯起,然词多哀怨,已非正声;至扬、马益流宕,建安以后,更绮丽不足为法;迨有唐文运肇兴,而已适当其时,将以删述继获麟之后。是其眼光所注,早已前无古人,后无来者,直欲于千载后上接《风》《雅》。盖自信其才分之高,趋向之正,足以起八代之衰,而以身任之,非徒大言欺人也。"[1]朱谏亦云:"白《古风》诗五十九章所言者,世道之治乱,文辞之纯驳,人物之邪正,与夫游仙之术,宴饮之情,意高而论博,间见而层出。讽刺当乎理,而可为规诫者,得风人之体。"[2]李阳冰《草堂集序》称李白:"凡所著述,言多讽兴。"所谓"讽兴",便指其诗干预政治的现实内容。李阳冰又称其在当时的影响说:"王公趋风,列岳结轨,群贤翕习,如鸟归凤。"不难看出李白是领导了一代诗歌潮流的。在他的努力之下,六朝文弊方彻底被除,即如李阳冰所说:"至今朝诗体尚有梁、陈宫掖之风,至公大变,扫地并尽。"[3]

刘世教云"陇西趋《风》,襄阳趋《雅》"[4],陇西、襄阳即李、杜。方孝孺亦云"举世皆宗李杜诗,不知李杜又宗谁。能探《风》《雅》无穷意,始是乾坤绝妙辞"[5],李、杜都是风雅精神的传承者。杜甫

---

①　赵翼:《瓯北诗话》,人民文学出版社,1963,第 3 页。

②　李白撰,詹锳:《李白全集校注汇释集评》,百花文艺出版社,2010,第262 页。

③　李白撰,王琦注:《李太白全集》卷三一,中华书局,1977,第 1445 页。

④　李白撰,王琦注:《李太白全集》卷三三,中华书局,1977,第 1517 页。

⑤　杜甫撰,仇兆鳌注:《杜诗详注》附编"诸家咏杜",中华书局,2015,第2770 页。

表达其创作主张"别裁伪体亲《风》《雅》，转益多师是汝师"①，以《风》《雅》为作诗的准则，正同于李白云《大雅》《王风》之义。杜甫用诗记录社会现状、百姓生活，记录宦海浮沉、世事变迁，人生种种皆是诗。无论是早年政治理想的表达，还是经安史之乱后，对社会板荡、国破山河的感慨，杜诗都体现着"缘政而作"的精神。元稹称其"上薄风雅"，樊晃言其"有大雅之作"，李纲云其"作诗千万篇，一一干教化"，宋濂云"杜子美诗，实取法三百篇"，仇兆鳌注云"读其诗，皆三百之嫡派"②，以及"诗史""现实主义"等诗学评价，都在说明着杜诗远承《诗经》的传统。

　　杜甫之后的诗人元结，杜甫读其《舂陵行》及《贼退示官吏》，叹云："不意复见比兴体制，微婉顿挫之词。"③所谓"比兴体制"即指《诗经》干预时政的传统。元结《舂陵行序》云："此州是舂陵故地，故作舂陵行以达下情"④，《贼退示官吏序》云："诸使何为忍苦征敛，故作诗一篇以示官吏"⑤，"达下情"与"示官吏"都是要通过诗歌反映政治现状，以求闻于上的。元结言"吾欲极帝王理乱之道，系古人规讽之流"⑥，便道出了其"缘政"作诗的用意。其《系乐府十二首序》云：

　　　　天宝辛未中，元子将前世尝可称叹者，为诗十二篇，为引其义以名之，总命曰系乐府。古人歌咏不尽其情声

　　① 杜甫撰，仇兆鳌注：《杜诗详注》卷一一，第 1089 页。
　　② 杜甫撰，仇兆鳌注：《杜诗详注》，第 2703、2705、2751、2723、1090 页。
　　③ 杜甫撰，仇兆鳌注：《杜诗详注》卷一九，第 2047 页《同元使君舂陵行》。
　　④ 元结撰，孙望校：《元次山集》，中华书局，1960，第 34 页。
　　⑤ 元结撰，孙望校：《元次山集》第 35 页。
　　⑥ 元结撰，孙望校：《元次山集》第 10 页。

者,化金石以尽之,其欢怨甚邪戏尽欢怨之声者,可以上
感于上,下化于下,故元子系之。①

　　所谓"感于上""化于下",皆是对诗歌政治功能的说明。元结
曾编有《箧中集》,其编之由便是因"《风》《雅》不兴,几及千岁",而
流俗"拘限声病,喜尚形似,且以流易为词,不知丧于雅正。"②故而
他要把"正直而无禄位",为文"皆与时异"的几位诗人标举出来,以
振"雅正"之声,引导社会向上。杜甫、元结对"诗缘政"的实践与倡
导,直接影响着之后元、白"讽喻诗"的创作。
　　"讽喻诗"概念由白居易提出,而协力者有元稹,相应者李绅、
张籍、王建等。白居易云:

　　　自拾遗来,凡所适、所感,关于美刺兴比者;又自武德
迄元和,因事立题,题为新乐府者,共一百五十首,谓之
"讽喻诗"。③

　　所谓"讽喻",就是用委婉的言语进行劝说,是要把自己对于现
实的观察、时政的看法,通过委婉的言说方式告诉当政者,即班固
《两都赋序》所说的"抒下情而通讽喻"④,而其所秉持的是《诗经》
"美刺兴比"的传统,坚持的是"诗缘政"的原则。白居易云:"古之
为文者,上以纽王教,系国风,下以存炯戒,通讽喻。故惩劝善恶之
柄,执于文士褒贬之际焉。补察得失之端,操于诗人美刺之间焉。

---

①　元结撰,孙望校:《元次山集》,第18页。
②　元结、殷璠等选:《唐人选唐诗(十种)》,第27页。
③　白居易撰,顾学颉点校:《白居易集》,中华书局,1979,第961页。
④　萧统编:《文选》,上海古籍出版社,2019,第3页。

今褒贬之文无核实,则惩劝之道缺矣。美刺之诗不稽政,则补察之义废矣。"①这就非常明确地道出了"讽喻诗"对"诗缘政"原则的坚持。邓元锡云:"白太傅《秦中吟》《新乐府》之作,风时赋事,美刺兴比,欲尽备六诗之义,大哉洋洋乎!"②贺贻孙云:"白乐天自爱其《讽喻诗》言激而意质,故其立朝侃侃正直。所献穆宗《虞人箴》,并《杂兴诗》'楚王多内宠'一篇,指点色禽之荒,婉切痛快,字字炯戒。及读其《长恨歌》诸作,讽刺深隐,意在言外,信如其所自评,又不独《大嘴乌》《雉媒》等篇之有所托而言也。"③可以看出其诗言无虚发,字字切于时政而获得的历史认可。这代表了"讽喻诗"创作群体的作风。这种作风也容易引起权贵们的不满,故白居易说:"凡闻仆《贺雨》诗,而众口籍籍,已谓非宜矣。闻仆《哭孔戡》诗,众面脉脉,尽不悦矣。闻《秦中吟》,则权豪贵近者相目而变色矣。闻《乐游园》寄足下(元稹)诗,则执政柄者扼腕矣。闻《宿紫阁村》诗,则握军要者切齿矣。"④不仅如此,白居易还以"诗缘政"作为评价标准,对唐开国以来的诗歌创作做了批评:

> 唐兴两百年,其间诗人,不可胜数。所可举者,陈子昂有《感遇》诗二十首,鲍昉有《感兴》诗十五首。又诗之豪者,世称李、杜。(李)之作才矣,奇矣,人不逮矣;索其风雅比兴,十无一焉。杜诗最多,可传者千余首,至于贯穿今古,𪩘缕格律,尽工尽善,又过于李。然撮其《新安》

---

① 白居易撰,顾学颉点校:《白居易集》,第 369 页。
② 陈友琴编:《古典文学研究资料汇编:白居易卷》,中华书局,1962,第230 页。
③ 陈友琴编:《古典文学研究资料汇编:白居易卷》,第 234 页。
④ 白居易撰,顾学颉点校:《白居易集》,第 962 页。

《潼关吏》《芦子》《花门》之章，"朱门酒肉臭，路有冻死骨"之句，亦不过三四十，杜尚如此，况不逮杜者乎？仆常痛诗道崩坏，忽忽愤发，或食辍哺，夜辍寝，不量才力，欲扶起之。①

当然，白居易的这个批评有些偏激，但也可以看出他对诗人社会责任的看重和修复以"诗缘政"为基本内核的"诗道"的决心。他所提出的"文章合为时而著，歌诗合为事而作"②的口号，其所谓的"时"，正是指"时政"，是要诗歌肩负起服务于政治与社会的使命。

元稹在创作"讽喻诗"上与白居易有相同主张，其作品中名为"古讽""乐讽"及"律讽"③的三类诗，都是以反映政治、讽喻君王为主。李绅、张籍、王建等，也每以战后的政治现状、人民生活为诗歌内容，表达他们对时政、对民生的关切。

总之，由孔颖达奉敕编订的《毛诗正义》所提出的"诗缘政作"的诗学理论，直接影响了唐代诗人的精神建构和唐代诗歌的现实精神。《毛诗正义》言"诗人救世"④，杜甫言"穷年忧黎元"⑤，白居易言"仆志在兼济"⑥等，表现着同一种以社稷苍生为忧的政治情怀。而从陈子昂、李白的倡导"比兴"、复兴"古道"，到杜甫、元结对社会动乱的书写，再到白居易、元稹等创作"讽喻诗"、倡导"合为时而著"的文学主张，又无不体现着"诗缘政作"的创作精神。如果不是《毛诗正义》"诗缘政作"的理论对齐梁文风的迅猛冲刷，如果不

① 白居易撰，顾学颉点校：《白居易集》，第961页。
② 白居易撰，顾学颉点校：《白居易集》，第962页。
③ 元稹撰，冀勤点校：《元稹集》，中华书局，1982，第352页。
④ 《毛诗正义》卷一，《十三经注疏》，第567页。
⑤ 杜甫撰，仇兆鳌注：《杜诗详注》，第264页。
⑥ 顾学颉点校：《白居易集》，中华书局，1979，第964页。

是这种理论作为国家意识形态作用于创作主体精神的建构,唐诗的历史可能是另一种辉煌。

二、古典诗学"兴象"论的生成

"兴象"是殷璠在《河岳英灵集》中提出的诗学概念。前人论及"兴象",多集中于"兴象"的含义、"兴象"与意象的关系①、"兴象"对明、清诗论的影响②三方面,而多数研究都忽略了"兴象"以《周易》《诗经》两部经典为源的学术背景,更少有人注意到初唐时《毛诗正义》所提出的"兴必取象"对"兴象"的直接启示。③

"兴"最早出现于解构《诗经》的过程中,《诗》六义:"一曰风,

---

① 如陈伯海先生认为:"'意象'发展到唐以后,又出现了'兴象'这个概念。'兴象'亦属于'象',显然是从'意象'引申而来的。"(《释意象(下)——中国诗学的生命形态论》,《社会科学》2005 年第 10 期)刘怀荣先生认为,"象"是对魏晋诗论中的形、状、貌、物、色等的进一步概括与精确化;兴是与旨、情有着相同的内涵。(《论殷璠"兴象"说》,《人民大学学报》1997 年第 4 期)王运熙先生也认为"兴象"之"兴"即魏晋文士常用之"兴"。(《中国文学批评通史·隋唐五代卷》,上海古籍出版社,1996,第 243 页)以上,学者们多是以诗学批评为线索,认为魏晋诗论的发展致使"兴象"产生。

② 如杨明先生的《"兴象"释义》(《中山大学学报》2009 年第 2 期)和黄琪的《殷璠〈河岳英灵集〉"兴象"概念论析》(《重庆师范大学学报》2012 年第 2 期)等,分别是从"兴象"在明、清诗论的应用,及殷璠以"兴象"论诗的具体语境来分析。

③ 在《诗》学研究中,曾有学者提到"兴必取象"与"兴象"之关系,或直接等同二者,如黄贞权的《〈毛诗正义〉与唐代诗学》(《船山学刊》2010 年第 2 期);或简练言之,云"兴必取象"是"兴象"的血脉本源,如邓国光先生的《唐代诗论抉原:孔颖达诗学》(《唐代文学研究(第七辑)》1996 年 9 月)。实则,从"兴必取象"到"兴象",是一个经学观念转变为文学理论的过程,不仅可揭示出"兴象"确切的含义,也反映了经学作为思想文化的基础,对文学创作、文学批评的深刻影响,因此,这个转变过程至关重要。

二曰赋,三曰比,四曰兴,五曰雅,六曰颂。"①《正义》认为风、雅、颂
是"诗篇之异体",赋、比、兴是"诗文之异辞","赋、比、兴是诗之所
用,风、雅、颂是诗之成形"②,也就是说,赋、比、兴是诗的三种表达
方式。"兴"指"取譬引类"③,借客观物象来表达主观情志且重在
情志。毛公标兴说《诗》,是为了阐发草木鸟兽关乎人伦道德的意
义,这意义就是诗人感时伤事而抒发的情志。毛公之后,郑玄以
"喻"释"兴",更直接地说明了"兴"重在情志的本质特征。其后谈
论《诗经》者,大都围绕"兴"与这层"喻意"而展开。在《正义》之
前,说《诗》者皆言"兴"不言"象"。

"象"源于《周易》。太古时伏羲氏"仰则观象于天,俯则观法
于地,观鸟兽之文,与地之宜,近取诸身,远取诸物,于是始作八
卦","八卦成列,象在其中",可以说"象"是《周易》的核心,故谓
"易者,象也"④。明嘉靖年间,朱睦㮮云:"昔吴季札之鲁观乐,见
《易》象,喜曰:'周礼尽在鲁矣。'是故,象者,《易》之原也。象成而
后有辞,辞著而后有变,变见而后有占,若乃颛尚文辞,不复推原大
传,天人之道歧而为二可乎?"⑤故言《易》者多言其"象"。孔子作
《十翼》,其中有《象》;马融、郑玄解《易》"多参天象"⑥;王弼"主名
理",作《周易注》亦专设《明象》一节,云:"夫象者,出意者也;言

---

① 《毛诗正义》卷一,《十三经注疏》,第 565 页。

② 《毛诗正义》卷一,《十三经注疏》,第 565 页

③ 《毛诗正义》卷一,《十三经注疏》,第 565 页。

④ 王弼注,孔颖达正义:《周易正义》卷八、卷八、卷八、卷七,《十三经注疏》,中华书局,2009,第 179、178、181、158 页。

⑤ 朱睦㮮:《周易集解序》,《影印文渊阁四库全书》第 7 册,中国台湾商务印书馆,1986,第 607 页。

⑥ 李鼎祚:《周易集解原序》,《影印文渊阁四库全书》第 7 册,中国台湾商务印书馆,1986,第 605 页。

者,明象者也。尽意莫若象,尽象莫若言。言生于象,故可寻言以观象;象生于意,故可寻象以观意。意以象尽,象以言著,故言者所以明象,得象而忘言;象者所以存意,得意而忘象。"①王弼虽主张得意忘象,但也明确指出"意以象尽"这一关键。所谓"圣人有以见天下之赜,而拟诸其形容,象其物宜,是故谓之象"②,《系辞》明言"象"产生之前先有"理",为了将抽象难明的理表达得通俗易懂,圣人就用"象"来比拟说明。"君子居则观其象而玩其辞"③,言《易》象者则务在阐发这深赜之理,强调客观物象所喻示的意义。可见,言《易》者只言"象"不言"兴"。

至孔颖达编纂《毛诗正义》,在阐释《诗经》的过程中提出"兴必取象",诗学历史上才第一次出现"兴""象"并提。

(一)"兴必取象"的提出

邓国光先生云:"将诗兴和易象绾合,不啻是孔颖达在诗学上的重大创见。"④诚如斯言,但孔颖达提出"兴必取象"的初衷,并不是将其作为一个诗学概念。《樛木》:"南有樛木,葛藟累之",《正义》云:

> 诸言南山者,皆据其国内,故《传》云"周南山""曹南山"也。今此《樛木》言南,不必己国,何者? 以兴必取象,以兴后妃上下之盛,宜取木之盛者,木盛莫如南土,故言南土也。⑤

----

①　王弼:《周易注》卷十《明象》,《影印文渊阁四库全书》第 7 册,中国台湾商务印书馆,1986,第 278 页。

②　《周易正义》卷七,《十三经注疏》,第 163 页。

③　《周易正义》卷七,《十三经注疏》,第 159 页。

④　邓国光:《唐代诗论抉原:孔颖达诗学》,《唐代文学研究(第七辑)》1996 年 9 月。

⑤　《毛诗正义》卷一,《十三经注疏》,第 585 页。

　　《樛木》旨在说明后妃"能逮下而无嫉妒之心",以樛木下曲、葛藤攀附为喻,后妃有和谐众妾之盛德,故樛木宜取南山之木盛者。《正义》认为,"南山"不必坐实为哪国之南山,取其木盛之意而已。则"兴必取象"之"象",是由诗旨来决定,与后世所谓的"意象"完全不同。陈伯海先生谈到,作为文学概念的"意象"和传统之"象"的区别在于:"审美意象所表之意,既非玄妙的天意、天道,亦非宗法社会的礼教、人伦,而是创作者个人的情意,是他从自己的生命活动中感发出来的生命体验和审美体验。这样的'意'不属于精深的义理,也不属于带有普遍性的规范,而是具体的、活生生的感性经验。"①反言之,"兴必取象"之"象"作为传统之"象"正是为了阐释《诗》在礼教、人伦上的政教意义,此"象"与《易》象一样强调言语之外的喻示性,所以,从本质上来说,"兴必取象"其实是一种阐释经典的方式。

　　"兴"的提出,打通了主观情志与客观物象之间的壁垒。"兴必取象"的提出,则通过"象"具有无限阐释的空间,让兴义皆变得顺理成章。如此一来,《毛传》《郑笺》关于政治教化的解释就都是合理的、权威的。如《鸱鸮》,《毛传》认为周公诛管、蔡后,以鸱鸮代言,云"宁亡二子,不可以毁我周室";《郑笺》则认为乃成王罪周公属党,鸱鸮喻世臣,云"宁亡我之子孙,无绝我之官位土地"。毛、郑之说不同,《正义》释《笺》云:"以兴为取象鸱鸮之子,宜喻属臣之身,故以室喻官位土地也",又:"公以王怒犹盛,未敢正言,假以官位、土地为辞,实欲冀存其人,非是缓大急细,弃人求土。"②又如《狼跋》:"狼跋其胡,载疐其尾",据《正义》,毛以为"喻周公摄政之时,远则四国流言,近则王不知其志,进退有难,然犹不失其圣,能成就周道";郑以为"喻周

────────

　　①　陈伯海:《释意象(上)——中国诗学的生命形态论》,《社会科学》2005 年第 9 期。

　　②　《毛诗正义》卷八,《十三经注疏》,第 842 页。

公将欲摄政,遭四国流言。归政成王,王复留为大师,进退有难,能不失其圣。"《正义》释曰:"周公人臣,以居摄为进,致政为退,取象为安,故易《传》也。"①此诗毛、郑皆以狼进则躐胡,退则跲尾为象,虽说法不同但皆喻进退有难。《正义》云"取象为安",指进退虽难,周公能安然自若。朱熹云:"公遭流言之变,而其安肆自得乃如此,盖其道隆德盛,而安土乐天,有不足言者,所以遭大变而不失其常也。"②《诗序》言周公"不失其圣",《正义》云"取象为安",盖"圣德"即安土乐天云云。可见,"取象"很关键,它由《诗序》所阐释的大义而决定。

在毛、郑的阐释中,草木鸟兽虫鱼是传达人伦道德的载体,而后世学者要用所谓的"情理"来逼传统《诗》说就范,给毛、郑之说扣上穿凿不经的帽子,究其根本,是因为后世学者脱离了《诗》产生之际以"礼"为重的文化背景,脱离了上古语言表达系统简练隐晦的逻辑,以至于忽略了《诗》与《易》在表达方式上所存在的一致性③。《正义》集汉学之大成,延续《毛诗》学派的内在理路,从而提出"兴必取象",通过"象"的寓示性说明毛、郑所阐发的诗教皆有理可据,可以说,"兴必取象"对确立《诗经》汉学的权威地位也起到了重要

---

① 《毛诗正义》卷八,《十三经注疏》,第853页。
② 朱熹:《诗集传》,中华书局,2017,第152页。
③ 关于《周易》与《诗经》在表达形式上的相似性,历代学者早有论及,如宋人董楷云:"《易》之取象无复有所自来,但如《诗》'比兴'、孟子之'譬喻'而已。"(《周易传义附录》,《影印文渊阁四库全书》第20册,第15页)清人胡煦云:"须知《六经》之譬喻、《诗》之比兴皆仿于《周易》立象之法。"(《周易函书别集》卷三《易学须知》,《影印文渊阁四库全书》第48册,第850页)今刘大杰先生谈到,《周易》是卜辞过渡《诗经》的桥梁,其中很多爻辞已是兼具比兴的抒情诗。(《中国文学发展史》,上海古籍出版社,1982,第13-14页)美国学者夏含夷先生也提道:"《诗经》的'兴'和《周易》的'象'在西周宇宙论中如何起着同样的知识作用。"(《兴与象——中国古代文化史论集》,上海古籍出版社,2012,第17页)

作用。其后,深谙汉学者皆认同标兴说《诗》必得力于"象",通过"取象"对经义加以阐释,使诗教深入人心。如清代学者陈启源云:"诗是托兴,非据一时所见为言",又"托兴非于假象中,又客主相形也。"①其所谓"托兴""客主相形"正是孔颖达"兴必取象"义。陈奂释《毛传》云:"凡言兴体有寓意于喻。"②此寓意即"象"所喻示的兴义,也与"兴必取象"异曲同工。因此,《正义》所提出的"兴必取象"必然是一种解经方式,而非专门的诗学概念。

(二)从"兴必取象"到"兴象"

继"兴必取象"后,诗学历史上首次出现"兴象"这一概念。殷璠在《河岳英灵集序》中评论魏晋诗歌,云:"然挈瓶庸受之流,责古人不辩宫商徵羽,词句质素,耻相师范。于是攻异端、妄穿凿,理则不足,言常有余,都无兴象。但贵轻艳,虽满箧笥,将何用之也。"③显然,"兴象"与"轻艳"是两个对立的概念。然究竟何谓"兴象"?在近人的研究中,有认为"兴象"乃"情兴有余之象";有认为乃"兴发感动之象";有认为乃"比兴寄托之象"④等。可以看出,分歧点出现在学者对"兴象"中"兴"的理解上。若用文学理论中"兴"的既定概念来套,那么,所阐释的是后世所认为的"兴象",而不是殷璠所谓的"兴象"。孔颖达提出的"兴必取象"距离"兴象"时间最近,命名又如此一致,透露出二者之间应有着紧密的关联。

---

① 分别出自《毛诗稽古编·小星》及《匏有苦叶》篇,《影印文渊阁四库全书》第 85 册,中国台湾商务印书馆,1986,第 354、367 页。
② 陈奂:《诗毛诗传疏·草虫》,《续修四库全书》第 70 册,上海古籍出版社,2002,第 22 - 24 页。
③ 殷璠:《河岳英灵集》,《唐人选唐诗(十种)》,上海古籍出版社,1978,第 40 页。
④ 陈伯海:《释意象(上)——中国诗学的生命形态论》,《社会科学》2005 年第 9 期。

　　"兴必取象"之"兴"指托事于物,是诗人借客观物象表达主观情志的方式,此情志多与政治教化相关。而"兴象"中"兴"的含义是否与此相同呢?这就要从殷璠对诗歌的进一步评析上来看。殷璠评常建诗云:"建诗似初发通庄,却寻野径百里之外,方归大道,所以其旨远,其兴僻,佳句辄来。"①又评刘眘虚诗云:"情幽兴远,思苦语奇。"②所谓"旨远兴僻""情幽兴远",说明在殷璠的观念中,"兴"并不是一个简单的与"旨(意)""情"相近的概念。殷璠在评储光羲诗时,曾云:"格高调逸,趣远情深,削尽常言,挟风雅之迹、浩然之气。"③殷璠的"兴"与"趣"相近,指一种幽渺深远的因情景交融而产生的兴味。"兴象"正是构成这种兴味的物象。所以,"兴象"既脱胎于"兴必取象",又与"兴必取象"不同。"兴必取象"之"兴"是连接物象与喻意之间的桥梁,是一种具体的解经方式;而"兴象"之"兴"是构成诗歌格调的因素,是一种含蓄幽远的意味。简言之,即前者是阐释诗教的渠道,后者是诗歌美学的命题。这是属于经学研究范畴的"兴必取象",在引入文学创作领域后所滋生出的新概念。因此,二者血脉相连的事实就更不容忽略。

　　在《河岳英灵集》中,殷璠评陶翰诗云:"既多兴象,复备风骨。"④又谓孟浩然诗:"无论兴象,兼复故实。"⑤加之上文的三则用例,殷璠总是将"兴象"与"情深""格高""风骨"等相联系,共同构成了其评定诗歌的标准。殷璠强调诗歌要有"兴象",是指意趣缠绵并不道明而是寄托于物象,这延续了《易》象"意以象尽"及《诗》

----

①　《河岳英灵集》,《唐人选唐诗(十种)》,第49页。
②　《河岳英灵集》,《唐人选唐诗(十种)》,第62页。
③　《河岳英灵集》,《唐人选唐诗(十种)》,第95页。
④　《河岳英灵集》,《唐人选唐诗(十种)》,第69页。
⑤　《河岳英灵集》,《唐人选唐诗(十种)》,第91页。

兴"托事于物"的传统,直接继承了"兴必取象"的"意在言外"的经学精神。"兴象"之幽渺的趣味,在于其所追求的是物象之外关乎情、性、理、命等更深沉的意义,也因此诗歌有"兴象",自然就情深趣远、格高调逸。然而,"兴象"并不同于魏晋诗论中的"意象"。"意象"最早由刘勰提出,其《神思》篇云:"玄解之宰,寻声律而定墨;独照之匠,窥意象而运斤,此盖驭文至首术,谋篇之大端。"①陈伯海先生认为,此"意象"乃"意中之象"(作家构思中的内心图像)。如是,则有别于殷璠所谓的营造象外之味的"兴象"。即如"兴虚意实"②之分,刘勰之"意象"与声律一道成为构思的要素,属"实";而殷璠之"兴象"与格调等同属于诗歌美学的范畴,为"虚"。只是在之后的诗歌评论的发展过程中,因"兴象"与"意象"在"立象以尽意"上的共同特征,而逐渐模糊了两个概念的界限,故而会认为"兴象"是"意象"的一种。

再者,"兴象"与初唐时陈子昂所提出的"兴寄"也不同。虽然这两个概念都是从"兴必取象"发展而来,但"兴寄"是指"政治寄托"③,是陈子昂为批判"不出月露之形""唯是风云之状"④的齐梁诗风,而特意将诗歌反映政治的传统搬出来,所以,"兴寄"更多指涉的是关乎政治的诗歌内容。这与"兴象"侧重于诗歌美学迥异。如果说"兴寄"是"兴必取象"由经学研究延伸到诗歌创作而产生的过渡概念,那么,在此之后的"兴象"就已完全是成熟的诗学理论。它不再刻意观照诗歌与时事政治的联系,不再排挤诗歌中自然存

---

① 刘勰撰,范文澜注:《文心雕龙·神思》,第493页。
② 郭绍虞先生在阐释意趣与兴趣之别时谈到"兴虚意实",《沧浪诗话校释》,人民文学出版社,2012,第149页。
③ 林庚:《唐诗综述》,清华大学出版社,2007,第14页。
④ 魏征等撰:《隋书·李谔传》,中华书局,1973,第1544页。

在的私人情感,不再反对诗歌对艺术美感的追求,但这也并不意味着它肯定浮华的形式与艳俗的私欲。殷璠的"兴象"总是与"风骨""格调"等相辅相成,说明"兴象"所追求的象外之意、味外之味是出自纯粹的、本真的、清灵的情性。"兴象"这一重在情性、重在兴会感受的特征,对后世所提出的"兴趣说""神韵说""性灵说"等诗学理论产生了影响。南宋时,严羽云:

> 诗者,吟咏情性也。盛唐诸人惟在兴趣,羚羊挂角,无迹可求。故其妙处透彻玲珑,不可凑泊,如空中之音,相中之色,水中之月,镜中之象,言有尽而意无穷。①

其实,"兴趣"的妙处即是"兴象"之"兴"的妙处,而不同在于"兴象"还强调"象"。郭绍虞先生谈"比兴言诗"和"兴趣言诗"的根本分别:"从兴比言诗,而有所悟入,所以孔子称商、赐可与言诗;从兴比评诗而体会入微,所以议论道理全是活句,指陈发露仍合诗教。……若从兴趣言诗,则羚羊挂角无迹可求,尽管说得头头是道,总不免英雄欺人,因为这种讲法,是教人不可捉摸,无从下手的。"②这区别,也是"兴象"与"兴趣""神韵"等概念的区别。"象"是领悟诗义的切入点,这也是孔颖达之所以在毛、郑之后进一步提出"兴必取象"的缘由。

严羽云"盛唐诸人惟在兴趣","兴趣"是盛唐诗人的普遍追求,殷璠不也是在论河岳英灵时提出了"兴象"吗? "兴象"是盛唐诗最主要的审美特征之一,后世诗论时也常提及这一点。

---

① 严羽著,郭绍虞校释:《沧浪诗话校释》,人民文学出版社,2012,第26页。
② 严羽著,郭绍虞校释:《沧浪诗话校释》,第44页。

(三)"兴象"与盛唐诗风

"兴象"在唐代的诗学评论中并不多见①,之后则较为频繁。值得关注的是,提及"兴象"之处往往都关联着盛唐诗。如元代杨维桢作《卫子刚诗录序》,云:

> 其绝句如《消寒图》一首,音节兴象皆造盛唐有余地,非诗门之颛主者不能至也。②

谈及"兴象"即以盛唐为模范。又如胡应麟作《再报欧桢伯》,云:

> 诸集高华秀朗,世所共钦。乃使事之工,联类之富,绮而不繁,大而能化,则自老杜外,惟弇州伯仲。洎欧先生三耳仲默于鳞,名高一代,要以风格兴象抵掌开元,至综贯百家、下上千古,非其所务,亦非其所长,良工苦心、同调阔疏,知我罪我,斯言不易。③

胡应麟盛赞欧大任之诗文,云其"要以风格兴象抵掌开元",言下之意,"兴象"是开元时诗歌的主要成就之一。李攀龙谈及欧桢

---

① 除殷璠首次提出"兴象"外,终唐一世,仅薛能《海棠(并序)》再次提及"兴象",其云:"蜀海棠有闻而诗无闻,杜工部子美于斯有之矣,得非兴象不出,殁而有怀,何天之厚?"(彭定求等编:《全唐诗》卷五百六十,中华书局,1960,第6501页)

② 杨维桢:《东维子集》,《影印文渊阁四库全书》第1221册,中国台湾商务印书馆,1986,第439页。

③ 胡应麟:《少室山房集》卷八十一,《影印文渊阁四库全书》第1290册,中国台湾商务印书馆,1986,第583页。

伯,也云:"诸诗有格,微辞兼到……盖耻为轻便,专求兴象,正盛唐诸公擅美当年,而足下所鬃以羽翼二三兄弟者。"①表明盛唐是以追求"兴象"为能事。再如清代王士禛《池北偶谈》载"乐天论诗",云:

> 乐天作《刘白倡和集解》,独举梦得"雪里高山头白早,海中仙果子生迟","沉舟侧畔千帆过,病树前头万木春",以为神妙。且云此等语,在在处处应有灵物护之,殊不可晓。宜元白于盛唐诸家兴象超诣之妙,全梦见。②

其余且不论,就"宜元白于盛唐诸家兴象超诣之妙"而言,表明王士禛认为盛唐人作诗普遍具有"兴象",后翁方纲即云:"唐人之诗但取兴象超诣。"③可见,唐以后的诗学评论一致认为"兴象"是盛唐诗最主要的特征之一。

盛唐是唐诗发展的高潮阶段,学者们言及盛唐,或云:"景云中,颇通远调。开元十五年后,声律风骨始备矣。"④或云:"盛唐诸公之诗,如颜鲁公书,既笔力雄壮,又气象浑厚。"⑤或云:"盛唐之于诗也,其气完,其声铿以平,其色丽以雅,其力沉而雄,其意融而无迹。"⑥虽表述不尽相同,盛唐诗歌那昂扬浑厚的气质却是诗学研

---

① 李攀龙:《沧溟集》,《影印文渊阁四库全书》第 1278 册,中国台湾商务印书馆,1986,第 540 页。

② 王士禛:《池北偶谈》卷十四,中华书局,1982。

③ 翁方纲:《石洲诗话》卷一,《续修四库全书》第 1704 册,上海古籍出版社,2002,第 145 页。

④ 《河岳英灵集》,《唐人选唐诗(十种)》,第 40 页。

⑤ 严羽:《答出继叔临安吴景仙书》,《沧浪诗话校释》,人民文学出版社,2012,第 252 页。

⑥ 王世贞:《徐汝思诗集序》,《弇州四部稿》卷六十五,《影印文渊阁四库全书》第 1280 册,中国台湾商务印书馆,1986,第 135 页。

究的共识,而这正与"兴象"继承《诗》"意在言外"的经学精神有一定关系,此继承对于盛唐诗风的形成主要有以下两方面的意义:

一方面,幽远的理趣。严羽云:"唐人尚意兴而理在其中。"①诗歌往往不喜平铺直叙,借物象传情表意是追求含蓄蕴藉的一贯做法。"意兴"即"兴象"之"兴",通过物象隐晦地表达兴会道理,追求象外之旨、味外之味,即姜夔所云"句中有余味,篇中有余意,善之善者也。"②"兴象"双重表意的效果,决定了诗歌含蓄深远的格调。题名白居易的《金针诗格》云:"诗有内外意。一曰内意,欲尽其理,理谓义理之理,美、刺、箴、诲之类是也。二曰外意,欲尽其象,象谓物象之象,日月、山河、虫鱼、草木之类是也。内外含蓄,方入诗格。"③"兴象"兼具"内外意",故诗歌格调闲澹高远。在唐代诗学的表述中,或以意言,或以兴论,都谈到了"兴象"对诗歌格调的作用,如王昌龄云:"意是格,声是律。意高则格高,声辨则律清。"④皎然云:"语与兴驱,势逐情起,不由作意,气格自高。"⑤此"意"与"兴"都关乎"兴象","兴象"言此意彼的特征,致使诗歌"格高而词温,语近而意远"⑥。

盛唐之后,唐代诗歌理论普遍关注"象"的兴义,如贾岛在《二南密旨》中大谈"物象"之作用,并梳理常用"物象"的喻意,云:"天

①　严羽著,郭绍虞校释:《沧浪诗话校释》,第148页。
②　姜夔:《白石道人诗说》,《历代诗话》,中华书局,2004,第681页。
③　旧题白居易:《金针诗格》,《全唐五代诗格汇考》,江苏古籍出版社,2002,第351页。
④　王昌龄:《诗格》,《全唐五代诗格汇考》,江苏古籍出版社,2002,第160页。
⑤　皎然著,李壮鹰校注:《诗式校注》,人民文学出版社,2010,第110页。
⑥　皎然:《诗议》,《全唐五代诗格汇考》,江苏古籍出版社,2002,第203页。

地、日月、夫妇,君臣也;明暗以体判用。……木落,比君子道清也。竹杖,藜杖,比贤人筹策也。猿吟,比君子失志也。"①同此,僧人虚中的《流类手鉴》有"物象流类"一节,也是专门列举物象的喻意。唐诗中"兴象"表意的范畴,不再只是汉学家们阐释《诗经》时所关注的政治人伦,而是涉及人生遭际、感时伤事、离别聚合、闲适抒怀等各方面。殷璠评王维诗,云:"维诗词秀调雅,意新理惬。在泉为珠,着壁成绘,一字一句,皆出常境。"②今观其诗,如"行到水穷出,坐看云起时""天寒远山净,日暮长河急""涧芳袭人衣,山月映石壁"等,皆取象清新、有物外之趣,行云、流水、远山、长河寄托了诗人在纷繁的世务之外,于山水之中所领悟到的情趣及禅意。司马温公评杜诗,云:"近世诗人,惟杜子美最得诗人之体,如'国破山河在,城春草木深。感时花溅泪,恨别鸟惊心。'山河在,明无余物矣;草木深,明无人矣;花鸟,平时可娱之物,见之而泣,闻之而悲,则时可知矣。"③这首诗杜甫全用"兴象"表意,诗义需在涵咏体会之间有得,整首诗含蓄深沉,不能不说是"兴象"之功。

　　"兴象"之所以成为盛唐诗的典型特征,很大程度上就因为"兴象"表达了更深沉的情义理趣,真德秀言:"《三百五篇》之诗,其正言义理者盖无几,而讽咏之间,悠然得其性情之正,即所谓义理也。"④"兴象"于盛唐诗而言也是如此,虽不明言性命义理,但草木山河都在传达着诗人的兴会感受。严羽所谓"不涉理路、不落言筌",可说明"兴象"于唐诗格调的意义。

---

　　① 　贾岛:《二南密旨》,《全唐五代诗格汇考》,江苏古籍出版社,2002,第379 – 381 页。

　　② 　《河岳英灵集》,《唐人选唐诗(十种)》,第58 页。

　　③ 　司马光:《温公续诗话》,《历代诗话》,中华书局,2004,第277 页。

　　④ 　真德秀:《文章正宗·纲目》,《影印文渊阁四库全书》第1355 册,中国台湾商务印书馆,1986,第7 页。

另一方面,高古的境界。"兴象"对于诗歌境界的营造,也是导致"格高"的因素之一。皎然谈到"诗有七德",一为"识理",二为"高古",其实这两点密切相关,"识理"指向"兴象"言说的"意","高古"指向"兴象"所造的"境",二者同是影响诗歌格调的关键因素。所谓"高古",杨廷芝云:"高则俯视一切,古则抗怀千载。"①其实这种说法还未尽意,孙联奎云"高对卑言,古对俗言"②更凝练。

诗歌因"兴象"而表意含蓄,随之即有一种隽永高古的境界。刘禹锡云:"境生于象外。"③诗歌中"象"所营造的诗歌境界,与其所传达的诗义相辅相成。以两首同写女性的诗做一比较,上官仪作《八咏应制》,云:"罗荐已擘鸳鸯被,绮衣复有葡萄带。残红艳粉映帘中,戏蝶流萤聚窗外。"④元稹作《离思》,云:"曾经沧海难为水,除却巫山不是云。取次花丛懒回顾,半缘修道半缘君。"⑤关于《八咏应制》,闻一多先生说:"我们真要疑心,那时作诗,还是在一种伪装下的无耻中求满足。"⑥诗中,上官仪以展被解带,香肤玉肌写男女云雨之欢,此诗已不必谈"境界"二字,只是"没筋骨、没心肝的宫体诗"罢了。而《离思》是元稹为悼亡妻子韦氏而作,开头一句"曾经沧海难为水,除却巫山不是云"已成为千古吟诵的名句,或用于有情人,或用于得贤士,或用于遇知音,因句中皆是"兴象",故凡需表达"珍惜曾经"这层意义的地方就都能通用。元稹一心怀念亡妻,无意旁顾,正如《诗》云"出其东门,有女如云。虽则如云,匪我

①　李壮鹰注"高古"引杨廷芝《诗品浅解》,《诗式校注》,第29页。
②　李壮鹰注"高古"引孙联奎《诗品臆说》,《诗式校注》,第29页。
③　《董氏武陵集纪》,《刘禹锡集笺证》,上海古籍出版社,2005,第517页。
④　彭定求等编:《全唐诗》,中华书局,1960,第506页。
⑤　冀勤点校:《元稹集》,中华书局,1982,第640页。
⑥　闻一多:《唐诗杂论》,生活·读书·新知三联书店,2012,第17页。

思存"。这份情终以"半缘修道半缘君"戛然而止,整首诗读来有不尽的余味,此即可谓境界高古。比较两首诗,兴象、诗义及境界三者之间唇亡齿寒的关系昭然若揭。皎然云:"夫诗人之思初发,取境偏高,则一首举体便高;取境偏逸,则一首举体便逸。"①即说明了诗义影响诗歌境界,境界影响诗歌格调的链条关系。

　　严羽云:"唐人好诗,多是征戍、迁谪、行旅、离别之作,往往能感动激发人意。"②叶嘉莹先生也谈到,诗歌最重要的品质是要有感发的力量③。唐诗成就之高很大程度上正是因为有这样"感发的力量"。孟子曰:"不以文害辞,不以辞害志。以意逆志,是为得之。"正是读诗之法,诗中"兴象"所传达的情志,需用心涵咏,方可得之;"兴象"所营造的诗歌境界,需澄心体会,方能感受。在此境界中,领会诗人的深意,从而由自己生命深处涌发出感动,有"此中有真意,欲辨已忘言"之妙,故因"兴象"的作用,盛唐诗往往具备格高调远的审美特征。然而"兴象"之所以能提升诗歌的格调气韵,这与其源于经学诠释中"兴必取象"有很大关系。从"兴象"的产生及其对诗歌创作的指导意义,充分说明了经义诠释对诗歌创作、诗歌理论的深刻影响。

---

①　皎然著,李壮鹰校注:《诗式校注》,第69页。
②　《沧浪诗话校释》,人民文学出版社,2012,第198页。
③　叶嘉莹:《叶嘉莹说初盛唐诗》,中华书局,2012,第159页。

第二章　唐代中期科举变革背景下的"诗教"说及"讽喻诗"

　　科举考试是国家为行政管理的需要,通过一定考核内容选拔官员、招揽人才的政治措施。与汉代的"察举孝廉"、魏晋的"九品中正"一同构成了古代王朝选贤任能的三大考核制度。隋朝为了改革魏晋"平流进取、坐至公卿"的门阀制度而提出科举考试,以使饱读诗书的文人儒士都可以通过考试进入仕途,打破了一直以来贵族与门阀垄断政权的局面,由此而言,科举考试无疑有很大的进步意义。同时,科举考试作为国家遴选人才的主要渠道,其实也是国家灌输官方意识形态的主要渠道。唐太宗敕命修纂《五经正义》,作为官方认定的唯一教材,《正义》所代表的是以太宗为首的权力阶层的意志。文人儒士从接受教育开始就研习这个本子,影响之大、之深可想而知。所谓金榜题名、题诗雁塔、高官厚禄,正是权力中心用来诱导文人儒士接受《正义》所传达的主流意识形态的饵料。官方不仅垄断了经典的解释权,也掌控着科举考试的重心,以此来左右整个国家的文教发展。所以,当高宗朝将"杂文"和"帖经"添入考试后,对应权力中心对形式辞采的好尚,科举考试及文学创作都出现了相应的弊端。其中,针对试"杂文"所引发的诗学浮靡化,很多学者在改革意见中提出要上溯《诗经》,再次树立起传统《诗》学的权威。

第一节　科举变革与"诗教"说兴起

　　唐代的科举考试多因循隋朝旧制,每年常考科目有秀才、明经、进士、明法、明字、明算、道举等。此外,由天子不定时地、亲自出题选拔者名为制举①。以上众科目中,又以明经、进士为重。进士科的考察办法,先是"试时务策五道,帖一大经"②,高宗朝,进士考试变更为杂文、帖经、策文三场,每场定去留,头一场杂文便起到很关键的作用。"杂文"最初试箴论表赞类,高宗朝发展为试"杂文两首",天宝年间又变为专试诗赋③,是以进士科逐渐发展成以"诗赋"为重,这便导致进士考试注重文采的特点。明经科则重在考察举子对经文及注、疏的熟悉程度,以及对经义的理解,此科"先帖文,然后口试,经问大义十条,答时务策三道"④,以"帖文"最为关键,只有帖文过关才有资格参加余下的考试,故明经科重在考察举子的记诵能力。进士科"重文采"、明经科"考记诵"的特点,成为科举考试影响文学发展和学术研究的潜在引导,也为国家选拔真才实学造成了一定程度的阻碍。

---

① 欧阳修等撰:《新唐书》卷四十四《选举志》,中华书局,1975,第1159页。

② 见《新唐书·选举志》第1162页。据傅璇琮先生考证,进士科考试的科目曾几经变易,从高祖、太宗时进士科只考策文,未帖经。到高宗调露二年(680年)刘思立奏请加试帖经与杂文,进士考试才变为帖经、杂文、策文三场,成了唐朝进士科考试的定式。(《唐代科举与文学》,陕西人民出版社,1995,第165页)

③ 高宗永隆二年(681年),颁布《严考试明经进士诏》,云:"自今以后,考功试人,明经试帖,取十帖得六已上者。进士试杂文两首,识文律者,然后并令试策。"(董诰等编,《全唐文》卷一三,中华书局,1983,第161页)据傅璇琮先生考证,"杂文两首"最初指除箴铭论表之类,还试赋一首。开元初年持续以赋居其一。直至开元十二年(724年)首次出现试诗,诗居其一。又开元二十年,始有"杂文两首"试诗、赋各一。到天宝年间,杂文才专试诗、赋。(《唐代科举与文学》,第169–170页)

④ 欧阳修等撰:《新唐书·选举志》,第1161页。

一、科举之弊与诗风浮靡

在开元年间,官方就曾提及科举取士之弊端,曾两度下令改革。开元六年,诏曰:

> 我国家敦古质,断浮艳,礼乐诗书,是宏文德,绮罗珠翠,深革弊风。必使情见于词,不用言浮于行。比来选人试判,举人对策,剖析案牍,敷陈奏议,多不切时宜,广张华饰,何大雅之不足,而小能之是炫。自今以后,不得更然。①

又开元二十五年,诏曰:

> 今之明经、进士,则古之孝廉、秀才,近日以来,殊乖本意。进士以声律为学,多昧古今;明经以帖诵为功,罕穷旨趣。安得为敦本复古,经明行修,以此登科,非选士取贤之道。②

颁发第一道诏令时,正是进士试"杂文两首"之际,赋居其一。举子对策中已出现纸上空谈、铺张雕琢不切实用之弊。第二道诏令那年进士杂文试《花萼楼赋》。随着科举取士固定为进士试诗

---

① 唐玄宗:《禁策判不切事宜诏》,《全唐文》卷二七,中华书局,1983,第313页。
② 王溥:《唐会要》卷七五,《影印文渊阁四库全书》第607册,中国台湾商务印书馆,1986,第152页。

赋、明经考帖经,于是"进士以声律为学,多昧古今;明经以帖诵为功,罕穷旨趣",进士考试停留于形式之美,而无实学;明经考试专注于记诵之功,而昧理趣。科举考试的不良风气,不仅无助于解决实际的政治问题,更妨碍了国家的正统教育,甚而会影响到整个国家的风俗民情。因为科举的形式化会造成不重实学、浮于表面的学风,这会导致轻德重利、汲汲营求的民风,这与移风易俗的教育初衷完全背道而驰。科举之弊败俗伤教,故玄宗两次下令改革,然而却并没有起到实质性的效果。因此,中唐时,文人儒士再次高举起批判科举弊端的大旗。

安史之乱后,国家百废待举,学者们开始反思科举与教育,从他们的文字中可以看到科举取士依然存在诸多问题。如代宗宝应二年,礼部侍郎杨绾云:

> 近炀帝始置进士之科,当时犹试策而已。至高宗朝,刘思立为考功员外郎,又奏进士加杂文,明经加帖经,从此积弊寖而成俗。幼能就学,皆诵当代之诗;长而博文,不越诸家之集;递相党与,用致虚声,《六经》则未尝开卷,《三史》则皆同挂壁,况复征以孔孟之道,责其君子之儒者哉?祖习既深,奔竞为务,矜艺者曾无愧色,勇进者但欲凌人,以毁讟为常谈,以向背为己任,投刺干谒驱驰于要津,露才扬己喧胜于当代,古之贤良方正岂有如此者乎?①

《新唐书》载,杨绾当年参加科举,"举词藻宏丽科,玄宗已试,又加诗、赋各一篇,绾为冠,由是擢右拾遗。制举加诗、赋,繇绾

---

① 杨绾:《条奏贡举疏》,《全唐文》卷三三一,第3356－3357页。

始"①,可见其文章辞采非同一般。杨绾本就科举出身,故能深谙其弊、一语中的,他指出"进士加杂文,明经加帖经"是导致学风涣散、德教丧失的原因。科举考试的内容与评判标准决定了举子接受教育的重心,为了登第,举子们从小就专注于文辞记诵,以致《六经》之义不闻,《三史》之书不问,以矜艺勇进为务,以露才扬己为荣,最终因利禄而弃德行。杨绾正指出了科举考察的内容不利于修身养德、化民于俗之弊。之后其他学者也谈到这一点:

　　权德舆云:"近者祖习绮靡,过于雕虫,俗谓之甲赋律诗,俪偶对属。况十数年间,至大官右职,教化所系,其若是乎。是以半年以来,参考对策,不访名物,不征隐奥,求同理而已,求辨惑而已。习常而力不足者,则不能回复于此。故或得其人,庶他时有通识懿文,可以持重不迁者,而不尽在于龌龊科第也。明经问义,有幸中所记者,则书不停缀,令释通其义,则墙面木偶,然遂列上第,末如之何?顷者参伍其问,令书释意义,则于疏注之内,苟删撮旨要,有数句而通者,昧其理而未尽,有数纸而黜者,虽未尽善,庶稍得之。"②

　　柳冕云:"进士以诗赋取人,不先理道;明经以墨义考试,不本儒意;选人以书判殿最,不尊人物。故吏道之理天下,天下奔竞而无廉耻者,以教之者末也。"③

　　元稹云:"其所谓通经者,不过于覆射数字。明义者,才至于辨析章条。是以第者岁盈百数,而通经之士蔑然,

---

①　欧阳修等撰:《新唐书》卷一百四十二,中华书局,1975,第4664页。
②　《答柳福州书》,《全唐文》卷四八九,第4994页。
③　《与权侍郎书》,《全唐文》卷五二七,第5353页。

以是为通经,通经固若是哉乎? 至于工文自试者,又不过
雕虫镂句之才,搜摘绝离之学。苟或出于此者,则公卿可
坐致,郎署可俯就,崇树风声,不由殿最。"①

以上学者都是科举出身,先后都指出试诗赋以致雕虫,试墨义
不过木偶,科举两大主要科目都存在着相应的弊端,违背了国家选
拔贤士的初衷,甚而权德舆身为主考官,会称之以"龌龊科举"。

此际诗风,肃宗时刘峣在其《取士先德行而后才艺疏》云:"今
之末学,不近典谟。劳心于草木之间,极笔于烟云之际,以此成俗,
斯大谬也。昔之采诗,以观风俗,咏《卷耳》则忠臣喜,诵《蓼莪》而
孝子悲,温良敦厚,《诗》教也。岂主于淫文哉?"②从进士试诗赋
起,这种"主于淫文"的风气就不断滋长,此时对诗文的好尚仿佛又
回到了齐梁时期。到文宗开成元年,就明确以"齐梁体格"作为评
判标准:"夫宗子维城,本枝百代,封爵所宜,无令废绝。常年宗正
寺解送人,恐有浮薄,以忝科名。在卿精拣艺能,勿妨贤路。所试
赋则准常规,诗则依齐梁体格。"③官方提出诗依齐梁体,自然会引
导诗学走向倍崇声律、好尚浮艳,故刘峣、杨绾、贾至、权德舆、柳冕
等一批有社会担当的学者要站出来批判这浮靡之风。与杨绾同时
的贾至,亦指出诗赋"惟择浮艳",云:

《易》曰:"观乎人文,以化成天下。"《关雎》之义曰:
"先王以是经夫妇、成孝敬、厚人伦、美教化、移风俗。"盖
王政之所由废兴也。故延陵听诗,知诸侯之存亡。今试

---

① 元稹注,冀勤点校:《元稹集》,中华书局,1982,第 336 页。
② 董诰等编:《全唐文》卷四三三,第 4424 页。
③ 徐松:《登科记考》,中华书局,1984,第 767 页。

学者,以帖字为精通,而不穷旨义,岂能知迁怒贰过之道乎?考文者,以声病为是非,而惟择浮艳,岂能知移风易俗化天下之事乎?是以上失其源,而下袭其流,乘流波荡,不知所止。先王之道,莫能行也。①

死记硬背不能反映举子对奥义微旨的把握,声律辞采也不能展现举子对社会政治的见解,贾至认为科举考试要想真正地甄别出贤士,就应注重考察实际内容,而非停留于记诵与辞采。同时,他也提到,科举考试的意义不仅是选贤任能,还引导着国家的风俗教化,科举取士若形成注重形式、好尚虚文的风气,则举子必不知"迁怒贰过之道",更别提"移风易俗化天下之事"。经学家赵匡云:"进士者,时共贵之,主司褒贬,实在诗赋,务求巧丽,以此为贤。不惟无益于用,实亦妨其正习,不惟挠其淳和,实又长其佻薄。"②诗赋是科举考试的重头戏,此风不正,不仅阻碍了举子良好品行的养成,更助长了佻薄的民风民俗。太和年间,册立皇太子的文书便提到:"汉代用人,皆由儒术,故能风俗深厚,教化兴行。近日苟尚浮华,莫修经艺,先圣之道,湮郁不传。况进士之科,尤要厘革。"③故文人儒士一直在找寻着变革之路。

二、强调"诗教"的变革说

由科举重诗赋,到民风尚浮华,引起了文人儒士对文教风俗、

---

① 《议杨绾条奏贡举疏》,《全唐文》卷三六八,第3735页。
② 《举选议》,《全唐文》卷三五五,第3602页。
③ 宋敏求:《唐大诏令集·太和七年册皇太子德音》,商务印书馆,1959,第106页。

王道兴衰强烈的危机感。因此,他们提出科举之弊要革,文章风俗也要革。前有刘峣、杨绾、贾至等针对科举导致的诗风绮靡,主张上溯"温柔敦厚"的"诗教",强调科举应起到移风易俗的作用。其后,柳冕就当时文风,也依据"诗教"传统,大谈文章之道。其《谢杜相公论房杜二相书》云:

> 今之文章,与古之文章,立意异矣,何则? 古之作者,因治乱而感哀乐,因哀乐而为咏歌,因咏歌而成比兴。故《大雅》作,则王道盛矣。《小雅》作,则王道缺矣。《雅》变《风》,则王道衰矣。《诗》不作,则王泽竭矣。……房杜虽明,不能变齐梁之弊。是则风俗好尚,系在时王,不在人臣明矣。故文章之道,不根教化,别是一枝耳。……今风俗移人久矣,文雅不振甚矣。苟以此罪之,即萧曹辈皆罪人也,岂独房杜乎? 相公如变其文,即先变其俗,文章风俗,其弊一也。变之之术,在教其心。使人日用而不自知也。伏惟尊经术,卑文士,经术尊则教化美,教化美则文章盛,文章盛则王道兴。①

从《诗经》反映王政教化谈起,柳冕提出要改变诗风,就要先改变风俗。又《与滑州卢大夫论文书》,云:

> 夫文生于情,情生于哀乐,哀乐生于治乱,故君子感哀乐而为文章,以知治乱之本。屈宋以降,则感哀乐而亡雅正。魏晋以还,则感声色而亡风教。宋齐以下,则感物色而

---

① 《全唐文》卷五二七,第5354页。

亡兴致。教化兴亡,则君子之风尽,故淫丽形似之文,皆亡国哀思之音也。自夫子至梁陈,三变以至衰弱。嗟乎,《关雎》兴而周道盛,王泽竭而《诗》不作,作则王道兴矣。①

历数诗歌发展,从屈宋到宋齐,"亡雅正""亡风教""亡兴致",《诗》的影响越来越微弱,文的颓丧就越来越严重。文章因治乱而作,言治乱之本,紧系教化兴亡。其《与徐给事论文书》便直言"文章本于教化,形于治乱,系于国风,故在君子之心为志,形君子之言为文,论君子之道为教。"②这几乎就是《诗序》的翻版。柳冕在《答荆南裴尚书论文书》中,再次论之:

> 尧舜殁,《雅》《颂》作。《雅》《颂》寝,夫子作。未有不因于教化。为文章以成国风,是以君子之儒,学而为道,言而为经,行而为教,声而为律,和而为音,如日月丽乎天,无不照也;如草木丽乎地,无不章也;如圣人丽乎文,无不明也。故在心为志,发言为诗,谓之文。……及王泽竭而《诗》不作,骚人起而淫丽兴,文与教分而为二。③

他认为,古之文章皆因教化,《诗》上承尧舜之道,下启夫子之作,所言皆王道教化。后世好尚辞采形式,是由楚骚发展而来,主要原因就是"文与教"的分离。由此,柳冕总结出改革时风需"文教合一",主张诗因国家治乱而作,要体现化民于俗的教化功能。此"文教合一"上溯"诗教",下启古文运动的"文以明道",故柳冕又

---

① 《全唐文》卷五二七,第 5356 页。
② 《全唐文》卷五二七,第 5356 页。
③ 《全唐文》卷五二七,第 5357 页。

被视为古文运动的先驱之一。以上，柳冕与多位友人讨论诗风变革，反映出当时在文人群体中关于诗学走向的集体思考。正如唐初革新齐梁诗风一样，要涤除务在形式、追求辞藻的弊端，就要强调诗文有实质性的内容，灌注对社会民生的道德关怀，诗文要"言志"，更要"缘政"，故柳冕言必称《诗》，以诗歌反映政教的传统来扭转诗学发展的航向。

　　除柳冕外，权德舆也倡导变革诗风。他多次主持科举，"贞元、元和间，为缙绅羽仪"①，其影响之大可想而知。对于诗歌，他重视诗教，主张缘情作诗，情必关乎王政，诗必关乎教化，有感"建安之后，诗教日寝。重以齐梁之间，君臣相化，牵于景物，理不胜词。开元天宝已来，稍革颓靡，存乎风兴。然趋时逐进，此为橐籥。绅佩之徒，以不能言为耻。至吟咏情性，取适章句者，鲜焉"，故云："缘情咏言，感物造端，发为人文，必本王泽"，又"古者采诗成声，以观风俗。士君子以文会友，缘情放言，言必类而思无邪"②。与之同时，元稹、白居易言及诗学，必上溯《诗经》传统，白居易所谓"文章合为时而著，歌诗合为事而作"③，元稹所言"得杜甫诗数百首，爱其浩荡津涯，处处臻到。始病沈、宋之不存寄兴，而讶子昂之未暇旁备"④，都是针对当时偏好齐梁的诗风，主张诗歌因政治而作，上以讽劝君王，下以教化民众。元白在此观念下所发明的一类新诗

---

①　欧阳修等撰：《新唐书》，中华书局，1975，第 5080 页。

②　《左武卫胄曹许君集序》，《全唐文》卷四九○，第 5003 页；《右谏议大夫韦君集序》，《全唐文》卷四九○，第 5000 页；《唐使君盛山唱和集序》，《全唐文》卷四九○，第 5001 页。

③　白居易著，顾学颉点校：《白居易集·与元九书》，中华书局，1979，第 959 页。

④　元稹著，冀勤点校：《元稹集·叙诗寄乐天书》，中华书局，1982，第 352 页。

即"讽喻诗",其诗学精神便直接源于《诗经》的"美刺比兴"。再者,中唐时选诗的标准,也反映了多数文人反对绮靡、主张缘政作诗的倾向,高仲武《中兴间气集序》云:"古之作者,因事造端,敷宏体要,立义以全其制,因文以寄其心,著王政之兴衰,国风之善否,岂其苟悦权右,取媚薄俗哉? 今之所收,殆革斯弊,但使体格风雅,理致清新。"①此"体格风雅",不正是针对"齐梁体格"吗?

从刘昚到元、白,沿着科举变革这条线索,可以发现《诗经》"缘政而作"的传统始终是拨正诗学发展方向的强大力量。安史之乱后,劫后余生的人要么"远承谢康乐的传统"②,吟咏山水,情绪感伤;要么逞"雕虫镂句之才,搜摘绝离之学"③,追求辞采,雕琢形式,这时诗歌只是供人们发泄、把玩的文学样式,与传统诗学所谓的"诗者,志之所之"完全无关。所以,有文化责任感的学者,面对充斥当下的"淫丽形式之文",其骨子里所习成的传统的诗学素养就引导着他们上溯《诗经》,以"诗教"来纠正诗学浮靡之风。这时期散文的发展也是如此,当骈文"饰其辞而遗其意"的特点阻碍了思想内容的表达时,以韩愈、柳宗元为代表,即提出要复兴"古文"。诗歌与散文,差不多在同一时期都走向了"复古",此时文化思潮的整体趋势也是如此。

在这场变革诗风的大讨论中,汉唐《诗经》学所阐发的"诗教""缘政"等核心概念,都转化为指导诗歌创作的诗学理论,更内化为学者自身的一种价值追求。在此理论下,学者将诗歌作为反映政治的文学载体,在表达内心情志的同时,发挥诗歌维系世道人心的社会功能,对于重整纲纪的中唐来说,有不可小觑的影响。同时,这也说明中唐多数学者仍奉《诗经》汉学为圭臬,认同毛郑关于礼

---

① 《唐人选唐诗》,上海古籍出版社,1978,第302页。
② 郑临川述评:《闻一多论古典文学》,重庆出版社,1984,第139页。
③ 元稹著,冀勤点校:《元稹集》,第336页。

乐教化、人伦道德的经典阐释。此时，虽也出现了像施士匄、韩愈等颠覆传统《诗》学的说法，但就如昙花一现，在当时并没有太大的发展与影响。相反，传统《诗》学拥有官方的权利保障，"士子皆谨守官书，莫敢异议矣"①，故仍占有绝对优势。受特定的社会现状影响，中唐《诗经》学具有坚守与变革共存的特征。中唐是极盛王朝，处在经历了一场突发的动乱之后的平复时期，这时国家旧的制度出现危机，新的制度又尚待确立，国家政治处于青黄不接的尴尬阶段，这给予了各种思想、观点、价值追求自由发展的空间。所以，在始终以"经术"治国的大方针，学者们乃将救世拯时的急切熔铸在对经典的阐释中。改革派重新诠释《五经》，是期望用新的思想打开新局面；坚守派尊崇传统，是怀着"致君尧舜上，再使风俗淳"的信念，最终官方对传统的认定，是导致经学主流走向坚守的决定因素。其中，科举考试就起到了很关键的导向作用。

第二节　《明经策问》对"诗教"的考察

唐代将《易》、《书》、《诗》、三《礼》、三《传》合为"九经"，《论语》《孝经》为兼经，作为科举考试考察的范围。据《新唐书》记载，当时按经书内容的多少将"九经"分为大、中、小三类，并以此规定通经的名目及学习年限②。在科举所设的科目中，"明经科"是直

---

① 　皮锡瑞：《经学历史》，中华书局，2008，第 207 页。
② 　《新唐书》载："凡《礼记》《春秋左氏传》为大经，《诗》《周礼》《仪礼》为中经，《易》《尚书》《春秋公羊传》《穀梁传》为小经。通二经者，大经、小经各一，若中经二。通三经者，大经、中经、小经各一。通五经者，大经皆通，余经各一，《孝经》《论语》皆兼通之。凡治《孝经》《论语》共限一岁，《尚书》《公羊传》《穀梁传》各一岁半，《易》《诗》《周礼》《仪礼》各二岁，《礼记》《左氏传》各三岁。"（中华书局，1975，第 1160 页）

接考察举子对儒家经典的记忆与理解,举子要"先帖文,然后口试,经问大义十条,答时务策三道"①。在实际的考试过程中,"所谓帖文,就是每一经须考十帖,另外是《孝经》二帖,《论语》八帖。每帖试三个字"②,至于经问大义与时务策,据傅璇琮先生所考,"明经科"试策就是"经问大义,而不是一般意义的对策或策问"③。可以说,"明经科"考察帖文与经义,归根结底都是考察举子对经典及其注疏的记诵能力,往往有"罕穷旨趣"之弊。针对这一弊端,学者们便提出停试帖经。

肃宗时,杨绾提出停帖经,只考经问大义与对策,云:"其所习经,取《左传》《公羊》《穀梁》《礼记》《周礼》《仪礼》《尚书》《毛诗》《周易》,任通一经,务取深达奥旨,通诸家之义。试日,差诸司官有儒学者对问,每经问义十条,问毕,对策三道,其策皆问古今理体,及当时要务,取堪行用者。其经义并策全通为上第,望付吏部便与官;其经义通八策通二为中第,与出身;下第者罢归。"④德宗朝,赵赞也反对帖经:"明经之目,义以为先,比来相承,惟务习帖,至于义理,少有能通。经书寖衰,莫不繇此。"⑤之后,柳冕亦云:"自顷有司试明经,奏请每经问义十道,奏为二等,有明六经之义合先王之道者,以为第一等,其有精于诵注者与精于诵疏者,以为次等,不登

①　欧阳修等撰:《新唐书·选举志》,第1161页。

②　见傅璇琮先生《唐代科举与文学》,第117页。关于帖文具体的考察办法,杜佑《通典》云:"凡举司课试之法,帖经者,以所习经掩其两端,中间开唯一行,裁纸为帖,凡帖三字,随时增损,可否不一,或得四、得五、得六者为通。"(中华书局,1988,第356页)。

③　傅璇琮:《唐代科举与文学》,第118页。

④　杨绾:《条奏贡举疏》,《全唐文》卷三三一,第3357页。

⑤　徐松:《登科记考》,中华书局,1984,第417页。

此二科者以为下等。"①主张科举变革的三人,前后都提到"明经科"考试应以"义理""王道"为考察核心,若专注于帖诵,则不过培养出些"墙面木偶"而已。赵赞认为"经书寖衰,莫不繇此",这是很深刻的见解。在此之前,归崇敬也认为:"近世明经,不课其义,先取帖经,颛门废业,传受义绝。"②在科考的两大主要科目中,进士科试"时务策"关系着当下的时政,明经科试"经问大义"关系着学术研究的重点,因此,科举考试的相关记载反映了一时的政治与学术。

　　"科举与经学"就是值得关注的问题。近年来以"科举与经学"为题展开专门研究的论著论文逐渐增多③。科举考试以儒家经典作为考察内容,科举与经学研究之间有着如此密切的关联,尤其是在经学资料甚少的唐代,科举考试无疑是反映当时经学研究的一个侧面。所幸的是贞元年间由权德舆知贡举三年里,"明经科"试

---

① 柳冕:《与权侍郎书》,《全唐文》卷五二七,第5353页。

② 《新唐书·归崇敬传》,中华书局,1975,第5037页。

③ 如[美]本杰明·艾尔曼《经学·科举·文化史》(中华书局,2010);洪铭吉《唐代科举明经进士与经学之关系》(文津出版社有限公司,2013);冯建民《清代科举与经学关系研究》(华中师范大学出版社,2016);方笑一《经学、科举与宋代古文》(浙江大学出版社,2017);陈时龙《明代的科举与经学》(中国社会科学出版社,2018)等,探讨了唐、宋、明、清四个历史时期"科举与经学"之关系。此外,还有不少论文,如边家珍《论科举制的发展演变对经学的影响》(《理论学刊》2012年第5期);王寅《清初经学复兴与李光地倡导的科举改革》(《古籍整理研究学刊》2013年第2期);宋燕《王安石科举改革对宋代经学的影响》(《前沿》2013年第14期);赵宇《金朝中叶科举经义、词赋之争与泽潞经学源流》(《史学月刊》2016年第4期);焦桂美《从试策经学考核内容的演变看唐代经学风尚之递嬗》(《广西社会科学》2016年第11期)等,也分别从不同历史时期探讨了经学与科举的互相影响。其中洪铭吉文、焦桂美文与本文所论较接近,但侧重不同,洪文重在文献整理,焦文重在经学风尚,本文重在明经策问所反映的中唐《诗经》学的内容与特征,故在前人的基础上再作探讨。

题完好地保存至今,后世可借此略窥一二。

权德舆,字载之。史载其"七岁居父丧,哭踊如成人",是知礼;"三岁知变四声,四岁能赋诗,积思经术,无不贯综",为饱学。亲历三朝,从太常博士做到礼部尚书、同中书门下平章事,权德舆曾谏言"赋取于人,不若藏于人之固也",又言"邦国之务,不宜委非其人","唐家承隋苛虐,以仁厚为先"[1]。可以说,权德舆是典型的由儒家出身而身居要位的代表。深入其骨髓的,是儒家"仁义礼智信"的道义,及"祖述尧舜,宪章文武"的王政传统。在权德舆的政治生涯中,先后三次主持科举考试,此前在他与柳冕的书信中,可以看到他对科举取士的态度:

> 两汉设科,本于射策,故公孙宏、董仲舒之伦,痛言理道。近者祖习绮靡,过于雕虫,俗谓之甲赋律诗、俪偶对属,况十数年间,至大官右职,教化所系,其若是乎?是以半年以来,参考对策,不访名物,不征隐奥,求通理而已,求辨惑而已。习常而力不足者,则不能回复于此,故或得其人。庶他时有通识懿文,可以持重不迁者,而不尽在于龌龊科第也。明经问义,有幸中所记者,则书不停缀,令释通其义,则墙面木偶。然遂列上第,末如之何?顷者参伍其问,令书释意义,则于疏注之内,苟删撮旨要,有数句而通者,昧其理而未尽,有数纸而黜者,虽未尽善,庶稍得之。至于来问明六经之义,合先王之道,而不在于注疏者,虽今吏部学究一经之科,每岁一人,犹虑其不能至也。且明经者,仕进之多数也。注疏者犹可以质验也。不者,

---

[1] 《新唐书·权德舆传》,第5076页。

倘有司率情,下上其手,既失其末,又不得其本,则荡
然矣。①

权德舆认为,"明经问义"确实容易变成对举子记诵能力的考
察,但毕竟"注疏者犹可以质验"。若无此,则无法避免考官徇私,
故对于录取人数最多的明经科而言,身为主考官的权德舆采取了
一种折中的改革方式,虽不改变经问大义的形式,但要求举子引用
注疏对策时要撮其指要,通其理体。

杨绾云:"夫一国之士,系一人之本,谓之风。赞扬其风,系卿
大夫也,卿大夫何尝不出于士乎? 今取士试之小道,而不以远者大
者,使干禄之徒,驱驰末术,是诱导之差也。夫以蜗蚓之饵,杂垂沧
海,而望吞舟之鱼至,不亦难乎?"②科举考试透露的是权力中心对
学术文化、人才培养的关注,对于整个国家的教育学风有着决定性
作用,不可不审慎。权德舆在书信中,也尝言"以蒙劣辱当仪曹,为
时求人,岂敢容易"。在这样的考虑下,权德舆所出的策问具体是
如何考察人才的呢? 以《明经问·毛诗问》为主,做一分析。

贞元十八年,《明经策问》第五问,《毛诗问》曰:

二《南》之化,六义之宗,以类声歌,以观风俗。列国
斯众,何限于十四? 陈诗固多,岂止于三百? 颂编《鲁
颂》,奚异于《商》《周》? 风有《王风》,何殊于《鄘》《卫》?
颇疑倒置,未达指归。至若以句命篇,义例非一。瓜瓞取
绵绵之状,草虫弃喓喓之声,斯类则多,不能具举。既传

---

① 《与柳福州书》,《全唐文》卷四八九,第 4994 页。
② 徐松:《登科记考》,中华书局,1984,第 354 页。

师学,一为起予,企闻博依之喻,当纵解颐之辨。①

这道策问中,共考察了五个问题,(1)"列国斯众,何限于十四?"(2)"陈诗固多,岂止于三百?"(3)"颂编《鲁颂》,奚异于《商》《周》?"(4)"风有《王风》,何殊于《鄘》《卫》? 颇疑倒置,未达指归。"(5)"至若以句命篇,义例非一。瓜瓞取绵绵之状,草虫弃喓喓之声,斯类则多,不能具举。"以第一问为例,郑玄《周南召南谱》云:

> 问者曰:"《周南》《召南》之诗,为《风》之正经则然矣,自此之后,南国诸侯政之兴衰,何以无变风?"答曰:"陈诸国之诗者,将以知其缺失,省方设教为黜陟。时徐及吴、楚僭号称王,不承天子之风,今弃其诗,夷狄之也。其余江、黄、六、蓼之属,既驱陷于彼俗,又亦小国,犹邾、滕、纪、莒之等,夷其诗,蔑而不得列于此。"

孔颖达《正义》云:

> 《春秋》文四年,楚人灭江。僖十二年,灭黄。文五年,楚灭六并蓼。终为楚人所灭,是被其驱逼陷恶俗也。既驱陷彼俗,亦不可黜陟,又且小国,政教狭陋,故夷其诗,轻蔑之,而不得列于《国风》也。邾、滕、纪、莒,春秋时小国,亦不录之,非独南方之小国也。其魏与桧、曹,当时犹大于邾、莒,故得录之。春秋时,燕、蔡之属,国大而无诗者,薛综答韦昭云:"或时不作诗,或有而不足录。"②

---

① 李昉等编:《文苑英华》卷四百七十五,中华书局,1966,第2426页。
② 《毛诗正义》,《十三经注疏》,第560页。

举子只需根据注疏,撮其精要作答即可。其余四问,也都能在注疏中找到答案①。值得注意的是,关于第二问问及"孔子删《诗》"问题。张宝三先生认为:"今就《正义》考之,《诗谱序·疏》不从《史记》孔子删《诗》之说,《正义·序》中则仍可寻持孔子删《诗》说之迹也。此为《毛诗正义》〈序〉〈疏〉间之违异,举子于此须有所去取。"②对于孔子删《诗》,孔颖达保留了两种互相矛盾的观点,一是疏解《诗谱序》时,否定删《诗》说;二是《正义序》中,又赞成删《诗》说,兹引于下。郑玄《诗谱序》云:

> 文、武之德,光熙前绪,以集大命于厥身,遂为天下父母,使民有政有居。其时《诗》,《风》有《周南》《召南》,《雅》有《鹿鸣》《文王》之属。及成王、周公致大平,制礼作乐,而有《颂》声兴焉,盛之至也。本之由此《风》《雅》而来,故皆录之,谓之《诗》之正经。后王稍更凌迟,懿王始受谮亨齐哀公,夷身失礼之后,邶不尊贤。自是而下,厉也、幽也,政教尤衰,周室大坏。《十月之交》《民劳》《板》《荡》勃尔俱作。众国纷然,刺怨相寻。五霸之末,上无天子,下无方伯,善者谁赏,恶者谁罚,纪纲绝矣。故孔子录懿王、夷王时诗,迄于陈灵公淫乱之事,谓之变《风》变《雅》。

郑玄认为,在孔子前,《诗经》最初有一个由"二南""《鹿鸣》《文

① 张宝三:《权德舆〈明经策问·毛诗问〉论考》,《台大中文学报》1996,第 120 – 125 页。

② 张宝三:《权德舆〈明经策问·毛诗问〉论考》,《台大中文学报》1996,第 123 页。

王》之属"及《颂》构成的本子,至孔子再度编撰①,录变《风》、变《雅》,而有今《诗经》之篇目格局,并无删《诗》之事。孔颖达《正义》云:

> 此解周诗并录《风》《雅》之意。以《周南》《召南》之《风》,是王化之基本,《鹿鸣》《文王》之《雅》,初兴之政教。今有《颂》之成功,由彼《风》《雅》而就,据成功之《颂》,本而原之,其《颂》乃由此《风》《雅》而来,故皆录之,谓之《诗》之正经。以道衰乃作者,名之为"变",此诗谓之为"正"。此等正诗,昔武王采得之后,乃成王即政之初,于时国史自定其篇,属之大师,以为常乐,非孔子有去取也。《仪礼·乡饮酒》"工歌《鹿鸣》《四牡》《皇皇者华》","笙入,奏《南陔》《白华》《华黍》","间歌《鱼丽》,笙《由庚》,歌《南有嘉鱼》,笙《崇丘》,歌《南山有台》,笙《由仪》,合乐《周南·关雎》《葛覃》《卷耳》,《召南·鹊巢》《采蘩》《采蘋》"。《燕礼》用乐,与《乡饮酒》文同,唯《采蘋》越《草虫》之篇,其余在于今《诗》,悉皆次比。又《左传》及《国语》称鲁叔孙穆子聘于晋,晋人为之歌《文王》《大明》《绵》,又歌《鹿鸣》《四牡》《皇皇者华》,亦各取三篇,《风》《雅》异奏,明其先自次比,非孔子定之。故《谱》于此不言孔子,其变《风》变《雅》皆孔子所定,故下文特言孔子录之。②

---

① 关于《诗经》的编撰成集,刘毓庆有详细论证,认为《诗经》前后共经历了三次编撰,第一次为宣王中兴时,此时所编的篇目即郑玄《诗谱序》提及的"正经";第二次为平王时,增入了"三卫"及大量"变雅",并对原有诗篇进行增补、替换、修改;第三次即孔子删《诗》,是"从礼乐的角度考虑诗篇的取舍"(详见《从文学到经学》,华东师范大学出版社,2009,第3-24页)。

② 《毛诗正义》,《十三经注疏》,第555-556页。

　　孔颖达据古礼诵诗、史载歌诗的记载,说明"正经"早在孔子之前就已确定,不容其后删定。其阐释《诗谱》作如此说,而在《正义序》中却言"篇有三千"①,又认同"孔子删《诗》"。对于这前后矛盾的观点,举子如何去取? 科举考试归根结底要投其所好,举子须揣摩主考官的观点与用意。在贞元十九年的《明经策问·毛诗问》中,有"太师所采,孔圣所删"语,则权德舆是认同"孔子删《诗》"之说的。且与权德舆时代相近者,皆主张"孔子删《诗》"。如贞元七年,陆贽知贡举,《策博通坟典达于教化科》问云:"仲尼叙《礼》《乐》,删《诗》《书》,修《春秋》,广《易》道,六经之教,所尚各殊。"②成伯玙于《毛诗指说·兴述》篇引孔子删《诗》说③;韩愈《读荀》云:"孔子删《诗》《书》,笔削《春秋》,合于道者著之,离于道者黜之,故《诗》《书》《春秋》无疵。"④牛僧孺《私辩》云:"宣父之作《春秋》,删《诗》《书》,是公其身于垂教也。"⑤李翱《荐所知于徐州张仆射书》云:"孔子述《易》,定《礼》《乐》,删《诗》,叙《书》,作《春秋》,圣人也。"⑥从孔颖达到权德舆,"孔子删《诗》"说盖一时之定论,故均无异议。

　　对"孔子删《诗》"说的认同,其意义在于,表明唐代《诗》学在看似全盘接受汉代《诗》学的同时,也有突破权威的新动向。科举考试的内容,大致就是一时经学研究的热点与重点,故通过考试的

---

　　① 《毛诗正义序》云:"唐、虞乃见其初,犧、轩莫测其始。于后时经五代,篇有三千,成、康没而颂声寝,陈灵兴而变风息。先君宣父,厘正遗文,缉其精华,褫其烦重,上从周始,下暨鲁僖,四百年间,六诗备矣。"(《十三经注疏》,第555页)

　　② 李昉等编:《文苑英华》卷四百七十三,中华书局,1966,第2418页。

　　③ 《毛诗指说》,《影印文渊阁四库全书》第70册,台湾商务印书馆,1986,第170页。

　　④ 董诰等编:《全唐文》卷五五九,第5656页。

　　⑤ 李昉等编:《文苑英华》卷三百六十四,第1867页。

　　⑥ 董诰等编:《全唐文》卷六三五,第6416页。

试题,即可反映出当时经学研究的概貌。权德舆将此争讼之端放在科举中来考察,正反映了这一新的动向,也引导着《诗》学的进一步发展。上述策问中,所问都是关于《诗经》的编撰、次序、命名等,并没有涉及具体诗义的理解。在之后两年的策问中,权德舆依然维持了这种考试思路。贞元十九年,《明经策问》第六道,《毛诗问》曰:

> 三纲之道,有君臣焉,有父子焉。《周南》《召南》以风化于天下,《关雎》《鹊巢》乃首于夫妇。举后妃曷若先天子,美夫人曷若称诸侯? 岂自迩而及遐,将举细而明大? 又太师所采,孔圣所删,以时则齐襄先于卫顷,以地则魏土褊于晋境。未详差次,何所后先? 一言虽蔽于无邪,六艺乃先于谲谏,既歌乃必类,何失之于愚? 理或出于《郑笺》,言无惮于匡说。[1]

这道策问共考察了三个问题,其中第一问,"《周南》《召南》以风化于天下,《关雎》《鹊巢》乃首于夫妇。举后妃曷若先天子,美夫人曷若称诸侯? 岂自迩而及遐,将举细而明大?"举子可根据郑玄《诗谱序》及孔颖达的《正义》作答,关键点在于"文王刑于寡妻,至于兄弟,御于家邦,是故二国之诗,以后妃、夫人之德为首"。第二问,"又太师所采,孔圣所删,以时则齐襄先于卫顷,以地则魏土褊于晋境。未详差次,何所后先?"这个问题涉及《诗经》的编次,从目前可见的资料来看,这个问题在《正义》之前尚无专门论述。这应该是除"孔子删《诗》"外,唐代《诗》学的又一热点。孔颖达及与权德舆时代相近的成伯玙都有详细的阐释,今不嫌冗长,兹引于下,《正义》云:

---

[1] 李昉等编:《文苑英华》卷四百七十六,第 2430 页。

《周》《召》,《风》之正经,固当为首。自卫以下,十有余国,编此先后,旧无明说,去圣久远,难得而知。欲言先后为次,则齐哀先于卫顷,郑武后于桧国,而卫在齐先,桧处郑后,是不由作之先后也。欲以国地为序,则郑小于齐,魏狭于晋,而齐后于郑,魏先于唐,是不由国之大小也。欲以采得为次,则《鸡鸣》之作远在《缁衣》之前,郑国之风必处桧诗之后,何当后作先采,先作后采乎?是不由采得先后也。二三拟议,悉皆不可,则诸国所次,别有意焉。盖迹其先封善否,参其诗之美恶,验其时政得失,详其国之大小,斟酌所宜,以为其次。邶、鄘、卫者,商纣畿内千里之地。《柏舟》之作,夷王之时,有康叔之余烈,武公之盛德,资母弟之戚,成入相之勋。文公则灭而复兴,徙而能富,土地既广,诗又早作,故以为“变风”之首。既以卫国为首,邶、鄘则卫之所灭,风俗虽异,美刺则同,依其作之先后,故以邶、鄘先卫也。周则平王东迁,政遂微弱,化之所被,才及郊畿,诗作后于卫顷,国地狭于千里,徒以天命未改,王爵仍存,不可过于后诸侯,故使次之于卫也。郑以史伯之谋,列为大国,桓为司徒,甚得周众,武公夹辅平王,克成大业,有厉、宣之亲,有《缁衣》之美,其地虽狭,既亲且勋,故使之次《王》也。齐则异姓诸侯,世有衰德。哀公有荒淫之风,襄公有鸟兽之行,辞皆怨刺,篇无美者,又以大师之后,国土仍大,故使之次《郑》也。魏国虽小,俭而能勤,踵虞舜之旧风,有夏禹之遗化,故季札观乐,美其诗音,云“大而婉,俭而易行,以德辅此,则明主也”,故次于《齐》。唐者,叔虞之后,虽为大国,昭公则五世交争,献后则丧乱弘多,故次于《魏》下。秦以秦仲始

大,襄公始命,穆公遂霸西戎,卒为强国,故使之次《唐》
也。陈以三恪之尊,食侯爵之地,但以民多淫昏,国无令
主,故使之次《秦》也。桧则其君淫恣,曹则小人多宠,国
小而君奢,民劳而政僻,季札之所不讥,《国风》次之于末,
宜哉。豳者,周公之事,欲尊周公,使专一,故次于众国
之后,《小雅》之前,欲兼其上下之美,非诸国之例也。《郑
谱》,《王》在《豳》后者,退就《雅》《颂》并言王世故耳。诸
国之次,当是大师所弟,孔子删定,或亦改张。①

孔颖达提到三种可能的编排逻辑,一是以时间先后为次;二是
以国土大小为次;三是以采得先后为次,但无论以哪种顺序,都会
出现抵牾。有明确量化的排序既然行不通,于是《正义》便猜测"迹
其先封善否,参其诗之美恶,验其时政得失,详其国之大小,斟酌所
宜,以为其次。"其后,成伯玙云:

　　诸侯之诗谓之《国风》,校其优劣以为次序。《周》
《召》,《二南》之风,圣人之诗,以为正经,故处众国之首。
邶、鄘、卫居殷之旧地,畿内方千里,比诸侯为大,故次《二
南》。《黍离》谓《王风》,叹宗周之倾覆,卜洛之地不过六
百,既狭于卫,用以次之。平王东迁,晋、郑是依,郑武公
有功于王室,故次《王风》。齐封营丘,初有百里,周公斥
大九州岛之地,加太公之后,地居五百小于王国,亦次
《郑》。魏国为晋献公所灭,晋灭同姓见贬,故升《魏》于
《晋》之上。晋,唐叔受桐叶之封,地有四百,既小于齐,又

---

① 《毛诗正义》卷一,《十三经注疏》,第561页。

居《魏》后。秦虽处西戎，能救周室，平王东迁之后，以丰、
镐之地赐之，周畿之内地方八百，比晋则为不可，故宜次
之。陈本侯爵，虽备三恪之裔，至于哀公荒淫不恤民事，
故劣于《秦》，是用次之。曹子爵，昭公奢侈好任小人，土
地侵削，故居《桧》后。《豳诗》是周公遭流言之作，且以救
乱，别继公刘故处，《国风》之后，列在《小雅》之前也。①

所谓"校其优劣以为次序"，而在具体分析中，《卫》《王》《齐》
《唐》以国土之大小，《郑》《秦》以有功于周室，《陈》《曹》以爵位之
高低，莫衷一是，让人无法把握。成伯玙大体沿袭了《正义》的思
路，其实都没有给出明确的标准。关于十五《国风》的编次，唐代
《诗》学最终停留在《正义》的阐释上，后世却不乏精彩的解说，如清
代学者严虞惇以王权的衰落与霸权的兴起②来分析就很独到。而
回过头来，再看孔颖达所罗列的一连串不确定的因素，会发现孔颖

---

① 《毛诗指说》，《影印文渊阁四库全书》第 70 册，台湾商务印书馆，
1986，第 171－172 页。
② 严虞惇《读诗质疑》云："按《国风》次第，先儒迄无成说，窃尝著论以
发之。今载其略。曰：或问变《风》之国十有三，先《邶》《鄘》《卫》何也？曰：
殷之故墟也。《诗》曰：'仪监于殷。'《邶》《鄘》《卫》周之所监也。次以《王》，
何也？曰：殷不监于夏而周墟之，周亦不监于殷，王之所以为王也。次《郑》何
也？郑畿内之国也，从王而东，故《王》后次之。次《齐》、次《魏》、次《唐》、次
《秦》，何也？曰：此霸国也。王自是变而霸矣。自僖王之元年而齐霸，自襄王
之十年而晋霸，又九年而秦霸。《魏》先于《唐》，犹《邶》《鄘》先于《卫》，不曰
晋曰唐，从始封也。次《陈》，何也？曰：定王之九年而楚庄入陈，盖自是而中
国无霸矣。夫子伤之，故变《风》终于陈灵也。次《桧》、次《曹》，何也？曰：
《桧》灭于西周之终，天下无王也；曹灭于春秋之终，天下无霸也。乱极则思
治，故终之以《豳》。"（《影印文渊阁四库全书》第 87 册，中国台湾商务印书馆，
1986，第 80 页）

达虽没有明确地解决《国风》的次第问题,但是却在阐释中表露出了以"礼"和"教化"为重的政教观念。唐代《诗》学继承汉代《诗》学的内在理路,以"礼"说《诗》,故云"参其诗之美恶,验其时政得失",盖由"礼"定;"详其国之大小",实为施行教化之比较。再者,孔颖达认为《魏》有前代遗风,俭而能勤,不若《唐》虽为大国而交争丧乱,故《魏》在《唐》前。又云《陈》因"民多淫昏,国无令主","桧则其君淫恣,曹则小人多宠",都是礼教崩坏之故。

孔颖达提出《国风》的编次问题,之后《诗》学诠释、科举考试都对此有所关注,唐代《诗》学挖掘《诗经》编次中的特别意义,这是汉代《诗经》学并未深究的一点,可以说是《诗》学发展到唐代的新论题。孔颖达认为《国风》乃大师所编,又经孔子删定,孰前孰后,圣人自有定夺。《麟之趾》乃"《关雎》之应也",孔颖达即云:"此篇处末,见相终始,故历序前篇,以为此次。既因有麟名,见若致然,编之处末,以法成功也。此篇本意,直美公子信厚似古致麟之时,不为有《关雎》而应之。大师编之以象应,《叙》者述以示法耳。不然,此岂一人作诗,而得相顾以为终始也?"①《国风》的编排与《诗》篇的次第,是经大师刻意编排而成,有"示法"之义。至于第三问,"一言虽蔽于无邪,六义乃先于谲谏,既歌乃必类,何失之于愚?"须结合《礼记》作答,张宝三先生有详细分析②,此不赘述。

通过以上两道《毛诗问》,反映出学者对《诗经》的关注点及《诗》学的研究动向。贞元二十一年,是权德舆主持科考的最后一年,当年《明经策问》第五道为《毛诗问》,所问即与前两年有相似的地方:

---

① 《毛诗正义》卷一,《十三经注疏》第594页。
② 张宝三:《权德舆〈明经策问·毛诗问〉论考》,《台大中文学报》1996年,第131－134页。

风化天下,形于咏歌。辨理代之音,厚人伦之道,邶、鄘偏小,尚列于篇,楚、宋奥区,岂无其什。变风、雅者,起于何代?动天地者,本自何诗?《南陔》《白华》亡其辞而不获,《谷风》《黄鸟》同其目而不刊。举毛、郑之异同,辨齐、鲁之传授,墙面而立,既非其徒,解颐之言,斯有所望。①

策问中,"邶、鄘偏小,尚列于篇,楚、宋奥区,岂无其什",其实就是贞元十八年《毛诗问》中"列国斯众,何限于十四"的另一种问法;又"《南陔》《白华》亡其辞而不获,《谷风》《黄鸟》同其目而不刊",与贞元十八年所问"至若以句命篇,义例非一。瓜瓞取绵绵之状,草虫弃喓喓之声,斯类则多,不能具举"相近。权德舆反复考察,表明官方想要引导举子从这些方面来把握《诗经》的微言大义。

三道《毛诗问》皆重点考察《诗经》的产生与结集、编排与命篇等。若以科举考试的惯常方式来理解,则未免太简单化了。中唐时存留至今的《诗》学著作唯有成伯玙的《毛诗指说》,而这部著作呈现出了和《毛诗问》高度一致的特征。关于《毛诗指说》的特征,四库馆臣云:

书凡四篇,一曰兴述,明先王陈诗观风之旨,孔子删《诗》正《雅》之由;二曰解说,先释"诗"义,而《风》《雅》《颂》次之,周又次之,诂、传、序又次之,篇章又次之,后妃又次之,终之以《鹊巢》《驺虞》,大略即举《周南》一篇,总

---

① 李昉等编:《文苑英华》卷四百七十六,第 2433 页。

括论列,引申以及其余;三曰传受,备详《齐》《鲁》《毛》《韩》四家授受世次,及后儒训释源流;四曰文体,凡《三百篇》中句法之长短,篇章之多寡,措辞之异同,用字之体例,皆胪举而详之,颇似刘氏《文心雕龙》之体,盖说经之余论也。①

成伯玙研究《诗经》,并未细化到每篇诗的诗旨及字词训诂,多是就《诗经》学的相关问题考辨其源流。将其所论与权德舆的《毛诗问》对比,会发现策问中所涉及的问题,在《毛诗指说》中都能清晰地找到答案。且成伯玙所论多是根据《正义》,撮其指要、通其理体,这也是权德舆对明经科举子以注疏对策的要求。《毛诗指说》与《毛诗问》的关注点一致,再次印证了中唐《诗经》研究的特征,即从编排上把握《诗经》的微言大义,与汉儒从章句训诂来探讨《诗》的本义不同。孔颖达在继承汉学的基础上,开始着意对《诗经》的产生、编排、篇章命名等多加关注,以诠释这些信息背后的政教意义。之后,中唐《诗》学延续孔颖达的路子,直接就从《诗》的相关概念入手,以这样的解说方式来诠释《诗》所承载的礼乐教化。可见,诠释经典的重点与特征可通过策问反映出来,其他经典研究也是如此。

以《明经策问·春秋问》为例。贞元十八年,《春秋问》曰:"孔圣属词,邱明同耻,裁成义类,比事系年。居体元之前,已有先传。在获麟之后,尚列余经。岂脱简之难征,复绝笔之云误?"②此问考察举子对"绝笔于获麟"的认识。"获麟"是《春秋》研究的关键

---

① 永瑢等撰:《四库全书总目·毛诗指说》,第121页。
② 李昉等编:《文苑英华》,第2426页。

点①,中唐《春秋》学大家啖助云:"夫子之志,冀行道以拯生灵也,故历国应聘,希遇贤王。及麟出见伤,知为哲人其萎之象,悲大道不行,将托文以见意,虽有其德而无其位,不作礼乐而修《春秋》,为后王法。"②此从杜预之说,虽未提及绝笔之事,啖助也强调孔子"获麟而作《春秋》"的意义。又贞元二十一年,问曰:"然则夫子感获麟之无应,因绝笔以寄词,作为褒贬,使有劝惧。是则圣人无位者之为政也,其于笔削义例,岂皆周法耶?"③这个问题啖助也谈到,其云:"《春秋》以权辅正,以诚断礼,正以忠道原情为本。不拘浮名,不尚狷介,从宜救乱,因时黜陟。或贵非礼勿动,或贵贞而不谅,进退抑扬,去华居实。故曰:'救周之弊,革礼之薄也。'古人曰:'殷变夏,周变殷,春秋变周。'又言三王之道如循环。太史公亦言:'闻诸董史曰:春秋上明三王之道。'《公羊》亦言:'乐道尧、舜之道,以俟后圣。'是知《春秋》用二帝三王之法,以夏为本,不全守周典,理必然矣。"④啖助认为

---

① 杜预《春秋序》云:"《公羊》经止获麟,而《左氏》经终孔丘卒,敢问所安? 答曰:异乎余所闻,仲尼曰:文王既没,文不在兹乎。此制作之本意也。叹曰:凤鸟不至,河不出图,吾已矣夫。盖伤时王之政也。麟、凤五灵,王者之嘉瑞也。今麟出非其时,虚其应而失其归,此圣人所以为感也。绝笔于获麟之一句者,所感而起,固所以为终也。"即《公羊》《左氏》虽皆认为夫子获麟而作《春秋》,但在"绝笔"的问题上有分歧。而后世则在"获麟而作《春秋》"或"作《春秋》而麟至"的问题上各持己见,见朱彝尊《经义考·春秋一》,实与《春秋》"三传"之争不同。文中,权德舆所问,盖孔颖达疏云:"杜旨《公羊》之经获麟即止,而《左氏》之经终于孔子卒,先儒或以为麟后之经,亦是孔子所书,故问其意之所安也。"举子可参考杜预《序》及孔颖达《疏》作答。(《春秋左传正义》卷一,《十三经注疏》,中华书局,2009,第3705页)

② 啖助:《春秋集传纂例》卷一,《影印文渊阁四库全书》第146册,第379页。

③ 李昉等编:《文苑英华》,第2433页。

④ 啖助:《春秋集传纂例》卷一,《影印文渊阁四库全书》第146册,第379页。

《春秋》并不拘于周法,这便可回答以上策问。啖助与《春秋问》的不谋而合,便说明了中唐时《春秋》研究的关注点。可以说,《明经策问》就如同一时经学研究的热点集锦,反映了经学研究的动向。

张宝三先生提到《明经策问》对于经学研究的意义,云:"诸经所问内容可据以推考其对注、疏所持之态度及其对经学问题关注之重点。换言之,《五经正义》暨其他经疏,其于明经考试之实际运用情形,可于《明经策问》中得一具体印证。及检视明经问义是否必局限于注、疏中,亦可提供部分答案。此外,由《策问》所涉及之问题对照时人对此问题之论说,亦可显示贞元前后时期士人对于经学问题关注之部分重点及其所持之观念。此于唐代经学史之研究,当具有其意义。"①确如所言,但因《明经策问》资料较少,所以这方面的研究并未引起学者更多关注。中唐《诗》学资料甚少,《新唐书》著录唯有成伯玙的《毛诗指说》《毛诗断章》及文宗敕修的《毛诗草木虫鱼图》,而《断章》《虫鱼图》早已佚失,仅存《毛诗指说》。幸而我们从《毛诗问》可知中唐《诗》学的大致动向及其研究重点。当然,科举考试与经学研究之间的关系,并不仅见于《明经策问》,举子为科考所做的准备也反映了一部分经学研究的状况。最典型的莫过于白居易的《策林》。

第三节　《策林》中的"讽教"观与"讽喻诗"

《策林》是白居易为应试而专门编纂的一组对策集子,《策林

---

① 张宝三:《权德舆〈明经策问·毛诗问〉论考》,《台大中文学报》1996年,第147页。

序》云："元和初,予罢校书郎,与元微之将应制举,退居于上都华阳观,闭户累月,揣摩当代之事,构成策目七十五门。及微之首登科,予次焉。凡所应对者,百不用其一二。其余自以精力所致,不能弃捐,次而集之,分为四卷,命曰《策林》云耳。"①据徐松《登科记考》载,白居易前后共三次科考及第②,第一次在贞元十六年③,进士及第,时二十九岁;第二次在贞元十九年,拔萃科及第,当年知贡举者为礼部侍郎权德舆;第三次在元和元年,与元稹一道考取才识兼茂、明于体用科,《序》云"微之首登科,予次焉"即指此次登第。《策林》就是作于这次登第之前。关于《序》中"元和初,予罢校书郎","闭户累月,揣摩当代之事,构成策目七十五门",与其在元和元年四月即登第之间的矛盾,学者已有专门考证④。其实,《策林》具体作于何时,并不是我们关注的重点。我们更看重的是,《策林》是至今唯一可见的唐代学者备考的系统资料。《新唐书·艺文志》

---

① 白居易著,顾学颉点校:《白居易集》,中华书局,1979,第 1287 页。

② 白居易三次登第的情况分别见于《登科记考》第 531、565、587 页(中华书局,1984)。其中,进士及第与中才识兼茂科,其对策又见于《白居易集》第 994、986 页(中华书局,1979)。

③ 《旧唐书》认为进士及第在贞元十五年,云:"贞元末,进士尚驰竞,不尚文,就中六籍尤摈落。礼部侍郎高郢始用经艺为进退,乐天一举擢上第。明年中拔萃甲科。"(中华书局,1975,第 4340 页)高郢凡三次知贡举,为贞元十五年、十六年、十七年,按《旧唐书》云,则白居易进士及第在贞元十五年,中拔萃甲科在贞元十六年。而徐松考,白居易在《箴言序》中云:"贞元十有五年,天子命中书舍人渤海公领礼部贡举事。越明年春,居易以进士举,一上登第。"则徐松所言为是,初次进士及第在贞元十六年,今《白居易集》同此(《白居易集》第 994 页)。又中拔萃科,徐松据《香山年谱》引《养竹记》所云"贞元十九春,居易以拔萃选及第",定为贞元十九年,亦为确论。

④ 付兴林先生认为白居易备考战线拉得很长,此次备考时间不迟于永贞元年,故"《策林序》中所谓的'累月'之外延应该更大一些"(《白居易〈策林序〉考释》,《西北大学学报》2006 年第 3 期)。

"类书类"载"张太素《策府》五百八十二卷"①,盖如《策林》一类,惜《策府》早佚。此外,学者在日本所藏的《令解集》中发现魏征的《时务策》两条②,但太过简略无以见其大概。故《策林》对于研究科举考试的内容与风尚、主流群体对经典及其注疏的认识等都是弥足珍贵的资料。如史载白居易因主考官"高郢始用经艺为进退"③,便"一举擢上第",说明白居易对于儒家经典的诠释与理解是深得官方认可的,能代表当时经学研究的主流趋势。故今以《策林》为线索,对白居易的《诗》学观念及此观念对"讽喻诗"的影响作一分析。

一、《策林》与白居易的"讽教"观

《策林》第六十目"救学者之失",针对《诗》《书》《礼》《乐》的教习重点,云:

> 伏望审官师之能否,辨教学之是非,俾讲《诗》者以"六义"风赋为宗,不专于鸟兽草木之名。读《书》者以五代典谟为旨,不专于章句训诂之文也。习《礼》者以上下长幼为节,不专于俎豆之数,裼袭之容也。学《乐》者以中和友孝为德,不专于节奏之变,缀兆之度。夫然,则《诗》《书》无愚诬之失,《礼》《乐》无盈减之差,积而行立者,乃升之于朝廷。习而事成者,乃用之宗庙。是故,温柔敦厚

---

① 欧阳修等撰:《新唐书》,第 1563 页。
② 龚延明:《新发现唐朝最早"策学"之作考证》,《浙江大学学报》2013 年第 1 期。
③ 刘昫等撰:《旧唐书》,第 4340 页。

之教,疏通知远之训,畅于中而发于外矣。①

　　白居易认为只有把握了《诗》《书》《礼》《乐》的本质内涵,才能真的从中受教,以实现国家教育的初衷。针对《诗》,白居易指出"六义风赋"是宗旨,说《诗》者不能专讲鸟兽草木之名。古时说《诗》,于鸟兽之名多有留意,子曰"多识于鸟兽草木之名",夏含夷先生指出"多识鸟兽草木之名","并不是指动物学或者植物学的知识,而是说通过《诗》,我们可以认识鸟兽草木的象征性质,可以理解山陵为什么危险,鸿雁为什么和婚姻问题有关系"②。白居易言下之意也是要探寻鸟兽草木的喻义,领会《诗》的"美刺比兴",不能专做博物学研究。谈到历代诗歌创作时,其云:"至于梁陈间,率不过嘲风雪、弄花草而已。噫! 风雪花草之物,三百篇中,岂舍之乎? 顾所用何如耳。设如'北风其凉',假风以威虐也。'雨雪霏霏',因雪以愍征役也。'棠棣之华',感华以讽兄弟也。'采采芣苢',美草以乐有子也。皆兴发于此,而义归于彼。反是者,可乎哉? 然则'余霞散成绮,澄江静如练','离花先委露,别叶乍辞风'之什,丽则丽矣,吾不知其所讽焉。故仆所谓嘲风雪、弄花草而已。"③可见,白居易认为《诗》中的鸟兽草木都具有"兴发于此,而义归于彼"的讽谏意义,故云说《诗》者要领会了这层意思才算真的得其宗旨。这则对策,白居易结合了《礼记》的内容来理解《诗》。"温柔敦厚"出自《礼记·经解》,孔颖达云:"'温柔敦厚,《诗》教也'者,温谓颜色温润,柔谓情性和柔,《诗》依违讽谏,不指切事情,故云'温柔敦厚'

---

① 白居易著,顾学颉点校:《白居易集》,第 1360 页。
② 夏含夷:《兴与象》,上海古籍出版社,2012,第 8 页。
③ 白居易著,顾学颉点校:《与元九书》,《白居易集》,第 961 页。

是《诗》教也。"①白居易强调《诗》有温柔敦厚之教,就是强调"《诗》依违讽谏,不指切事情"的讽喻精神。可以说,白居易认为《诗》的精神内核就是"讽喻教化"。

《策林》中,白居易关于政治思想与文学主张的阐述都渗透了其重视"讽喻教化"的观念。如强调王政兴衰与教化有关,《策林》"议守险"论政、教关系云:

> 以道德为藩,以仁义为屏,以忠信为甲胄,以礼法为干橹者,教之险,政之守也。以城池为固,以金革为备,以江河为襟带,以丘陵为咽喉者,地之险,人之守也。王者之兴,必兼而用之。②

白居易提出教化是国家政治的一道屏障。教化施于人,从道德礼义上移风易俗,则国家政治安定、民心和顺;反之,则国家礼义凌迟,政衰民困。《策林》"人之困穷,由君之奢欲",谈君臣间教化不兴,云:

> 君取其一,而臣已取其百矣,所谓上开一源,下生百端者也。岂直若此而已哉?盖君好则臣为,上行下效;故上苟好奢,则天下贪冒之吏将肆心焉。雷动风行,日引月长,上益其侈,下成其私。③

君臣之间是上行下效、风行草偃之关系,即《诗序》所云"风以

---

① 《礼记正义》卷五十,《十三经注疏》,第3493页。
② 白居易著,顾学颉点校:《白居易集》,第1347页。
③ 白居易著,顾学颉点校:《白居易集》,第1314页。

动之,教以化之",《正义》云:"言王者施化,先依违讽喻以动之,民渐开悟,乃后明教命以化之。风之所吹,无物不扇,化之所被,无往不霑。"①白居易正是用此观念来说明君臣之间的教化,贪官肆虐其根本是由君王的奢欲所造成的,反映出其政治思想是受到《诗》学观的影响。

此外,《策林》强调诗歌反映政教的文学主张,源于白居易的《诗》学观。白居易认为"政教"既然紧系百姓,民声则是"政教"得失最直接的反映,《诗序》云"故正得失,动天地,感鬼神,莫近于诗",因此观念,《策林》"采诗"云:

> 圣人酌人之言,补己之过,所以立理本,导化源也。将在乎选观风之使,建采诗之官,俾乎歌咏之声,讽刺之兴,日采于下,岁献于上者也。所谓言之者无罪,闻之者足以自诫。大凡人之感于事,则必动于情;然后兴于嗟叹,发于吟咏,而形于歌诗矣。故闻《蓼萧》之诗,则知泽及四海也;闻《禾黍》之咏,则知时和岁丰也;闻《北风》之言,则知威虐及人也;闻《硕鼠》之刺,则知重敛于下也。闻"广袖高髻"之谣,则知风俗之奢荡也。闻"谁其获者妇与姑"之言,则知征役之废业也。故国风之盛衰,由斯而见也;王政之得失,由斯而闻也;人情之哀乐,由斯而知也。②

白居易谈到诗歌反映王政,君王览一时之诗,则知一时之风俗民情、政治得失,这种观念完全来源于《诗》。更有意思的是,这段

白居易在备考时所作的对策,后来在元和二年他做府试官时,几乎原封不动地变为了考题。《进士策问五道》第三道,云:

> 大凡人之感于事,则必动于情、发于叹、兴于咏,而后形于诗歌焉,故闻《蓼萧》之咏,则知德泽被物也;闻《北风》之刺,则知威虐及人也;闻"广袖高髻"之谣,则知风俗之奢荡也。古之君人者采之,以补察其政,经纬其人焉,夫然,则人情通而王泽流矣。①

白居易对诗歌反映政教的问题格外上心。在之后的《与元九书》中,白居易更明确提出"文章合为时而著,歌诗合为事而作",强调文章、诗歌都要围绕时政而作,以起到"救济人病、裨补时阙"的作用,即是其文学思想受《诗》学观念影响的体现。

以上,通过《策林》所反映的政治思想与文学思想两方面,可发现重"讽喻教化"的《诗》学观念对白居易影响之深。然而,白居易的《诗》学理论并非完全照搬传统《诗》学。白居易所引的诗及童谣,或颂美或讽喻其所涉及的对象都是民众。《蓼萧》言王泽遍及四海,则民知礼义;《禾黍》言时和岁丰,则民无饥馁;《北风》言威虐及人,则民不堪其苦;《硕鼠》言重敛于下,则民生凋敝。又所谓"广袖高髻",汉代童谣云:"城中好高髻,四方高一尺;城中好大眉,四方眉半额;城中好广袖,四方用匹帛。"②此形容达官贵人生活奢靡,言下之意,则民众多穷苦艰辛。又所谓"谁其获者妇与姑",汉桓帝初童谣云:"小麦青青大麦枯,谁当获者妇与姑,丈人何在西击胡。

---

① 白居易著,顾学颉点校:《白居易集》,第1001页。
② 范晔:《后汉书·马援列传》,中华书局,2000,第853页。

吏买马,君具车,请为诸君鼓咙胡。"①范晔云:"元嘉中,凉州诸羌
一时俱反,南入蜀汉,东抄三辅,延及并冀,大为民害。命将出众,
每战常负,中国益发甲卒,麦多委弃,但有妇女获刈之也。'吏买
马,君具车'者,言调发重及有秩者也;'请为诸君鼓咙胡'者,不敢
公言,私咽语。"②则"谁其"句是指大兴兵戈,农事弃置,民众苦于
行役。可见,白居易引《诗》有专注于"生民病"的特征,而这恰是源
于他对《诗经》"讽喻教化"的独特理解。

二、白居易对"讽教"的诠释

"讽教"出自《诗序》,"风,风也,教也。风以动之,教以化之"。
这段文字在隋唐《诗》学中出现了不同的理解,陆德明的《毛诗音
义》引众家之言,云:

> "风,风也",并如字。徐上如字,下福凤反。崔灵恩
> 《集注》本下即作"讽"字。刘氏云:"动物曰风,托音曰
> 讽。"崔云:"用风感物,则谓之讽。"沈云:"上'风'是《国
> 风》,即《诗》之六义也。下'风'即是风伯鼓动之风,君上
> 风教能鼓动万物,如风之偃草也。"今从沈说。"风以动
> 之"如字。沈福凤反,云谓自下刺上,感动之,名变风也。
> 今不用。③

按陆德明所引,唐以前学者对"风"的诠释就已各持己见,或认

为"风,讽也,教也";或认为"风,风也,教也"。陆德明取后者之说,认为"风"是君王施行教化,如风鼓动万物。而《正义》云:

> 风,训讽也,教也。讽谓微加晓告,教谓殷勤诲示。讽之与教,始末之异名耳。言王者施化,先依违讽喻以动之,民渐开悟,乃后明教命以化之。风之所吹,无物不扇,化之所被,无往不霑。①

孔颖达取前者之说,"风,讽也,教也",认为君王施行教化之初,先要讽喻触动,尔后民乃开悟。陆氏、孔氏虽有不同理解,但皆认为"风"是自上而下。而唐代其他学者的意见并非皆如此,颜师古《匡谬正俗》云:

> 《毛诗序》云:"《关雎》,后妃之德也。风之始也,所以风天下而正夫妇也。"今人读"风"为讽天下,案《序》释云"上以风化下,下以讽刺上",此当言"所以风天下",不宜读为讽。又云"风,风也,教也。风以动之,教以化之",今人读云"风以动之",不作"讽"音。案此盖《序》释"风"者,训讽,训教,讽刺谓自下而上,教化谓自上而下,今当读云"讽以动之",不宜直作"风"也。②

所引"上以风化下,下以讽刺上",今本《诗经》作"上以风化下,下以风刺上",第二句不作"讽"字。颜师古用"讽"字,是因为他认为"风"包含了两层意思,一则"训讽",指"讽刺谓自下而上";

---

① 《毛诗正义》,《十三经注疏》,第563页。
② 颜师古撰,严旭疏证:《匡谬正俗疏证》卷一,中华书局,2019,第7页。

二则"训教",指"教化谓自上而下",两层含义有上、下之别。

　　白居易对于"讽教"的理解与颜师古是一致的,其在阐述政治思想时偏重于"教化",而在诗学主张中则偏重于"讽喻",前者是站在统治者的立场,自上而下;后者是站在民众的立场,自下而上,正是出于这样的观念,故白居易引《诗》也多围绕"生民病"。在《诗》学观念上,其实白居易与传统《诗》学并不相同。传统《诗》学偏重于自上而下的政治教化,认为诗是君王用于移风易俗、施行教化的渠道。《诗序》云:"先王以是经夫妇,成孝敬,厚人伦,美教化,移风俗。"《关雎传》云:"后妃悦乐君子之德,无不和谐,有不淫其色,慎固幽深,若关雎之有别焉。然后可以风化天下。夫妇有别,则父子亲;父子亲,则君臣敬;君臣敬,则朝廷正;朝廷正,则王化成。"郑玄《诗谱序》云:"其得圣人之化者,谓之《周南》;得贤人之化者,谓之《召南》。言二公之德教自岐而行于南国也。"《正义》云:"臣下作诗,所以谏君,君又用之教化。"①传统《诗》学是站在统治者的立场,故每每谈到"谏君",又总补充到"君又用之教化"。而白居易偏重于自下而上的讽喻箴刺,认为诗是臣民下情上达、讽谏君王的渠道,故在将《诗经》作为诗学典范时,白居易只提到那些歌生民病、用于讽喻箴刺的诗。白居易将"讽喻"作为《诗经》的精神内核。于是,在白居易这里,《诗》学观念由经学研究的"重政教"转向了诗学创作的"重讽喻"。

三、"讽教"与"讽喻诗"的创作

　　白居易偏重"讽喻"的《诗》学观念,直接指导着其诗歌创作实

---

　　①　《毛诗正义》卷一,《十三经注疏》,第 562、570、558、566 页。

践。《策林》"议文章",云:

> 且古之为文者,上以纫王教,系国风,下以存炯戒,通
> 讽喻,故惩劝善恶之柄,执于文士褒贬之际焉,补察得失
> 之端,操于诗人美刺之间焉,今褒贬之文无核实,则惩劝
> 之道缺矣。美刺之诗不稽政,则补察之义废矣。虽雕章
> 镂句,将焉用之?①

白居易认为诗人要稽政核实,才能最终实现补察时政、惩恶劝善的目的。而究竟如何稽政核实?《新乐府序》云:"为君、为臣、为民、为物、为事而作,不为文而作。"②《采诗官》云:"君之堂兮千里远,君之门兮九重阕。君耳唯闻堂上言,君眼不见门前事。贪吏害民无所忌,奸臣蔽君无所畏。君不见,历王胡亥之末年,群臣有利君无利?君兮君兮愿听此,欲开壅蔽达人情,先向歌诗求讽刺。"③下至诗人,要为民为君而作;上至君王,要广开言路,以泄导人情。罗宗强先生说,此时(元和四年左右)白居易对于讽谏的内容还并未局限于"生民病"④。不久后,作《寄唐生》言"惟歌生民病,愿得天子知"⑤,《伤唐衢》言"但伤民病痛,不识时忌讳"⑥,才明确地将稽政核实限定在了"生民病"上。

"惟歌生民病"是白居易"讽喻"观念运用于诗歌创作的成果,

---

① 白居易著,顾学颉点校:《白居易集》,第 1369 页。
② 白居易著,顾学颉点校:《白居易集》,第 52 页。
③ 白居易著,顾学颉点校:《白居易集》,第 90 页。
④ 罗宗强:《隋唐五代文学思想史》,中华书局,2011,第 183 页。
⑤ 白居易著,顾学颉点校:《白居易集》,第 15 页。
⑥ 白居易著,顾学颉点校:《白居易集》,第 16 页。

他直接将这部分诗名为"讽喻诗"①。众所周知,"讽喻诗"继承了《诗经》的传统,但其实在此基础上还须辨明三点:1."讽喻诗"是源于白居易对《诗经》"讽教"精神中"讽"的单方面继承;2.因白居易对"讽喻"的独特理解,"讽喻诗"是以"生民病"为主要题材,与《诗经》并不同;3."讽喻诗"反映了白居易对"六义"中"赋"的关注,而非"比兴"。现就第二、第三两点对白居易的"讽喻诗"作分析。

白居易以"生民病"为描写对象,向统治者反映政治得失、民风民情,其中以《秦中吟》最为典型,其云:"贞元、元和之际,予在长安,闻见之间,有足悲者。因直歌其事,命为《秦中吟》。"②这组诗涉及婚娶、赋税、致仕、时风等多方面,皆以平民穷困的日常生活为素材,平铺直叙地展现出来。如关于贫富悬殊:

> 天下无正声,悦耳即为娱。人间无正色,悦目即为姝。颜色非相远,贫富则有殊。贫为时所弃,富为时作趋。红楼富家女,金缕绣罗襦。见人不敛手,娇痴二八初。母兄未开口,已嫁不须臾。绿窗贫家女,寂寞二十余。荆钗不直钱,衣上无真珠。几回人欲聘,临日又踟蹰。主人会良媒,置酒满玉壶。四座且勿饮,听我歌两途。富家女易嫁,嫁早轻其夫。贫家女难嫁,嫁晚孝于姑。闻君欲娶妇,娶妇意何如?(《议婚》)
>
> 意气骄满路,鞍马光照尘。借问何为者?人称是内臣。朱绂皆大夫,紫绶或将军。夸赴军中宴,走马去如

---

① 《与元九书》:"自拾遗来,凡所适所感,关于美刺比兴者。又自武德迄元和,因事立题,题为新乐府者,共一百五十首,谓之'讽喻诗'。"(《白居易集》,第964页)

② 白居易著,顾学颉点校:《白居易集》,第30页。

云。罇罍溢九酝，水陆罗八珍。果擘洞庭橘，鲙切天池鳞。食饱心自若，酒酣气益振。是岁江南旱，衢州人食人。(《轻肥》)

帝城春欲暮，喧喧车马度。共道牡丹时，相随买花去。贵贱无常价，酬直看花数。灼灼百朵红，戋戋五束素。上张幄幕庇，旁织笆篱护。水洒复泥封，移来色如故。家家习为俗，人人迷不悟。有一田舍翁，偶来买花处。低头独长叹，此叹无人谕。一丛深色花，十户中人赋。(《买花》)①

关于赋税太重，民不堪其苦，《重赋》云：

厚地植桑麻，所要济生民。生民理布帛，所求活一身。身外充征赋，上以奉君亲。国家定两税，本意在忧人。厥初防其淫，明敕内外臣。税外加一物，皆以枉法论。奈何岁月久，贪吏得因循。浚我以求宠，敛索无冬春。织绢未成匹，缫丝未盈斤。里胥迫我纳，不许暂逡巡。岁暮天地闭，阴风生破村。夜深烟火尽，霰雪白纷纷。幼者形不蔽，老者体无温。悲端与寒气，并入鼻中辛。昨日输残税，因窥官库门。缯帛如山积，丝絮似云屯。号为羡余物，随月献至尊。夺我身上暖，买尔眼前恩。进入琼林库，岁久化为尘。②

在这些以"生民病"为主要题材的诗歌中，通篇都是对君王直

---

① 白居易著，顾学颉点校：《白居易集》，第30、33、34页。
② 白居易著，顾学颉点校：《白居易集》，第31页。

白恳切的"讽喻",元稹云:"因为《贺雨》《秦中吟》等数十章,指言天下事,时人比之《风》《骚》焉。"①皮日休云:"立身百行足,为文六义全。清望逸内署,直声惊谏垣。所刺必有思,所临必可传。"②邓元锡云:"白太傅《秦中吟》《新乐府》之作,风时赋事,美刺兴比,欲尽备六诗之义,大哉洋洋乎!"③将白居易这类诗视同《风》,是因这类诗篇篇写民事、句句刺权贵,有"一国之事,系一人之本"之余韵,故比之《风》。

《国风》多是讽刺君王,或通过借鸟兽草木之事讽刺君王,如《雄雉》刺卫宣公淫乱,《园有桃》刺魏君俭啬,《南山》刺齐襄公鸟兽之行,《有杕之杜》刺晋武公寡特,《蒹葭》刺秦襄公不用周礼,等等。或通过陈述民情来讽刺君王,如《谷风》以夫妇离绝刺国俗伤败,《氓》以男女相奔刺礼义消亡,《简兮》《北门》《考槃》刺贤人不得志,《伯兮》刺行役无度、过时不反,等等。这些诗指斥国家政教不兴,"诗皆人臣作之以谏君,然后人君用之以化下"④,最终目的在于"化下",也就是上文所说,《诗经》对于"讽喻教化",实质上更偏重于"教化"。而白居易更偏重"讽喻",以"生民病"为主的叙述视角,写百姓食不果腹、衣不蔽体,受到苛政剥削的艰辛,体现了白居易站在民众之中,以诗为谏书的"讽喻"精神。《国风》中也有描写"生民病"的诗,但诗中的民众是充满着反抗的力量和大胆批评的魄力,《硕鼠》将统治者比作大老鼠,直呼"硕鼠硕鼠,无食我黍",并发誓"逝将去汝,适彼乐土";《北风》将虐政比作肃杀的北风,言

---

① 《白氏长庆集序》,《元稹集》,中华书局,1982,第 554 页。
② 《七爱诗之白太傅》,《皮子文薮》,中华书局,1981,第 106 页。
③ 据《古典文学研究资料汇编:白居易卷》第 230 页所引,中华书局,1962。
④ 《毛诗正义》卷一,《十三经注疏》,第 566 页。

"北风其凉,雨雪其雱",又"惠而好我,携手同行",也是要"适彼乐土"之义,这与白居易笔下"夜深烟火尽,霰雪白纷纷。幼者形不蔽,老者体无温"(《重赋》),"扬簸净如珠,一车三十斛。犹忧纳不中,鞭责及僮仆"(《纳粟》),"愿易马残粟,救此苦饥肠"(《采地黄者》),"可怜身上衣正单,心忧炭贱愿天寒"(《卖炭翁》)的语气相比较,就可见"德政谴责"与"生活控诉"的区别。白居易的"讽喻诗"深入贫民生活的衣食住行,字里行间都是对生活艰辛的血泪控诉,这样的叙述视角和情感铺设是《诗经》里所没有的。所以,"讽喻诗"强调下情上达、讽刺箴规当权者,与《诗经》强调王者施化、风动教化民众不同。可以说,白居易的"讽喻"观念源于《诗经》,又有别于《诗经》。

就白居易自身而言,其"惟歌生民病"的"讽喻"精神,我们认为,一则出自"兼济天下"的道义情怀;二则本于"贵民"的政治思想;三则源于诗人的个人遭际。

白居易有"兼济"之志,在与元稹的书信中,其曰:"微之!古人云:穷则独善其身,达则兼济天下。仆虽不肖,常师此语。大丈夫所守者道,所待者时。时之来也,为云龙,为风鹏,勃然突然,陈力以出;时之不来也,为雾豹,为冥鸿,寂兮寥兮,奉身而退。进退出处,何往而不自得哉?故仆志在兼济,行在独善;奉而始终之则为道,言而发明之则为诗。谓之'讽喻诗',兼济之志也。谓之'闲适诗',独善之义也。"①白居易奉守儒家道义,影响了其诗歌创作的发生并渗透在诗歌创作中。所谓"师心以遣论""使气以命诗"②,正因为白居易具有"兼济"情怀,故触目之处、心系之处,多是百姓

---

①　《与元九书》,《白居易集》,第964页。

②　刘勰著,范文澜校注:《文心雕龙·才略》,人民文学出版社,2008,第700页。

之困苦,进而才有"意激而言质"的"讽喻诗"。《新制布裘》云:"桂布白似雪,吴绵软于云。布重绵且厚,为裘有余温。朝拥坐至暮,夜覆眠达晨。谁知严冬月,支体暖如春。中夕忽有念,抚裘起逡巡:丈夫贵兼济,岂独善一身? 安得万里裘,盖裹周四垠? 稳暖皆如我,天下无寒人。"①这与杜甫云"安得广厦千万间,大庇天下寒士俱欢颜,风雨不动安如山"有着同样的道义关怀。也因这份"兼济"之志,故白居易常在写尽百姓艰难之后,自责:"今我何功德? 曾不事农桑。吏禄三百石,岁晏有余粮"(《观刈麦》);"昔余谬从事,内愧才不足。连授四命官,坐尸十年禄"(《纳粟》)。所以,促使白居易创作"讽喻诗"的内因是其"兼济天下"的道义。

再者,白居易以民为贵的政治思想也影响着"讽喻诗"的创作。白居易"贵民",《策林》"不劳而理",云:

> 三皇之为君也,无常心,以天下心为心。五帝之为君也,无常欲,以百姓欲为欲。顺其心以出令,则不严而理;因其欲以设教,则不劳而成。故风号无文而人从,刑赏不施而人服。②

祖述"三皇五帝",白居易认为君王要与天下百姓同心同德,出令设教都要考虑到百姓的所欲所求,才能天下大和、垂拱而治。又具体谈到,君王"知人安之至难也,则念去烦扰之吏。爱人命之至重也,则念黜苛酷之官。恤人力之易罢也,则念省修葺之劳。忧人财之易匮也,则念减服御之费。惧人之有馁也,则念薄麦禾之税。畏人之有寒也,则念轻布帛之征。虑人之有愁苦也,则念节声乐之

---

① 白居易著,顾学颉点校:《白居易集》,第24页。
② 白居易著,顾学颉点校:《白居易集》,第1293页。

娱。恐之人有怨旷也,则念损嫔嫱之数。故念之又念之,则人心交感矣。感之又感之,则天下和平矣。"①他认为,君王制定方针政策要以百姓为中心,要考虑到百姓安身立命的实际需求。在其观念中,国家兴亡在于得失人心,人心得失在于君政善恶,故"民"才是政治的核心。又云:

> 善与恶,始系于君也;兴与亡,终系于人也。何则?君苟有善,人必知之,知之又知之,其心归之。归之又归之,则载舟之水,由是积焉。君苟有恶,人亦知之,知之又知之,其心去之。去之又去之,则覆舟之水,由是作焉。故曰,至高而危者,君也;至愚而不可欺者,人也。②

王政成败的关键是人心所向,此引载舟、覆舟之说③来阐明百姓对于国家政治的重要作用。显然,白居易秉持着以民为贵的政治思想,故客居长安时,每每见民生凋敝则痛心疾首,一定要情感愤激地直接倾泻出来,才能明"兼济"之志。而白居易之所以能深入百姓生活的细节,这与其自身的遭际有关。

白居易在《论和籴状》中说道:"臣久处乡闾,曾为和籴之户,亲被迫蹙,实不堪命。臣近为畿尉,曾领和籴之司,亲自鞭挞,所不忍睹。臣顷者常欲疏此人病,闻于天聪。疏远贱微,无由上达。今幸擢居禁职,列在谏官,苟有他闻,犹合陈献。况备谙此事,深知此

---

① 《策林》"致和平,复雍熙",《白居易集》,第1296页。
② 《策林》"辨兴亡之由",《白居易集》,第1300页。
③ 王先谦撰:《荀子集解·哀公》第544页"君者舟也,庶人者水也。水则载舟,水则覆舟",中华书局,1988。

弊。臣若缄默,隐而不言,不惟上辜圣恩,实亦内负夙愿。"①如其言,这段仕宦经历应该也为"讽惟诗"的创作提供了大量素材。正因为"久处乡间",白居易才能将百姓生活的艰难刻画得如此细致。也因为曾"亲自鞭挞",所以对官吏的行事做派格外了解。最后又恰逢"列在谏官",有了下情上达的渠道,这些都是"讽惟诗"创作得天独厚的条件。总而言之,"讽惟诗"继承《诗经》"讽惟箴规"的精神,又渗透着白居易"以民为重"的道德观念、政治思想及其自身的仕宦经历。"讽惟"作为一种诗学观念在白居易这里走向成熟,不是没有原因的。

再者,"讽惟诗"反映出白居易其实更热衷于"赋",而非"比兴"。罗宗强先生也认为:"在那些诗里,他的讽惟不是托讽,不是兴寄,而是直谏。……它是直叙其事,说明意之所在。"②白居易倡导文章诗歌平易直白、村妇老妪可解,故其"讽惟诗"浅切直接也是情理之中。白居易云"关于美刺比兴者"谓之"讽惟诗",而"讽惟诗"多直陈其事,这如何理解?其实,白居易的"比兴"是与"美刺""讽惟"相近的概念,不是指具体的修辞手法。在实际的诗歌创作中,他更强调"赋"。其云"俾讲《诗》者以六义风赋为宗","六义"之中白居易独标"风赋",凸显出对"风赋"的特别关注,而"讽惟诗"直陈生民病的特征正是秉承了"风赋"传统,这与《诗经》借"比兴"讽惟君王,实乃异曲同工。至此,"讽惟诗"的叙述模式便由《诗经》的"道君王之事"转换为了白居易的"直陈生民病"。

在白居易对当朝诗人的评论中,也反映出其"直陈生民病"的诗学主张。白居易认为杜甫最有风雅遗韵,杜诗中又以"《新安》

---

① 白居易著,顾学颉点校:《白居易集》,第 1235 页。
② 罗宗强:《隋唐五代文学思想史》,第 180 页。

《石壕》《潼关》《芦子》《花门》之章，'朱门酒肉臭，路有冻死骨'之
句"①最善，这些篇章都是直接描述征伐无度、百姓苦不堪言。杜甫
描写民生多艰，是出于"穷年忧黎元，叹息肠内热"的道义。至白居
易，则正式提出"惟歌生民病"的理论，并将"讽惟诗"作为一种自觉
追求，躬体力行创作大量的作品，此时"讽惟"理论才走向成熟，故
张为作《诗人主客图》乃称之为"广大教化主"②。可以说，"直陈生
民病"的讽惟方式始于杜甫，而成于白居易。在与白居易时代相近
的诗人中，得其称颂者又有韦应物、张籍、元稹，这三者有关讽惟的
诗皆有"直陈生民病"的描写。白居易云："近岁韦苏州歌行，才丽
之外，颇近兴讽。"③韦应物的歌行多借古讽今、借物抒怀，"直陈生
民病"者如《鼙鼓行》写服役之士家有鳏孤独妇之苦；《采玉行》写
采玉之丁身有绝岭之险④等。但韦应物这类作品毕竟是少数，"歌
生民病"较多的是张籍。白居易论张籍云："为诗意如何？六义互
铺陈。风雅比兴外，未尝著空文。读君学仙诗，可讽放佚君。读君
董公诗，可诲贪暴臣。读君商女诗，可感悍妇仁。读君勤齐诗，可
劝薄夫敦。上可裨教化，舒之济万民。下可理情性，卷之善一
身。"⑤张籍取道"风雅比兴"，诗多"直陈生民病"，除白居易所引
外，又如《野老歌》《牧童词》《贾客乐》写百姓不堪赋税之重；《征妇

---

① 《与元九书》，《白居易集》，第961页。
② 丁福保辑：《历代诗话续编》，中华书局，1983，第70页。
③ 《与元九书》，《白居易集》，第965页。
④ 《鼙鼓行》云："淮海生云暮惨澹，广陵城头鼙鼓暗。寒声坎坎风动
边，忽似孤城万里绝。四望无人烟，又如房骑截辽水。胡马不食仰朔天，座中
亦有燕赵士，闻鼙不语客心死。何况鳏孤火绝无晨炊，独妇夜泣官有期。"《采
玉行》云："官府征白丁，言采蓝溪玉。绝岭夜无家，深榛雨中宿。独妇饷粮
还，哀哀舍南哭。"(《全唐诗》，中华书局，1960，第2000、2008页)
⑤ 《读张籍古乐府》，《白居易集》，第2页。

怨》《寄衣曲》《关山月》写征战戍役之苦;《筑城词》写壮丁筑城之
劳;《山头鹿》写战争连年民生凋敝①,等等。张籍"以同情之心写
实,作品本身就往往自然流出讽喻之义"②,可谓"讽喻诗"的推波
助澜者。元稹与白居易关系甚好,诗歌酬唱频繁,世人称之"元
白"。白居易有"讽喻诗",元稹则有"古讽""乐讽""律讽"③,但二
者并不同,白居易强调"惟歌生民病",元稹则强调"即事名篇",云:
"况自风雅至于乐流,莫非讽兴当时之事,以贻后代之人","刺美见
事,犹有诗人引古以讽之义焉。曹、刘、沈、鲍之徒时得如此。亦复稀
少。近代唯诗人杜甫《悲陈陶》《哀江头》《兵车》《丽人》等,凡所歌
行,率皆即事名篇,无复倚傍"④,元稹主张诗歌讽兴刺美皆就当时
之事,并不限于"生民病",会因事而涉及,如《旱灾自咎贻七县宰》:

> 吾闻上帝心,降命明且仁。臣稹苟有罪,胡不灾我
> 身。胡为旱一州,祸此千万人。一旱犹可忍,其旱亦已
> 频。腊雪不满地,膏雨不降春。恻恻诏书下,半减麦与
> 缗。半租岂不薄,尚竭力与筋。竭力不敢惮,惭戴天子
> 恩。累累妇拜姑,呐呐翁语孙。禾黍日夜长,足得盈我
> 困。还填折粟税,酬偿贳麦邻。苟无公私责,饮水不为
> 贫。欢言未盈口,旱气已再振。六月天不雨,秋孟亦既

---

① 以上诗分别见《全唐诗》,第 4280、4281、4287、4279、4280、4283、4280、
4289 页。

② 罗宗强:《隋唐五代文学思想史》,中华书局,2011,第 174 页。

③ 《叙诗寄乐天书》云"有旨意可观而词近古往者,为古讽","意亦可观
而流在乐府者,为乐讽","仍以七言五言为两体,其中有稍存寄兴与讽为流
者,为律讽"(冀勤点校:《元稹集》,中华书局,1982,第 351 页),元稹将己诗按
类分卷,名为"讽"盖重在寄兴、旨意可观。

④ 《乐府古题序》,《元稹集》,第 254 页。

旬。区区昧陋积，祷祝非不勤。日驰衰白颜，再拜泥甲鳞。归来重思忖，愿告诸邑君。以彼天道远，岂如人事亲。团团图圄中，无乃冤不申。扰扰食廪内，无乃奸有因。轧轧输送车，无乃使不伦。遥遥负担卒，无乃役不均。今年无大麦，计与珠玉滨。村胥与里吏，无乃求取繁。符下敛钱急，值官因酒嗔。诛求与挞罚，无乃不逡巡。生小下里住，不曾州县门。诉词千万恨，无乃不得闻。强豪富酒肉，穷独无刍薪。俱由案牍吏，无乃移祸屯。官分市井户，送配水陆珍。未蒙所偿直，无乃不敢言。有一于此事，安可尤苍旻。借使漏刑宪，得不虞鬼神。自顾顽滞牧，坐贻灾沴臻。上羞朝廷寄，下愧闾里民。岂无神明宰，为我同苦辛。共布慈惠语，慰此衢客尘。①

旱灾、赋税、贪官，都沉重地压在百姓身上，"强豪富酒肉，穷独无刍薪"就如同"朱门酒肉臭，路有冻死骨"，是多么鲜明露骨的讽刺。元稹所强调"即事名篇"，与白居易所主张的"歌诗合为事而作"同义，在诗学思想上二者意趣相合，无怪白居易云"仆既爱足下诗"（《与元白书》）。

"诗教"说在白居易这里，从经学思想转换为诗歌创作的理论，并创作出传承"风赋"精神的"讽喻诗"。"讽喻诗"源于《诗经》，又不同于《诗经》。它通过"直陈生民病"的方式来讽喻箴规君王，而这种方式又成了唐朝诗人以诗讽谏的范式，这便是《诗经》学在中唐的一种新形态。

---

① 　元稹著，冀勤点校：《元稹集》，第37页。

第三章　唐代中期儒学复兴思潮下的
《诗》学新说

　　唐初太宗敕命修纂《五经正义》,即垄断了经典文献的解释权,以构建国家的意识形态话语系统。在政权的保驾护航下,《五经正义》在官方教育及主流知识群体方面都具有不可动摇的神圣地位。而事实上,并非整个唐代学者对于《正义》都毫无异议。伴随《五经正义》的产生,异议就随之而来。太宗时,校书郎王玄度注《尚书》《毛诗》,驳斥孔、郑旧说①;武后时,弘文馆学士王元感撰《尚书纠谬》《春秋振滞》《礼记绳愆》以“掎摭旧义”②;代宗宝应元年,黎幹论祭昊天圆丘,反驳郑玄关于《长发》的阐释③等,故“统一”仅就官学与经学主流而言④,在私人著述、私下讲授的过程中不乏异于《五经正义》的新说发表出来,尤其是安史之乱爆发后,兵革不息,海内板荡,代宗即位仍余孽未平,平乱守成是代宗朝的首要任务,其中针对教育荒废,代宗敕命修复国子监、补给国子学生、整理典籍等,这便传递出官方复兴儒学的信息,引导着学者对经典再次进行整

---

　　①　刘昫等撰:《旧唐书·崔仁师传》卷七十四,第2620页。
　　②　刘昫等撰:《旧唐书·儒学下》卷一百八十九下,第4963页。
　　③　黎幹认为郑玄关于“大禘、祭天”的解释不对,曰:“《周颂·雍》之序曰‘禘,祭太祖也。’郑玄说:‘禘,大祭也。太祖,谓文王也。’《商颂》:‘长发,大禘也。’玄曰:‘大禘,祭天也。’商、周两《颂》,同文异解,索玄之意,以禘加‘大’,因曰‘祭天’。臣谓《春秋》‘大事于太庙’,虽曰‘大’,得祭天乎? 虞、夏、商、周禘黄帝与喾,《礼》‘不王不禘’,皆不言‘天’,玄安得称祭天乎?《长发》所叹,不及喾与感生帝,故知不为祭天侑喾明矣。”(《新唐书·黎幹传》卷一百四十五,第4718页)
　　④　林业连:《中国历代〈诗经〉学》,学生书局,1993,第136页。

理与思考,这便为经学研究带来了新的动向。

第一节　儒学复兴与《诗》学新说

唐朝重视儒学,至太宗达到极盛;尔后,高宗、武后好祥瑞,薄于儒术;玄宗虽倍崇玄学,但治国安民始终是以儒家思想作为权威,作为政治文化的根本。而安史之乱爆发后,儒学面临空前的危机,一方面,战争的苦难、时局的混乱容易使人产生惰性与消极心理,此时人们普遍追求速成的圆满,都将期望寄托在彼岸,释、道思想正迎合了这种心理,因此得到了迅速的发展;另一方面,战争爆发,国家无暇顾及文化教育,学舍他用、儒士归隐、典籍破损等,都是儒学自身因战火而不可避免的劫数。因此,当释、道迅速占领思想与信仰的权威地位时,儒学即如大厦欲倾,仅凭借着昔日风华,在官方教育、科考遴选、祭祀祝祷等方面维持着空洞的特权。其实儒学的这种状态,与《五经正义》颁发后全国以此取士也大有关系,因为"大凡主流知识与思想已经在权力的支持下成了垄断性的政治意识形态,作为考试的内容、升迁的依据,并与个人的利益直接发生关系时,这种知识与思想会很快成为一些教条,并很快地简约化成为一种供人复述与背诵的内容"。① 所以,当儒学教条化,失去了对现实问题的评判力时,其作为国家正统思想与知识的权威地位就必然受到质疑,这就是儒学没落的内因。然而儒学"在古代本为典章学术所寄托之专家"②,在制度、法律、思想、观念等方面都有着巨大的影响。所以,面对释、道炽热之势,儒士们欲夺回儒学在

---

① 　葛兆光:《中国思想史》第二卷,复旦大学出版社,2001,第14页。
② 　陈寅恪:《冯友兰〈中国哲学史〉上册审查报告》,《金明馆丛稿二编》,生活·读书·新知三联书店,2001,第285页。

思想与信仰领域的主权,便力谏君王崇尚儒学、复兴风教,至代宗颁发《增修学馆制》,就是中唐明确想要复兴儒学的先声。

一、儒学复兴思潮的兴起

安史之乱后,国家教育链条崩坏,《旧唐书》载:"自至德后,兵革未息,国学生不能廪食,生徒散尽,堂庑颓坏,常借兵健居止。"对此,永泰二年正月国子祭酒萧昕上疏谏言:"崇儒尚学,以正风教,乃王化之本也。"①力谏代宗要以儒学为治国根本,恢复国家的教育机制,回到儒家所倡导的"厚人伦、美教化、移风俗"的德治与仁政上来。当月二十九日,代宗遂颁发《增修学馆制》,曰:

> 治道同归,师氏为上,化人成俗,必务于学。俊造之士,皆从此途,国之贵游,罔不受业。修文行忠信之教,崇祗庸孝友之德,尽其师道,乃谓成人。然后扬于王庭,敷以政事,徵之以理,任之以官。寔于周行,莫匪邦彦,乐得贤也,其在兹乎!朕志承理体,尤重儒术,先王设教,敢不虔行。顷以戎狄多虞,急于经略,太学空设,诸生盖寡。弦诵之地,寂寥无声,函丈之间,殆将不扫。上庠及此,甚用闵焉。今宇县乂宁,文武并备,方投戈而讲艺,俾释菜而为礼,使四科咸进,六艺复兴,神人以和,风化浸美。日用此道,将无间然。……宜集京师,其宰相、朝官及神策六军诸将子弟欲得习学者,自今已后,并令补国子学生。欲其业重纛金,器成琢玉,日新厥德,代不乏贤。其中身

---

① 刘昫等撰:《旧唐书·礼仪志》卷二十四,第 922 页。

虽有官,欲附学读书者,亦听。其学官,委中书、门下选行
业堪为师范者充。其学生员数多少,所习经业考试等,并
所供粮料,及缘学馆破坏,要量事修理,各委本司,条件闻
奏。务须详悉,称朕意焉。①

这道诏令传达了两个重要信息,一是修缮太学,重用文儒之
士;二是尤重儒术,号召儒学致用。代宗谈到教育是兴邦治国的关
键,所云"寘于周行,莫非邦彦,乐得贤也,其在兹乎"皆出于《诗》。
《卷耳》云:"嗟我怀人,寘彼周行。"讲的就是想要君王任用贤能之
士,置之周王朝的列位。《羔裘》云:"彼其之子,邦之彦兮。"是说穿
羔裘的人是国家的贤臣,代宗引此以表明将重用文儒之士的态度。
又云"朕志承理体,尤重儒术","儒术"一词在汉代赵岐所著的《孟
子题辞》②中首次出现。汉代曾频繁出现另一个词——"经术",因
当时崇尚通经致用,将经学与当代政治社会密切相连的缘故。同
样,"儒术"也就意味着儒学要切实作用于社会政治,走出纯学术探
讨的圈子,作为一种"术"而产生实效。代宗表明"尤重儒术",就是
号召儒学致用,这是权力中心对国家儒学发展方向的表态。诏令
中还谈到复兴"六艺",此"六艺"取贾谊的定义最妥当,指"《书》
《诗》《易》《春秋》《礼》《乐》六者之术以为大义,谓之'六艺'"③,
也是强调经典文献对现实社会的作用。这道崇学纳贤的诏令是战
乱之后官方所发出的复兴儒学的声音。

国家复兴儒学明显地体现在重教上,如代宗颁布《准太学生徒

---

① 《增修学馆制》,《全唐文》卷四六,第504页。
② 《孟子注疏题辞解》,《十三经注疏》,第5793页。
③ 王洲明、徐超校注:《贾谊集校注》,人民文学出版社,1996,第311-
312页。

支给厨米敕》,令在馆习业的生徒"仍委度支准给厨米",以"敦兹儒术,庶有大成"①。只有切实解决了生徒们的温饱问题才能保证国家精英教育的实现。同时,权力阶层想要复兴儒学、通过儒术来振兴国家,整理典籍亦是重中之重。代宗在《检校秘书敕》中云:"秘书省书阙内书,自今后不得辄供诸司及官人等,每月两衙及雨风,委秘书郎典书等同检校,递相搜出,仍旧封闭。"②这番整理典籍的举措,反映出较为宽松的文化环境,这便鼓励了儒士们对经典文献的重新思考。《新唐书》载:

> 大历时,助、匡、质以《春秋》,施士匄以《诗》,仲子陵、袁彝、韦彤、韦茞以《礼》,蔡广成以《易》,强蒙以《论语》,皆自名其学,而士匄、子陵最卓异。③

"自名其学"指学者们不再固守前人的解释,独抒己见而自成一家。这时期的经学著作大多佚失,从存留至今的吉光片羽来看,当时形成了一种驳难经典传注的发展趋势,梁启超谈道:"啖助、赵匡,没有好的工具,但凭主观见解,意思不合,随意删改。这样方法,容易武断,在经学上,占不到很高的位置。"④马宗霍言:"盖自大历而后,经学新说日昌,初则难疏,继则难注,既则难传,于是离传言经。所谓犹之楚而北行,马虽疾而去愈远矣。"⑤可以说,大历成为经学研究的转折点,这种标新立异的经学动向是在复兴儒学

---

① 董诰等编:《全唐文》卷四八,中华书局,1983,第 529 页。

② 《唐文拾遗》,《全唐文》,第 10416 页。

③ 欧阳修等撰:《新唐书·儒学下》卷二,第 5706 页。

④ 梁启超:《儒家哲学·二千五百年儒学变迁概略(上)》,岳麓书社,2010,第 44 页。

⑤ 马宗霍:《中国经学史》,商务印书馆,1998,第 105 页。

的潮流中产生,又成了儒学复兴过程中颇有历史意义的部分。

在复兴儒学的潮流中,质疑旧说、自名其学是学者们试图在知识与思想领域找回自信与权威的表现。大历时,代宗颇好佛①,在此形势下,一方面儒学要与时俱进,成为"儒术"来抗衡释、道在思想界的影响,以维系世道人心;另一方面,又不免在抗衡的过程中取长补短,梁启超云:"在儒家方面,亦沾染禅宗气息,治经方法、研究内容完全改变。儒家在北朝时专讲注疏。中唐以后,要把《春秋》三传束之高阁,这是方法的改变。儒家在北朝时,专讲训诂名物。中唐以后,主张明心见性,这是内容的改变。"②如是,此时经学研究无论从方法上还是内容上都发生了新变。四库馆臣言啖助之《春秋》学,云:"舍传求经,实导宋人之先路;生臆断之弊,其过不可掩;破附会之失,其功亦不可没也。"③这其实是中唐经学研究的共同特征,施士匄的《诗》说即是如此。

二、以情理为重的《诗》学新说

除成伯玙《毛诗指说》外,其余中唐《诗》说,今唯见施士匄《诗说》四则④和刘禹锡的《诗》说两则。施士匄,吴人,太学博士,史载

---

① 史载,代宗"常于禁中饭僧百余人,有寇至则令僧讲《仁王经》以让之"。(司马光:《资治通鉴》卷二百二十四,中华书局,1956,第7196页)

② 梁启超:《儒家哲学·二千五百年儒学变迁概略(上)》,第46页。

③ 永瑢等撰:《四库全书总目》卷二六《春秋啖赵集传纂例》,中华书局,1965,第213页。

④ 《唐语林》共载四则施氏《诗》说,是目前所能见到的全部内容,除本文所引的三则外,另一则是:"又言'维北有斗,不可以挹酒浆',言不得其人也。毛、郑不注。"(王谠撰,周勋初校证,《唐语林校正》卷二,中华书局,2008,第127页)

其兼善《毛诗》及《左氏春秋》,并以此教授。韩愈作《施先生墓铭》,谈到施士匄善讲说,"朝之贤士大夫从而执经考疑者继于门,太学生习毛郑《诗》《春秋左氏传》者,皆其弟子"。① 可见,施士匄在当时已很有影响力,韩愈、柳宗元都曾前去拜访听其讲《毛诗》。《唐语林》载,刘禹锡回忆施士匄讲《毛诗》的情形,同行者有柳八、韩七,就是柳宗元和韩愈。

　　当时,施士匄说"维鹈在梁",此出自《候人》篇。《诗序》云:"候人,刺近小人也。共公远君子而好近小人焉。"秦汉旧说认为这是刺曹共公亲近小人的一首诗。"维鹈在梁,不濡其翼",《毛传》云:"鹈,洿泽鸟也;梁,水中之梁。鹈在梁,可谓不濡其翼乎?"认为这句诗是用反语来表明一个事实,水鸟在梁,能说不沾湿它的羽翼吗? 以兴小人在朝,能说他不扰乱朝政吗? 即小人乱政之义。《郑笺》云:"鹈在梁,当濡其翼,而不濡其翼者,非其常也。以喻小人在朝,亦非其常。"②认为这是用肯定的语气陈述不合情理的事,鹈在梁不沾湿羽翼乃非常事,喻示小人在朝也非同寻常。毛、郑虽阐释的角度不同,但二者都认为这句诗是喻示小人不应在朝,遵从了《诗序》的说法。而施士匄云:

　　　　梁,人取鱼之梁也。言鹈自合求鱼,不合于人梁上取其鱼,譬之人自无善事,攘人之美者,如鹈在人之梁,毛《注》失之矣。③

　　认为鹈是水鸟,应自捕鱼,不当在人取鱼的鱼梁上来,以喻攘

---

①　《施先生墓铭》,《全唐文》卷五六六,第5731页。
②　《毛诗正义》卷七,《十三经注疏》,中华书局,2009,第819-820页。
③　王谠撰,周勋初校证:《唐语林校正》卷二,第127页。

人之美者。今按，郭璞曰："沉水食鱼故名洿泽。俗呼之为淘河。"①鹈入水食鱼是其本性，故施士匄改毛、郑旧说，认为鹈在鱼梁之上，有鸠占鹊巢之义，喻示自无善事、攘人之美。毛、郑认为这首诗是讽刺小人在朝，施士匄则认为这是讽刺坐享其成。二者不光是阐释完全不同，且阐释背后的诗教也随之改变。毛、郑延续自孔子、子夏一贯的《诗》学传统，认为《诗》就是一部先王行王道、兴德治的实践总结。所以，毛、郑言《诗》必涉及兴邦治国、化育人民，以"标兴"的方式把人世间的道德礼仪套在自然界的禽鸟习性上，如此一来，《诗》中的草木鸟兽都被附加上了政治教化意义。而施士匄正是要颠覆这一点，他从客观的逻辑分析出发，让阐释合于情理，使《诗》由政教宝典回落到诗歌集子的原貌上来。因此，他读出来的"维鹈在梁"就与治国毫无关系，只是讽刺坐收渔利的一类人。这就褪去了诗的政教色彩，成了诗人表达内心情感的媒介。

又如，施士匄说"陟彼岵兮"：

　　"山无草木曰岵"，所以言"陟彼岵兮"，言无可怙也。以岵之无草木，故以譬之。②

"陟彼岵兮"出自《陟岵》，《毛传》云："山无草木曰岵。"③《释山》云："多草木，岵。无草木，峐。"④两者之说正好相反，孔颖达谓："当是转写误也。"此处，施士匄取《毛传》之说，不同的是，《毛

---

① 郭璞注，邢昺疏：《尔雅注疏》卷十，《十三经注疏》，中华书局，2009，第 5774 页。
② 王谠撰，周勋初校证：《唐语林校证》卷二，第 127 页。
③ 《毛诗正义》卷五，《十三经注疏》，第 759 页。
④ 《尔雅注疏》卷七，《十三经注疏》，第 5694 页。

传》只解作地点,如陈傅良所言:"岵也、屺也、冈也,皆山之高处,而可以瞻望者,诗人各取其一以协韵耳。"①而施士丐是从诗人的心理层面来解读,认为之所以言"陟彼岵兮",是因为山无草木之貌正形容了行役者无所怙恃的状态。这种从情感心理的角度来阐释,对之后的《诗》说产生了一定影响,如王安石云:

> "陟彼岵兮",以草木蔽障,害于瞻望父兄也,故中曰"陟彼屺兮";以屺瞻望有所不见也,卒曰"陟冈"。今且从《尔雅》之说,盖所思渐极,则所登渐高,期于瞻望可及也。夫孝子者,一出言不敢忘父母,一举足不敢忘父母;父母在,不远游,游必有方。夫远游,犹且不可,又况从于征役之间乎?然其事出于不得已者,故其思念之情深切如此。②

对"岵"的解释,王安石选择了《尔雅》的说法,认为岵、屺、冈高度递增,使人视野逐渐开阔,以表达孝子思亲之情愈切。这种说法虽与施士丐的说法不同,但认为岵、屺、冈并非各取协韵,而是出于递进表达的特意安排,这就是从心理活动和情感表达上来分析,延续了施士丐的说诗方式,与毛、郑单纯解作登高地点不同。

这种从情感心理上来解读,又见施士丐说《甘棠》诗,云:

> 《甘棠》之诗,"勿拜,召伯所憩","拜"言如人身之

---

① 见吕祖谦《吕氏家塾读诗记·陟岵篇》所引,《影印文渊阁四库全书》第73册,台湾商务印书馆,1986,第447页。
② 见李樗、黄櫄《毛诗李黄集解》引王安石之说,《影印文渊阁四库全书》第71册,台湾商务印书馆,1986,第246页。

拜,小低屈也;上言"勿翦",终言"勿拜",明召伯渐远,人思不得见也。毛《注》"拜犹伐",非也。①

　　《甘棠》诗作"勿翦勿伐""勿翦勿败""勿翦勿拜",《郑笺》云:"拜之言拔也。"②施士匄所云"《毛注》'拜犹伐'",不见于今《毛诗正义》,当时所见的本子或不同。施士匄认为"拜"指甘棠像人一样微微佝偻着身子、哈着腰,上言"勿翦"指不要翦去,与下言"勿拜"不要弯曲,共同构成一个毁坏程度递减的表达;毁坏程度的递减,就表明人们对树的保护之情越强烈,对召伯的敬爱之情也就越深厚,以说明召伯渐远之义。依施士匄所言,《毛注》解"拜犹伐",是将"勿翦勿拜"视为对树的毁坏程度递增,这将无法表达人们对树逐渐升温的保护之情,故施士匄从情理上认为《毛注》的解释不当。之后,朱熹从施氏之说,认为:"拜,屈。勿拜,则非特勿败而已。"于上章"勿翦勿败",朱熹云:"败,折。勿败,则非特勿伐而已,爱之愈久而愈深也。"③认为《甘棠》三章之伐、败、拜在毁坏程度上依次递轻,以表达人们对甘棠的爱护之情愈深,也就越思念曾在树下休息的召伯,这即施氏所谓"召伯渐远,人思不得见也"。这首诗施士匄也是从作者的情感表达上来阐释,以反驳旧说。

　　施士匄从情理上来反驳旧说,是《诗》学史上公然挑战《毛传》的第一人。郑玄虽也有与《毛传》解说不同的情况,但并不驳难《毛传》,唯"下己意"而已④。魏晋时,郑、王之争兴起,《毛传》的权威

---

① 　王谠撰,周勋初校证:《唐语林校证》卷二,第 128 – 129 页。

② 　《毛诗正义》卷一,《十三经注疏》,第 604 页。

③ 　朱熹:《诗集传》,中华书局,2017,第 15 页。

④ 　郑玄云:"注《诗》尊毛为主,毛义若隐略,则更表明。如有不同,即下己意,使可识别也。"(《毛诗正义》卷一引郑玄《六艺论》,《十三经注疏》,第562 页)

地位依然没有动摇。唐初,孔颖达撰《正义》,虽取郑玄之义多,但也并未明言《毛传》之失,只是"依回二家,强而同之"①,所以,施士匄言"毛《注》失之矣",可谓是《诗》学史上划时代的一个声音。从此,《毛传》的权威地位受到质疑,传统《诗》说的合理性也受到冲击,秦汉经学家苦心经营的诗教也随之被抛诸脑后。四库馆臣云,《正义》出,"终唐之世,人无异词"②,唯施士匄讲《毛诗》"称毛未注,然未尝有所诋排也。至宋郑樵恃其才辩,无故而发难端,南渡诸儒始以掊击毛郑为能事"。实则,从施士匄开始就已发难,不过此时只是涓涓细流,无以成江海,之后于南宋形成掊击毛、郑的大势,以致最终《诗经》汉学势微。总而言之,施士匄《诗》说的历史意义就在于,使《诗》学走向敢于怀疑权威的一面,其后刘禹锡、韩愈、沈朗③等说《诗》都延续了这个方向。

刘禹锡说《诗》,云:

《诗》曰:"我思肥泉"者,源同而分之曰"肥"也,言我

---

① 简博贤:《今存唐代经学遗籍考》,三民书局,1986,第47－57页。

② 永瑢等撰:《四库全书总目》卷一五,第120页。

③ 沈朗,按《全唐文》小传云"开成三年进士"(《全唐文》卷七四一,中华书局,1983,第7665页),又邱光庭《新添毛诗序》云"大中年中,《毛诗》博士沈朗进新添《毛诗》四篇,云《关雎》后妃之德,不可为《三百篇》之首,盖先儒编次不当尔。今别撰二篇为尧、舜诗,取《虞人之箴》为禹诗,取《大雅·文王》之篇为文王诗,请以此四诗置《关雎》之前。所以,先帝王而后后妃,尊卑之义也。朝廷嘉之"。(《全唐文》卷八九九,第9387页)则沈朗活跃于文宗至宣宗朝。根据邱光庭序,沈朗曾自作尧、舜诗,并自命禹诗、文王诗,置于《关雎》前,以足"先帝王、后后妃"之义,对于奉传统《诗》说为圭臬的汉唐《诗》学而言,可谓骇人听闻,邱光庭亦云其"沈朗论诗,一何狂谬",作为中唐《诗》学的一个组成部分,可见这种求新striving异的风气对《诗》学之影响。"朝廷嘉之",也反映出当时官方鼓励创新的态度。

今卫女嫁于曹,如肥泉之分也。

又曰:"旄邱"者,上侧下高曰"旄邱",言君臣相背也。

郑《注》云"旄当为堥",又言"堥未详",何也?①

"我思肥泉"出自《泉水》,《毛传》云:"所出同,所归异,为肥泉。"②《释水》云:"归异,出同流,肥。"③刘禹锡在《毛传》的基础上着重强调"分",认为卫女嫁他国就如同肥泉之分,延续了毛、郑旧说。"旄邱"今作"旄丘",《毛传》云:"兴也。前高后下曰旄邱。诸侯以国相连属,忧患相及,如葛之蔓延相连及也。"《郑笺》云:"土气缓则葛生阔节。兴者,喻此时卫伯不恤其职,故其臣于君事亦疏废也。"④三家解释各异,刘禹锡与《郑笺》都是从君臣的角度来谈。所云郑《注》不见今《毛诗正义》,仅《释文》云:"《字林》作堥,云堥丘也。"刘禹锡两则《诗》说,或同于毛、或异于毛,皆立足于诗歌要合于情理,以客观物象可能的实际形态来比拟人事,毛、郑用兴喻阐释经义,刘禹锡则讲作文学修辞,体现出了还原《诗经》为"诗"的态度。

以上,施士匄等反对毛、郑旧说,全凭己意断之,他们对《诗》的阐释以合于情理为主。毛、郑是以政教功能为说《诗》宗旨,而这正是施士匄等要反驳的重点。其实,两者对《诗》的阐释不同,意味着这阐释背后的意识形态发生了相应改变。汉代"罢黜百家,独尊儒术",是以"礼"作为国家主流意识形态的核心,故汉儒说《诗》以"礼义"为重;而中唐受释、道影响,形成摆脱旧说、重在逻辑分析的思维模式,故中唐《诗》说以"情理"为重。两者是在不同的文化语境下产生的。此际,以合于情理来反驳传统《诗》说的还有韩愈、成伯玙。

第二节　韩愈颠覆"子夏作《序》"及其影响

中唐是汉宋学术的过渡阶段,其中又以韩愈为关键,钱穆先生即云:"治宋学必始于唐,而以昌黎韩氏为之率。"①韩愈在学术研究、思想文化等方面起到了启发宋学的重要作用,于《诗》学发展也不例外。其关于《诗经》的研究,唯在讨论《诗序》。

关于《诗序》,四库馆臣谓之"说经之家第一争诟之端"②。以《诗序》的作者为例,就大致有十六种、十七种、三十种等说法③,去其重复,"异说恐不下二十余种"④,实千古聚讼之端。学者们如此热衷于《诗序》研究,原因就在于《诗序》总括"一篇之义",决定了《诗》的经学性质;同时也是我国最早的、系统化的诗学理论,为后世诗学发展奠定了基础,故但凡说《诗》,则欲一究《诗序》之根本。其中,关于《诗序》最核心的问题就是"作者",它关系到《诗序》产生的时间、《诗序》内容的权威性以及《诗》学传承谱系等。因此,古今以来争论大多聚焦这一问题上。中唐之前,学者们对此主要有三种说法,即"子夏作"、"子夏、毛公合作"与"卫宏作",其实后两种说法都是从"子夏作"衍伸而来,所以,中唐前关于《诗序》作者的主流意见其实就是"子夏作"。而韩愈一出,便要挑战"子夏作"的

---

① 钱穆:《中国近三百年学术史》,商务印书馆,1997,第2页。
② 永瑢等撰:《四库全书总目·诗序》,中华书局,1965,第119页。
③ 刘毓庆:《历代诗经著述考》,中华书局,2005,第14－15页。
④ 永瑢等撰:《四库全书总目·诗序》,中华书局,1965,第119页。

权威,将汉唐以来围绕《诗序》的结论全部推翻,这是《诗》学历史上意义重大的变奏动向,也是《诗》学发展最突出的转折点。

一、"子夏作《序》"说的提出

最早提出"子夏作《序》"的,是汉代经学家郑玄。孔颖达引《郑志》云:

> 此序子夏所为,亲受圣人,足自明矣。①

此观点,汉唐以来的主流《诗》学皆从之,王肃云:"子夏叙《诗》义,今之《毛诗序》是"②;陆德明云:"孔子最先删录,既取《周诗》上兼《商颂》,凡三百一十一篇以授子夏,子夏遂作《序》焉"③;孔颖达提及子夏作《序》达十次之多;魏征认为子夏作《序》,毛公、卫宏有所润益而已④;司马贞云:"子夏序《诗》"⑤,等等。"子夏作《序》",是汉唐《诗》学的共识,确立了《诗序》在《诗》学史上的权威地位。孔子距离《诗》产生的时代最近,且是《诗经》的第三次编辑者⑥;子夏

---

①　《毛诗正义》卷九,《十三经注疏》,第 870 页。

②　《孔子家语》卷九王肃注,《影印文渊阁四库全书》第 695 册,台湾商务印书馆,1986,第 86 页。

③　陆德明著,黄焯汇校:《经典释文汇校》卷一,第 14 页。

④　《隋书·经籍志》云:"《诗序》子夏所创,毛公及敬仲又加润益。"(中华书局,1973,第 918 页)

⑤　《史记索隐》云:"子夏文学著于四科,序《诗》传《易》。"(《史记》卷六十七,中华书局,1959,第 2203 页)

⑥　刘毓庆、郭万金:《从文学到经学》,华东师范大学出版社,2009,第 23－24 页。

"亲受圣人",《诗序》由他所作,则能较贴切地反映《诗》的创作初衷。如此一来,《诗序》所传达的关乎人伦道德的政教意义,就都是不容置疑的金科玉律。汉唐经学家尊奉"子夏作《序》",皆据《序》说《诗》,可以说《诗序》决定了汉唐《诗》学谨遵"诗教"的特征。

第二种观点"子夏、毛公合作",也是郑玄提出。陆德明引沈重云:

> 按《郑诗谱》意,《大序》是子夏作,《小序》是子夏、毛公合作。卜商意有不尽,毛更足成之。①

此说不见于今之《诗谱》。关于大、小《序》,陆德明引旧说云:"起此至'用之邦国焉',名《关雎序》,谓之《小序》;自'风,风也'迄末名为《大序》。"②即《小序》为:

> 关雎,后妃之德也。风之始也,所以风天下而正夫妇也。故用之乡人焉,用之邦国焉。③

---

① 《毛诗正义》卷一,《十三经注疏》,第 562 页。

② 关于大、小《序》之分大致有四种观点,除陆德明所引外,第二种是成伯玙认为,《关雎序》乃《大序》,其余众篇之前为《小序》(《毛诗指说》,《影印文渊阁四库全书》第 70 册第 174 页)。第三种是朱熹认为,"诗者,志之所之也"至"是谓四始,诗之至也"乃为《大序》,其余《小序》(《诗序辨说》,《续修四库全书》第 56 册,上海古籍出版社,2002,第 262 页)。第四种是程大昌认为,"如'关雎,后妃之德也',世人之谓小序者,古序也;两语以外续而申之,谓大序者,宏语也。"(《考古编》卷二,《影印文渊阁四库全书》第 852 册,第 10 页)。文中郑玄所谓的大、小序是指陆德明提及的分法。

③ 《毛诗正义》卷一,《十三经注疏》,第 562 页。

《大序》为：

> 风，风也，教也。风以动之，教以化之。诗者，志之所
> 之也。在心为志，发言为诗。情动于中而形于言，言之不
> 足，故嗟叹之，嗟叹之不足，故永歌之，永歌之不足，不知
> 手之舞之、足之蹈之也。……是以一国之事系一人之本，
> 谓之《风》。言天下之事，形四方之风，谓之《雅》。雅者，
> 正也，言王政之所由废兴也，政有小、大，故有《小雅》焉，
> 有《大雅》焉。《颂》者，美盛德之形容，以其成功告于神明
> 者也。是谓四始，诗之至也。然则《关雎》《麟趾》之化，王
> 者之风，故系之周公。南，言化自北而南也。《鹊巢》《驺
> 虞》之德，诸侯之风也。先王之所以教，故系之召公。《周
> 南》《召南》，正始之道、王化之基。是以《关雎》乐得淑女
> 以配君子，忧在进贤，不淫其色，哀窈窕、思贤才而无伤善
> 之心焉，是《关雎》之义也。①

区分大、小《序》，一则表明《诗序》是逐步完善而成；二则将
《大序》从《关雎序》中抽离出来，突出了《大序》的重要性，是谓"宜
引以冠经首，使学者得以考焉"②。三则为后世的《诗序》研究提供
了新门径，宋代学者谈及《诗序》多以大、小《序》分别论之，如程子
以为《小序》乃国史之旧文、《大序》为孔子作③等。针对《诗序》，郑
玄本人就前后提出了两种不同的说法，则在东汉时已不能确知《诗

---

① 《毛诗正义》卷一，《十三经注疏》，第 562－569 页。
② 王鸿绪：《诗经传说汇纂》卷首下，《影印文渊阁四库全书》第 83 册，
第 1 页。
③ 程颢、程颐著，王孝鱼点校：《二程集》，中华书局，1981，第 256 页。

序》的作者。但无论哪种说法，郑玄对"子夏作《序》"深信不疑。

　　第三种观点"卫宏作"，最早见于陆玑的《毛诗草木鸟兽虫鱼疏》，云：

　　　　孔子删诗授卜商，商为之序，以授鲁人，鲁身授魏人李克，克授鲁人孟仲子，仲子授振牟子，振牟子授赵人荀卿，荀卿授鲁国毛亨，亨作《诂训传》以授赵国毛苌，时人谓亨为大毛公，苌为小毛公，以其所传，故名其诗曰《毛诗》。苌为河间献王博士，授同国贯长卿，长卿授阿武令解延年，延年授徐敖，敖授九江陈侠，为新莽讲学大夫，由是言《毛诗》者本之徐敖。时九江谢曼卿亦善《毛诗》，乃为其训，东海卫宏从曼卿受学，因作《毛诗序》，得《风》《雅》之旨，世祖以为议郎。①

　　陆玑认为子夏所作的《序》，并非今之《毛诗序》，其后东汉卫宏乃作《毛诗序》。这是《诗》学史上首次将子夏《序》与《毛诗序》视为两家；也是首次提出卫宏作《序》，后世主张卫宏作《序》者皆从此说，如范晔云："宏从曼卿受学，因作《毛诗序》。"②姚际恒云："大抵《序》之首一语为卫宏讲师传授（谢曼卿之属），而其下则宏所自为也"③，夏炘云："《序》为卫宏作无疑矣"④，等等。

　　①　《毛诗草木鸟兽虫鱼疏》卷下，《影印文渊阁四库全书》第70册，第21页。
　　②　范晔：《后汉书》卷六十九下，中华书局，2000，第2575页。
　　③　《诗经通论·诗经论旨》，《姚际恒著作集》第一册，中国文哲研究所，1994，第3页。
　　④　《诗序》，《读诗劄记》卷一，《续修四库全书》第70册，上海古籍出版社，2002，第617页。

陆玑主张子夏作《序》、卫宏作《毛诗序》,言下之意,子夏的《序》是最原始的《诗序》,之后"四家诗"兴起,各自有《序》,《毛诗序》是卫宏因师说而成。四库馆臣云:"案《礼记》曰:'《驺虞》者,乐官备也;《狸首》者,乐会时也;《采蘋》者,乐循法也。'是足见古人言诗率以一语括其旨意,《小序》之体实肇于斯。王应麟《韩诗考》所载,如《关雎》,刺诗也;《芣苢》,伤夫有恶疾也;《汉广》,悦人也;《汝坟》,辞家也;《蝃蝀》,刺奔女也;《黍离》,伯封作也;《宾之初筵》,卫武公饮酒悔过也……又蔡邕书《石经》悉本《鲁诗》,所作《独断》载《周颂序》三十一章,大致皆与《毛诗》同而但有首句,是《鲁诗序》亦括以一语也。"①《韩诗序》《鲁诗序》与《毛诗序》大同小异,但唯有首句,故陆玑认为先有子夏《序》,后有卫宏《毛诗序》。这种说法,其实同样是在维护"子夏作《序》"的权威。

值得注意的是,在韩愈之前,主张"卫宏作《序》"者并不否认"子夏作《序》"说;而韩愈之后,主张"卫宏作《序》"的往往是从反驳"子夏作《序》"开始,如曹粹中云:"意毛公既托之子夏,其后门人互相传授,各记其师说,至宏而遂著之。"②又如,夏炘云:"先儒以《诗序》为子夏作,非也③"等,说明在《诗》学史上韩愈提出的观点即如峰回路转,其首次挑战"子夏作《序》",并引领了之后《诗序》研究的发展方向。

---

① 永瑢等撰:《四库全书总目·诗集传》,中华书局,1965,第 121 页。

② 转引自朱彝尊:《经义考新校》,上海古籍出版社,2010,第 1847 页。

③ 《读诗劄记》,《续修四库全书》第 70 册,上海古籍出版社,2002,第 617 页。

二、韩愈颠覆"子夏作《序》"

韩愈之前,学者将"子夏作"奉为圭臬,直至韩愈提出"子夏不序《诗》",将此前的观点一并推翻,关于《诗序》的研究才真正意义上地翻开了新的篇章。韩愈论《诗序》,首见晁说之所引:

> 善夫,韩愈之议曰:"子夏不序《诗》之道有三焉,不智,一也;暴中冓之私,春秋所不明,不道,二也;诸侯犹世,不敢以云,三也。"①

此说不见于今之《韩昌黎文集校注》,《全唐文》亦有目无词。晁氏之后,李樗也引此说,云:

> 韩退之作《诗之序议》则谓:"《诗》之《序》明作之所以云,其辞不讳君上,显暴丑乱之迹、帷箔之私,不是六经之志,若人云哉! 察夫《诗序》,其汉之学者欲自显立其传,因藉之子夏,故其序大国详、小国略,斯可见矣。"②

内容与晁氏所引不同,意思即晁氏所引的第二、第三两点。明代杨慎也引韩愈论《诗序》,其云:

> 余见古本韩文,有《议诗序》一篇,其言曰:"子夏不序

---

① 《景迁生集》卷十一,《影印文渊阁四库全书》第 1118 册,第 222 页。
② 《毛诗李黄集解》,《影印文渊阁四库全书》第 71 册,第 3 页。

诗,有三焉:知不及,一也;暴扬中冓之私,《春秋》所不道,二也;诸侯犹世,不敢以云,三也。汉之学者欲显其传,因籍之子夏。"①

"知不及"与晁氏所引的"不智"稍有出入。宋代范处义反驳韩愈,即引作"知不及"②,则在宋代开始就已经有"知不及"和"不智"两个不同的版本。历代对此的理解也不同,大致有两大类:(1)时代相隔久远,无法得知。范处义云:"子夏犹知不及,汉去诗益远,何自而知之?"(2)学力、领悟尚未达到。程子云:"《诗大序》孔子所为,其文似《系辞》,其义非子夏所能言也。"③学者多从此说,如王得臣④、晁说之、员兴宗⑤、杨慎。杨慎云:"孔子亲许子夏以可与言《诗》,子夏犹云不及,其谁宜为哉?"⑥今按,结合二、三点,韩愈明显是在反驳、推倒《诗序》,历代学者的解释却是以尊崇《诗序》为前提,这与韩愈要表达意思并不一致。"不智"应是最接近原貌的版本,一是,"不智"与"不道""不敢"在语言表达上前后一致;二是,韩愈认为《诗序》暴扬私闻、不讳君王,如此荒诞不经,必定不是子夏这样"可与言诗"者写出的;故从整个语境和前后文意,及韩愈

---

① 《升庵集》卷四十二,《影印文渊阁四库全书》第 1270 册,第 296 页。

② 范处义《诗补传·篇目》云:"唐人之《议诗序》也,曰:'子夏不序诗有三焉,知不及一也;暴扬中冓之私,《春秋》所不道,二也;诸侯犹世,不敢以云,三也。'又曰:'汉之学者欲显其传,因藉之子夏。'"(《影印文渊阁四库全书》第 72 册,台湾商务印书馆,1986,第 22 页)

③ 程颢、程颐著,王孝鱼点校:《二程遗书》卷二十四,第 312 页。

④ 王得臣云:"盖出于孔子,非门弟子所能与也。"(《麈史》卷二,《影印文渊阁四库全书》第 862 册,第 619 页)

⑤ 员兴宗《辩言》引韩愈论《诗序》作"不智"。(《影印文渊阁四库全书》第 863 册,第 857 页)

⑥ 《升庵集》卷四十二,《影印文渊阁四库全书》第 1270 册,第 296 页。

对《诗序》的历史态度来说，"不智"都应该是指"不明智"的意思。

　　第二点"暴中菁之私，《春秋》所不明不道"，所谓"暴中菁之私"，《诗序》中有很多讽刺统治者荒淫的内容，如齐襄公与其妹文姜通淫之事，《南山序》云："刺襄公也。鸟兽之行，淫乎其妹。大夫遇是恶，作诗而去之。"《敝笱序》云："刺文姜也。齐人恶鲁桓公微弱，不能防闲文姜，使至淫乱，为二国患焉。"《载驱序》云："齐人刺襄公也。无礼义，故盛其车服，疾驱于通道大都，与文姜淫播其恶于万民焉。"这些都是直接讽刺襄公与文姜的鸟兽之行。此类又如《墙有茨》《君子偕老》《鹑之奔奔》刺公子顽与宣姜淫乱，《株林》《泽陂》刺陈灵公与夏姬淫乱等，韩愈认为此乃"《春秋》所不明"，《诗序》也不应暴扬在光天化日之下。如齐襄公与文姜淫乱，桓公三年《春秋左传》载："九月，齐侯送姜氏于讙。公会齐侯于讙。夫人姜氏至自齐。"①《春秋》以礼定褒贬，往往微言大义，对于齐襄公与文姜的鸟兽之行，仅云"送""会""至自"而已②。又公子顽与宣姜之事③，《春秋》并无记载，这都是"《春秋》所不明"。范处义云："大抵《春秋》虽严，而其辞深而婉；《诗序》虽通，而其辞直以著。"④

---

①　《春秋左传正义》卷六，《十三经注疏》，中华书局，2009，第 3972 页。

②　针对"九月齐侯送姜氏于讙"，《左传》云："齐侯送姜氏于讙，非礼也。凡公女，嫁于敌国，姊妹，则上卿送之，以礼于先君；公子，则下卿送之。于大国，虽公子，亦上卿送之。于天子，则诸卿皆行，公不自送。于小国，则上大夫送之。"《春秋》乃以"送"字刺襄公无礼。"公会齐侯于讙"及"夫人姜氏至自齐"无《传》，理同"九月齐侯送姜氏于讙"。（《春秋左传正义》，《十三经注疏》，第 3972 页）

③　事见闵公二年《左传》，其云："齐人使昭伯烝于宣姜，不可，强之。生齐子、戴公、文公、宋桓夫人、许穆夫人。"（《春秋左传正义》，《十三经注疏》，第 3880 页）

④　《诗补传·篇目》，《影印文渊阁四库全书》第 72 册，台湾商务印书馆，1986，第 23 页。

《诗序》的表达方式与《春秋》迥异，前者直刺淫乱，后者隐晦深微，故韩愈认为《诗序》不合于"六经之志"。所谓"温柔敦厚，《诗》教也；疏通知远，《书》教也；广博易良，《乐》教也；洁静精微，《易》教也；恭俭庄敬，《礼》教也；属辞比事，《春秋》教也。"①"六经"以"礼乐"为核心，今《诗序》斥言君王乃与"温柔敦厚"不合，故韩愈认为"子夏不序《诗》"。

第三点"诸侯犹世，不敢以云"，也就是避讳问题。子夏生活在春秋末至战国初，此时《诗》中最后一位诸侯陈灵公也早已离世，故韩愈所谓"诸侯犹世"应是指诸侯后代尚且在世。要知道，《诗序》讽刺某君王往往直接点明，如"《雄雉》，刺卫宣公也"；"《考槃》，刺庄公也"；"《蟋蟀》，刺晋僖公也"等，于公子大夫之类更直呼其名，如"《有女同车》，刺忽也"，忽乃郑庄公世子；"《车邻》，美秦仲也"，秦仲乃周宣王大夫；"《墓门》，刺陈佗也"，陈佗乃文公之子，等等。《诗序》毫无忌惮地斥言君王权贵，韩愈认为在诸侯犹活跃于历史舞台之际，公然刺其先祖，或不被诸侯所容，故云"不敢"②。韩愈自身即有"不敢"之事，谈到排斥释、老，其云：

> 圣人之作《春秋》也，既深其文辞矣，然犹不敢公传道之口授弟子，至于后世然后其书出焉，其所以虑患之道微也。今夫二氏至所宗而事之者，下及公卿辅相，吾岂敢昌

---

① 《礼记正义·经解》卷五十，《十三经注疏》，第3493页。

② 对于《诗序》斥言美刺的问题，孔颖达却有另外一种观点，《齐谱疏》云："子夏亲承圣旨，齐之君世号谥未亡，若有别责余君，作叙无容不悉，何得阙其所刺，不斥言乎？"认为子夏作《序》本就应斥言，君世之谥号本当详细道明（《毛诗正义》卷五，《十三经注疏》，第736页）。韩愈的说法与此完全相反，这是韩愈反对旧说、挑战权威的又一证明。

言排之哉？①

　　此时贞元十二年，该年四月德宗命徐岱等与沙门鉴虚、道士万参成等讲论三教②。鉴虚云："元元皇帝天下之圣人，文宣王古今之圣人，释迦如来西方之圣人，陛下是南瞻部洲之圣人。"③德宗大悦。足见，三教合流之风盛行。韩愈指出王公贵族、公卿辅相皆事佛、老，若此时公然著书以排之，岂不是自掘坟墓？此韩愈之不敢为之事，故而将心比心，以此揣度《诗序》之斥言美刺，认为子夏必"不敢以云"。

　　由以上"不智""不道""不敢"三点，韩愈明确提出"子夏不序《诗》"。在韩愈之前，学者们皆认为"子夏作《序》"，这种说法确立了《诗序》的权威地位，也决定了汉唐经学家关涉政教的说《诗》趋向；而韩愈一出，大刀阔斧地就要颠覆"子夏作《序》"，公然挑战《诗》学权威、怀疑经典，这在《诗》学史上简直是划时代的一个声音。从汉唐以来，学者一直视为金科玉律的"子夏作《序》"之说，被韩愈一下子拉下神坛，而韩愈敢于如此冒天下之大不韪，其原因及目的究竟是什么？这种观念，对之后《诗》学发展又有什么影响？这是我们在计较韩愈之说有多少合理性外，更应该探讨的问题。

　　韩愈颠覆"子夏作《序》"其实与儒学复兴密切相关。韩愈对"子夏作《序》"的否定，是顺应了大历后所形成怀疑传统学术的趋势。大历学风务求标新立异、以己意说经，多反驳传注旧文；发展到贞元、元和之后，这种反驳之风上升为对经典本身的质疑，并开

---

　　①　《重答张籍书》，《韩昌黎文集校注》，上海古籍出版社，1986，第133页。

　　②　事见《旧唐书·韦渠牟传》第3728页（中华书局，1975），亦见《唐语林》卷六第519页（中华书局，2008）。

　　③　王谠撰，周勋初校证：《唐语林》卷六，第519页。

始出现肆意增补、删改经文的动向,如白居易补《汤征》;陈黯补《语诰》;林慎思著《续孟子》;沈朗新添尧、舜、禹诗并《文王》诗四篇,置之《关雎》之前①;柳宗元著《非国语》②,等等。在这样的学术氛围下,韩愈也展开了对经典的系统性思考,否定"子夏作《序》"只是其中一环。此外,韩愈还否定《孟子》乃孟轲自著③,否定《论语》旧注④,并因此构建起新的经典系统。《原道》篇云:

> 先王之教者,何也? 博爱之谓仁,行而宜之之谓义,由是而之焉之谓道,足乎已无待于外之谓德。其文《诗》《书》《易》《春秋》;其法礼、乐、刑、政;其民士、农、工、贾;其位君臣、父子、师友、宾主、昆弟、夫妇;其服麻、丝;其居宫室;其食粟米、果蔬、鱼肉;其为道易明而其为教易行也。⑤

---

① 叶德良:《宋人疑经改经考》,台湾大学出版中心,1980,第 139 - 140 页。

② 欧阳修等撰:《新唐书·艺文志》,第 1441 页。

③ 《答张籍书》云:"孟轲之书非轲自著,轲既殁,其徒万章、公孙丑相与记轲所言焉耳。"(《韩昌黎文集校注》,第 130 页)早在三国时,姚信即疑非孟子自著,但并未形成较大影响,在韩愈之后才引起了广泛注意。

④ 《答侯生问论语书》云:"愈昔注解其书,而不敢过求其意,取圣人之旨而合之,则足以信后生辈耳。"(《全唐文》,中华书局,1983,第 5606 页)《新唐书·艺文志》载:"韩愈注《论语》十卷。"(中华书局,1975,第 1444 页)韩愈反驳旧注,故重新注解《论语》,惜此书早散佚,今不得见。

⑤ 《原道》,《韩昌黎文集校注》,第 18 页。

此确立了以《诗》《书》《易》《春秋》四经①为主的新经典系统，将原来孔子纳入"六经"的《礼》《乐》划入法制体系中。表面上看来，这只是典籍归类的细微变化，很容易就被忽略了，而仔细考究便会发现，这一变化其实是对文化传承系统的重新调整，它将改变世人对"礼乐"的既定接受，"礼乐"不是作为修身养德的一部分，而是作为硬性规定、必要遵守的法规。在德治与法治的天平上，韩愈是有一定偏颇的。韩愈对文化系统的建树，还有首次阐扬《大学》之义，将《大学》也列为经典，云：

> 传曰："古之欲明明德于天下者，先治其国。欲治其国者，先齐其家。欲齐其家者，先修其身。欲修其身者，先正其心。欲正其心者，先诚其意。"然则古之所谓正心而诚意者，将以有为也。今也欲治其心而外天下国家，灭其天常。②

《大学》是《礼记》中的一篇，汉唐以来，并没有特别称道者。韩愈特意将《大学》的"修齐治平""正心诚意"单独拿出来，与先王之

---

① 此"四经"系统对后世有一定影响，石介《怪说中》谈及"圣人之经""圣人之道"，云："夫《书》则有尧、舜《典》、皋陶、益稷《谟》《禹贡》、箕子之《洪范》，《诗》则有大小《雅》《周颂》《商颂》《鲁颂》，《春秋》则有圣人之经，《易》则有文王之繇、周公之爻、夫子之十翼。"（《徂徕集》卷五，《影印文渊阁四库全书》第 1090 册，第 216 页）即以韩愈所确立的"四经"为圣人所传的经典系统，并未言及"六经"中的《礼》《乐》。

② 《原道》，《韩昌黎文集校注》，第 17 页。

教相关联,使《大学》从个人修养的准则变为治国安邦的经典①,是其意义所在。除此,韩愈又倍崇孟子②。《昌黎文集》中提到孟子达24次之多,韩愈对孟子的推崇不言而喻,其云:"求观圣人之道,必自孟子始。"③《孟子》也被韩愈划入经典系统中。则经韩愈之手,孔子的"六经"系统转变为"四经"与《大学》《孟子》。尔后,朱子就是在此基础上确立了"四书",一套以"理"为核心的新意识形态话语系统。世人言"四书"系统对宋以后的中国文化影响之大,往往将朱子奉为神明,却忽略了韩愈的开创之功,实在不该。

　　从否定"子夏作《序》"到确立新的经典系统,韩愈的本质目的是为了复兴儒学。韩愈曾明表心迹:"孔子删《诗》《书》,笔削《春秋》,合于道者著之,离于道者黜去之,故《诗》《书》《春秋》无疵,余欲削荀氏至不合者,附于圣人之籍,亦孔子之志与?"④孔子确立"六经",构建的是一个传承文化的经典系统,人君循之则国治,士人修之则大吉,"其微言大义实可为万世之准则"⑤;韩愈要继孔子删述之志,所以他整理典籍、确立新的经典系统,目的就在于要重新激活民族文化的传承系统,要复兴儒学以维系世道人心。

　　韩愈颠覆"子夏作《序》"、确立新经典,皆属于复兴儒学中整理

---

　　①　葛兆光先生说,《大学》之修齐治平、正心诚意,"提供了一个沟通心灵道德培养与国家秩序治理的思路","关于国家、民族与社会的秩序的建立,从由外向内的约束转向了由内向外的自觉"(《中国思想史》,复旦大学出版社,2001,第130页)。

　　②　冯友兰先生云:"周秦之际,儒家中孟荀二派并峙。西汉时荀学为盛。仅扬雄对孟子有相当之推崇,此后直至韩愈,无有力之后继。韩愈一倡,此说大行。而《孟子》一书,遂成为宋明道学家所根据之重要典籍焉。"(《中国哲学史(下)》,华东师范大学出版社,2009,第198页)扬雄之后,唯韩愈极推崇孟子。

　　③　《送王埙秀才序》,《韩昌黎文集校注》,第262页。

　　④　《读荀》,《韩昌黎文集校注》,第36页。

　　⑤　皮锡瑞:《经学历史》,中华书局,2008,第26页。

典籍的部分。韩愈复兴儒学的举措又见诸著《原道》《原性》《原
鬼》等，从理性思辨的角度架构儒家关于性、命的学说，以夺回儒学
在思想领域的霸权；更有，韩愈为阐明儒学的正统地位，以排斥佛、
老，建构了历史第一个传道谱系①，首次发表了"道统"思想，之后
遂成为宋明道学家"致君行道"的思想武器②。李翱谈及韩愈云：
"六经之风，绝而复兴。"③皇甫湜云："（先生）抉经之心，执圣之权，
尚友作者，跋邪觝异，以扶孔氏，存皇之极。"④欧阳修云："贞元、元
和间，愈遂以《六经》之文为诸儒倡，障堤末流，反刓以朴，划伪为
真。"⑤韩愈的功劳不仅在于复兴儒学、抵触佛老，使文化正脉回到
儒家的经典系统，也在于启发了宋代新的儒学思想及学术格局的
形成。颠覆"子夏作《序》"就直接影响了宋代《诗》学的发展。

三、颠覆"子夏作《序》"的《诗》学影响

　　韩愈之后，宋代《诗》学淡化"子夏作"，范家相云："疑《序》者

---

　　① 《原道》云："斯吾所谓道也，非向所谓老与佛之道也。尧以是传之舜，
舜以是传之禹，禹以是传之汤，汤以是传之文武周公，文武周公传之孔子，孔子
传之孟轲，轲死不得其传焉，荀与扬也择焉而不精，语焉而不详，由周公而上，
上而为君，故其事行；由周公而下，下而为臣，故其说长，然则如之何而可也？"
（《韩昌黎文集校注》，第 13 页）

　　② 余英时先生说："上古'道统'的'密旨'不但保存在'道学'之中，而且
不断获得新的阐发，因此后世帝王欲'治天下'，舍此便无所取法。这是朱熹
的微言大义，旨在极力抬高'道学'的精神权威，逼使君权就范。"（《朱熹的历
史世界》，生活·读书·新知三联书店，2012，第 23 页）可见，"道统"思想是
"致君行道"的理论支撑，促使了宋代独特的政治文化的形成。

　　③ 《祭吏部韩侍郎文》，《全唐文》卷六四〇第 6466 页。

　　④ 《韩文公墓志铭》，《全唐文》卷六八七第 7039 页。

　　⑤ 《新唐书·韩愈列传》，中华书局，1975，第 5269 页。

始于韩昌黎,发于成伯玙,而宋儒从而力排之、舍《序》言诗者,始于苏颖滨,甚于郑夹漈、王雪山,而朱子因句诋而字驳之,嗣是以后或信或否,又分道扬镳,不可胜纪矣。"①受韩愈影响,宋代《诗》学明显分为守《序》与反《序》两派②,叶德良先生有一段概述:"治《诗》者,约可分为守《序》、反《序》二派。反《序》一派,大抵以为《诗序》晚出于卫宏(或卫宏以后人),不足采信。守《序》一派,则或推崇过当,有以为诗人自作者,如王安石是也;有以为《小序》乃孔子作者,如王得臣是也;有以为大、小《序》皆是国史作而杂孔子之言者,如范处义是也。唯反《序》一派,说诗每并《首序》《后序》,俱不采信,直据本文说。而守《序》一派,则或不信《后序》,以为杂有说诗者之言。"③宋代《诗》学因对《诗序》的观点不同而截然分为两大派别,但无论守《序》还是反《序》,均无主张"子夏作《序》"者,现分别论之。

守《序》派,主要集中在北宋,前期欧阳修开始反对毛郑旧说,而对于《诗序》则比较包容,云:"《诗》之序不著其名氏,安得而知之乎?虽然,非子夏之作则可以知也。……子夏亲受学于孔子,宜其得诗之大旨,其言《风》《雅》有变正,而论《关雎》《鹊巢》系之周

---

①　《诗沘》,《影印文渊阁四库全书》第88册,台湾商务印书馆,1986,第611页。

②　学者对此多有论述,如胡朴安认为宋代《诗》学略可分为三派,"一废《小序》派,二存《小序》派,三名物训诂派。"(《诗经学》第97页,(上海)商务印书馆,1931)戴维也提到北宋、南宋以《诗序》研究为梗要,"北宋诸学者对《诗序》已进行了广泛深入的研究,其中最著名的是欧阳修与苏辙。南宋学者继承了这方面的成果,将之发展为《诗》废存的斗争,并贯穿于整个南宋。"(《诗经研究史》第313页,湖南教育出版社,2001)洪湛侯先生谈代《诗经》学研究,也专设"关于反《序》存《序》的论争"一节。(《诗经学史》,中华书局,2002,第329–361页)以上,都是以《诗序》研究来勾稽宋代《诗学》的概貌,此类成果颇多,不再一一列举。

③　叶德良:《宋人疑经改经考》,台湾大学出版中心,1980,第75页。

公、召公,使子夏而序《诗》,不为此言也。……今考《毛诗》诸序与
《孟子》说诗多合,故吾于《诗》常以《序》为证也,至其时有小失,随
而正之,惟《周南》《召南》失者类多,吾固已论之矣,学者可以察
焉。"①学者多据欧阳修反对子夏序《诗》及刊正《二南序》为由,以
欧阳修为宋代反《序》派的开端,而欧阳修以《诗序》多合于《孟子》
诗说,故其说《诗》乃"常以《序》为证",这表明欧阳修虽认为《诗
序》有不合理之处,但并没有明确地反对《诗序》。接续而下的,则
是守《序》派占领了北宋的《诗》学市场,如:

　　　王安石云:"盖《序》诗者不知何人,然非达先王之法
言者,不能为也。"②
　　　程子云:"《诗小序》便是当时国史作,如当时不作虽
孔子亦不能知,况子夏乎? 如《大序》则非圣人不能作。"
又:"《诗大序》孔子所为,其文似《系辞》,其义非子夏所
能言也。《小序》国史所为,非后世所能知也。"③
　　　王得臣云:"予以为《序》非出于子夏,且圣人删次
《风》《雅》《颂》,其所题曰美、曰刺、曰闵、曰恶、曰规、曰
诲、曰诱、曰惧之类,盖出于孔子,非门弟子之所能与也。
若'关雎,后妃之德也';'葛覃,后妃之本也',此一句孔子
所题,其下乃毛公发明之言耳。"④

---

　　① 《诗本义·序问》卷十四,《影印文渊阁四库全书》第 70 册,第 293 -
294 页。
　　② 《宋文选·答韩求仁书》,《影印文渊阁四库全书》第 1346 册第
181 页。
　　③ 见《二程遗书》卷十九、卷二十四,中华书局,1981,第 256、312 页。
　　④ 《麈史》卷二,《影印文渊阁四库全书》第 862 册,第 619 页。

从王安石到王得臣皆认为《诗序》非子夏作，盖圣人或国史为之，形成了遵从《诗序》的《诗》学特色。之后，南宋范处义踵其后尘，云："圣人删《诗》定《书》，《诗序》犹《书序》也，独可废乎？况《诗序》有圣人谓之润色者，如《都人士》之序，记礼者以为夫子之言；《赍》之序与《论语》合，《孔从子》所记夫子读《二南》及《柏舟》诸篇，其说皆与今《序》义相应，是知《诗序》当经圣人笔削之手，不然则取诸圣人之遗言也，故不敢废《诗序》者，信《六经也》，尊圣人也。"①又吕祖谦云："以鲁、齐、韩之义尚可见者较之，独《毛诗》率与经传合，《关雎》正风之首，三家都以为刺，余可知矣。是则《毛诗》之义最为得其真也。间有反复烦重，时失经旨，如《葛覃》《卷耳》之类，苏氏以为非一人辞，盖近之。至于止存其首一言，而尽去其余，则失之易矣。"②范、吕二人是南宋反《序》思潮兴起后，仍坚守《诗序》的代表，后又有戴溪、林岊、段昌武等扬起余波。可见，自韩愈提出"子夏不序《诗》"后，守《序》派沿着否定"子夏作《序》"的路子，或以为国史自作，或以为孔子所为，皆务在尊崇《诗序》、维护《诗序》的权威地位。

北宋时，苏辙曾提出《诗序》非一人之词，盖出自卫宏的集录，取首句即可。这乃是于废《序》、守《序》之间的折中做法，直接继承了成伯玙的路数，实开南宋反《序》派的先河。至南宋兴起反《序》之风后，宋代《诗》学便蔚然形成"反《序》""守《序》"两大阵营。反《序》派以郑樵为首，云："设如有子夏所传之《序》，因何齐鲁间先出，学者却不传，返出于赵也？《序》既晚出于赵，于何处而传此学？"③又云："《毛诗》至卫宏为之序，郑玄为之注，而毛氏之学盛

---

①　《诗补传原序》，《影印文渊阁四库全书》第72册，第2页。
②　《吕氏家塾读诗记》，《影印文渊阁四库全书》第73册，第342页。
③　《诗辨妄·诗序辨》，《续修四库全书》第56册，第227页。

行。……卫宏之《序》有专取诸书之文至数句者；有杂取诸家之说，而辞不坚决者；有委曲婉转附经，以成其义者。"①郑樵从传授上否定了"子夏作《序》"，认为《诗序》乃卫宏参杂经书及各家之言而成，并不可信。由其开端，反《序》派在倡导以己意说《诗》的南宋形成广泛影响，如：

　　曹粹中云："《序》若出于毛，亦安得自相违戾如此？要知《毛传》初行之时，犹未有《序》也，意毛公既托于子夏，其后门人互相传授，各记其师说，至宏而遂著之。后人又复增加，殆非成于一人之手。"②

　　朱熹云："今考其首句，则已有不得诗人之本意，而肆为妄说者矣，况沿袭云云之误哉。然计其初犹必自谓出于臆度之私，非经本文，故且自为一编，别附经后。又以尚有齐、鲁、韩氏之说并传于世，故读者亦有以知其出于后人之手，不尽信也。及至毛公引以入经，乃不缀篇后而超冠篇端，不为注文而直作经字，不为疑辞而遂为决辞。其后三家之传又绝，而毛说孤行，则其抵牾之迹无复可见，故此序者，遂若诗人先所命题，而诗文反为因序以作，于是读者转相尊信，无敢拟议。至于有所不通，则必为之委曲迁就，穿凿而附合之，宁使经之本文缭戾破碎不成文理，而终不忍明以小序为出于汉儒也。"③

　　章如愚云："《诗序》之坏《诗》，无异《三传》之坏《春秋》，然《三传》之坏《春秋》而《春秋》存，《诗序》之坏

①　《六经奥论·诗序辨》，《影印文渊阁四库全书》第 184 册，第 68 页。
②　转引自朱彝尊：《经义考新校》，上海古籍出版社，2010，第 1847 页。
③　《诗序辩说》，《续修四库全书》第 56 册，第 261 页。

《诗》而《诗》亡。……圣人删诗不为之序，非不能为之也，正使学者深维其义，而后可以自得。不幸汉儒之陋，一冠之以《序》，《诗》始无传焉，且彼又乌有据哉？不过多据《左氏》之说尔。《左氏》亦自诬妄，不足信，以妄传妄，反可信乎？"①

　　朱子乃反《序》派的集大成者，延续韩愈的观点，朱子认为《诗序》出于汉儒臆度之私，主张"信《诗》不必信《序》"②，说《诗》全凭己意断之。由此，反《序》派在否定《诗序》的同时走向了《诗》学的另一个极端，即"去《序》说《诗》"。之后，元、明两代继续因《诗序》的废存形成不同的《诗》学阵营，而朱子在《诗》学史上的权威地位也在此时确立下来。

　　韩愈颠覆"子夏作《序》"，促成了宋代的《诗》学格局的确立。一方面，守《序》派虽推崇《诗序》，但并不盲从，如欧阳修云："吾于《诗》常以《序》为证也，至其时有小失，随而正之"③；程子直言"《序》之误也"④；王安石明辨《诗序》未允⑤等，这些意见都是从情理出发，着眼于《诗》本身。另一方面，反《序》派否定《诗序》，"以为皆是村野妄人所作"⑥，故主张去《序》说《诗》。以朱子为代表，

---

①　《群书考索续集·诗序之辨》卷六，《影印文渊阁四库全书》第 938 册，第 86 页。

②　黎靖德：《朱子语类》卷八十一，中华书局，1986，第 2101 页。

③　《诗本义·序问》卷十四，《影印文渊阁四库全书》第 70 册，第 214 页。

④　见《二程集·河南程氏经说卷第三》，中华书局，1981，第 1049、1051、1059 页。

⑤　见《三经新义辑考汇评》上编，华东师范大学出版社，2011，第 18、25、68 页。

⑥　郑樵：《诗辨妄》，《续修四库全书》第 56 册，第 227 页。

著《诗序辨说》专论《诗序》之失,又云:"此《诗》之为经,所以人事浃于下,天道备于上,而无一理之不具也……于是乎章句以纲之,训诂以纪之,讽咏以昌之,涵濡以体之,察之情性隐微之间,审之言行枢机之始,则修身及家、平均天下之道,其亦不待他求而得之于此矣。"①这段阐释中,所谓的"天道""理""情性""言行"及修齐治平,都是属于理学讨论的范畴,朱子已完全是从理学的角度来定义《诗》。朱子反《序》、以理说《诗》,形成了与《诗经》汉学相抗衡的《诗》学新系统,更成了元、明两代奉为圭臬的《诗》学新权威。

所以,由韩愈所引发的关于《诗序》的争辩,促成了《诗》学系统的鼎故革新。在宋代脱离《诗序》、凭己意说《诗》的过程中,整个《诗》学系统经历了一次大换血。我们常言,汉唐《诗》学是从"政治教化"的角度来阐释;而宋代《诗》学是从"天理人欲"的角度来阐释,究其本质,乃是因为宋代构建了以"义理"为核心的新意识形态系统,替换了汉唐以来以"礼乐"为重的旧意识形态系统。因此,在宋人抛却《诗序》的背后,其实是意识形态领域一场"新阳改故阴"的大革命。

第三节　成伯玙对"子夏作《序》"的再诠释

概言之,中唐所形成的反思传统、自立新说的学术趋势,主要表现为两种形式,一是在否定旧说的基础上,构建新的学术体系,如韩愈;二是延续旧说,并根据新观点改造旧说,如成伯玙。与韩愈不同,成伯玙坚持认为"子夏作《序》",而又与传统说法有别。

---

① 《诗序辨说》,《续修四库全书》第56册,第261页。

成伯玙，生平无考①，著有《毛诗指说》一卷、《毛诗断章》二卷、《礼记外传》四卷②及《尚书断章》十三卷③。从著作来看，成伯玙对"六经"有过系统地思考。其中关于《诗》的两部，至今唯有《指说》留存下来。四库馆臣云：

> 书凡四篇，一曰"兴述"，明先王陈诗观风之旨、孔子删《诗》正《雅》之由；二曰"解说"，先释诗义而《风》《雅》《颂》次之，周又次之，诂、传、序又次之，篇章又次之，后妃又次之，终之以《鹊巢》《驺虞》，大略即举《周南》一篇，概括论列引申以及其余；三曰"传受"，备详齐、鲁、毛、韩四家授受世次，及后儒训释源流；四曰"文体"，凡《三百篇》中句法之长短，篇章之多寡，措辞之异同，用字之体例，皆胪举而详之，颇似刘氏《文心雕龙》之体，盖说经之余论也。④

《指说》分为四篇，分别从《诗》的产生、定义、传授、文体四方面来梳理，其中很多观点承袭了郑玄及孔颖达。关文瑛认为，其立言之可采者，如论孔子删《诗》不存吴越等国；论《小序》则子夏唯裁初

---

①　《全唐文》小传云："伯瑜，开元时人。"（卷四〇二，第4114页）此处作"瑜"，而《新唐书》作"玙"，今以"玙"字为准。历来《诗》学研究都将成伯玙划入中唐，今从之。

②　《新唐书·艺文志》，中华书局，1975，第1430、1434页。

③　此书，《崇文总目》（卷一"诗类"第八页，《丛书集成初编》本，商务印书馆，1937）、郑樵《通志》（卷六十三志七八五，中华书局，1987）、朱彝尊《经义考》（《经义考新校》卷一百三"诗"第1938页，上海古籍出版社，2010）皆载成伯玙著。

④　永瑢等撰：《四库全书总目》，中华书局，1965，第121页。

句,其下皆是大毛公所加;又《传授》一篇辨《诗》学之源流,足资考核①。其实,关于"删《诗》不存吴越",郑玄《诗谱》已言之②;关于"传授",《汉书·儒林传》也言之甚详③,故这三点中以论《小序》最为独到。

成伯玙之前,郑玄云:"《大序》是子夏作,《小序》是子夏、毛公合作。卜商意有不尽,毛更足成之。"④至成伯玙,则云:

> 序者,绪也,如茧丝之有绪,申其述作之意也。亦与义同。今学者以为大、小《序》皆是子夏所作,未能无惑。如《关雎》之序,首尾相结,冠束《二南》,故昭明太子亦云:"《大序》是子夏全制。"编入《文选》。其余众篇之《小序》,子夏唯裁初句耳,至也字而止,"《葛覃》,后妃之本也""《鸿雁》,美宣王也"如此之类是也。其下皆是大毛公自以诗中之意而系其辞也。后人见序下有注,又云东海卫宏所作。事虽两存,未为允当。当是,郑玄于毛公

---

① 《通志堂经解提要》,转引至刘毓庆:《历代诗经著述考(先秦—元代)》,中华书局,2005,第125页。

② 见《周南召南谱》,问者曰:"《周南》《召南》之诗,为《风》之正经则然矣,自此之后南国诸侯,政之兴衰,何以无《变风》?"答曰:"陈诸国之诗者,将以知其缺失,省方设教,为黜陟。时徐及吴,楚僭号称王,不承天子之风,今弃其诗,夷狄之也。其余江、黄、六、蓼之属,既驱陷于彼俗,又亦小国,犹邾、滕、纪、莒之等。夷其诗,蔑而不得列于此。"(《毛诗正义》,《十三经注疏》,第557页)成伯玙论曰:"诸侯唯存十五国而已,荆、徐、吴、越僭窃名位,杞、莒、邾、滕杂用夷礼,江、黄、道、桐陷于楚服,不与诸夏同风,盖亦没而不取也。其德薄而浅,自取削灭者,夫复奚言焉。"完全从《诗谱》而来。(《毛诗指说》,《影印文渊阁四库全书》第70册,第171页)

③ 班固撰:《汉书·儒林传》,中华书局,1962,第3614页。

④ 《毛诗正义》卷一,《十三经注疏》,第562页。

《传》下即得称笺,于毛公《序》末略而为注耳。毛公作
《传》之日,汉兴,已亡其六篇,但据亡篇之《小序》唯有一
句,毛既不见诗体,无由得措其辞也。又高子是战国时
人,在子夏之后,当子夏之世,祭皆有尸,灵星之尸,子夏
无为取引。一句之下,多是毛公所加,非子夏明矣。①

　　虽成伯玙对于大、小《序》的划分与郑玄稍有差异,但二者皆认
为众篇之《小序》是子夏与毛公合作而成。值得注意的是,成伯玙
在郑玄的基础上又进一步提出,"众篇之《小序》,子夏唯裁初句耳,
至也字而止""其下皆是大毛公自以诗中之意而系其辞也",这是
《诗》学史上首次如此明确地将子夏作与毛公作划分开来,对于之
后宋代《诗》学惟取首句说《诗》有直接影响,四库馆臣即云:"然定
《诗序》首句为子夏所传,其下为毛苌所续,实伯玙此书发其端。"②
其实,《小序》经润益而成的痕迹较明显,如"《樛木》,后妃逮下也。
言能逮下而无嫉妒之心焉"。③首句之后,"言"字带出补充首句的
内容;"《绿衣》,卫庄姜伤己也。妾上僭,夫人失位,而作是诗
也。"④首句之后,是阐释"伤己"的内容;"《黄鸟》,哀三良也。国人
刺穆公以人从死,而作是诗也。"⑤首句言"哀",后句言"刺",显然
是出于后期续加的。汉唐以来,直到成伯玙才指明《小序》的这一
点,实乃"决疑辨惑,深有功于《三百篇》"⑥。
　　由成伯玙开其端,将《小序》分为首序及后序来讨论,这直接启

①　《毛诗指说》,《影印文渊阁四库全书》第70册,第174页。
②　永瑢等撰:《四库全书总目》,中华书局,1983,第121页。
③　《毛诗正义》卷一,《十三经注疏》,第585页。
④　《毛诗正义》卷二,《十三经注疏》,第625页。
⑤　《毛诗正义》卷六,《十三经注疏》,第793页。
⑥　永瑢等撰:《四库全书总目》,第121页。

发了宋代一部分学者的《诗序》研究。苏辙即受成伯玙的影响,认为《小序》前后反复烦重,非一人之言,盖出自卫宏的集录,故其说《诗》唯取首句①。四库馆臣云:"辙以为卫宏所集录,亦不为无征,唐成伯玙作《毛诗指说》虽亦以小序为出子夏,然其言曰'众篇之小序,子夏惟裁初句耳。《葛覃》,后妃之本也;《鸿雁》,美宣王也,如此之类,是也。其下皆大毛公自以诗中之意而系其词'云云,然则,惟取序首,伯玙已先言之,不自辙创矣。"②其实,成伯玙虽先提出要将《小序》分别论之,并确立了首序的权威地位,但成伯玙并没有系统地将此观念运用到说《诗》中,真正付诸实践的是苏辙,其后说《诗》惟取首序者皆将苏辙视为首创也不无缘由。苏辙之后,在南宋存序、废序的纷争中出现了以"惟取序首"为主的"折中派"。如,程大昌认为"序首一言"乃国史根据采诗者回馈的真实信息而作,是《诗》的本义,故要以此为说《诗》之本③。之后,严粲作《诗缉》,特意在目录中于每篇诗后直取首序缀之,在凡例中云:"题下一句

---

①　苏辙云:"今《毛诗》之《叙》何其详之甚也,世传以为出于子夏,予窃疑之。子夏尝言《诗》于仲尼,仲尼称之,故后世之为诗者附之,要之岂必子夏为之,其亦出于孔子或弟子之知诗者歟? 然其诚出于孔氏也,则不若是详矣。孔子删《诗》而取三百五篇(今按《经义考》此处引作"三百十一篇",应以《经义考》为是),今其亡者六焉,《诗》之《叙》未尝详也。《诗》之亡者,经师不得见矣,虽欲详之而无由。其存者将以解之,故从而附益之,以自信其说,是以其言时有反复烦重,类非一人之词者,凡此皆毛氏之学,而卫宏之所集录也",故惟取首句,云:"故予存其一言而已,曰是诗言是事也,而尽去其余。"(《诗集传》,《影印文渊阁四库全书》第70册,第315页)

②　永瑢等撰:《四库全书总目》,第121页。

③　其云:"夫《诗》之古序,亦非一世一人之所能为也。采诗之官,本其得于何地,审其出于何人,究其主于何事,具有实状,致之大师,上之国史。国史于是采案,所以缀辞其端而藏诸有司,是以有发篇两语,而后得以目为古序也。"(《诗论》,《丛书集成新编》第55册,新文丰出版公司,1985,第376页)

国史所题为首序,其下说诗者之辞为后序"①,更直接地表达了以首序为导向的《诗》学观念。

成伯玙突破性地提出"子夏唯裁初句",用新的观点发展传统旧说,既非固守传统不变,也非韩愈否定"子夏作序"那般直接,是中唐疑经疑注风气中相对温和的一类代表。顺应这一时期思想文化变革的潮流,学者们用自己的方式在实践着"不破不立"的大课题。或全盘否定,另立新说;或部分质疑,局部改造;也或者延续传统,而新瓶装旧酒,这些都是在《诗》学发展到中唐的特定状态。当然,中唐主流知识群体仍然还是以传统《诗》说为主,毕竟这直接关系到仕途经济,上文科举策问所考察的内容即已说明这必然结果。

以上,从施士匄到成伯玙,贯穿着中唐《诗》学反旧说、重情理的特征,这与当时所产生的一种学术新思维有关,即用佛学的"理证"②来阐释儒家经典的新思维。与施士匄时代接近的梁肃,是翰林学士,也是天台宗第九祖湛然的弟子,他的学术理路便透着"以佛释儒"的特色③;梁肃之后的李翱,阐述复性之道也"似受天台宗所讲止观之影响"④,说明儒学确实受到了来自佛学的影响。大历时期,好佛风尚促使儒释广泛交流,学者们参考佛学的"理证"重新审视经典,以合于情理为重,从而形成反驳旧说、全凭己意的解经风气。"春秋三传束高阁,独抱遗经穷终始"便形象地反映了中唐不再恪守汉儒章句,全凭己意以断之的学术新貌。梁启超云:"汉人解经,注重训诂名物,宋人解经,专讲义理。这两派学风,截然不同。啖、赵等在中间,正好作一枢纽。一方面把从前那种沿袭的解

---

① 《诗缉》,《影印文渊阁四库全书》第75册,第10页。
② 查屏球:《唐学与唐诗》,商务印书馆,2000,第112页。
③ 梁启超:《儒家哲学·二千五百年儒学变迁概略(上)》,第47页。
④ 冯友兰:《中国哲学史(上)》,华东师范大学出版社,2009,第204页。

经方法,推翻了去,一方面把后来那种独断的解经方法,开发出来。啖、赵等在传授上与宋人无大关系,但见解上很有关系。"①"推翻"与"开发"皆因追求合于情理的新思维,中唐的《诗》学新说也是这新思维的产物,它反对秦汉以来奉为金科玉律的旧说,强调对《诗经》的阐释要合于情理,开启了《诗》学发展的新方向。此时,《毛诗》的经义诠释受到质疑,而宋代《诗》学重义理的风气始见端倪,体现了中唐的《诗》学对宋代《诗》学极其重要的影响。

　　而中唐《诗》学新说对诗学发展的影响尚未发现。中唐诗学走过了大历时期的"清空闲雅"②,继之以韩孟为代表的"尚怪奇、重主观"及以元白为代表的"尚实、尚俗、务尽"③,后者以"讽喻诗"为典型,与"诗教说"的兴起有一定关系,此上文已论。而"尚怪奇"与《诗》学新说几乎同时出现,二者之间有无关联呢?罗宗强先生说韩、孟诗派,"变化了的社会环境没能提供给他们那种昂扬的盛唐风貌,而且他们在艺术上又另有所好"④。中唐的社会现状无法给予诗人昂扬的精神和饱满的信心,他们在乱象之中求生存之道,此时的社会风俗、艺术审美、学术研究都体现出破旧求新、尚怪求异的趋势⑤。因此,中唐诗学这种追求怪异新奇、颠覆传统审美的风格,主要是受当时社会环境、社会风气的影响,与《诗》学新说之间并无关联,二者同受求新尚怪之风的影响。罗宗强先生论及韩愈,即说"主张文义明道的韩愈,在诗歌上却并未提出类似的主张来。

---

①　梁启超:《儒家哲学·二千五百年儒学变迁概略(上)》,第45页。
②　蒋寅:《大历诗风》,上海古籍出版社,1992,第237页。
③　罗宗强:《隋唐五代文学思想史》,中华书局,2003,第195、169页。
④　罗宗强:《隋唐五代文学思想史》,第196页。
⑤　罗宗强先生谈及元和时期的服饰、妆容、时人观念皆尚怪,"尚奇怪,大概是当时的一种社会风气。所谓'元和尚怪',实不仅仅诗歌如此"(《隋唐五代文学思想史》,第211页)。

在散文主张上,他完全是正统儒家的重政教之用的观点,而在诗歌主张上,却丝毫也找不到儒家诗教说的影响。他甚至未尝提过诗言志说。他虽然也赞扬:'周诗三百篇,雅丽理训诰,曾经圣人手,议论安敢到?'虽然也否定齐、梁,说是'齐、梁及陈、隋,众作等蝉噪'。但是他的主张的实质,却不是重诗教而是重抒情。"①韩愈轻诗教、重抒情,是对源自《诗经》的传统诗学的反叛,此诗歌主张实际上开了晚唐诗风之先。

_____

①　罗宗强:《隋唐五代文学思想史》,第 212 页。

第四章　唐代晚期《诗》学背离
传统与诗学重"缘情"

中国古典文学有《诗》《骚》两大谱系,裴子野云:"古者'四始六艺',总而为诗,既形四方之风,且彰君子之志,劝美惩恶,王化本焉。后之作者,思存枝叶,繁华蕴藻,用以自通。若悱恻芳芬,'楚骚'为之祖;靡漫容与,相如扣其音,由是,随声逐影之俦,弃指归而无执,赋诗歌颂,百帙五车。"①《诗经》以"四始六义"为精髓,建立起以反映王政教化为主的文学传统;"楚骚"发源于南方,形成以"美人香草"、发愤抒情为主的另一个文学传统。清儒纪昀云:"风人骚人,邈哉邈矣,非后人所能拟议也,而流别所自,正变递乘,分支于《三百篇》者为两汉遗音,沿波于屈、宋者为六朝绮语。"②明确指出后世传承《诗》《骚》构成了文学发展的两大谱系,《诗》将经学维系世道人心的理念代入文学创作中,是为政教而作的文学;而《骚》虽源于《诗》,更多的是主张为个人情怀而作,之后又发展为极尽"风云月露"的美学追求,是为艺术而作的文学。纵观由汉至唐古典文学发展的历史轨迹,大体趋势是,在国家草创之初或国势由强转衰之际,文人学者有强烈的政治参与意识,这时诗文所继承的多是《诗经》传统;而在国家极盛之刻或大势已去之时,文人学者被排挤到政治边缘,如同俳优伶人,这时诗文所延续的则多是"楚骚"传统。唐朝走过贞观、开元那样的盛世,又历经安史之乱的浩劫,最终在愈演愈烈的内忧外患中走向衰败。到了晚唐,诗歌在理论

---

① 《雕虫论》,《文苑英华》卷七四二,中华书局,1966,第3873页。
② 纪昀:《云林诗钞序》,《纪文达公遗集》卷九,嘉庆刻本。

及创作实践上都已不同于之前的气象。首先,"诗格"类著作对"六义"的重新诠释就是一个明显说明。

第一节 由《诗》入《骚》的诗学转向

在传统《诗》学中,"六义"与"四始""五际""六情"共同构成解构《诗经》的核心概念。尤其是"四始六义",《诗序》云"《诗》之至",孔颖达释云:"《诗》之至者,《诗》理至极,尽于此也。"①程子云:"学《诗》而不分六义,岂能知《诗》之体也。"②朱熹认为"六义"乃"三百篇之纲领管辖"③,又细论云:"本之《二南》以求其端,参之列国以尽其变,正之于《雅》以大其规,和之于《颂》以要其止。此学诗之大旨也。于是乎章句以纲之,训诂以纪之,讽咏以昌之,涵濡以体之,察之情性隐微之间,审之言行枢机之始,则修身及家、平均天下之道,其亦不待他求而得之于此矣。"④"六义"对于理解《诗经》的奥义微旨有提纲契领的作用,是传统《诗》学的钢筋骨架。同时,"六义"也是我国诗论发展史上,继"诗言志"之后所出现的较早的诗学理论,且成了传统诗学的精髓。《诗序》发其端,之后裴子野《雕虫论》云:"古者四始六艺,总而为诗"⑤,此六艺即六义。刘勰云:"诗文弘奥,包韫六义。"⑥庾信云:"四始六

---

① 《毛诗正义》卷一,《十三经注疏》第 569 页。

② 吕祖谦《吕氏家塾读诗记》所引,《影印文渊阁四库全书》第 73 册,第 334 页。

③ 刘瑾《诗传通释·诗传纲领》所引,《影印文渊阁四库全书》第 76 册,第 268 页(今朱熹《诗集传》及《朱子语类》均未载)。

④ 朱熹:《诗经集传原序》,《影印文渊阁四库全书》第 72 册,第 749 页。

⑤ 《雕虫论》,《文苑英华》卷七百四十二,第 3873 页。

⑥ 刘勰著,范文澜注:《文心雕龙注》,人民文学出版社,2008,第 601 页。

义,实动性灵。"①可见,"六义"是传统诗学理论架构的核心。对于
"六义",后世诗论与传统诗论明显不同,它有意在祖述传统的同时
寻求突破,如钟嵘云:"故诗有三义焉,一曰兴,二曰比,三曰赋。文
已尽而意有余,兴也;因物喻志,比也;直书其事,寓言写物,赋也。
宏斯三义,酌而用之,干之以风力,润之以丹彩,使味之者无极,闻
之者动心,是诗之至也。"②"三义"的提出,致使"六义"由之前经学
研究的重"风雅颂"转而变为诗学研究的重"赋比兴"。其实,后世
对"六义"的诠释多有着和传统《诗》学不大一样的说法,特别是中
晚唐时期,"诗格"类著作格外增多,此时虽《诗》学主流依然坚守着
"六义"关乎政教的传统,但诗歌批评、诗学理论早已在传统诗学的
范畴外谋求新的发展。中晚唐时期"诗格"对于"六义"的阐说,就
直接反映了当时诗歌理论的发展新动向。

一、"诗格"对"三体三辞"的背离

　　所谓"三体三辞",是孔颖达在《诗序》的启发下提出的。《诗
序》阐释"风、雅、颂",云:"上以风化下,下以风刺上,主文而谲谏,
言之者无罪,闻之者足以戒,故曰风。……是以一国之事,系一人
之本,谓之《风》。言天下之事,形四方之风,谓之《雅》。《雅》者,
正也。言王政之所由废兴也。政有大小,故有《小雅》焉,有《大雅》
焉。《颂》者,美盛德之形容,以其成功,告于神明者也。"《诗序》的
表述,明显"风、雅、颂"在内容上是有区别的,受此启发,孔颖达在
解释"六义"的过程中,便提出了"三体三辞"说,云:

---

　　①　《谢赵王示新诗启》,《庾子山集》卷八,《影印文渊阁四库全书》第
1064 册,台湾商务印书馆,1986,第 556 页。
　　②　《诗品序》,《诗品译注》,中华书局,2013,第 19 页。

风、雅、颂者皆是施政之名也。上云："风，风也，教也。风以动之，教以化之。"是风为政名也。下云："雅者，正也，政有小大，故有《小雅》焉，有《大雅》焉。"是雅为政名也。《周颂谱》云："颂之言容，天子之德，光被四表，格于上下，此之谓容。"是颂为政名也。人君以政化下，臣下感政作诗，故还取政教之名，以为作诗之目。风、雅、颂同为政称，而事有积渐。教化之道，必先讽动之，物情既悟，然后教化，使之齐正。言其风动之初，则名之曰风，指其齐正之后，则名之曰雅。风俗既齐，然后德能容物，故功成乃谓之颂。先风后雅、颂为此次故也。……然则风、雅、颂者，诗篇之异体。赋、比、兴者，诗文之异辞耳。大小不同，而得并为六义者，赋、比、兴是诗之所用，风、雅、颂是诗之成形。用彼三事，成此三事，是故同称为义，非别有篇卷。①

这段阐释中，孔颖达着重强调两点，一则风、雅、颂之称都与政教有关；二则风、雅、颂是诗之异体，赋、比、兴是诗之异辞，赋、比、兴用来创作风、雅、颂，即"三体三辞"说。"三体三辞"的提出将"六义"分为两类，之后沿着这一思路，又有"三情三用"②"三经三纬"③两说。

---

① 《毛诗正义》卷一，《十三经注疏》，第 565 页。
② 成伯玙提出"三情三用"，云："风、赋、比、兴、雅、颂谓之六义，赋、比、兴是诗人制作之情，风、雅、颂是诗人所歌之用。"（《毛诗指说》，《影印文渊阁四库全书》第 70 册，台湾商务印书馆，1986，第 173 页）
③ "三经三纬"，朱熹认为赋比兴为三经，风雅颂为三纬，曰："三经是赋、比、兴，是做诗底骨子，无诗不有，才无，则不成诗。盖不是赋，便是比；不是比，便是兴。如《风》《雅》《颂》却是里面横串底，都有赋、比、兴，故谓之三纬。"（黎靖德编：《朱子语类》卷八十，中华书局，1981，第 2070 页）而元代刘瑾与此相反，以三经为风雅颂，三纬为赋比兴。（《诗传通释》卷首，《影印文渊阁四库全书》第 76 册，第 269 页）

值得注意的是,孔颖达首次提出"三体三辞"其意义何在。辅广阐释"六义"为《诗》之纲领管辖,云:"风、雅、颂者,三百篇之节奏实统于是而无所遗,故曰纲领;赋、比、兴者,三百篇之体制实出于是而不能外,故曰管辖。"①虽节奏、体制之说与孔颖达所谓的"体""辞"不同,但孔颖达之所以分"三体三辞"的缘由应同于辅广。将风、雅、颂确定为三种体裁,故有诸侯之政、天子之政、天子之德三种关乎政教的内容;将赋、比、兴、确定为三种修辞,故有铺陈、比类、喻劝三种阐发政教的方式。所以,"三体三辞"是诠释《诗经》政教意义的"纲领管辖",是《诗经》之"机要"所在。

而在"诗格"中,对"六义"的阐释几乎一致地背离了"三体三辞"说。如旧题王昌龄的《诗格》②云:

> 一曰风。天地之号令曰风。上之化下,犹风之靡草。行春令则和风生,行秋令则寒风杀,言君臣不可轻其风也。二曰赋。赋者,错杂万物,谓之赋也。三曰比。比者,直比其身,谓之比假,如"关关雎鸠"之类是也。四曰兴。兴者,指物及比其身说之为兴,盖讬喻谓之兴也。五曰雅。雅者,正也。言其雅言典切,为之雅也。六曰颂。

---

① 《诗传通释·诗传纲领》引辅广云,《影印文渊阁四库全书》第76册,第268页。

② 据张伯伟先生考证,《诗格》盖有三个本子,《新唐书·艺文志》《崇文总目》著录的二卷本;空海携至日本的一卷本;《直斋书录解题》《宋史·艺文志》录一卷本,即《吟窗杂录》本。今《汇考》将空海《文镜秘府论》引用者整理为《诗格》卷上,为语录体,盖王昌龄门人笔录汇辑而成;《吟窗杂录》本录为卷下,非语录体,盖后人整理改窜而成。下文所引"六义"出自《诗格》卷上部分,极有可能为王昌龄所言。(《全唐五代诗格汇考》,江苏古籍出版社,2002,第147页。)

颂者,赞也。赞叹其功,谓之颂也。①

　　王昌龄认为风、雅、颂是与赋、比、兴同性质的三种表述风格。旧题贾岛的《二南密旨》②赞同此说,云:"歌事曰风。布义曰赋。取类曰比。感物曰兴。正事曰雅。善德曰颂。"③更简练明确地概括了"六义"是具有不同特征的六种表述风格,"六义"之间是并列关系。又云:"风者,风也。即与体定句,须有感。外意随篇自彰,内意随入讽刺。歌君臣风化之事","雅者,正也,谓歌讽刺之言,而正君臣之道。法制号令,生民悦之,去其苛政","颂者,美也,美君臣之德化"④。这番解释明显受到传统《诗》学注重讽刺教化的影响,但在表达上又极力要回避风、雅、颂是三种诗体的说法,主张三者是三种表述方式。晚唐"诗格"对"六义"的解说,就与传统《诗》学渐行渐远,如齐己《风骚旨格》谈"六诗"与"六义",分别云:

　　六诗。
　　一曰大雅,诗曰:"一气不言含有象,万灵何处谢无私。"

---

① 张伯伟:《全唐五代诗格汇考》,第 159 页。
② 此书,《新唐书·艺文志》、郑樵《通志》"诗评"、《崇文总目》载"贾岛《诗格》一卷",《宋史·艺文志》作"贾岛《诗格密旨》一卷",陈振孙《直斋书录解题》作"《二南密旨》一卷,贾岛撰"。罗根泽先生认为,《二南密旨》为五代前后所作。从该书体例、风格来看"五代前后的诗格却正是如此"。(《中国文学批评史》,商务印书馆,2017,第 597 页)张伯伟先生根据贾岛诗风近大历,书中引用诗例均出自大历诗人,认为"《二南密旨》乃贾岛诗风流行之产物,大抵为初学者而作。即使出于伪托,与贾岛诗学仍然相通。"又推断"此书产生时间当在贾岛身后不久"。(《全唐五代诗格汇考》,第 371 页)今从其说,此书因贾岛诗风流行而产生、又于贾岛身后不久作,则约为晚唐时期。
③ 《全唐五代诗格汇考》,第 372 页。
④ 《全唐五代诗格汇考》,第 372 – 373 页。

　　二曰小雅,诗曰:"天流皓月色,池散芰荷香。"

　　三曰正风,诗曰:"都来消帝力,全不用兵防。"

　　四曰变风,诗曰:"当道冷云和不得,满郊芳草即成空。"

　　五曰变大雅,诗曰:"蝉离楚树鸣犹少,叶到嵩山落更多。"

　　六曰变小雅,诗曰:"寒禽黏古树,积雪占苍苔。"

　　诗有六义。

　　一曰风,诗曰:"高齐日月方为道,动合乾坤始是心。"

　　二曰赋,诗曰:"风和日暖方开眼,雨润烟浓不举头。"

　　三曰比,诗曰:"丹顶西施颊,霜毛四皓须。"

　　四曰兴,诗曰:"水谙彭泽阔,山忆武陵深。"

　　五曰雅,诗曰:"卷帘当白昼,移榻对青山。"

　　六曰颂,诗曰:"君恩到铜柱,蛮款入交州。"①

　　在齐己这里,"六诗"用来指六种不同气象的诗体,"六义"则是六种不同的表述方式,无论"六诗"还是"六义"都没有刻意强调诗歌与政教的关系,而是个人情志的抒发,这与传统《诗经》学截然不同。汪祚民先生也认为以齐己为代表,"是唐人试图将《诗经》'六义'等经学说解转换为一种意象式的诗意言说,使人们在意象兴喻之中感受正《大雅》、正《小雅》、变《大雅》、变《小雅》的整体风格意韵。这种诗意的言说解构了经学政教的理性直陈,重在个体朦胧的审美感悟。"②

　　关于"六义"的诠释,从《二南密旨》到《风骚旨格》正反映了晚唐

　　①　《全唐五代诗格汇考》,第400页。

　　②　汪祚民:《诗经文学阐释史》,人民文学出版社,2005,第361页。

诗学理论逐渐突破、背离传统诗学的发展轨迹。中唐时,诗歌理论在强调"政教"的传统诗学与主张"缘情"的六朝诗论之间徘徊,这与当时的社会背景及此背景下文人儒士的心态紧密相关。安史之乱后,从代宗到宪宗的近六十年里,代宗务在休养生息、收拾战后残局;德宗行姑息之政,朝廷势弱而方镇愈强;顺宗在位仅一年,欲推翻宦官专权却反受其害;宪宗即位初尚刚明果断,而晚年任用非人。在这样的政治环境下,文人本着兼济情怀,则伤叹满目疮痍、民生维艰;顺从独善之志,则吟咏山河岁月、闲情逸致,白居易在给元稹的书信中就谈到这一点,这应该是当时诗人普遍的创作状态,所以,这时的诗歌批评游离于"缘情"与"缘政"之间也是自然。晚唐朝廷内外局势更堪忧,"唐衰矣",绝大多数文人不再有"致君尧舜上"的信念与勇气,这时诗歌多倾向于个人情怀的书写,辞气卑弱,格调亦不高,此时诗歌理论自然不热衷于关心政治教化。所以,晚唐诗格并列"六义",将"风、雅、颂"释为三种表述风格,解构附加其上的政教意义,致使作为传统《诗》学政教标志的"六义",转变为诗歌创作中的不同技法。

晚唐"诗格"并列"六义"的诗学观念对宋代《诗》学也有一定影响。"诗格"并列"六义",背离了政教阐释的传统,这便启发了宋儒从文学等角度来理解"六义",故有"《风》非无《雅》,《雅》非无《颂》"①、"'其风肆好'、'穆如清风',《大雅》亦有《风》;'虽则如燬,父母孔迩',《周南》已有《雅》;'有匪君子,终不可谖兮',《变风》犹有《颂》"②这样看似离经叛道的新解。宋儒阐释"六义"多强调一诗之中兼有数义,这在汉儒以政教区分诗体的观念里是不可能发生的。只有突破了诗歌与政教的捆绑关系,从诗学或音乐等

---

① 吕祖谦:《吕氏家塾读诗记》,《文渊阁四库全书》第73册,第334页。
② 唐仲友:《诗解钞》,《续修四库全书》第56册,上海古籍出版社,2002,第287页。

角度来理解,才可能出现"兼有数义"的诠释。因此,晚唐"诗格"并列"六义"、突破"三体三辞"的意义就在于,从传统《诗》学的"纲领管辖"处涤除其政治教化意义,将《诗》作为诗歌创作的源头来研究,突出对个人情志的关注。

二、"诗格"对"比兴"的重新诠释

晚唐"诗格"诠释"六义"注重个人情志的特征,更显著地体现在对"比兴"的解说上。"比兴"是诗歌创作中争议较多的两个概念,从汉儒开始就有不同的定义,上文已有论及。其中,郑玄云:"比,见今之失,不敢斥言,取比类以言之;兴,见今之美,嫌于媚谀,取善事以喻劝之者。"着重从美刺上来区别比兴,显然是出于诗歌关系政教的观念。孔颖达释云:"比云'见今之失,取比类以言之',谓刺诗之比也。兴云'见今之美,取善事以劝之',谓美诗之兴也。其实美刺具有比兴者也……《诗》皆用之于乐,言之者无罪。赋则直陈其事,于比兴云'不敢斥言''嫌于媚谀'者,据其辞不指斥,若有嫌惧之意。其实作文之体,理自当然,非有所嫌惧也。"孔颖达已偏向于从文学的角度来解释,而郑玄是从经学角度作解释,其重点不外乎是《诗》"主文而谲谏",有"温柔敦厚"之教,这正是《诗》作为儒家经典所担负的维系人伦道德、世道人心的历史使命。而唐代"诗格"并不都热衷于汉儒所附加的政教意义,多直接将比、兴释为诗歌创作的两种表述方式。

王昌龄《诗格》云:"比者,直比其身,谓之比假,如'关关雎鸠'之类是也。兴者,指物及比其身说之为兴,盖托喻谓之兴也。"①又,皎然《诗议》云:"比者,全取外象以兴之,'西北有浮云'之类是也。

---

① 　张伯伟:《全唐五代诗格汇考》,第 159 页。

兴者,立象于前,后以人事谕之,《关雎》之类是也。"①王以《关雎》为"比",皎然则以为"兴",虽意见不同,但二者在比、兴的定义上很相近。即皆认为"比"的喻体并非就在跟前,而"兴"的喻体与本体必然同时出现,因喻体而及本体。皎然所谓的"立象于前,后以人事谕之",《诗式》中有更详细地说明,云:"取象曰比,取义曰兴,义即象下之意。凡禽鱼草木、人物名数,万象之中义类同者,尽入比兴。《关雎》即其义也。如陶公以孤云比贫士,鲍照以直比朱丝、以清比玉壶。"②在皎然看来,比、兴皆取象表义,最终都譬喻人事,在定义上本不甚分明;且从其所举的例子来看,此人事指人情,并非政教,其云:"语与兴驱,势逐情起,不由作意,气格自高。"③"兴"亦指情兴,透露出皎然的"比兴"其实并不直接源于《诗经》,而是源于《楚辞》,这是一个值得注意的转变。虽"《离骚》之文,依《诗》取兴",但与汉儒说《诗》用以阐释政教的"兴"并不同。《九歌·湘夫人》"沅有茝兮醴有兰,思公子兮未敢言",王逸注茝兰异于众草,"以兴湘夫人美好亦异于众人","兴"其实是"不远人情的譬喻"④。《楚辞》此"不远人情的譬喻"即是中晚唐诗格中"比兴"的本源。

六朝诗论阐释比兴也关涉人情,挚虞云:"比者,喻类之言也。兴者,有感之辞也。"⑤刘勰云:"比者,附也;兴者,起也。附理者切类以指事,起情者依微以拟议。起情故兴体以立,附理故比例以生。"⑥钟

①　张伯伟:《全唐五代诗格汇考》,第 219 页。
②　皎然著,李壮鹰校注:《诗式》,第 31 页。
③　皎然著,李壮鹰校注:《诗式》,第 110 页。
④　朱自清:《诗言志辩》,商务印书馆,2011,第 88 页。
⑤　《文章流别论》,《全上古三代秦汉三国六朝文》,中华书局,2000,第 1905 页。
⑥　刘勰著,范文澜注:《文心雕龙注》,第 601 页。

嵘云:"文已尽而意有余,兴也;因物喻志,比也。"①此"意有余"则情也在其中。要知道,六朝诗论强调"比兴"与"人情"相关之时,正是诗学理论"缘情"说胜于"言志"说之际,朱自清先生云:"六朝人论诗,少直用'言志'这词组的。他们一面要表明诗的'缘情'作用,一面又不敢无视'诗言志'的传统;他们没有胆量全然撇开'志'的概念,径自采用陆机的'缘情'说,只得将'诗言志'这句话改头换面,来影射'诗缘情'那句话。"②六朝诗学是以"缘情"为主。可见,皎然关注"人情"反映了中晚唐诗学在发展过程中回溯楚骚传统、歆慕六朝诗学的趋势。

皎然之后,《二南密旨》诠释"赋、比、兴"频繁出现"情"字,云:

> 赋者,敷也,布也。指事而陈,显善恶之殊态。外则敷本题之正体,内则布讽诵之玄情。比者,类也,妍媸相类、相显之理。或君臣昏佞,则物象比而刺之;或君臣贤明,亦取物比而象之。兴者,情也,谓外感于物,内动于情,情不可遏,故曰兴。感君臣之德政废兴而形于言。③

从表面上来看,这大致还是依据了汉儒对"六义"的阐释。不过,此处首次提出"兴者,情也",抛开之后所附加的"君臣德政"说,此"情"应如钟嵘所云:"若乃春风春鸟,秋月秋蝉,夏云暑雨,冬月祁寒,斯四候之感诸诗者也。嘉会寄诗以亲,离群托诗以怨。至于楚臣去境,汉妾辞宫,或骨横朔野,魂逐飞蓬;或负戈外戍,杀气雄边;塞客衣单,孀闺泪尽;或士有解佩出朝,一去忘返;女有扬蛾入

---

① 《诗品序》,《诗品译注》,第 19 页。
② 朱自清:《诗言志辨》,第 41 页。
③ 《二南密旨》,《全唐五代诗格汇考》,第 372 页。

宠,再盼倾国:凡斯种种,感荡心灵,非陈诗何以展其义?非长歌何以骋其情?"①是这样种种与万物古今偶遇切合而触动的情感。《二南密旨》多次提及"情",即如六朝学者故作影射一般,表明对诗歌抒发个人情感的肯定,也体现了回溯楚骚传统的诗学趋向。

晚唐时,司空图云:"清涧之曲,碧松之阴。一客荷樵,一客听琴。情性所至,妙不自寻。遇之自天,泠然希音。"②此出自《诗品》"实境",清人许印芳认为司空图强调"情性所至",表明"盖诗文所以足贵者,贵其善写情状。天地人物,各有情状"③。万物有情,人莫不然,司空图在意诗歌对个人情怀的自然表达,又云:"大风卷水,林木为摧,适苦欲死,招憩不来,百岁如流,富贵冷灰,大道日丧,若为雄才,壮士拂剑,浩然弥哀,萧萧落叶,漏雨苍苔。"④这段"悲慨",有"子在川上"之叹,又有"时不利兮"之悲,满目苍凉,都是诗人伤时感事的情怀。又云:"生者百岁,相去几何,欢乐苦短,忧愁实多,如何尊酒,日往烟萝,花覆茆檐,疎雨相过,倒酒既尽,杖藜行歌,孰不有古,南山峨峨。"⑤此"旷达"语紧接"悲慨"而来,都是抒发一己之情。朱东润先生说,在二十四韵中"悲慨"为全篇张本。又谈到,司空图之时,"太阿倒持,大乱已成,无论黄巢,即朱温李克用李茂贞等诸人,亦无在而非盗贼,生民无时不在水火之中。昭宗尝举谚云:'纥干山头冻杀雀,何不飞去生处乐?'其语固不特为昭宗一人写照也。于时哀歌楚调,匪惟不能蒙群盗之一听,或反而促其见祸,故表圣论诗,不得不抹杀现实,而另造一诗人之幻境,

① 《诗品序》,《诗品译注》,第20-21页。
② 司空图著,郭绍虞集解:《诗品集解》,人民文学出版社,2005,第33页。
③ 据《诗品集解》所引许印芳《诗法萃编》,第49页。
④ 司空图著,郭绍虞集解:《诗品集解》,第35页。
⑤ 司空图著,郭绍虞集解:《诗品集解》,第41页。

以之自遣。"①这应该就是晚唐众诗人的写照，所以，此时诗论不再高蹈政治教化之说，而是转回对诗歌艺术风格、诗歌精神境界的观照，灌注于其中的情感也从兼济天下的大我转回独善其身的小我。孟棨云："诗者，情动于中而形于言，故怨思悲愁，常多感慨。抒怀佳作，讽刺雅言，虽著于群书，盈厨溢阁，其间触事兴咏，尤所钟情，不有发挥，孰明厥义？"②晚唐诗歌这种热衷于个人私情的趋势，近于六朝而远《风》《雅》，表明晚唐在诗歌理论、诗歌创作方面，所秉承的文学传统其实已发生改变。

三、由《诗》入《骚》的诗学特征

诗乐与政治相通，所谓"治世之音，安以乐，其政和；乱世之音，怨以怒，其政乖；亡国之音，哀以思，其民困"。晚唐时，君王昏庸无能、宦官操纵政权、朝臣派系斗争、藩镇割据分裂、外患扰边侵袭，让所有生活在这个政治氛围中的世人都丧失了最后的期望与信心，正如罗宗强先生所说："在这样的政局中，地主阶级的知识分子的心理状态发生了新的变化。他们与他们的上一辈，如韩、柳那些人已经有些不同了。他们虽仍眷念着朝廷，怀抱希望，但已经失去了信心；他们虽仍关心朝政，有些抱负，但已经没有贞元末元和年间他们的前辈那种改革的锐气；他们中的有些人也时或希望有所作为，但已失去朝气。而且，他们中多数人的处境，也并不具备干预朝政的条件。这个时期的差不多所有重要作家，都并没有进入权力中心。他们多数人寄身幕府，在政治生活中实际上处于无足

---

①　《司空图诗论综述》，《中国文学史论文选集》，学生书局，1978，第1143–1144页。

②　《本事诗序》，《历代诗话续编》，中华书局，1983，第2页。

轻重的地位。这也是与贞元末元和年间那批重要作家不同的地方。"①在这样的大环境下,晚唐时期诗人自然无力顾及市井民生、社会疮痍,他们多回观自身,顾影自怜之态比比皆是;或埋首历史烟波,躲在昔日的繁盛晏宁中自我麻痹,他们关注的是自己"剪不断、理还乱"的愁绪,他们描写的是独善其身的闲适乐趣。此时,由陈子昂、李、杜、元、白所接续的传统"诗道",并不被诗学评论、诗歌创作青睐,在乱世中生活的众人,"凄凄不似向前声",他们回向个人情怀的创作实践和批评理论,使唐朝诗风又一大变。严羽云"大历以前,分明别是一副言语,晚唐,分明别是一副言语"②,如斯言,晚唐表现出近于六朝而远风雅的独特风格,依上文纪昀之论,晚唐所承续的正是楚骚传统,上文从"诗格"对"三体三辞"的背离及对"比兴"的重新诠释两方面已作说明,现再从晚唐诗歌创作实践的大致特征来分析。

一是,怀古、咏史类题材大量增多。朱自清先生谈到,咏史、游仙、艳情、咏物,"这四体的源头都在王注的《楚辞》里"③。而晚唐诗发展最典型的特点就是,"怀古、咏史之作的大量出现"④,及"大量的写闺阁生活,爱情主题,以至歌楼舞榭"⑤的创作涌现。所以,从诗歌体裁的好尚来说,晚唐诗人也表现出回溯楚骚传统的强烈意愿。还有一点,晚唐五代"词"趋于成熟和定型,这也是当时诗风近于六朝、远溯骚体的佐证。唐代词乃"唐代诗歌的一个支流"⑥,

① 罗宗强:《隋唐五代文学思想史》,中华书局,2011,第224页。
② 严羽著,郭绍虞校释:《沧浪诗话校释》,人民文学出版社,2012,第139页。
③ 朱自清:《诗言志辨》,第89页。
④ 罗宗强:《隋唐五代文学思想史》,第224页。
⑤ 罗宗强:《隋唐五代文学思想史》,第226页。
⑥ 吴熊和:《唐宋词通论》,浙江古籍出版社,1985,第30页。

清人吴梅云:"唐至温飞卿,始专力于词。其词全祖风骚,不仅在瑰
丽见长。陈亦峰曰:'所谓沉郁者,意在笔先,神余言外。写怨夫思
妇之怀,寓孽子孤臣之感。凡交情之冷淡,身世之飘零,皆可于一
草一木发之。而发之又必若隐若现,欲露不露,反复缠绵,终不许
一语道破。匪独体格之高,亦见性情之厚。'此数语惟飞卿足以当
之。"①吴梅认为温词沉郁含蓄,尚有风骚余韵。吴熊和先生认为,
温词多效齐梁,直到后主李煜沦为阶下囚,一时哀伤身世、自诉衷
曲,才真正恢复了词抒情言志的功能②。总归而言,"簸弄风月,陶
写性情,词婉于诗"③,词更专注于个人情怀的表达,词到晚唐成熟,
说明在当时的社会背景下,整个文学创作都是偏向于愉悦耳目、倾
诉衷情,此时是为艺术而作,非为政治而作的文学;是为个体而言,
非为众生而言的文学,故晚唐实际上步的是楚骚乃至齐梁的后尘。
承晚唐之风,五代学者云:"近代唯沈隐侯斟酌二《南》,剖陈三变,
撷云、渊之抑郁,振潘、陆之风徽。俾律吕和谐,宫商辑洽,不独子
建总建安之霸,客儿擅江左之雄。"④是不贵建安风骨,而宝四声八
病,完全是出于对诗歌形式的追求。又云:"诗之旨远矣,诗之用大
矣,先王所以通政教、察风俗。故有采诗之官,陈诗之职,物情上
达,王泽下流。及斯道之不行也,犹足以吟咏情性,黼藻其身,非苟
而已矣。若夫嘉言丽句,音韵天成,非徒积学所能,盖有神助者
也。"⑤前段还因袭诗歌政教之说,后段则已完全是一副"缘情"
论调。

---

①　吴梅:《词学通论》,上海古籍出版社,2006,第37页。

②　吴熊和:《唐宋词通论》第173页。

③　刘永济:《词论》,上海古籍出版社,1981,第81页。

④　刘昫等撰:《旧唐书·文苑传序》,中华书局,1975,第4982页。

⑤　徐铉:《骑省集》,《影印文渊阁四库全书》第1085册,第146页。

　　二是，对屈、宋及六朝风物的分外青睐。中唐时，刘禹锡、柳宗元即在仕途困顿失意之时不由然地想起屈原。史载，"宪宗立，叔文等败，禹锡贬连州刺史，未至，斥朗州司马。州接夜郎诸夷，风俗陋甚，家喜巫鬼，每祠，歌《竹枝》，鼓吹裴回，其声伧儜。禹锡谓屈原居沅、湘间作《九歌》，使楚人以迎送神，乃倚其声，作《竹枝辞》十余篇。于是武陵夷俚悉歌之。"①柳宗元则在贬为永州司马时，"自放山泽间，其堙厄感郁，一寓诸文，《离骚》数十篇，读者感悲恻。"②盖文人在理想抱负受挫之际，往往都会想起泽畔沉吟的屈原。晚唐一大批文人志士受困于时世乱离，涉及屈、宋的作品就更多地涌现出来。如刘蜕作《吊屈原辞三章》《古渔父四篇》《哀湘竹》《下清江》《招帝子》③；李群玉"以居住沅、湘，宗师屈、宋"④，摇荡思情而作诗；徐寅作《歌赋》引宋玉《高唐赋》开端⑤，等等。如果说祖述屈、宋，是古今失意的文人墨客在文学创作过程中的心理共鸣，不能作为晚唐诗学继承楚骚传统的又一佐证，那么，晚唐代表诗人直接表示要追溯"骚人"，便是最直接的证明。杜牧为李贺诗集作序，云：

　　　　元和中，韩吏部亦颇道其歌诗，云烟绵联，不足为其态也；水之迢迢，不足为其情也；春之盎盎，不足为其和也；秋之明洁，不足为其格也；风樯阵马，不足为其勇也；瓦棺篆鼎，不足为其古也；时花美女，不足为其色也；荒国

①　欧阳修等撰：《新唐书》，中华书局，1975，第5129页。
②　欧阳修等撰：《新唐书》，第5132页。
③　董诰等编：《全唐文》卷七八九，中华书局，1983，第8264－8265页。
④　《进诗表序》，《全唐文》卷七九三，第8317页。
⑤　董诰等编：《全唐文》卷八百三十，第8754页。

陊殿,梗莽丘垅,不足为其恨怨悲愁也;鲸呿鳌掷,牛鬼蛇神,不足为虚荒诞幻也,盖《骚》之苗裔,理虽不及,辞或过之。《骚》有感怨刺怼,言及君臣理乱,时有激发人意。乃贺所为,无得有是……贺生十七年死矣,世皆曰:"使贺且未死,少加以理,奴仆命《骚》可也。"①

杜牧认为李贺诗歌的艺术成就确实很高,可谓"《骚》之苗裔",但在"理"上却望尘莫及。此"理"该如何理解,王运熙先生认为,是指"内涵包容了作家关心国家大事,在作品中有所表现"②。今认为,杜牧谈到《骚》言及君臣之事,感怨刺怼能激发人意,这就是"理"的内涵:是忠于君却不受用于君的犬臣心理,也是怨怼多过讥刺的人臣轨范。更重要的是这份忠贞不二、终归于义的精神,对之后身处乱世、时遇庸君的文人墨客有感发的力量。这才是杜牧所谓的"理"。不难发现,杜牧是借作序来表达自身对楚骚的崇尚。之后,裴延翰为杜牧文集作序,誉赞其文章,甚至有过"骚人之辞"的说法,云:"采古作者之论,以屈原、宋玉、贾谊、司马迁、相如、扬雄、刘向、班固为世魁杰,然骚人之辞,怨刺愤怼,虽授及君臣教化,而不能霑洽时论。"此论"骚人"有所短,后又论杜牧有所长:"包诗人之轨宪,整扬马之牙阵,耸曹刘之骨气,掇颜谢之物色,然未始不拨剧治本,缅幅道义,钩深于经史,抵御于理化也。"③虽为作序,但不免有过誉之嫌。可见,晚唐诗学将

① 杜牧著,陈允吉校:《樊川文集》卷十,上海古籍出版社,1978,第149页。
② 王运熙:《中国文学批评通史·隋唐五代文学卷》,上海古籍出版社,1996,第623页。
③ 《樊川文集后序》,《全唐文》卷七百五十九,第7881页。

"楚骚"作为评价诗文的价值尺规,已完全不同于李、杜、元、白奉"风雅""六义"为圭臬。

三是,晚唐文学自然的"休息"状态。晚唐诗学转向楚骚传统,除楚骚的忠君怨怼切合了晚唐诗人的创作心理外,还有一点就是文学生态,晚唐正是文学创作自然走向"休息"的阶段。闻一多先生谈道,"几乎每个朝代的末叶都有回向贾岛的趋势",晚唐五代学贾岛的人很多,简直可以称为"贾岛时代"。那么,贾岛的诗是怎样的一种风格?文学史上通称"郊寒岛瘦","瘦"字并不能形神俱备地传递贾岛的特色。此处亦取闻一多先生的精彩论述,"初唐的华贵,盛唐的壮丽,以及最近十才子的秀媚,都已腻味了,而且容易引起一种幻灭感。他们需要一点清凉,甚至一点酸涩来换换口味,……贾岛来了,他们得救了。他们惊喜得像发现了一个新天地。真的,这整个人生的半面,犹如一日之中有夜,四时中有秋冬——为什么老被保留着不许窥探? 这里确乎是一个理想的休息场所,让感情与思想都睡去,只感官张着眼睛往有清凉色调的地带涉猎去。"①贾岛以静、瘦、冷的色调,成就了唐朝诗坛的那点"酸涩"。这种文艺中"休息"状态,正是中唐后期及晚唐诗人所追求、所适应的。晚唐诗学由《诗》入《骚》的文学系统也正是印证了这份"休息"状态。高蹈诗歌反映政治、以维系世道人心的传统《诗》论,实际上,几乎完全失去了市场;而感叹个人生命,抒发怨怼悲慨、寄情湖光山色的《骚》体文学,正博得众人欢心。末世之下,《诗经》作为儒家经典,其规范人伦道德、宣扬王政教化的引导力量已经黯然失色,晚唐诗学由《诗》入《骚》也是自然。

---

① 闻一多:《唐诗杂论》,生活·读书·新知三联书店,2012,第55-57页。

第二节　"反道缘情"的诗学观念

诗歌反映政教是传统《诗》学的核心内容,受此影响,汉魏诗学秉承"诗言志",以"风雅兴寄"为价值尺规,总体上趋向于由内容决定形式的诗歌美学;至陆机提出"诗缘情而绮靡"后,周颙、沈约相继提出"四声八病"说,梁简文帝大倡"宫体诗",齐梁诗学务在"发乎情"而不必"止乎礼义",以致传统诗教被搁置一旁。从汉魏到齐梁,诗学观念经历了从"言志"到"缘情"的变化,也是传统文学思想传承谱系的巨大变异。"言志"产生于先秦两汉的《诗》学系统,"缘情"则是源于《楚辞》系统。《诗》《骚》两大文学谱系在之后的诗学发展中轮回更迭,随着唐朝国势的由盛转衰,诗学从"言志"转到"缘情",由《诗》入《骚》变轨发展。

有诗论云:"贞观末,标格渐高。景云中,颇通远调。开元十五年后,声律风骨始备矣。"[1]唐朝诗学最初能革除齐梁余韵、渐趋风雅,很大程度上是因为诗学谱系重新回到了《诗经》传统。安史之乱后,唐朝的辉煌如烟花易散,在整个国势不断走下坡路的过程中,另一种文学谱系开始萌发。大历时期,以钱起、卢纶等"十才子"为代表,刻意追求"体格新奇,理致清赡"[2];以李嘉祐、李希仲为代表,与钱起等别为一体,"往往涉于齐梁"[3];贞元年间,以权德舆为中心形成"新台阁诗人群","他们逐渐走到游戏化的路子上

---

①　殷璠:《河岳英灵集序》,《唐人选唐诗(十种)》,上海古籍出版社,1978,第40页。

②　高仲武:《中兴间气集》,《唐人选唐诗(十种)》,上海古籍出版社,1978,第265页。

③　《中兴间气集》,《唐人选唐诗(十种)》,第271页。

去,以各种游戏体形式来争奇斗胜"①;元和时期,以白居易、元稹为代表,创作"纤艳不逞"②的"元和诗",以上诗人皆追求诗歌形式、注重抒发个人情感,呈现出继承"楚骚"传统的趋势。发展至晚唐,在更加乱离的时局下,诗人更热衷于排遣幽怀,明显表达出对诗歌维系世道人心,诗歌承载儒家伦理道义的反抗情绪,罗根泽先生在总结李商隐的诗歌特色时用了"反道缘情"③四字,这正是晚唐前期以李商隐、杜牧为代表的诗人的共同点,也是诗学发展更深入"楚骚"谱系的必然趋势。

一、"反道"论的出现

回溯文学理论、文学批评的发展历程,即使在崇尚诗歌形式、诗歌韵律的南北朝时期,也并未明确提出反对诗教之说。刘勰著《文心雕龙》,开篇即"原道",道乃儒家之道,云:"爰自风姓,暨于孔氏,玄圣创典,素王述训,莫不原道心以敷章,研神理而设教,取象乎河洛,问数乎蓍龟,观天文以极变,察人文以成化;然后能经纬区宇,弥纶彝宪,发辉事业,彪炳辞义。故知道沿圣以垂文,圣因文而明道,旁通而无滞,日用而不匮。《易》曰:鼓天下之动者存乎辞,辞之所以能鼓天下者,乃道之文也。"④后继以"征圣""宗经",完全是贯穿了儒家的文学思想,以文以载道、文以明道、文以传道设教为理论核心。钟嵘《诗品序》开篇云:"动天地,感鬼神,莫近于诗。"

① 蒋寅:《百代之中:中唐的诗歌史意义》,北京大学出版社,2013,第14页。
② 杜牧:《唐故平卢军节度巡官陇西李府君墓志铭》,《全唐文》卷七五五,第7834页。
③ 罗根泽:《中国文学批评史》,商务印书馆,2017,第552页。
④ 刘勰著,范文澜注:《文心雕龙》,人民文学出版社,2008,第3页。

又云："感荡心灵,非陈诗何以展其义,非长歌何以骋其情? 故曰:
'《诗》可以群,可以怨。'使穷贱易安,幽居靡闷,莫尚于诗矣。"①融
贯《诗序》及《论语》,钟嵘强调诗歌可以泄导人情、感化人心,这也
不出"诗教"的范围,依然延续着儒家传统的文学观念。

　　唐初,"四杰"、陈子昂反对齐梁诗风,倡导"风雅兴寄",复兴
"文章之道",明确表示要踵继儒家的文学传统。至中唐,复兴"文
章之道"的观念达到高潮。贞元中,柳冕在与友人的书信中频繁提
及"文道"②,强调"文教合一"是君子作文必有之"道",文章绝非雕
虫小技、风云月露而已。柳冕开"古文运动"之先,韩愈、柳宗元等
步其后尘,大倡"文以明道"。韩愈主张文章要以秦汉散文为典范,
要以"道"为文章的精神内核③,云:"愈之为古文,岂独取其句读不
类于今者耶? 思古人而不得见,学古道而欲兼通其辞,通其辞者,
本志乎古道者也。"④柳宗元也主张"文以明道"⑤,云:"始吾幼且

---

　　① 钟嵘著,周振甫译注:《诗品译注》,中华书局,2013,第 21 页。

　　② 如《与徐给事论文书》云:"文章本于教化,形于治乱,系于国风,故在
君子之心为志,形君子之言为文,论君子之道为教";《答荆南裴尚书论文书》
云:"夫君子之儒必有其道,有其道必有其文,道不及文则德胜,文不知道则气
衰,多道寡,斯为艺矣";《答衢州郑使君论文书》云:"圣人道可企而及之者,文
也。不可企而及之者,性也。盖言教化发乎性情,系乎国风者,谓之道。故君
子之文,必有其道。"(董诰等编:《全唐文》卷五二七,第 5356 页,《全唐文》卷
五二七,第 5357 页,《全唐文》卷无二七,第 5359 页,中华书局,1983)

　　③ 韩愈所谓的"道","非向所谓老与佛之道也。尧以是传之舜,舜以是
传之禹,禹以是传之汤,汤以是传之文武周公,文武周公传之孔子,孔子传之孟
轲,轲之死,不得其传焉。"(《原道》,《韩昌黎文集校注》,上海古籍出版社,
1986,第 305 页)

　　④ 《题哀辞后》,《韩昌黎文集校注》,上海古籍出版社,1986,第 305 页。

　　⑤ 柳宗元所谓"道"源于六经云:"本之《书》以求其质,本之《诗》以求其
恒,本之《礼》以求其宜,本之《春秋》以求其断,本之《易》以求其动,此吾所以
取道之原也。"(《答韦中立论师道书》,《全唐文》卷五七五,第 5814 页)

少,为文章以辞为工,及长,乃知文者以明道。"①韩柳之后,李翱扬
"古文"余波,仍然以"文以明道"为创作宗旨,其云:"汝勿信人号
文章为一艺。夫所谓一艺者,乃时世所好之文,或有盛名于近代者
是也。其能到古人者,则仁义之辞也,恶得以一艺而名之哉?仲
尼、孟子殁千余年矣,吾不及见其人,吾能知其圣且贤者,以吾读其
辞而得之者也。"②自柳冕之后,以韩、柳为代表,坚持以秦汉散文为
楷模的文人,大都秉持着"文以明道"的观念。在柳冕看来,"道"是
君子习性之中兼济天下的情怀;发展到韩、柳,则强调"道"是从尧
舜传自孔孟一贯而下的"古道",它包含了更久远、更宏大的内容,
总之,中唐时期无论是元白的"讽喻诗""新乐府",还是韩柳诸人的
"古文运动",关于诗文的创作理论都一致地强调对"古道"的继承
与发扬。而晚唐之际,李商隐、杜牧等对此却是另外一种态度。

诗歌散文是创作主体情感志意的流露表达,创作主体自身所
秉持的观念成就了诗文的特色。若创作主体师法古道,则言诗必
祖述《三百篇》,言文必宪章秦汉;反之,不以古道为然,则多旁流
屈、宋,好尚骈俪。李商隐与杜牧是晚唐前期的代表诗人,此时,中
唐推崇"文以明道"的"古文运动"余温尚炽,而李商隐、杜牧在乱离
悲观的时局中,早已不像韩、柳那般对道统延续、文化承传、大业复
兴等充满信念与热情。所以,李商隐、杜牧不约而同地表达了对
"文以明道"的抵触。李商隐在早年的书信中,云:

　　愚生二十五年矣,五年诵经书,七年弄笔砚,始闻长
老言,学道必求古,为文必有师法。常悒悒不快,退自思
曰:"夫所谓道,岂古所谓周公、孔子者独能邪?盖愚与

---

① 《答韦中立论师道书》,《全唐文》卷五七五,第5814页。
② 《寄从弟正辞书》,《全唐文》卷六三六,第6421页。

周、孔俱身之耳。以是有行道不系今古，直挥笔为文，不
爱攘取经史，讳忌时世。百经万书，异品殊流，又岂能意
分出其下哉！"①

　　李商隐认为，"古道"并非仅限于周公、孔子之道，更大言其与
周公、孔子俱是天地之中的人而已，故其作文不必师法古道，而是
师其心、任其情，挥笔之间无关于"经史"，不忌讳时世，明确地表示
对"文以明道"的排斥，对"师法古道"的淡然②。李商隐敢冒天下
之大不韪，在儒家文化仍是统治思想的中坚力量时，言可与古圣人
比肩，这是在之前的文人儒士的思想中绝对不会产生的观念。甚
而，李商隐更直接地批判了必师法孔圣的时论，云：

　　　　次山之作，其绵远长大以自然为祖，元气为根，变化
移易之。太虚无状，大贲无色，寒暑攸出，鬼神有职，南斗
北斗，东龙西虎，方嘬物色，欻何从生，哑钟复鸣，黄雉变
雄……而论者徒曰次山不师孔氏为非。呜呼！孔氏于道
德仁义外有何物？百千万年，圣贤相随于途中耳。次山

---

　　① 《上崔华州书》，《樊南文集》，上海古籍出版社，1988，第441页。
　　② 李商隐自身创作经历了由古文转向骈文的过程，《樊南甲集序》云：
"樊南生十六能著《才论》《圣论》，以古文出诸公间。后联为郓相国、华太守所
怜，居门下时，敕定奏记，始通今体。后又两为秘省房中官，恣展古集，往往咽
噱于任、范、徐、庾之间。有请作文，或时得好对切事，声势物景，哀上浮壮，能
感动人。"（《樊南文集》第426页）《新唐书》亦载："商隐初为文瑰迈奇古，及
在令狐楚府，楚本工章奏，因授其学。商隐俪偶长短，而繁缛过之。时温庭筠、
段成式俱用是相夸，号'三十六体'。"（《新唐书·李商隐传》，中华书局，1975，
第5793页）可见，李商隐早期是工于古文，后又转以创作四六文为主。此正印
证了他给崔戎的书信，也就是从创作实践上，李商隐明显地表达出对"文以明
道"的冷淡。

之书曰:三皇用真而耻圣,五帝用圣而耻明,三王用明而
耻察。嗟嗟此书,可以无书。孔氏固圣矣,次山安在其必
师之邪。①

　　李商隐反驳世人对元结诗文的评论,情辞激烈地表明其"离经
叛道"的创作观念。所云"孔氏于道德仁义外有何物",又"百千万
年,圣贤相随于途中","孔氏固圣矣,次山安在其必师之邪",反复
地说明今人不必师法孔子,认为作文不必非要关涉仁义道德。从
诗文创作的角度出发,李商隐并不奴从周孔之道,就连儒家祖述的
"三皇五帝"也不必敬畏,其肯定元结论三皇五帝之文就是出于这
样的思想。所以,李商隐反对"文以明道",主张文章抒发个人情
怀,这也是文学理论由宗《诗》向宗《骚》过渡的反映。李商隐之所
以"反道"、妄言比肩圣人,因其在观念上由"兼济"走向"独善",不
再大谈文人儒士于民族文化、于社会历史的道义担当,不再以教化
天下苍生为己任,而是关注个体自身的情感、生命,故圣人与"我"
皆是天地间的人而已。当儒家关于伦理道德的说辞,在乱世失去
制衡社会的力量,失去安抚人心的慰藉时,无怪乎有"孔氏于道德
仁义外有何物"的质疑。这份对周孔之道的"反叛",也凸显在杜牧
的文字中。
　　杜牧在《书处州韩吏部孔子庙碑阴》中云:

　　　天不生夫子于中国,中国当如何? 曰不夷狄如也。
荀卿祖夫子,李斯事荀卿,一日宰天下,尽诱夫子之徒与
书坑而焚之,曰:"徒能乱人,不若刑名狱吏治世之贤也。"

---

① 《容州经略使元结文集后序》,《樊南文集》,第433-435页。

彼商鞅者，能耕能战，能行其法，基秦为强，曰："彼仁义，
虱官也，可以置之。"自董仲舒、刘向皆言司马迁良史也，
而迁以儒分之为九，曰："博而寡要，劳而无功，不如道家
者流也。"……有天地明为之主，阴阳鬼神为之佐，夫子巍
然统而辩之，复引尧、舜、禹、汤、文、武、周公为之助，则其
徒不为劣，其治不为僻，彼四君二臣，不为无知，一旦不
信，背而之他，仍族灭之。傥不生夫子，纷纭冥昧，百家斗
起，是己所是，非己所非，天下随其时而宗之，谁敢非之。
纵有非之者，欲何所依拟而为其辞。是杨、墨、骈、慎已
降，百家之徒，庙貌而血食，十年一变法，百年一改教，横
斜高下，不知止泊。彼夷狄者，为夷狄之俗，一定而不易。
若不生夫子，是知其必不夷狄如也。①

　　杜牧假设"天不生夫子"，大有《胠箧》云"圣人生而大盗起"
"圣人不死，大盗不止"之义，认为夷狄之所以为夷狄，是因为天生
夫子，大兴礼乐教化之故；百家之所以纷争，也是因为夫子以儒道
统而辨之之故；所以，杜牧认为若夫子不生，天下冥昧，随时制宜，
则无夷夏之辨、百家争鸣。杜牧阐述的内在思路与《老子》"绝圣弃
智，民利百倍；绝仁弃义，民复慈孝；绝巧弃利，盗贼无有"同理。当
儒家的伦理道德、礼乐教化失去对社会政治的牵制力量时，杜牧开
始反思，以"天不生夫子"这种乌托邦的方式来假想、重塑历史，并
借老、庄的"无为""自然"来归咎儒家学说。显然，杜牧对儒家道义
是充满怀疑的，故特以焚书坑儒、商鞅变法、司马重道三个例子来
表明，儒家思想自身存在一些潜在的问题。出于这样的理解，因此

---

　　①　杜牧著，陈允吉校：《樊川文集》，上海古籍出版社，1978，第 105 -
106 页。

在文学观念上,杜牧也并不支持儒家历来所倡导的"诗教"说。

杜牧著《唐故平卢军节度巡官陇西李府君墓志铭》,曾引用一段李戡对元、白诗文的看法,云:

> 诗者可以歌,可以流于竹,鼓于丝。妇人小儿,皆欲讽诵,国俗薄厚,扇之于诗,如风之疾速。尝痛自元和已来有元、白诗者,纤艳不逞,非庄士雅人,多为其所破坏。流于民间,疏于屏壁,子父女母,交口教授,淫言媟语,冬寒夏热,入人肌骨,不可除去。①

杜牧同意李戡的观点,此学者多有论及。有意思的是,这段评论从追述诗歌传统开端,以诗歌反映政治风俗、播于丝竹为诗学正统,确立了以儒家诗学为标准的评价体系。进而,掊击元、白作诗纤艳,有伤风雅,并痛惜民间受此影响,以致风俗淫靡。当然,元、白不只有"艳诗",更有大量的为君、为臣、为民的"讽喻诗",但这段评论中丝毫没有提到元、白继承风雅的一面。罗宗强先生认为,这时诗人普遍"轻元、白",如李商隐为白居易作墓志铭而不及其诗文,顾陶编《唐诗类选》亦不选元、白诗,等等。"这个时期的不取元、白,似非如李戡所说的因其'纤艳不逞''淫言媟语',因为事实上这时的诗歌创作,并未废齐、梁。真正无取于元、白的,主要原因恐因其尚实、尚俗、务尽的创作倾向。这个倾向与大和至大中间诗人们的普遍的艺术追求是格格不入的。"②也就是说,这时期诗人所反对的是元、白浅切直白的表述方式,以及倡导诗歌反映政教的创作观念。李商隐、杜牧等不推崇元、白的"讽喻诗",正是由于反对

① 杜牧著,陈允吉校:《樊川文集》,第137页。
② 罗宗强:《隋唐五代文学思想史》,中华书局,2011,第229-230页。

"诗教"说。杜牧不推崇白居易，也还有私人原因在①，但总归而言是因为文学观念的不同。其反对诗文关涉政治教化，也就是反对"文以明道"。

以上，从对儒家思想的理解来看，李商隐与杜牧一致地表达了对周孔之道的质疑，这种"反道"意识直接作用于文学创作，便导致了李商隐与杜牧抵触儒家历来所主张的诗文创作要反映政教并辅助政教的文学观念。李商隐、杜牧等不热衷于"正得失、动天地、感鬼神"的《诗》学传统，而是青睐更关注个人情怀的"楚骚"，这说明此时文学思想的承传谱系已由《诗》入《骚》。

二、以"缘情"为主的诗歌创作

历代诗学评论中不乏对晚唐诗的评价，罗大经云："晚唐诗绮靡乏风骨。"②胡应麟云："杜荀鹤、李山甫委巷丛谈，否道斯极，唐亦以亡矣。"③胡震亨云："咸通而后，奢靡极，蚍蜉兆世衰而诗亦因之气萎语偷，声繁调急。"④诸如此类，宋以来的学者多以传统诗学的"风雅兴寄""风骨气格"为评价标准，认为晚唐诗绮靡格卑，是"衰世之音"。较之初、盛唐乃至中唐诗而言，晚唐诗格调辞气的确

---

①　范摅《云溪友议·钱塘论》载，白居易在钱塘时令徐凝、张祜赋诗，以徐为首，张次之。之后，杜牧守秋浦，与张祜为诗酒交，喜吟张祜之宫词，知前岁钱塘时白公有非之之论，乃怀不平之色，且为诗二首褒赞祜诗。故杜牧轻白居易，似有以也。(《白居易研究资料汇编》，古典文学出版社，1958，第32页)皮日休也提到，"牧之少年，所为亦近于祜，为祜恨白，理亦有之。"(《皮子文薮·论白居易荐徐凝屈张祜》，上海古籍出版社，1981，第240–241页)

②　罗大经：《鹤林玉露》，中华书局，1997，第226页。

③　胡应麟：《诗薮·内篇》，中华书局，1958，第82页。

④　胡震亨：《唐音癸签》，上海古籍出版社，1981，第286页。

卑弱了很多,蒋寅先生指出:"在情感内涵上,晚唐诗很少展现开阔而超越的精神气局和富于理想气质的激情,更多地转向了对日常人情、男女情爱这些一般精神世界内容的表现,抒情基调以感伤低回为主,呈现出幽微细腻、沉迷绮艳、清丽淡远、怨刺讥弹等主要表现风格。"①

晚唐诗伴随着唐末乌烟瘴气的社会政治而产生、发展,自然无法呈现如盛唐般开阔激昂的气象,但也并非完全重蹈六朝绮靡轻艳的旧辙。晚唐前期,大部分诗人并不好尚传统《诗》学所宣扬的"诗教"说,他们更关心个人情感的抒发,"日常人情、男女情爱"这类题材成了创作的主要内容。无疑,晚唐前期的诗歌创作是以"缘情"为主,但此"缘情"并不都"绮靡",这就与晚唐时文学思想源于"楚骚"大有关系。

晚唐时诗人多借效仿前贤、歆慕余风的方式来表达自己的诗学观点,晚唐前期推崇"楚骚"的诗学观念正是以这样的方式呈现出来,李商隐多次提及宋玉即是代表。李商隐在诗歌中三次谈到宋玉及其辞赋,其《席上作》云:

> 淡云轻雨拂高唐,玉殿秋来夜正长。料得也应怜宋玉,一生惟事楚襄王。②

冯浩注引钱良择云:"意狂语直,诗家恶品。"这首诗的好坏倒是其次,关键在于诗中表露了李商隐对宋玉及《高唐赋》的独特解

---

① 蒋寅:《中国古代文学通论·隋唐五代卷》,辽宁人民出版社,2005,第113页。

② 李商隐著,冯浩笺注:《玉谿生诗集笺注》,上海古籍出版社,1979,第288–289页。

读。《高唐赋》本是宋玉为楚襄王描绘高唐之状,因序中有先王遇巫山神女自荐枕席之事,故学者多将《高唐赋》《神女赋》《登徒子好色赋》三篇作为描绘女子容色与云雨之事的作品,宋玉也被视为文学弄臣。而李商隐却另辟蹊径,他用"淡云轻雨""玉殿秋夜"这样清愁淡远的意境来感受《高唐赋》,对于宋玉终其一生效忠于襄王,更是用了一个"怜"字。在唐代诗人中,李白也曾以"怜"字来形容襄王对宋玉的器重,《寄上吴王三首(其三)》云:

> 英明庐江守,声誉广平籍。洒扫黄金台,招邀青云客。客曾与天通,出入清禁中。襄王怜宋玉,愿入兰台官。①

所谓"襄王怜宋玉,愿入兰台官",此典出自《风赋》:"楚襄王游于兰台之宫,宋玉景差侍。"②"怜"字指宋玉与襄王同游兰台,备受襄王礼遇,李白借此吐露自己欲得吴王赏识的心声③。李商隐那句"料得也应怜宋玉",其实也透露出他对"君使臣以礼,臣事君以忠"的期待。李商隐一生并没有担任过要职,又因牵涉牛李党争,终不得志。他没有机会如宋玉般陪同君王左右,故因宋玉而引发的感伤多是就君臣关系而言,也是排遣自身不得器重的幽情。李商隐认为《高唐赋》是讽谏淫惑,但这不是重点,他更在意的是因忠贞讽谏而引发君王怜惜的设想,他不强调讽谏,更关注君臣之情。对"情"看重,是李商隐从"楚骚"的文学精神里得到的。《宋

---

① 李白著,王琦注:《李太白全集》卷十四,中华书局,1981,第702页。
② 萧统编,李善注:《文选》卷十三,上海古籍出版社,2019,第581页。
③ 关于李白对宋玉及其辞赋的理解,见拙文:《李杜对宋玉辞赋的接受》,《湖北社会科学》2016年第1期。

玉》云：

> 何事荆台百万家，惟教宋玉擅才华。《楚词》已不饶
> 唐勒，《风赋》何曾让景差。落日渚宫供观阁，开年云梦送
> 烟花。可怜庾信寻荒径，犹得三朝托后车。①

诗中感叹宋玉才华横溢，有幸得君王赏识。又《有感》云：
"非关宋玉有微辞，却是襄王梦觉迟。一自《高唐赋》成后，楚天
云雨尽堪疑。"②此诗可与《席上作》参看，是李商隐借宋玉自况，
说自己的诗犹如《高唐》《神女》有所寄托，字里行间充满了幽怨。
清人冯浩即指出李商隐多托事言情，得"楚骚"余韵，云："余尝谓
韩致光《香奁诗》当以贾生忧国、阮籍途穷之意读之。其他诗云：
'谋身拙为安蛇足，报国危曾捋虎须。'乃一腔热血也。既以所丁
不辰，转喉触忌，壮志文心，皆难发露，于是托为艳体，以消无聊之
况。……义山所遭之时，大胜于致光，而人品则大不如致光。至
于托事言哀，缠绵凄楚，一而已矣。义山诗法，冬郎幼必师承，《香
奁》寄恨，仿佛《无题》，皆'楚骚'之苗裔也。"③后世往往认为李
商隐的诗多是关于男女爱情，从表面看来，这样的论断并不为过。
《无题》也好，《香奁》也罢，这类诗在定性上确实很难有确切的说
法。但值得注意的是，代表李商隐创作特色、创作观念的《无题》诗
乃"楚骚之苗裔"。

　　李商隐的《无题》诗难解，冯浩云："自来解《无题》诸诗者，或

---

① 李商隐著，冯浩笺注：《玉谿生诗集笺注》，上海古籍出版社，1979，第
304 页。

② 李商隐著，冯浩笺注：《玉谿生诗集笺注》，第 459 页。

③ 李商隐著，冯浩笺注：《玉谿生诗集笺注》，第 460 页。

谓其皆属寓言,或谓其尽赋本事,各有偏见,互持莫决。"①程梦星云:"义山无题诸作,世多以艳语目之,不知义山艳语转皆有题,凡无题者皆寄托也。杨孟载能知其为寓言是矣。但皆以为感叹君臣之遇合未免郢郭,须分别观之。各有所为乃得耳。"②李商隐前后共创作了十六首《无题》诗,抒发个人情怀,其中以"昨夜星辰昨夜风"一首争议最多,或认为乃艳语,或非之。诗云:

> 昨夜星辰昨夜风,画楼西畔桂堂东。身无彩凤双飞翼,心有灵犀一点通。隔座送钩春酒暖,分曹射覆蜡灯红。嗟余听鼓应官去,走马兰台类转蓬。③

　　"身无彩凤双飞翼,心有灵犀一点通"常被用来形容男女情意相投,这首诗真的是在表白爱情吗?诗中"隔座送钩"取典钩弋夫人之事,"昭帝母钩弋夫人,手拳而有国色,先帝宠之,世人藏钩法此也。"④一类观点,或认为:"此义山在王茂元家,窃窥其闺人而为之。"⑤或认为:"此定属艳情诗,因窥见后房姬妾而作。"而另一类观点就"走马兰台"说起,认为:"此诗第一首有'兰台'字,当是初成进士,释褐秘书省校书郎调补弘农尉时作。盖叹不得立朝,将为下吏也。起用'星辰'字,用'风'字,非泛泛写景。自汉有郎官上应列宿之语,后代多以入朝为郎者为上星辰。……风则庄子所谓'吹

---

①　李商隐著,冯浩笺注:《玉谿生诗集笺注》,上海古籍出版社,1979,第135页。

②　程梦星:《重订李义山诗集笺注》,广陵书社,2011,第52页。

③　李商隐著,冯浩笺注:《玉谿生诗集笺注》,第133页。

④　《辛氏三秦记》,《玉谿生诗集笺注》冯浩注引,第134页。

⑤　赵臣瑗:《山满楼唐诗七律笺注》,《玉谿生诗集笺注》冯浩注引,第135页。

万不同之物',而失意者,有如药山禅师之对李翱所言'黑风吹堕者'也。此诗之起意谓昨始得为校书郎,方有列宿之荣,无端而出于外,乃如风吹飘落也。次句画楼桂堂比秘书省之华贵,以足上文之意。三四言身今不得复至而心未能忘情。五六句时贤之在秘书省者,风流情事当有送钩射覆、酒暖灯红之乐,结二语谓已不能与此乐事,以作尉而去,回思校书郎能无系恋,故明摅其慨叹曰'嗟予',曰'应官',曰'兰台''断蓬',词旨皆豁然也。"①今以为,第二种理解或许更合义山本意。若只作爱情诗来讲,则尾联"应官""兰台"当作何解释?李商隐以描绘暧昧情愫的写法来表达对往昔出入禁中的眷恋之情,这种"借艳情以寓慨"②的方式,正与"楚骚"的表述方式如出一辙。

罗宗强先生认为,李商隐在艺术上追求细美幽约,代表了晚唐前期诗歌思想的主要特征③。李商隐诗中这种"细美幽约"的风格,又与其朦胧、不甚分明的情感表达大有关系。李商隐另一首颇令人费解的《锦瑟》也是如此。这首诗,朱彝尊认为是"悼亡",何焯认为是"自伤",姜石曾认为"自况"④等,之所以古今阐释莫衷一是,皆因诗中所云多是意象,全在于情,并没有确定的、可依据的事实描写。"锦瑟中的一弦一柱,中有无限怅望;庄生梦蝶,中有迷惘慨叹;杜宇啼血与沧海珠泪,交错纠结。这些熔铸于喻体中的浓重情思,其实也可以把它看作没有出现的、没有清晰轮廓与明晰图像的本体。……《锦瑟》一诗,所着意要表现的,就是这多层次的朦胧

① 程梦星:《李义山诗集》,第52页。
② 《如有》冯浩注,《玉谿生诗集笺注》,第395页。
③ 罗宗强:《隋唐五代文学思想史》,中华书局,2011,第233页。
④ 据罗宗强先生引沈厚塽《李义山诗集辑评》,《隋唐五代文学思想史》,第245页。

境界与浓重的怅望、迷惘、感伤的朦胧情思。"①诚如此,李商隐大部分诗都以丰富的意象来表达朦胧复杂的情感,故前人注其诗,叹曰:"余细读全集,乃知实有寄托者多,直作艳情者少,夹杂不分,令人迷乱耳。"②

李商隐的诗,除《韩碑》《行次西郊作一百韵》《明神》等数十首关乎讽刺外,其余几乎都是抒发个人幽情的作品。一方面,晚唐政治社会并不滋养诗人拥有"为天地立心,为生民立命"的豪情壮志;另一方面,在这样的大环境中,世人对儒家积极进取、礼定褒贬的那套理论产生了怀疑,在思想上,更青睐于佛、老的避世无为,此时文人儒士或遁迹于山野,或大隐隐于市。李商隐作为身在朝廷却无法施展才华的代表,其诗歌自然多是描写人情交往、山水风景以及不得志的郁闷等,因此,李商隐的诗"缘情"而不"绮靡",更多的是感伤凄美,这是完全取道于"楚骚"的一种创作基调。这也是整个晚唐前期诗歌发展的大趋势,罗宗强先生说:"这个时期轻诗教、重抒情,宗屈、宋,尚凄艳之美者,不止义山一人。"③又如与李商隐齐名的杜牧。

杜牧乃杜佑之孙,史书云其"刚直有奇节,不为龌龊小谨,敢论列大事,指陈病利尤切至","于诗,情致豪迈,人号为'小杜',以别杜甫云"④。单从这段评述来看,杜牧仿佛有盛唐人一般的气势与胸怀,而其吟诗作文是否也有盛唐风貌? 对于前辈诗人,杜牧尤其欣赏李贺,如前引杜牧《李长吉歌诗叙》。杜牧引韩吏部之辞,称赏李贺诗歌之态、情、和、格、勇、古、色、恨怨悲愁及虚荒诞幻,凡此种

---

① 罗宗强:《隋唐五代文学思想史》,第 237 页。
② 李商隐著,冯浩笺注:《玉谿生诗集笺注》,第 135 - 136 页。
③ 罗宗强:《隋唐五代文学思想史》,第 240 页。
④ 欧阳修等撰:《新唐书·杜佑传》,中华书局,1975,第 5097 页。

种皆是关于李贺诗歌的风格艺术、情感色彩,也是李贺诗歌最典型的特征。由此,乃言"盖《骚》之苗裔",杜牧崇尚"楚骚"之心昭然若揭。杜牧蹑"楚骚"后尘,汲汲追寻"感怨刺怼""激发人意"的情理,在与庄充的书信中,杜牧详细谈道:

> 凡为文以意为主,气为辅,以辞采章句为之兵卫,未有主强盛而辅不飘逸者,兵卫不华赫而庄整者。四者高下圆折,步骤随主所指,如鸟随凤,鱼随龙,师众随汤、武,腾天潜泉,横裂天下,无不如意,苟意不先立,止以文采辞句绕前捧后,是言愈多而理愈乱,如入阛阓,纷纷然莫知其谁,暮散而已。是以意全胜者,辞愈朴而文愈高;意不胜者,辞愈华而文愈鄙。是意能遣辞,辞不能成意,大抵为文之旨如此。①

所谓"文以意为主",王运熙先生认为,此与陆机《文赋》曰"理扶质以立干,文垂条而结繁";挚虞《文章流别论》曰"古诗之赋,以情义为主,以事类为佐";范晔《狱中与诸甥侄书》曰"常谓情志所托,故当以意为主,以文传意";及刘勰《文心雕龙·情采》曰"故情者文之经,辞者理之纬。经正而后纬成,理定而后辞畅,此立文之本源也",乃同一路数②。总而言之,杜牧所谓的"意"就是"情",他认为作文要以情为主,情真而意切,方能气格自高,辞采合宜;若情伪而意乱,则辞藻越华丽,文章的格调越低迷,故情意决定了辞采,

---

① 杜牧著,陈允吉校:《樊川文集》,上海古籍出版社,1978,第 194 - 195 页。

② 王运熙:《中国文学批评通史·隋唐五代卷》,上海古籍出版社,1996,第 619 页。

辞采并不能弥补情意的不足,这就是他所主张的"为文之旨"。

杜牧主张"缘情",但又与六朝之"缘情"不同,其《献诗启》云:

> 某苦心为诗,本求高绝,不务奇丽,不涉习俗,不今不
> 古,处于中间。既无其才,徒有其奇,篇成在纸,多自焚
> 之。今谨录一百五十篇,编为一轴,封留献上。①

杜牧说自己作诗,并不拘于今古,不关涉"习俗",也不务求"奇丽",他并没有恪守传统《诗》学"移风易俗"的理论,也没有遵从"诗缘情而绮靡"的主张,这与前文李商隐所谓"以是有行道不系今古,直挥笔为文,不爱攘取经史,讳忌时世。百经万书,异品殊流,又岂能意分出其下哉"出于同一文学观念,即以"情"为主的观念。此"缘情"远祖"楚骚",是一种悲凉感伤、凄美怅望的情感。

杜牧的作品,之后裴延翰编为《樊川文集》,并作《序》历叙其文章之高妙,在盛赞之辞中有一点须辨明,裴延翰云:"探采古作者之论,以屈原、宋玉、贾谊、司马迁、相如、扬雄、刘向、班固为世魁杰。然骚人之辞怨刺愤怼,虽援及君臣教化,而不能霑洽持论。相如、子云瑰丽诡变,讽多要寡,漫羡无归,不见治乱;贾、马、刘、班,乘时君之善否,直豁己臆,奋然以拯世扶物为任,纂绪造端,必不空言,言之所及,则君臣礼乐教化赏罚,无不包焉。"后又云杜牧"有意趋贾、马、刘、班之藩墙","包诗人之轨宪,整扬马之衙阵,耸曹刘之骨气,掇颜、谢之物色,然未始不拨剔治本,缃幅道义,钩索于经史,抵御于理化也。"②杜牧的文章中多有涉及政治时论、治乱兴亡的作品,但并非如裴延翰所誉赞的那般——完全以政教道义为主要内

---

① 杜牧著,陈允吉校:《樊川文集》,上海古籍出版社,1978,第 242 页。
② 杜牧著,陈允吉校:《樊川文集》,上海古籍出版社,1978,第 1 - 2 页。

容——其实在诗歌创作中,杜牧并没有趋《诗》之藩墙,而是近骚人之感伤。

　　蒋寅先生将晚唐诗风分为四类,一是苦吟清浅;二是清丽感伤;三是深婉绮艳;四是反思怨刺。并指出杜牧、张祜、李群玉等正是萧瑟感伤风格的代表。杜牧诗多感伤,尤见于其怀古伤今、感叹盛衰的一类诗。《过勤政楼》:"千秋令节名空在,承露丝囊世已无。唯有紫苔偏称意,年年因雨上金铺。"①乃以物是人非的对照,突出心中的感伤。《登乐游原》云:"长空澹澹孤鸟没,万古消沉向此中。看取汉家何事业,五陵无树起秋风。"②《江南春绝句》云:"千里莺啼绿映红,水村山郭酒旗风。南朝四百八十寺,多少楼台烟雨中?"③这类怀古诗,向历史的深处看去,所有的成败兴衰都被这延伸的历史镌刻,回溯静静流淌而过的岁月,其间风起云涌、山川变幻、物换星移,作者眼及之处,情动于中,在今非昔比的强烈反差下,不由得发出"古往今来只如此"的慨叹。天地悠悠,时世乱离,杜牧也常自遣郁结:"四十已云老,况逢忧窘余。且抽持板手,却展小年书。嗜酒狂嫌阮,知非晚笑蘧。闻流宁叹吒,待俗不亲疏。遇事知裁翦,操心识卷舒。还称二千石,于我意何如?"④又:"落魄江南载酒行,楚腰肠断掌中轻。十年一觉扬州梦,赢得青楼薄幸名。"⑤杜牧自我排遣的方式是如此放浪形骸、随性而为,又因创作过数十首闺情香艳的诗,所以,世人多以创作艳诗来定位杜牧。实际上,杜牧诗多是继骚人之辞,传达郁闷感伤的情怀。总之,李商

---

① 杜牧著,冯集梧注:《樊川诗集注》,上海古籍出版社,1978,第130页。
② 杜牧著,冯集梧注:《樊川诗集注》,第140页。
③ 杜牧著,冯集梧注:《樊川诗集注》,第201页。
④ 《自遣》,《樊川诗集注》,第163页。
⑤ 《遣怀》,《全唐诗》,中华书局,1960,第5998页。

隐与杜牧都是晚唐前期"缘情"作诗的代表,二者无论在诗学思想上,还是创作实践上都一致地表现出崇尚"楚骚"的特征。而诗学发展至晚唐末期,则是另外一番景象。

第三节 祖述"诗教"与崇尚"楚骚"

唐朝末期王权政治衰落,以皇帝废立之权尽归北司为明证,史书云:"唐自穆宗以来八世,而为宦官所立者七君。然则唐之衰亡,岂止方镇之患?盖朝廷天下之本也,人君者朝廷之本也,始即位者人君之本也。其本始不正,欲以正天下,其可得乎?"①唐朝至"甘露之变"后,"自是天下事皆决于北司"②,陈寅恪先生说:"皇帝居宫中亦是广义之模范监狱罪囚。"③皇帝失去实权沦为傀儡,为政昏庸无能。懿宗时,翰林学士刘允章上书言国家政治之弊端,以"八入""九破""八苦""五去"对当时的任官制度、政治现状、民生疾苦作了全面的概述,云:"人有五去而无一归,有八苦而无一乐,国有九破而无一成,官有八入而无一出,凡有三十余条,上古以来未之有也。天下百姓哀号于道路,逃窜于山泽,夫妻不相活,父子不相救,百姓有冤诉于州县,州县不理;诉于宰相,宰相不理;诉于陛下,陛下不理。何以归哉?"又云:"士卒荡尽于中原,玉帛多亡于道路,岭外仍令节度四面讨除,苍生嗷嗷何负陛下令?"④这样一个从朝政到边患,从民生到兵役,从皇帝到群臣都令人绝望、无可救药的末世,身处其中的诗人是怎样的心境,或心灰意冷,"不共诸侯分邑

---

① 欧阳修等撰:《新唐书》,中华书局,1975,第281页。
② 司马光:《资治通鉴》,中华书局,1956,第7919页。
③ 陈寅恪:《唐代政治述论稿》,商务印书馆,2012,第319页。
④ 《直谏书》,《全唐文》卷八〇四,中华书局,2009,第8449页。

里,不与天子专隍陴。静则守桑柘,乱则逃妻儿"①;或透彻悲凉,
"宁为宇宙闲吟客,怕作乾坤窃禄人"②;或绝望讽刺,"西北乡关近
帝京,烟尘一片正伤情。愁看地色连空色,静听歌声似哭声。"③这
是他们诗歌中所流露的真切的末世情感。当时的诗人纵有鸿鹄之
志,平步青云之心,在这样的时局中也不过是折断羽翼,痴人说梦
罢了。他们时而也作"呓语",如"深知造化由君力,试为吹嘘借与
春"④;"谁能借与抟扶势,万里飘飘试一飞"⑤;"对此空惭圣明代,
忍教缨上有尘埃"⑥,在这大黑暗中欲明志进取,都是带着一种死而
后生的悲壮与荒诞,屡次出现的"试"字表明诗人在"呓语"中也清
醒地带着孱弱的情感。如果,此时的诗人就是毫无悬念地表现出
这种生不逢时的悲苦郁闷、愤恨绝望,那也不足为奇。然而,令人
费解的是,在文学观念的阐述上,此时的诗人表达出要"上剥远非,
下补近失"的积极态度。这种文学观念与创作实践之间的不一致,
或许也正是诗人在大绝望中作"呓语"的原因。

一、祖述"诗教"的诗学理论

　　文学理论、文学批评认为文学是反映人内心情感、寄托人情思
的载体,号召"文学自觉"的学者也多认为文学"独立",要努力挣脱
传统政治文学、功利文学的拘囿,然而有一点是文学血脉里根深蒂

---

①　陆龟蒙:《散人歌》,《甫里先生文集》卷十七,《四部丛刊》本。
②　杜荀鹤:《自叙》,《全唐诗》,第7975页。
③　司空图:《浙川二首》之二,《司空表圣诗集》卷一,《四部丛刊》本。
④　李山甫:《风》,《全唐诗》,第7361页。
⑤　李咸用:《投所知》,《全唐诗》,第7408页。
⑥　罗隐:《汉江上作》,《全唐诗》,第7552页。

固存在的,是无论如何也断不了的联系,即文学源于人的情感思想,那么又如何能摆脱社会政治、历史环境、文化思潮的影响? 陷入绝望的诗人笔下也有风云月露,而这与和平时代的风云月露没有区别吗? 身在盛世的人也叹仕途失意,那这与末世文人的仕途失意会是一样的情感吗? 文学若只是一门堆砌辞藻、讲究声律、好尚形式的技艺,那么它可以通过修饰、模仿来掩盖文字之下的诗人真情,而一旦文学讲究气韵、灵魂,那支撑其格调的必然是诗人的思想与情感,也就必然离不开历史背景与社会现实。这与文学理论主张反映政治并没有直接关系,故所谓"治世之音,安以乐,其政和;乱世之音,怨以怒,其政乖;亡国之音,哀以思,其民困",并不完全是从政教的角度而言。与文学自身的表现形态相比,文学理论、文学批评则更具有主观性,这大部分是由诗人的主观意愿来左右。人的情感总会受到社会环境、历史背景等因素影响,而理性思维却是相对自由的。所以,在腐朽败坏的黑暗时期,也有诗人大谈诗歌裨补时政的功用。

晚唐前期,王朝政治就已逐渐走向衰落,此时以李商隐、杜牧为代表,已开始怀疑儒家那套人伦政治、礼义道德的说辞,进而也并不热衷儒家所倡导的"文道"与"诗教"。反而到了无可救药的后期,以皮日休、吴融、黄滔等为代表却重新拉起了"文道"与"诗教"的大旗。

关于皮日休的生平,两《唐书》均无明确记载。据皮日休自述,祖上有因武功而封王者,有因贤良而官至大夫者,虽唐时多湮没无闻,唯其从祖举进士有名,累官至刺史;其从翁明经及第,累官至项城令。至皮日休之世,定居于襄阳竟陵,"或农竟陵,或隐鹿门,皆不拘冠冕"①,皮日休亦居于鹿门山,《全唐文》有小传:"咸通八年

① 皮日休:《皮子世录》,《皮子文薮》,上海古籍出版社,1981,第117页。

登进士,授著作佐郎,迁太常博士。乾符中,为昆陵副使。黄巢之乱,陷贼中,伪署学士。使为谶文,疑其讥己,遂害之。"①皮日休的仕宦经历对于那个动乱的时代来说并不足为奇,而重点是皮日休在祖辈或农或隐之后却选择了积极出世,并且在历数族谱时以祖上对社稷有功为荣,这皆说明皮日休的价值观深受儒家影响,在他的著述中也有鲜明的体现。

皮日休著《鹿门隐书》六十篇,务在阐发"圣人之道",序云:"醉士隐于鹿门,不醉则游,不游则息,息于道,思其所未至;息于文,惭其所未周,故复草《隐书》焉。呜呼!古圣王能旌夫山谷民之善者,意在斯乎?"②皮日休隐于山林草野之间,却心慕古道,忧虑时世;提到贤人在野终得明主赏识。盖因此,说明皮日休是怀着被君王重用的期待,而这于当时的政治时局来说,无疑有种痴人说梦般壮烈的伤感。其《隐书》云:

> 民之性多暴,圣人导之以其仁;民性多逆,圣人导之以其义;民性多纵,圣人导之以其礼;民性多愚,圣人导之以其智;民性多妄,圣人导之以其信。若然者,圣人导之于天下,贤人导之于国,众人导之于家。后之人反导为取,反取为夺,故取天下以仁,得天下而不仁矣;取国以义,得国而不义矣;取名位以礼,得名位而不礼矣;取权势以智,得权势而不智矣;取朋友以信,得朋友而不信矣。尧舜导而得也,非取也,得之而仁;殷周取而得也,得之亦仁。吾谓自巨君、孟德已后,行仁义礼智信者,皆夺而得

---

① 董诰等编:《全唐文》卷七九六,第8341页。
② 皮日休:《鹿门隐书》,《皮子文薮》,第91页。

者也,悲夫!①

皮日休认为儒家的"仁义礼智信"是教化民众、统治天下的最佳方式。此五德本是儒家用来养成"君子人格"的一套理论,皮日休融合《大学》修身、齐家、治国、平天下之道,延伸为推行仁政的道理。自此可见,其骨子里仍是以儒家道义为核心思想。

皮日休推崇韩愈,主张文章裨补时阙,其创作实践以此为准则,云:"赋者,古诗之流也。伤前王太佚,作《忧赋》;虑民道难济,作《河桥赋》;念下情不达,作《霍山赋》;悯寒士道壅,作《桃花赋》。"②关于皮日休的文章,鲁迅先生在《小品文的危机》中说:"皮日休和陆龟蒙自以为隐士,别人也称之为隐士,而看他们在《皮子文薮》和《笠泽丛书》中的小品文,并没有忘记天下,正是一塌糊涂的泥塘里的光彩和锋芒。"③在黑暗阴郁的时代,皮日休等如一束微弱的光芒,带着并不切实的信念与梦想,坚定地追溯古道,他们在文章中批判社会现实、指斥政治腐朽、忧叹民生疾苦,就像皮日休《桃花赋》自序云:"日休于文,尚矣,状花卉,体风物,非有所讽,辄抑而不发。"④所以,他愤激地抨击:

　　古之官人也,以天下为己累,故己忧之;今之官人也,以己为天下累,故人忧之。⑤
　　古之决狱,得民情也,哀;今之决狱,得民情也,喜;哀

---

①　皮日休:《皮子文薮》,第 92 页。
②　《文薮序》,《皮子文薮》,第 2 页。
③　鲁迅:《南腔北调集》,《鲁迅全集》第四卷,人民文学出版社,2005,第591 页。
④　《桃花赋序》,《皮子文薮》,第 9 页。
⑤　《鹿门隐书》,《皮子文薮》,第 94 页。

之者,哀其化之不行;喜之者,喜其赏之必至。①

　　古之置吏也,将以逐盗;今之置吏也,将以为盗。②

时代不堪如此,曾经主明臣贤的唐王朝早已是强弩之末,皮日休等对腐朽的现实有清晰的认识,却并未停下讽议之笔:

　　今之愚民,谓己肉可以愈父母之病,必剔而饲之。大者邀县官之赏,小者市乡党之誉。讹风习习,扇成厥俗,通儒不以言,执政不以禁,昔墨氏摩顶至踵,断指存胫,谓之兼爱。今之愚民如是,其兼爱邪? 设使虞舜縻骨节,曾参臁肢体,乐正子春伤足不忧,汉景吮痈无难,今之有是者,吾犹以为不可,况无是理哉? ③

此论孝义风俗,又论兵戎民命:

　　古之取天下也以民心,今之取天下也以民命。唐、虞尚仁,天下之民从而帝之,不曰取天下以民心者乎? 汉、魏尚权,驱赤子于利刃之下,争寸土于百战之内,由士为诸侯,由诸侯为天子,非兵不能威,非战不能服,不曰取天下以民命者乎? 由是,编之为术,术愈精而杀人愈多,法益切而害物益甚。呜呼! 其亦不仁矣。蚩蚩之类,不敢惜死者,上惧乎刑,次贪乎赏。民之于君,由子也,何异乎

---

①　《鹿门隐书》,《皮子文薮》,第97页。
②　《鹿门隐书》,《皮子文薮》,第99页。
③　《鄙孝议上篇》,《皮子文薮》,第81页。

父欲杀其子,先绐以威,后啗以利哉?①

皮日休从儒家的仁义出发,批判穷兵黩武无异于草菅人命。以上,无论是风俗还是时政,皮日休都用犀利的笔触直指君王权臣,《祝疟疠文》更毫不避讳地将叛臣逆子、篡权恃威者、媚颜亡国者、佞言惑君者皆比作疠疾②,情辞激烈地痛斥一番。这对于晚唐末期而言,名副其实是"一塌糊涂的泥塘里的光彩和锋芒"。

晚唐末期,除皮日休外,陆龟蒙、罗隐也有不少讽刺时病的作品③,皆是愤世疾邪之情充溢于字里行间。以皮、陆为代表形成了一种以讽刺时政、抨击现实为主的文章风格。蒋寅先生说:"小品文在晚唐文坛上突放光辉,未免出人意料,然而也是时势使然。时代在没落,豪情已消退,有的只是冷眼与愤激,一些关注现实的文士,最想表达的是讽刺,短小精干的小品文恰能适合这种需要,他们的小品文属于杂文式讽刺小品,词锋锐利,批评深刻,与明代的情韵小品又自不同,可以算是中唐古文的变徵之音。"④确切地说,皮日休等承续古文运动的余风,在创作理论的阐述上因袭了古文运动的精髓,但实际上却与古文派的作品并不相同。罗宗强先生说:"从皮日休、陆龟蒙、罗隐的短篇散文的倾向中,可以清楚地看出,散文文体文风改革又有了进一步的发展。这个发展,就是从文明道说发展到直接指陈时病。他们虽然仍以元次山、韩愈为榜样,

---

① 《读司马法》,《皮子文薮》,第 62 页。

② 《祝疟疠文》,《皮子文薮》,第 45 页。

③ 如陆龟蒙作《记稻鼠》《禽暴》《蠹化》等,都是以比喻的形式来批判社会现实;罗隐作《越妇言》《荆巫》《屏赋》等也是揭露政治风俗鄙恶,罗宗强先生对此有详细分析。(见《隋唐五代文学思想史》,第 252 页)

④ 蒋寅:《中国古代文学通论·隋唐五代卷》,辽宁人民出版社,2005,第170 页。

但着眼点已不在于明古圣先王之道,挽救弊政,与朝廷合作;他们的主要倾向,是把什么都看透了,是一种冷眼旁观、与朝政不合作的态度。"①从"文以明道"到"讽刺批判",是古文派与皮、陆等最主要的区别。皮、陆讽刺当局,正说明他们并没有完全放弃,他们并不是不与朝政合作,而是大势所趋,当时的政治条件并没有为他们提供这样的机会,他们只好带着失望冷眼旁观,带着不甘讽刺批判。总之,关于散文创作,晚唐文人在理论上主张"下补近失",而创作实践上却以辛辣的讽刺为主,呈现出并不一致的特征,这种理论与实践之间的差异在诗学发展上更加明显。

与"文道"论同步,皮日休、吴融、黄滔等主张诗歌创作要以"美刺比兴"为旨要,"诗教"说在晚唐末期又再度提起。皮日休云:

> 诗有六艺,其一曰"比",比者,定物之情状也。则必谓之才,才之备者,于圣为六艺,于贤为声诗。噫!春秋之后,《颂》声亡寝,降及汉氏,诗道浸作,然《二雅》之风,委而不兴矣。……建安以降,江左君臣得其浮艳,然诗之六艺微矣。逮及吾唐开元之世,易其体为律焉,始切于俪偶,拘于声势。《诗》云:"觏闵既多,受侮不少。"其对也工矣。《尧典》曰:"声依永,律和声。"其为律也甚矣。由汉及唐,诗之道尽矣。②

这段评论与白居易在《与元九书》中所云极为相近,皆是感叹"诗道"之寖亡。皮日休认为工于俪偶、拘于声律之风兴起,使得诗歌创作沉迷于形式,则"诗之道尽矣"。他主张"诗道"以《雅》《颂》

---

① 罗宗强:《隋唐五代文学思想史》,第253页。
② 《松陵集序》,《皮子文薮》,第235页。

为典范,以颂美与讽刺为主,云:

> 乐府,盖古圣王采天下之诗,欲以知国之利病,民之
> 休戚者也。得之者,命司乐氏入之于埙篪,和之以管籥。
> 诗之美也,闻之足以观乎功;诗之刺也,闻之足以戒乎政。
> 故《周礼》,太师之职掌教六诗。小师之职掌讽诵诗。由
> 是观之,乐府之道大矣。今之所谓乐府者,唯以魏、晋之
> 侈丽,陈、梁之浮艳,谓之乐府诗,真不然矣!故尝有可悲
> 可惧者,时宣于咏歌,总十篇,故命曰“正乐府诗”。①

皮日休效仿白居易作《正乐府诗》,其所谓“诗道”及“乐府诗”
却并非照搬白居易的理论。白居易云:“洎周衰秦兴,采诗官废,上
不以诗补察时政,下不以歌泄导人情:乃至于谄成之风动,救失之
道缺,于时,六义始刓矣。《国风》变为骚辞,五言始于苏、李。苏、
李骚人,皆不遇者,各系其志,发而为文。故河梁之句,止于伤别;
泽畔之吟,归于怨思:彷徨抑郁,不暇及他耳。然去《诗》未远,梗概
尚存。故兴离别,则引双凫一雁为喻;讽君子小人,则引香草恶鸟
为比;虽义类不具,犹得风人之什二三焉。于时,六义始缺矣。晋、
宋已还,得者盖寡。以康乐之奥博,多溺于山水;以渊明之高古,偏
放于田园。江鲍之流,又狭于此。如梁鸿《五噫》之例者,百无一二
焉。于时,六义寖微矣。”②一则,白居易同样以“六义”为诗道之旨
要,特别注重《国风》,而皮日休多言《雅》《颂》;二则,白居易强调
“比兴”及其背后“温柔敦厚”的诗教,而皮日休唯强调“比”,认为
比乃“定物之情状”,并未领会“比”对于诗教的意义;三则,白居易

---

① 《正乐府序》,《皮子文薮》,第 107 页。
② 白居易著,顾学颉点校:《白居易集》,第 960–961 页。

认为诗歌用于泄导人情、裨补时阙，皮日休认为诗歌重在抒发人情，即所谓"言之者无罪"。因此，白居易提出"新乐府"理论是"为君、为臣、为民、为物、为事而作，不为文而作也"①，而皮日休言"尝有可悲可惧者，时宜于咏歌，总十篇，故命曰'正乐府诗'"，很明显一者是为时政而发，一者是为内心郁闷而发，罗宗强先生说皮日休"把白居易在新乐府中的以概念写诗的缺点，都接受过来了，而白居易突破概念而写出实生活的地方，他却并没有学到"②。究其根本，还是因为皮日休的"诗教"说、"诗道"论，从表面上看还是沿袭着传统的那套说法，但其实是空架子，有一点即可简要证明，在《论白居易荐徐凝屈张祜》中，其云：

> 乐天方以实行求才，荐凝而抑祜，其在当时，理其然也。令狐楚以祜诗三百篇上之，元稹曰："雕虫小技，或奖激之，恐害风教。"祜在元、白时，其誉不甚持重。杜牧之刺池州，祜且老矣，诗益高，名益重。然牧之少年，所为亦近于祜，为祜恨白，理亦有之。余尝谓文章之难，在发源之难也。元、白之心，本乎立教，乃寓意于乐府，雍容宛转之词，谓之"讽喻"，谓之"闲适"。③

从这段辩白之词，可见皮日休虽尊崇元、白，但其实元、白的诗学理论他并没有仔细领会。白居易在定义"讽喻"与"闲适"时，云："仆志在兼济，行在独善：奉而始终之则为道，言而发明之则为诗。谓之'讽喻诗'，兼济之志也。谓之'闲适诗'，独善之义也。故览仆

---

① 　《新乐府序》，《白居易集》，第52页。
② 　罗宗强：《隋唐五代文学思想史》，第256页。
③ 　皮日休：《皮子文薮》，第240－241页。

诗,知仆之道焉。……至于'讽喻'者,意激而言质;'闲适'者,思澹而词迂。"①"讽喻"和"闲适"正是渗透了儒家"达则兼济天下,穷则独善其身"的道义,本是两种不同的诗歌范式,且无论是"讽喻"还是"闲适"都不是皮日休所谓的"雍容宛转之词",白居易的"新乐府"包含在"讽喻诗"之中,这类诗字字都包含着讽劝时政的目的,皮日休之所以会认为"雍容宛转"是"讽喻",且用此来模糊"讽喻"与"闲适"的界限,就在于他的诗教理论表面虽是主张讽颂的老调,实际上是以排解个人情绪为主。正如散文创作,皮日休尊崇韩愈,提倡"文道",而实际也是以犀利的讽刺来抒怀而已。所以,皮日休的"诗教"说与传统"诗教"说的区别是,皮日休不是以"正得失、美教化、移风俗、厚人伦"为主,而是以抒发个人愤懑为主。因此,他也谈讽刺劝诫,不过这只是排解个人情绪的附带品罢了。

　　吴融、黄滔等也主张"诗教"说,吴融云:"夫诗之作者,善善则咏颂之,恶恶则风刺之。苟不能本此二者,韵虽甚切,犹土木偶不生于气血,何所尚哉?自风雅之道息,为五言七言诗者,皆率拘以句度属对焉。既有所拘,则演情叙事不尽矣。且歌与诗其道一也。然诗之所拘悉无之,足得于意,取非常语,语非常意,意又尽则为善矣。"又论国朝诗人唯李白、白居易不失颂咏风刺之道,最后认为"君子萌一心,发一言,亦当有益于事,矧极思属词,得不动关于教化?"②吴融与皮日休一样从反对声律形式谈起,倡导"风雅之道",此处吴融提出诗以尽意,此意要益于事、关乎教化,这是源于传统诗教说的理论。而吴融的创作实践却并没有践行他所主张的这套理论,今所存的吴融诗几乎没有一首是关乎教化的。黄滔也是如此,其云:

---

① 《与元九书》,《白居易集》,第 964 – 965 页。
② 《禅月集序》,《全唐文》卷八二〇,第 8643 页。

言为心师,志之所之以为诗,斯乃典谟训诰也。且诗本
于国风王泽,将以刺上化下,苟不如是,曷诗人乎? 今以世
言之者,谓谁是如见古贤焉? 况其笼络乎天地日月,出没其
希夷恍惚,著物象谓之文,动物情谓之声,文不正则声不应,
何以谓之不正不应? 天地笼万物,物物各有其状,各有其
态,指言之不当则不应,由是圣人删诗,取之合于《韶》
《武》,故能动天地、感鬼神,其次亦犹琴之舞鹤跃鱼,歌之遏
云落尘,盖声之志也。琴之与歌尚尔,况惟诗乎? 且降自晋
宋梁陈已来,诗人不可胜纪,莫不盛多猗顿之富,贵叠隋侯
之珍,不知百卷之中,数篇之内,声文之应者,几人乎? 大唐
前有李、杜,后有元、白,信若沧溟无际,华岳于天然。①

　　黄滔提出"文不正则声不应",并将圣人"删诗"解释为删去不
当之言以得万物之应,故合于天地鬼神。借此"声文之应"的理论,
他认为诗歌要以反映万物民众的情状为主,不能堆砌辞藻、务求华
丽,主张诗歌要写实,以起到规讽教化的作用,这也是忠于诗教说
的表达,而黄滔的诗仍然找不到涉及教化的作品。

　　可见,晚唐末期的诗人,他们在诗文的创作理论上,热情地追
溯儒家传统的文学观念,高蹈讽刺兴咏以正时政之得失,故在腐朽
绝望的时代末期,"文道"论与"诗教"说再度兴起。然而,此时的理
论虽源于传统观念,但与传统观念并不同,散文从"文以明道"到
"讽刺批判";诗歌则从"裨补时阙"到"泄导人情",传统观念中关
于规劝教化的部分都消失了。这时文学发展的总体特征是,在儒
家传统的文学观念的遮掩下,弥漫着一种以抒发个人情感为主的

---

① 《答陈磻隐论诗书》,《全唐文》卷八二三,第8671页。

"楚骚"崇拜,此时的诗歌创作实践及诗学批评可印证。这便吻合了整个晚唐诗学"由《诗》入《骚》"的发展走向。

二、崇尚"楚骚"的诗学实践

晚唐末期的文学理论,也传达着崇尚"楚骚"的信息。在皮日休阐述文论的几篇文字中都能找到相关资料。《松陵集序》云:"古之士穷达必形于歌咏,苟欲见乎志,非文不能宣也。"此"志"指因个人穷达而生发的情感,并非"诗言志"中关乎政教的"志"。《文薮序》又云:"《离骚》者,文之菁英者。"皮日休认为《离骚》有宏奥之旨,其仿《离骚》而作《九讽》,《序》云:

> 在昔屈平既放,作《离骚经》,正诡俗而为《九歌》;辨穷愁而为《九章》;是后词人,撼而为之。皆所以嗜其丽词,撢其逸藻者也。至若宋玉之《九辩》,王褒之《九怀》,刘向之《九叹》,王逸之《九思》,其为清怨素艳,幽挟古秀,皆得芝兰之芬芳,鸾凤之毛羽也。然自屈原以降,继而作者,皆相去数百祀,足知其文难述,其词罕继者矣,大凡有文人不择难易,皆出于毫端者,乃大作者也。扬雄之文,丘、轲乎?而有《广骚》也;梁竦之词,班、马乎?而有《悼骚》也。又不知王逸奚罪其文,不以二家之述,为《离骚》之两派也?昔者圣贤不偶命,必著书以见志,况斯文之怨抑欤?①

这段序言中,皮日休称为《离骚经》,王逸也曾称为《离骚经》,

---

① 《九讽系述序》,《皮子文薮》,第 11 页。

云:"离,别也。骚,愁也。经,径也。言己放逐离别,中心愁思,犹依道径,以风谏君。"①宋代学者洪兴祖云:"古人引《离骚》未有言'经'者,盖后世之士祖述其词,尊之为经耳,非屈原意也。逸说非是。"②今按,洪说为是,后人加"经"是出于尊崇,并不是指"依道径"云云。晚唐前期文人引《骚》均未见加"经"字,至皮日休则加之,是何缘由?从皮日休一贯的理论主张来看,这与他表面上尊崇儒家传统的文学观念有关。皮日休借用儒家确立经典的方式来回应"楚骚",他非要将《离骚》作为"经"来作阐述,这不正与其倡导"文道""诗教"而又有别于传统是同一路数吗?皮日休用政教论来包装"楚骚",所以,《九歌》本是屈原哀叹自伤之词,皮日休云"正诡俗";《九章》本是屈原发愤抒情之作,皮日休云"辨穷愁",这都是用儒家传统的文学观念来生搬硬套,唯有最后"昔者圣贤不偶命,必著书以见志,况斯文之怨抑欤",这才是"楚骚"的特征,即以抒发个人情怀为主。

　　皮日休作诗以闲适题材为主,多记游赏、寻访、渔樵、酒茶什物等,具有代表性的是他与陆龟蒙之间的唱和之作及咏茶、咏酒的组诗,如《奉和鲁望渔具十五咏》《添渔具诗》(五首)、《奉和鲁望樵人十咏》《酒中十咏》《奉和添酒中六咏》《茶中杂咏》(十首),共有56首之多。在国家板荡之际,皮日休大部分诗完全展现的是闲云野鹤般的生活,这与他之前频繁主张文章"上剥远非、下补近失",主张诗歌"讽颂劝诫",可以说是背道而驰。罗宗强先生说:"大量的诗人,在乱离的生活环境中,追求一种平静的心境。他们好像是在寻求精神寄托,寻求一种精神的避风港。这种心境的追求,与他们所处时代的气氛是格格不入的。因此,他们的诗中,便常常表现为精神的空虚。即便是这时在散文创作中敢于指陈时病的作者,在

---

① 洪兴祖:《楚辞补注》,中华书局,2014,第2页。
② 洪兴祖:《楚辞补注》,中华书局,2014,第2页。

诗歌中也未能免于此弊。皮日休和陆龟蒙的大量唱和诗就都是这样的作品，几乎无一可读。皮日休的二十首《太湖诗》也如此。他们大量写闲居、垂钓、茶具、酒具、渔具，反映他们的闲逸生活，追求一种冲淡的无拘束的精神境界，但是处处反映出的却是空寂与无聊，可以说是心如死水。"①这寄情山水、不问世事的淡泊，不就是皮日休、陆龟蒙等抒发郁闷穷愁，表达冲淡隐逸之志的方式吗？正是皮日休所谓："昔者圣贤不偶命，必著书以见志，况斯文之怨抑欤？"

　　以皮日休、陆龟蒙为代表，"追求淡泊情思与淡泊境界"②，这是晚唐诗歌的发展趋势之一；二是"追求绮艳清丽的诗风"③，以韩偓、韦庄为代表，总归而言，晚唐末期的诗歌创作都没有遵从"诗教"说，而是走向了以抒情为主的"楚骚"传统。

　　韩偓诗乃"楚骚"之苗裔，清人冯浩云："余尝谓韩致光《香奁诗》当以贾生忧国、阮籍途穷之意读之。其他诗云：'谋身拙为安蛇足，报国危曾捋虎须。'乃一腔热血也。既以所丁不辰，转喉触忌，壮志文心，皆难发露，于是托为艳体，以消无聊之况。……义山所遭之时，大胜于致光，而人品则大不如致光。至于托事言哀，缠绵凄楚，一而已矣。义山诗法，冬郎幼必师承，《香奁》寄恨，仿佛《无题》，皆'楚骚'之苗裔也。"虽冯浩将《香奁集》作为韩偓诗的代表有欠妥当④，而其

----

① 罗宗强：《隋唐五代文学思想史》，中华书局，2011，第 261 页。
② 罗宗强：《隋唐五代文学思想史》，第 261 页。
③ 罗宗强：《隋唐五代文学思想史》，第 258 页。
④ 此处需作说明，即关于《香奁集》的归属问题。自宋代以来这个问题就一直莫衷一是，以沈括为代表，认为《香奁集》乃和凝所作；而葛立方等认为《香奁集》确为韩偓作。今按，以徐复观先生的考证为是。徐复观先生认为《香奁集》是和凝所编，云："和凝选集韩偓一部分较为绮丽之诗，再加上自己的一些少作，以成《香奁集》。"（徐复观：《韩偓诗与〈香奁集〉论考》，《中国文学论集》，九州出版社，2014，第 253 页）

指出韩偓诗乃"楚骚"之苗裔却很有见地。之后,吴闿生亦云:"韩致尧为晚唐大家,其忠亮大节,亡国悲愤,具在篇章,而含意悱恻,词旨幽眇,有美人香草之遗。"①故韩偓诗不只是绮艳,更多的是带着家国兴亡的悲凉,寓意深远,有"楚骚"之遗韵。史书云:"懿、僖以来,王道日失厥序,腐尹塞朝,贤人遁逃,四方豪英,各附所合而奋。天子块然,所与者惟佞愎庸奴,乃欲郤横流、支已颠,宁不殆哉!观紫、朴辈不次而用,捭豚臑拒狠牙,趣亡而已。一韩偓不能容,况贤者哉?"②韩偓曾在昭宗欲励精图治时,竭力效忠于左右,后朱全忠阴篡大权,韩偓知国祚衰微、大势已去,乃辗转至福建,隐居不出。一生的仕宦经历如此,有着大失望、大悲愤的韩偓,其笔下诗歌又如何呈现"楚骚"的"美人香草之遗"呢?

韩偓诗歌创作的特色,缪钺先生说:"他感愤时事,报国无从,唐亡之后,常怀郁结。但是当他发为诗篇时,不是以爽朗之笔直抒激壮之怀,而是以深微、沉郁、低回、掩抑的笔法与情调以寓其隐痛。"③韩偓常寓情于物、借物言情,深隐郁悒,如《春尽》:

> 惜春连日醉昏昏,醒后衣裳见酒痕。细水浮花归别涧,断云含雨入孤村。人闲易得芳时恨,地迥难招自古魂。惭愧流莺相厚意,清晨犹为到西园。④

诗中全是景语,而家国罹难、身世无寄的悲哀却深藏在酒痕、

---

① 《韩翰林集跋》,《韩翰林集》,《丛书集成续编》第164册,新文丰出版公司,1988,第976页。
② 欧阳修等撰:《新唐书》,中华书局,1975,第5390页。
③ 《论韩偓词》,《灵谿词说》,上海古籍出版社,1987,第45页。
④ 《韩翰林集》卷二,《丛书集成续编》第164册,1989,第962页。

断云、孤村之间。又如《夜船》：

> 野云低迷烟苍苍，平波挥目如凝霜。月明船上帘幕
> 卷，露重岸头花木香。村远夜深无火烛，江寒坐久换衣
> 裳。诚知不觉天将曙，几簇青山雁一行。①

也全是写景，而流离辗转的悲凉从云烟苍苍、村社无光、露寒
衾薄弥漫而出。又如：

> 职在内庭宫阙下，厅前皆种紫薇花。眼明忽傍渔家
> 见，魂断方惊凤阙赊。浅色晕成宫里锦，浓香染著洞中
> 霞。此行若遇支机石，又被君平验海槎。②

此诗诗题亦如该篇小序，云："甲子岁夏五月，自长沙抵醴陵，
贵就深僻，以便疏慵。由道林之南，步步胜绝。去绿口，分东入南
小江，山水益秀，村篱之次忽见紫薇花，因思玉堂及西掖厅前皆植
是花，遂赋诗四韵，聊寄知心。"写诗时韩偓已辞官，在取道湖南去
福建的途中。韩偓乃以紫薇花言表对朝廷的感念及自身沉浮的伤
感。诸如此类，韩偓的诗大多笼罩着浓郁的失望与悲凉，正因为这
份寓情于物、不直抒胸怀，才让郁结在其心中的情感更深微沉郁。
李商隐乃韩偓姨父，曾作诗称赞韩偓云："十岁裁诗走马成，冷灰残
烛动离情。桐华万里丹山路，雏凤清于老凤声。"③赞其有老成之
风，二人乃胜于自己，诗风相近可想而知，故冯浩云："《香奁》寄恨，

---

① 《韩翰林集》卷三，《丛书集成续编》第 164 册，第 966 页。
② 《韩翰林集》卷三，《丛书集成续编》第 164 册，第 965 页。
③ 冯浩笺注：《玉谿生诗集笺注》卷二，中华书局，1979，第 486 页。

仿佛《无题》,皆'楚骚'之苗裔也。"

　　再看,晚唐末期清丽诗风的代表韦庄。韦庄在《又玄集序》中云:"谢玄晖文集盈编,止诵'澄江'之句;曹子建诗名冠古,唯吟'清夜'之篇,是知美稼千箱,两歧爱少,繁弦九变,大濩殊稀。入华林而珠树非多,阅众籁而紫箫惟一。所以撷芳林下,拾翠岩边,沙之汰之,始辨辟寒之宝,载雕载琢,方成瑚琏之珍,故知颔下采珠,难求十斛。管中窥豹,但取一斑。自国朝大手名人,以至今之作者,或百篇之内,时记一章,或全集之中,唯征数首,但掇其清词丽句,录在西斋。莫穷其巨派洪澜,任归东海。总其记得者,才子一百五十人,诵得者,名诗三百首。"①韦庄提到,选诗的标准不外乎"清词丽句"四字,这正是韦庄所主张并践行的诗学主张。其实,"清词丽句"杜甫就有提到,云:"不薄今人爱古人,清词丽句必为邻。窃攀屈宋宜方驾,恐与齐梁作后尘。"②王运熙先生认为韦庄的"清词丽句"当从杜诗,"可知清词丽句,可以涵盖屈宋辞赋之艳逸,南朝诗歌之婉丽。屈宋辞赋与南朝诗歌风格虽有不同,但词句都有丽的一面"③。所以,韦庄主张"清词丽句",其实也是沿袭着"楚骚"之余韵。他的诗多作于入蜀前,以"清丽"见长,如:

　　　　傍水迁书榻,开襟纳夜凉。星繁愁昼热,露重觉荷香。蛙吹鸣还息,蛛罗灭又光。正吟《秋兴赋》,桐影下西墙。④

---

①　《又玄集》,《唐人选唐诗(十种)》,上海古籍出版社,1978,第348页。
②　《戏为六绝句(其五)》,《杜诗详注》,中华书局,2015,第1085页。
③　王运熙:《中国文学批评通史·隋唐五代卷》,上海古籍出版社,1996,第704页。
④　《夏夜》,《韦庄诗集笺注》卷一,上海古籍出版社,2002,第31页。

　　早雾浓于雨,田深黍稻低。出门鸡未唱,过客马频
嘶。树色遥藏店,泉声暗傍畦。独吟三十里,城月尚如
圭。①

　　章华台下草如烟,故郢城头月似弦。惆怅楚宫云雨
后,露啼华笑一年年。②

　　在韦庄的诗里,隐去了政治黑暗的痕迹,也淡化了人世深沉的
苦痛,就连怀古伤今也是云淡风轻,这种清丽的风格隐藏着诗人一
种看透时局的清醒与平淡。韦庄的"山水清音"有种幻灭之后的随
性与旷达,有怡然自得的乐趣,这与刻意追求淡泊的皮日休、陆龟
蒙等并不一样。

　　综上,晚唐末期的诗学理论与创作实践相背离,前者属于《诗
经》谱系,而后者属于"楚骚"谱系。就晚唐文学整体的发展趋势而
言,明显呈现出由《诗》入《骚》的转轨。关于《诗》《骚》两大谱系,
萧华荣先生曾详细论及二者在形成之初的区别,兹引于下:

　　　　诗、骚之辨的实质就是情礼冲突。诗指《诗三百》,骚
　　指以屈原为主的楚辞作品,二者皆是真正的审美诗篇,是
　　不同时代的诗人抒情言志的真诚歌唱,虽风格有明显差
　　异,却不存在什么矛盾冲突。但是第一,由于楚骚具有浓
　　厚的南方文化色彩,与当时的中原文化有所不同,带有一
　　定的异端色彩,其强烈的抒情性既不很合于儒家的"以礼
　　节情""温柔敦厚",其"惊采绝艳"的词采也不很合于"文
　　质彬彬"的原则。第二,更重要的是,《诗三百》在汉代上

---

　　①　《早发》,《韦庄诗集笺注》卷一,第31页。
　　②　《楚行吟》,《韦庄诗集笺注》卷二,第108页。

升为"经",楚骚则因"未经圣人手",没有获得此项殊荣。汉儒用解释《诗经》所抽象出来的比兴讽喻、美刺时政的原则衡量楚骚,认为它们不合乎这些诗学原则,但也有人以此为标准对它们加以肯定。①

总归而言,这两大文学思想谱系的区别,即如纪昀所谓,一者"发乎情,止乎礼义",一者"发乎情而不必其止乎礼义"。具体说来,也就是二者对诗歌的内容及作用定位不同,《诗经》谱系以《诗》为圭臬,遵从"经夫妇、成孝敬、厚人伦、美教化、移风俗"的传统,以国家政教为观照对象,最终诗歌要"温柔敦厚"地实现裨补时政的作用;"楚骚"谱系以《楚辞》为典范,主张"发愤以抒情"的传统,以个人的情怀志意为内容,最终以排解自身的郁闷为主,故宗《骚》则多无关教化,尊《诗》则悯念苍生。

这两大思想谱系乃随着汉唐历史的演进而更迭,"治世"之人,一面耽于享受,一面又忧心隐患,即如初唐文学所呈现的,诗歌正步齐梁声色之后尘,诗学理论已举起革新的大旗,此时的诗学理论是以《诗》为宗;"乱世"之人,多怀揣着清君侧、安天下的信念,故中唐文学在实践与理论上都一致地尊奉着《诗》的传统;至"亡国"之际,大势已去,人多心灰意冷、自顾不暇。所以,最终晚唐文学并没有顺着中唐的路子,而是转到了"楚骚"的谱系上来。所谓"在心为志,发言为诗",诗歌是情志外化为语言的表达方式,两大文学思想谱系的更迭,其实也正渗透着儒家"达则兼济天下,穷则独善其身"的价值追求。

---

① 萧华荣:《中国诗学思想史》,华东师范大学出版社,1996,第12页。

结　语
《诗》学与诗学的交融：
唐代《诗经》学的发展迹象

有学者认为唐代学术研究"空疏"，较之其他历史时期来说，唐代学术专著确实不多。在走过南北政局僵持、隋帝短祚之后，李渊父子以迅猛之势一统中原。太宗励精图治、重视儒学，以汉武帝为模则，有意追步汉代。而汉代是经学研究从"昌明"走向"极盛"的阶段，何以到唐代反成了"空疏"？实际上，唐代学术研究并没有所谓的那么贫乏，只不过此时的学术重心有所"转移"罢了。闻一多先生有篇很有启发的文章——《类书与诗》，提道："寻常我们提起六朝，只记得它的文学，不知道那时期对于学术的兴趣更加浓厚。唐初五十年所以像六朝，也正在这一点。这时期如果在文学史上占有任何位置，不是因为它在文学本身上有多少价值，而是因为它对于文学的研究特别热心，一方面把文学当作学术来研究，同时又用一种偏向于文学的观点来研究其余的学术。"①他列举了唐代兴起的"选学"与"《汉书》学"分别作为文学学术化、学术文学化的例子，"便拿李善来讲，他是注过《文选》的，也撰过一部《汉书辨惑》，《文选》与《汉书》在李善眼里，恐怕真是同样性质，具有同样功用的物件，都是给文学家供驱使的材料。他这个态度可以代表那整个时代"②。这样的时代风气下，产生了为数可观的"既不全是文学、又不全是学术，而是介乎二者之间"的类书，这些都说明唐人不再

---

① 闻一多：《唐诗杂论》，生活·读书·新知三联书店，2012，第3－4页。
② 闻一多：《唐诗杂论》，第4页。

奋力地在经学的章句训诂上做文章,而是把才华精力用到了堆砌辞藻、铺采摛文上。

此时,经学研究有《五经正义》独揽大权,国家教育、科举取士皆由《正义》垄断,大有"肉食者谋之,又何间焉"之势,故终唐一世经学研究确实没有产生多少出彩的专著。但这并不表示唐代经学在经学史上就无足轻重,也并不表示就毫无探讨的价值。皮锡瑞称隋唐乃"经学统一时代",《正义》出,"明经依此考试,自唐至宋,明经取士皆遵此本。夫汉帝称制临决,尚未定为全书,博士分门授徒,亦非止一家数,以经学论,未有统一若此之大且久者"①。整个唐代经学研究虽不异彩纷呈,但绝非毫无成就。以《诗经》学而言,虽仅存 3 部相关专著,但融入诗学理论、诗歌批评中的《诗》学材料,是探讨唐代《诗经》学更丰富的部分。那么,唐代《诗经》学究竟整体情况如何?有何特征?有何价值?基于本书论述,从三个方面来回答。

一、唐代《诗经》学对《毛诗》学的继承与发展

流传到唐代的《诗经》文本主要是《毛诗》,"三家诗"中《韩诗》尚可见,但流传范围有限。唐代产生了《诗》学著作 14 部,以"毛诗"命名的就有 11 部,显然,唐代《诗经》学总体上是对《毛诗》学的继承与发展。

唐代《诗经》学对《毛诗》学的继承,关键体现在"文本认识""诠释方式""价值观念"三个层面。"文本认识",是指对《诗经》文本性质的认识,这是《诗》学观的核心体现,也是诠释《诗经》最根本

---

① 皮锡瑞:《经学历史》,中华书局,2008,第 198 页。

的出发点。《毛诗》学派对《诗经》的认识突出表现在对《诗序》的判定上。郑玄认为："《大序》，子夏作；《小序》，子夏、毛公合作"；到唐代，《正义》《音义》《指说》，贾公彦、李善等皆延续此说，一致认为《诗序》乃"子夏作"，与郑玄保持一致的《诗序》观，即肯定了《诗序》的权威地位。《诗序》是说《诗》的最终导向，阐释诗义不能背离《诗序》所概括的内容，这也影响着唐代《诗经》学在诠释方式上对毛、郑的继承。毛公标兴、郑玄以兴喻作解，此独特的诠释方式打通了《诗》中客观物象与主观情志之间的壁垒，王道教化、兴观群怨皆可通过草木鸟兽来代言。"诸举草木鸟兽以见意者皆兴辞"，《正义》延续"兴喻"说诗，在毛公标兴的116篇基础上，增多标兴篇目42篇，充分强调兴义，并顺此理路对某些篇目赋予了新的诠释，为建构新政权的合法性、合理性提供经典支撑。《指说》"解说"篇言及"关雎"与"麟趾"、"鹊巢"与"驺虞"，亦言"引群连类"，从毛、郑之说。其他儒家经典注疏中，当经文、经注引《诗》，注疏据引《诗》情境，对部分字词的解释与毛、郑不尽相同，但基本诗义皆延续了毛、郑的说法。又如颜师古注《汉书》，在《汉书》《毛诗》不同的情况下，突破《汉书》文本、引《毛诗》作注，尤其表现出对《毛诗》诠释的认同。可见，唐人对《诗经》的诠释大都根据毛、郑而来，表露出对毛、郑所发明的解经方式"兴喻"的认同。基于文本认识、诠释方式均一致，唐代《诗经》学与《毛诗》学价值观念也一致。《诗序》强调"王道教化"；郑玄以"礼"笺《诗》；《正义》因《笺》作疏，也刻意强调《诗》对于国家政治、世道人心的礼乐教化作用；在"三礼"注疏中，孔颖达、贾公彦深挖《诗》的礼乐内涵，充分展现"诗教"在古代社会的实际作用，强化了"诗礼互证"的紧密关系；《指说》"兴述"篇云"诗乐相通，可以观政"等，表明汉唐《毛诗》学一贯强调"诗教"说。由此，唐代《诗经》学在以上三个层面继承了

《毛诗》学的成果，从《诗序》观、"兴喻"说诗到强调"诗教"，这正是《毛诗》学构建其经义诠释体系的要素。所以，唐代《诗经》学继承《毛诗》学的关键是对《毛诗》经义诠释体系的全面继承，在此基础上才发展出新的时代特征。

唐代《诗经》学对《毛诗》学的发展，主要表现在对"编次""孔子删诗""兴象""六义"等话题的高度关注与全新解释。关于"编次"，旧无明说，《正义》始论于前，云"迹其先封善否，参其诗之美恶，验其时政得失，详其国之大小，斟酌所宜，以为其次"；成伯玙论之于后，云"诸侯之诗谓之国风，校其优劣以为次序"；权德舆前后三次主持科举，其《明经策问·毛诗问》就涉及"编次"问题三次，反映出当时对"编次"的高度关注，唐代学者认为《国风》的编排、篇章的次第皆由大师编定，有"象应""示法"之义。关于"孔子删诗"，首见于《史记》，到唐代，孔颖达、陆德明、成伯玙、权德舆、韩愈、陆贽、牛僧孺、李翱等皆赞同"删诗说"，以强调《诗经》由圣人亲自裁定的权威。"兴象"则是孔颖达继毛郑"兴喻"之后所提出的创见，其首次将"诗兴""易象"相结合，提出"兴必取象"以阐释兴义，直接启发了殷璠"兴象论"的提出。关于"六义"，《正义》提出"三体三辞"，云："风雅颂者，诗篇之异体。赋比兴者，诗文之异辞"；成伯玙提出"三情三用"，云："赋比兴是诗人制作之情，风雅颂是诗人所歌之用"，在政教风化、美刺比兴之外，二者对文体、人情的关注便透露出唐代《诗经》学与诗学交融的重要信息。

另外，唐代《诗经》学也有突破传统、质疑毛郑的新说，集中出现在唐代中后期。安史之乱后，国家欲复兴儒学，大历时兴起重新诠释经典的学术风气。此时，施士匄依据情理对旧说发起挑战，打开《诗经》诠释方式从"兴喻"转向"情理"的新局面，是《诗经》研究从汉学走向宋学的先声。其后，韩愈作《诗之序议》否定"子夏作

《序》",成伯玙提出"子夏惟裁初句",都对宋代《诗》学的发展产生了广泛的影响。晚唐时期,"诗格"类著作解构传统"六义",赋予"六义"更多诗学化的诠释。至此,唐代《诗经》学由前期全面继承《毛诗》学的传统,到唐代中期整理典籍、质疑旧说,最终在晚唐随着国势衰微,走向"反道缘情"、空喊"诗教"口号,与传统《诗》学在文本认识、诠释模式、价值观念上已明显不同,《诗经》学的"诗学化"成为一时主流。

二、唐代《诗经》学逐渐诗学化的发展趋势

《诗经》亦诗亦经的双重性质,决定了《诗经》研究不可回避《诗经》作为"诗"的一面。汪祚民先生言及唐代《诗经》研究的文学诠释,提到"在经学领域中,《诗经》的文学性受到很大程度的重视。作为科考的《诗经》范本《毛诗正义》,对《诗经》作品中的字、词、句、章、文势等艺术表现方面的特征进行了系统总结,在具体作品的疏解中有时还注意对其中的情趣加以鉴赏;成伯玙的《毛诗指说》共分四篇,其中就有《文体》一篇,讲述《诗经》作品的句法辞章"①。这是《正义》《指说》从诗歌形式、表达技巧等方面以《诗经》为范本而总结的经验,除此表达形式上的关注外,在诗学理论、思想内容上,唐代《诗经》学在诠释《诗经》过程中,也发表了新的见解。从整体而言,唐代《诗经》学经历了由经学研究逐步诗学化的过程,大致表现为:晚唐以前,主要是经学研究的结论延伸到诗学领域,产生新的诗学概念;至晚唐,则变为诗学研究占据《诗经》研究的主流,产生新的《诗经》诠释。这从前期经学研究为主到后期

① 汪祚民:《〈诗经〉文学阐释史(先秦—隋唐)》,第302页。

诗学研究为主的转变,显示出唐代《诗经》学逐渐诗学化,《诗经》学与诗学交融的过程。

在晚唐之前,《诗》学以《毛诗正义》为代表,在经义诠释过程中提出了"兴必取象"与"诗缘政作"两个概念。"兴必取象"源于毛、郑"兴喻"说诗,延伸到诗学领域直接启发了殷璠"兴象"的提出,并成为唐代诗学精神的标志之一。"诗缘政作"的诗学新命题,是以"诗言志"为基础,尤其强调诗歌对政教的反映。"诗缘政作"渗透到诗歌批评中,对初唐革新齐梁诗风形成了广泛的影响,从陈子昂提出"风骨""兴寄",到李白的"《大雅》久不作""《王风》委蔓草",杜甫之"别裁伪体亲《风》《雅》"等无不透露着"缘政而作"的精神。这两大概念皆从经典诠释中产生,延伸到诗学之后,成了唐代诗学发展与变革重要的理论支撑。以及中唐时期,科举重"诗赋"以致诗风尚浮靡,刘峣、贾至、权德舆、柳冕等皆上溯《诗经》,倡导诗歌反映政教,柳冕云:"尊经术、卑文士,经术尊则教化美,教化美则文章盛,文章盛而王道兴",此"经术"影响"文章"之说,阐述了经典诠释与文学之间的微妙关系,代表了当时变革诗风的主要观念。这场诗风变革,汉唐《诗经》学所阐发的"诗教""缘政"等概念,都转化为引导诗学的权威理论,更内化为学者自身的一种价值追求。即如,白居易在《策林》中发表了对《诗经》的理解,指出《诗经》的精神内核就是"讽喻教化",并认为"讽喻教化"重在自下而上的讽喻箴刺,与传统《诗》学强调自上而下的政治教化不同。源于这独特的解读,在白居易这里,《诗》学研究中的"重教化"便转向了诗学观念中的"重讽喻",后者更直接导致了以"惟歌生民病"为主的"讽喻诗"的产生。从"兴象"到"讽喻诗",皆是经典诠释过程中所产生理论延伸到诗学领域所带来的新概念,这些概念以经学深刻的意蕴、丰富的内涵、博大的关怀为精神内核,追求诗歌于社会、于人生的感染力量,从而成为诗学发展过程中补偏救弊的理论支撑。

　　到晚唐,随着政局板荡、民生凋敝,世人已不再像中唐那样有志于整理典籍,思考经典对于社会人生的作用,这个阶段除已佚失的 4 部著作①外,与《诗经》有关的资料集中出现在"诗格""诗式"类诗学著作中。论及"六义",他们否定《正义》围绕政教而提出的"三体三辞"说,重新解释为"六种表述风格",如齐己论"六义"就分别以六类不同风格的诗句概之,又重新定义"六诗"为大雅、小雅、正风、变风、变大雅、变小雅,指"六种不同气象",也分别以诗句概之。论及"比兴",解释为"不远人情的譬喻",与郑玄所谓"见今之失,不敢斥言""见今之美,嫌于媚谀"再无关联。此"六义""比兴""正变"是传统《诗》学阐释"诗教"的核心概念,而在晚唐文人这里被瓦解得"面目全非",他们以文学的眼光看《诗》,将《诗经》经义诠释体系中的"纲领管辖",用诗学概念来替换,赋予了《诗》新的解释。这是《诗经》学已完全"诗学化"的体现。

三、唐代《诗经》学的学术价值

　　基于以上两点,再来讨论唐代《诗经》学的学术价值,本书归结为三点,"整理《诗》学谱系""汉宋《诗》学的过渡""诗学化的发展特征"。首先,"整理《诗》学谱系"。此《诗》学谱系并非"传受"之义,是指传承《诗》学正统、延续《诗》学脉络之义。《诗》学史上首次对《诗》学谱系进行整理的就是《毛诗正义》,此前任何一部《诗》

---

　　①　据《历代诗经著述考》,分别是程修己的《毛诗草木虫鱼图》(二十卷)及《毛诗物象图》、令狐氏的《毛诗音义》、张诉《毛诗别录》(一卷),其中《别录》为"毛郑笺注,取其长者,述而广之",但限于一卷,与程氏二书重名物、令狐之书重音义,皆非系统诠释诗义之作。

学著作都从未做此工作。《诗序》传自圣人、子夏所作,是诠释《诗经》的宗旨、纲领,是谱系的开端;《毛传》是《毛诗》学派的创始之作,紧随《序》后;《郑笺》致使《毛诗》得以抗衡"三家诗",又意在解释补充《毛传》,故列于《传》后。此后,各类《诗》学著作不少,《正义》直接将自己作为了最后一个传承者,便形成了由《序》《传》《笺》到《正义》的传承谱系,显然《正义》有着"汉学终结者"的姿态,这也是其集大成的自我标榜,并在权力的加持下,由内到外实现了《诗》学史上唯一的"统一"。整理谱系赋予了《正义》在学术上的权威地位,那些为新政权辩护的解释便如同经典一般不容质疑,《正义》参与新政权意识形态系统的构建便逐步完成。

其次,"汉宋《诗》学的过渡"。中唐是汉宋学术的过渡阶段,《诗经》学尤以施士匄、韩愈、成伯玙为代表。施士匄从情理上反驳传统旧说,公然质疑《毛传》,开启了《诗经》诠释敢于怀疑权威的先声。之后刘禹锡、韩愈、沈朗等都延续了这一方向。韩愈颠覆"子夏作《序》",将汉唐学者视为金科玉律的《诗序》拉下神坛,在《诗》学史上可谓是划时代的一个创举。在韩愈之后,宋代《诗》学判然分为废序、存序两派,尤其是废序派在南宋逐渐壮大,到朱子"废序说诗"、全凭己意,成为宋代《诗经》学的集大成者。而成伯玙提出"子夏惟裁初句",也直接影响着宋代《诗序》之争中所出现惟取首句说《诗》的折中派。所以,中唐《诗》学对宋代《诗》学格局及《诗》学性格的形成都具有深远影响,对于《诗经》学史的发展而言,其意义尤为重要。

最后,"诗学化的发展特征"。正如闻一多先生所说,唐人"一方面把文学当作学术来研究,同时又用一种偏向于文学的观点来研究其余的学术",唐代《诗经》学就是典型。唐代《诗经》学与诗学的发展相融合,前期经义诠释过程中所提出的概念向诗学领域延伸渗透,引导着诗学的积极发展,后期则直接用文学的眼光来解读《诗》,将"六义""比兴"等转化为诗学概念,便产生了与旧说大相径庭的新解释,是《诗经》学从经学研究走向文学研究的反映。这又回到了"经学与文学"这个话题。《诗经》亦诗亦经的特质,以致《诗经》学受特定的历史文化影响,时而偏重于"经"、时而偏重于"诗",这是《诗经》研究中"经学"与"文学"的一种历时模式。而在每段历史时期内,《诗经》研究又有着"经学"与"文学"相互渗透的共时模式,"经学"作为一种价值观念、理论支撑影响着文学理论与创作实践,而"文学"作为一种诠释角度也带来了经学研究的丰富多元,这也是本书在论述过程中所呈现的。

附　录

一、唐代《诗经》学著作目录

　　此目录参考《历代诗经著述考（先秦—元代）》，辅以《新唐书·艺文志》《旧唐书·经籍志》《宋史·艺文志》《崇文总目》《通志·艺文略》《玉海》《遂初堂书目》《郡斋读书志》《直斋书录解题》《经义考》《四库全书总目》等相关文献而定。

　　（一）《历代诗经著述考》所载唐代《诗》学书目①

　　1. 陆德明，《毛诗音义》三卷，存

　　2. 颜师古等厘正，《毛诗定本》，佚

　　3. 孔颖达等撰，《毛诗正义》四十卷，存

　　4. 许叔牙撰，《毛诗纂义》十卷，佚

　　5. 王玄度撰，《注毛诗》十卷，佚

　　6. 刘迅撰，《诗说三千言》，佚

　　7. 施士匄，《施氏诗说》，佚

　　8. 成伯玙撰，《毛诗指说》一卷，存

　　9. 成伯玙撰，《毛诗断章》二卷，佚

　　10. 程修己等撰，《毛诗草木虫鱼图》二十卷，佚

　　11. 程修己撰，《毛诗物象图》，佚

　　12. 令狐氏撰，《毛诗音义》，佚

---

　　①　各书籍、作者详细情况见《历代诗经著述考（先秦—元代）》（第117－128页）。其中，《二南密旨》偏重诗论，非《诗》学专著；蔡元鼎生于唐末，活跃于五代，其书不属于唐代《诗》学著作。此处皆照原书依次全部录入。

13. 贾岛撰,《二南密旨》,存

14. 张诉撰,《毛诗别录》一卷,佚

15. 蔡元鼎撰,《辨类诗》佚

16.《吉日诗图》一卷,佚

(二) 其他文献所载唐代《诗》学相关书目

17. 颜师古,《匡谬正俗》八卷,存

见《新唐书·艺文志》。

又《颜师古传》曰:"永徽三年,自扬廷为符玺郎,表上师古所撰《匡谬正俗》八篇。"

《崇文总目》曰:"采先儒及当世之言,参质讹谬而矫正之,未终篇而师古殁,其子始上之,诏录藏秘阁。"

《四库全书总目》(卷四十):"唐颜师古撰。师古,名籀,以字行,雍州万年人,历官秘书监,事迹具《唐书》本传。是书,永徽二年,其子符玺郎扬庭表上于朝,高宗敕录本付秘阁。卷首载扬庭《表》,称'稿草才半,部帙未终',盖犹未竟之本;又称'谨遵先范,分为八卷,勒成一部',则今本乃扬庭所编。宋人诸家书目多作《刊谬正俗》,或作《纠谬正俗》,盖避太祖之讳。钱曾《读书敏求记》作《列谬正俗》,则刻本偶误也。前四卷凡五十五条,皆论诸经训诂、音释。后四卷凡一百二十七条,皆论诸书字义、字音及俗语相承之异。考据极为精密,惟拘于习俗,不能知音有古今。其注《汉书》,动以合声为言,遂与沈重之音《毛诗》,同开后来叶音之说。故此书谓葬音臧,谊、议音宜,反音扶万反,歌音古贺反,彝音上声,怒有上、去二声,寿有授、受二音,县有平、去二声,迥音户鉴反,皆误以今韵读古音;谓穰音而成反,上音盛、又音市郢反,先音西,逢音如字、不读庞,皆误以古音读今韵;均未免千虑之一失。然古人考辨小学之书,今皆失传。自颜之推《家训·音证篇》外,实莫古于是书。其邱区、禹宇之论,韩愈《讳辨》引之,知唐人已绝重之矣。《戒山堂读史漫笔》解都、鄙二字,诧为独解,不知为此书所已驳;毛奇龄引《书序》'俘厥宝玉'解《春秋》'卫俘',诧为特见,不知为此书所已引;洵后人证据,终不及古人有根柢也。郑樵《通志·校雠略》曰:'《刊谬正俗》乃杂记经史,惟第一卷起《论语》,而《崇文总目》以为"《论语》类"。知《崇文》所释只看帙前数行,率意以释之耳。'今检《崇文总目》,樵说信然。当时馆阁诸人不应荒谬至此。检是类所列,以《论语》三种、《家语》一种居前,次为《白虎通》,次为《五经钩沉》,次即此书,次为《六说》,次为《经史释题》,次为《授经图》,次为《九经余义》,次为《演圣通论》,皆统解群经之文。盖当时仿《隋志》之例,以《五经总义》附之《论语类》中。虽不甚允,要不可谓之无据。樵不考旧文而务为苛论,遽以只看数行诋之,失其旨矣。"

18. 赵英,《五经对诀》四卷,佚

见《新唐书·艺文志》。

今按:赵英,《新唐书·艺文志》云:"英,龙朔中汲令。"

19. 刘贶,《六经外传》三十七卷,佚

见《新唐书·艺文志》。

今按:刘贶著述颇丰,除《六经外传》外,有《太学令壁记》三卷,《天官旧事》一卷,《续说苑》十卷,《真人肘后方》三卷,俱见《新唐书·艺文志》。

20. 张镒,《五经微旨》十四卷,佚

见《新唐书·艺文志》。

今按:张镒,字季权,一字公度,国子祭酒后胤五世孙。父齐丘,朔方节度使、东都留守。镒以荫授左卫兵曹参军,郭子仪表为元帅府判官,累迁殿中侍御史。事见《新唐书·张镒传》。《艺文志》载张镒又著《孟子音义》三卷(佚),《二礼图》九卷(佚,此书《旧唐书·张镒传》作《三礼图》,后《通志》《玉海》《经义考》皆从之)。

21.韦表微,《九经师授谱》一卷,佚

见《新唐书·艺文志》。

今按:韦表微,字子明,隋郿城公元礼七世孙。尤好《春秋》,著《春秋三传总例》二十卷。事见《新唐书·韦表微传》。

22.颜真卿,《五经要略》,佚

见《通志》。

今按:此书《唐志》不著录。颜真卿,字清臣,颜师古五世从孙。少孤,母殷躬加训导。既长,博学,工辞章,事亲孝。开元中,举进士,又擢制科。调醴泉尉,再迁监察御史,使河、陇。后得罪杨国忠,出为平原太守。度安禄山有反状,乃料才壮,储仓廪,募兵万人,于贼乱中,固守平原。功虽未成,然其志可称。颜真卿立朝正色,刚而有礼,非公言直道,不萌于心,天下不以姓名称,而独曰"鲁公"。事见《新唐书·颜真卿传》。

23.慕容宗本,《五经类语》十卷,佚

见《新唐书·艺文志》。

今按:慕容宗本,《新唐书·艺文志》云:"字泰初,幽州人,大中时。"

24.刘氏,《经典集音》十卷,佚

见《新唐书·艺文志》。

今按:刘氏,《新唐书·艺文志》云:"镕,字正范,绛州正平人,咸通晋州长史。"

25.高重,《经传要略》十卷,佚

见《新唐书·艺文志》。

今按:高重,《新唐书·艺文志》云:"字文明,士廉五代孙。文宗时,翰林侍讲学士。帝好春秋,命重分诸国各为书,别名《经传要略》,历国子祭酒。"

《新唐书·崔郾传》云:"(崔)郾与高重类《六经》要言为十篇,上之,以便观省。"又撰《春秋纂要》四十卷。

26.李袭誉,《五经妙言》四十卷,佚

见《新唐书·艺文志》。

今按:该书《新唐书》附在"子部儒家类"。

李袭誉,字茂实,李袭志弟,通敏有识度。仕隋为冠军府司兵。唐高祖定长安后,召授太府少卿,安康郡公。事见《新唐书·李袭志传》。

27.崔郾,《诸经纂要》十卷,佚

见《新唐书·艺文志》。

今按:此书《新唐书》附在"子部儒家类"。

崔郾,崔邠弟,字广略,姿仪伟秀,然不可狎。中进士第,补集贤校书郎,累迁吏部员外郎,三迁谏议大夫。郾与高重类《六经》要言为十篇,上之,以便观省。事见《新唐书·崔邠传》。

《旧唐书》(卷一百五十五):"郾与高重抄撮《六经》嘉言要道,区分事类,凡十卷,名曰《诸经纂要》,冀人主易省览,赐锦彩银器。"

28.郑澣,《经史要录》二十卷,佚

见《新唐书·艺文志》。

今按:此书《新唐书》附在"子部儒家类"。

《旧唐书·蒋义传》:"(蒋係)拜右拾遗,史馆修撰典实有父风,与同职沈传师、郑澣、陈夷行、李汉等,受诏撰《宪宗实录》,四年书成。"

《玉海》曰:"郑瀚传,文宗时,入翰林为侍讲学士,帝使稡撷经史为要录,爱其博而精,试举诸条摘问之,随即酬析无留答,因赐金紫服。(《旧史》云:'以十九书语类亲自发问。')"

29.韦处厚、路隋,《六经法言》二十卷,佚

见《新唐书·艺文志》。

今按:此书《新唐书》附在"子部儒家类"。

韦处厚,字德载,中进士第,又擢才识兼茂科,授集贤校书郎。举贤良方正异等,宰相裴垍引直史馆,改咸阳尉。穆宗时,处厚以帝冲怠不向学,即与路隋合《易》《书》《诗》《春秋》《礼》《孝经》《论语》,掇其粹要,题为《六经法言》二十篇上之,冀助省览。处厚性嗜学,家书雠正至万卷。撰《德宗实录》,又与路隋共同编次《宪宗实录》,未及成而终。事见《新唐书·韦处厚传》。

路隋,字南式。贞元末,举明经,授润州参军事。穆宗时,与韦处厚并擢侍讲学士,再迁中书舍人、翰林学士。文宗时,以中书侍郎同中书门下平章事,监修国史。事见《新唐书·路隋传》。

30.李适,《九经要句》,佚

见《新唐书·文艺中》。

今按:李适,字子至。举进士,调猗氏尉。参与撰集《三教珠英》,迁户部员外郎,俄兼修书学士。唐中宗景龙初,擢修文馆学士。常梦与人论大衍数,寤而曰:"吾寿尽此乎!"敕其子曰:"霸陵原西视京师,吾乐之,可营墓,树十松焉。"及未病时,衣冠往寝石榻上,置所撰《九经要句》及素琴于前,士贵其达。事见《新唐书·文艺中》。

31.李肇,《经史释题》二卷,佚

见《新唐书·艺文志》。

今按:此书《新唐书》附于"目录类"下。

《崇文总目》:"唐李肇撰,起《九经》下至唐代《实录》,列篇帙之凡概,释其题。"

《玉海》:"序云:'经以学令为定,以《艺文志》为编,史以《史通》为准,各列其题,从而释之。'"

李肇,《唐志》云:"翰林学士坐荐柏耆,自中书舍人左迁将作少监。"又著《国史补》三卷,《翰林志》一卷。

32. 张参,《五经文字》三卷,存

见《新唐书·艺文志》。

《四库全书总目》:"唐张参撰。参里贯未详。《自序》题'大历十一年六月七日',结衔称'司业',盖代宗时人。《唐书·儒学传序》称'文宗定《五经》劖之石,张参等是正讹文',误也。考《后汉书》'熹平四年春三月,诏诸儒正《五经》文字,刻石立于太学门外',参书立名盖取诸此。凡三千二百三十五字,依偏旁为百六十部。刘禹锡《国学新修五经壁记》云:'大历中名儒张参,为国子司业,始详定《五经》,书于讲论堂东、西厢之壁。积六十余载,祭酒皥博士公肃再新壁书,乃析坚木负墉而比之。其制如版牍而高广,背施阴关,使众如一。'观此言,可以知《五经文字》初书于屋壁,其后易以木版,至开成间乃易以石刻也。朱彝尊《跋》云:'《五经文字》独无雕本,为一阙事。'考《册府元龟》,称'周显德二年,尚书左丞兼判国子监事田敏献印版书《五经文字》,奏称:臣等自长兴三年校勘雕印《九经》书籍。'然则,此书刻本在印版书甫创之初已有之,特其本不传耳。今马曰璐新刻版本《跋》云:'旧购宋拓石经中有此,因旧样缮写,雕版于家塾。'然曰:'璐虽称摹宋拓本,今以石刻校之,有字画尚存而其本改易者。又下卷《幸部》脱去羃字注十九字,蝥字并注凡八字。今悉依石刻补正,俾不失其真焉。'"

33. 唐元度,《九经字样》一卷,存

见《新唐书·艺文志》。

《全唐文》卷七百五十九载有唐玄度的《九经字样序表》。

《四库全书总目》:"唐唐元度撰。元度里籍未详。惟据此书,知其开成中官翰林待诏。考《唐会要》称'大和七年二月,敕唐元度覆定石经字体。十二月,敕于国子监讲论堂两廊,创立石《九经》。'元度《字样》,盖作于是时。凡四百二十一字,依仿《五经文字》为七十六部。前载开成二年八月牒云:'准大和七年十二月敕,覆《九经》字体者,今所详覆,多依司业张参《五经文字》为准。诸经之中,别有疑阙;古今体异,隶变不同。如总据《说文》,则古体惊俗;若依近代文字,或传写乖讹。今与校勘官同商较是非,取其适中。纂录《新加九经字样》一卷,请附于《五经文字》之末。'盖二书相辅而行。当时即列石壁《九经》之后。明嘉靖乙卯地震,二书同石经并损阙焉。近时马曰璐得宋拓本而刊之,犹属完善。其间传写失真及校者意改,往往不免。今更依石刻残碑,详加覆订,各以案语附之下方。《五经文字》音训多本陆德明《经典释文》,或注某反,或注音某。元度时避言'反'字,无同音字可注者,则云某平某上,就四声之转以表其音,是又二书义例之异云尔。"

34. 欧阳融,《经典分毫正字》一卷,佚

见《新唐书·艺文志》。

《崇文总目》:"唐太学博士欧阳融撰,辨正经典字文,使不得相乱。篇帙今阙,全篇止《春秋》中帙,余篇悉亡。"

今按:朱彝尊《经义考》载,欧阳融《经学分毫正字》。应以《经典分毫正字》为是。

35. 无名氏,《授经图》三卷,佚

见《宋书·艺文志》及《通志》。

36. 白居易,《白氏经史事类》三十卷(一名《六帖》),存

见《新唐书·艺文志》。

《文献通考》曰:

　　晁氏曰："唐白居易撰,以天地事物分门类,为声偶而不载所出书。曾祖父秘阁公为之注,行于世。世传居易作《六帖》,以陶家瓶数十,各题名目,置斋中,命诸生采集其事类,投瓶内,倒取之,抄录成书,故所记时代多无次序云。"

　　陈氏曰："《唐志》作《白氏经史事类》,一名《六帖》。"

　　程氏《演繁露》曰："白乐天取凡书精语,可备词赋制文采用者,各以门目类萃,而总名其书为六帖。既不自释所以名,后人亦无辨。偶阅唐制,其时取士凡六科,别其所试条件,每一事名一帖,其多者明经试至十帖,而《说文》极于六帖,白之书为应科第设,则以帖为名,其取此矣。"又曰："唐制开元中,举行课试之法,帖经者以所习经掩其两端,中间惟开一行,裁纸为帖,凡帖三字,视时增损,可否不一,或得四、得五、得六者为通,六帖之名,所由起取中帖之多者,以名其书,期必中选也。"

二、唐代《诗经》学资料汇编

（一）诗格、诗式类①

1.（旧题）王昌龄撰《诗格》

六义

一曰风,二曰赋,三曰比,四曰兴,五曰雅,六曰颂。一曰风。天地之号令曰风。上之化下,犹风之靡草。行春令则和风生,行秋令则寒风杀,言君臣不可轻其风也。二曰赋。赋者,错杂万物,谓之赋也。三曰比。比者,直比其身,谓之比假。如"关关雎鸠"之类是也。四曰兴。兴者,指物及比其身说之为兴,盖托喻谓之兴也。五曰雅。雅者,正也。言其雅言典切,为之雅也。六曰颂。颂者,赞也。赞叹其功,谓之颂也。

2.（旧题）王昌龄撰《诗中密旨》

六义

一曰风,二曰赋,三曰比,四曰兴,五曰雅,六曰颂。风一。风者,讽也。谓体一国之风教,有王者之风,有诸侯之风。赋二。"赋者,布也。象事布文,错杂万物,以成其象,以写其情。"比三。比者,各令取外物象以兴事。兴四。兴者,立象于前,然后以事喻之。雅五。雅者,正也,当正其雅,言语典切为雅也。颂六。颂者,容也。欲续其功,尝为颂之也。

3.释皎然撰《诗议》

六义

一曰风,二曰赋,三曰比,四曰兴,五曰雅,六曰颂。一曰风。

---

① 诗格、诗式类文献参考张伯伟《全唐五代诗格汇考》,江苏古籍出版社,2002。

体一国之教谓之风。《关雎》《麟趾》之化,王者之风;《鹊巢》《驺虞》之德,诸侯之风也。二曰赋。赋者,布也。象事布文,以写情也。三曰比。比者,全取外象以兴之,"西北有浮云"之类是也。四曰兴。兴者,立象于前,后以人事谕之,《关雎》之类是也。五曰雅。正四方之风谓雅。正有大小,故有大小雅焉。六曰颂。颂者,容也。美盛德之形容,以其成功告于神明也。古人云:"颂者,敷陈似赋,而不华侈。恭慎如铭,而异规诫。"以六义为本,散乎情性。有君臣讽刺之道焉,有父子、兄弟、朋友规正之义焉。降及游览、答赠之例,各于一道,全其雅正。

4. 释皎然撰《诗式》

用事

评曰:时人皆以征古为用事,不必尽然也。今且于"六义"之中略论"比兴":"取象曰比,取义曰兴,义即象下之意。凡禽鱼草木、人物名数,万象之中义类同者,尽入比兴。《关雎》即其义也。如陶公以孤云比贫士,鲍照以直比朱丝、以清比玉壶。时人呼比为用事,呼用事为比。如陆机诗:'鄙哉牛山叹,未及至人情。爽鸠苟已徂,吾子安得停?'此规谏之意,是用事,非比也。如康乐公诗:'偶与张、邴合,久欲归东山。'此叙志之意,是比,非用事也,详味可知。"

5.(旧题)白居易撰《金针诗格》

诗有五理

一曰有美。二曰有刺。三曰有规。四曰有箴。五曰有诲。

诗有三体

纪帝德曰颂。干王道曰雅。讽上曰风。

诗有物象比

日月比君后。龙比君位。雨露比君恩泽。雷霆比君威刑。山河比君邦国。阴阳比君臣。金石比忠烈。松柏比节义。鸾凤比君子。燕雀比小人。虫鱼草木,各以其类之大小轻重比之。

6. 旧题白居易撰《文苑诗格》

宣畅骚雅

为诗之体,切在裨益《国风》。古诗:"明月澄清景,列宿正参差。"今诗:"手持双鲤鱼,目送千里鸿。"此雅意,无有浮艳也。

褒赞《国风》

为诗之道,义在裨益,言意皆有所为。古诗云:"美人赠我锦绣段,何以报之青玉案。"

讽谏

为诗不裨益,即须讽谏,依《离骚》《雅》。古诗云:"苍鹰独立行,众鸟不敢飞。"此乃自喻也。

7. (旧题)贾岛撰《二南密旨》

论六义

歌事曰风。布义曰赋。取类曰比。感物曰兴。正事曰雅。善德曰颂。风论一。风者,风也。即与体定句,须有感。外意随篇自彰,内意随入讽刺。歌君臣风化之事。赋论二。赋者,敷也,布也。指事而陈,显善恶之殊态。外则敷本题之正体,内则布讽诵之玄情。比论三。比者,类也,妍媸相类、相显之理。或君臣昏佞,则物象比而刺之;或君臣贤明,亦取物比而象之。兴论四。兴者,情也,谓外感于物,内动于情,情不可遏,故曰兴。感君臣之德政废兴而形于言。雅论五。雅者,正也,谓歌讽刺之言,而正君臣之道。法制号令,生民悦之,去其苛政。颂论六。颂者,美也,美君臣之德化。

论风之所以

君之德,风化被于四方,兹乃正风也。或否塞贤路,下民无告,即正风变矣。

论风骚之所由

骚者,愁也,始乎屈原。为君昏暗时,宠乎谗佞之臣。含忠抱素,进于逆耳之谏,君暗不纳,放之湘南,遂为《离骚经》。以香草比君子,以美人喻其君,乃变风而入其骚刺之旨,正其风而归于化也。

论二雅大小正

四方之风,一人之德。民无门以颂,故谓之大雅。诸侯之政,匡救善恶,退而歌之,谓之小雅。大雅,如卢纶《兴善事后池》诗:"月照何年树,抱逢几度春。"小雅,如古诗:"风添松韵好,秋助月光多。"又如钱起诗:"好风能自至,明月不须期。"

论变大小雅

大小雅变者,谓君不君,臣不臣,上行酷政,下进阿谀,诗人则变雅而讽刺之。言变者,即为景象移动比之。如《诗》云:"日居月诸,胡迭而微。"此变大雅也。又古诗云:"浮云翳白日,游子不顾返。"如《诗》云:"绿衣黄裳",此乃变小雅之体也。

论南北二宗例古今正体

宗者,总也。言宗则始南北二宗也。南宗一句含理,北宗二句显意。南宗例,如《毛诗》云:"林有朴樕,野有死鹿。"即今人为对,字字的确,上下各司其意。如鲍照《白头吟》"申黜褒女进,班去赵姬昇。"如钱起诗:"竹怜新雨后,山爱夕阳时。"此皆宗南宗之体也。北宗例,如《毛诗》云:"我心匪石,不可转也。"此体今人宗为十字句,对或不对。如左太冲诗:"吾希段干木,偃息藩魏君。"如卢纶诗:"谁知樵子径,得到葛洪家。"此皆宗北宗之体也。诗人须宗于宗,或一联合于宗,即终篇之意皆然。

论古今道理一贯

小手(按,应作"序")皆言《毛诗》及《文选》诸公之作是古道,与今不同,此不可与言也。诗教今古之道皆然。

论篇目正理用

梦游仙,刺君臣道阻也。水边,趋进道阻也。白发吟,忠臣遭佞,中路离散也。夜坐,贤人待时也。贫居,君子守志也。看水,群佞当路也。落花,国中正风隳坏也。对雪,君酷虐也。晚望,贤人失时也。送人,用明暗进退之理也。早春、中春,正风明盛也。春晚,正风将坏之兆也。夏日,君暴也。夏残,酷虐将消。秋日,变为明时,正为暗乱也。残秋,君加昏乱之兆也。冬,亦是暴虐也。残冬,酷虐欲消,向明之兆也。登高野步,贤人观国之光之兆也。游寺院,贤人趋进,否泰之兆也。题寺院,书国之善恶也。春秋书怀,贤人时明君暗,书进退之兆也。题百花,或颂贤人在位之德,或刺小人在位淫乱也。牡丹,君子时会也。鹧鸪,刺小人得志也。观棋,贤人用筹策胜败之道也。风雷,君子感威令也。野烧,兵革昏乱也。赠隐者,君子避世。已上四十七门,略举大纲也。

论物象是诗家之作用

造化之中,一物一象,皆察而用之,比君臣之化。君臣之化,天地同机,比而用之,得不宜乎。

论引古证用物象

四时物象节候者,诗家之血脉也。比讽君臣之化深。《毛诗》曰:“殷其雷,在南山之阳。”雷,比教令也。“他山之石,可以攻玉。”此贤人他适之比也。陶潜《咏贫士诗》:“万族各有托,孤云独无依。”以孤云比贫士也。以上例多,不能广引,作者可三隅反也。

论总例物象

天地、日月、夫妇君臣也,明暗以体判用。钟声,国中用武,变此正声也。石磬,贤人声价变,忠臣欲死矣。琴瑟,贤人志气也,又此廉能声价也。九衢、道路,此喻皇道也。笙箫、管笛,男女思时会,变国正声也。同志、知己、故人、乡友、友人,皆比贤人,亦比君臣也。舟楫、桥梁,比上宰,又比携进之人,亦皇道通达也。馨香,此喻君子佳誉也。兰蕙,此喻有德才艺之士也。金玉、珍珠、宝玉、玫瑰,此喻仁义光华也。飘风、苦雨、霜雹、波涛,此比国令,又比佞臣也。水深、石磴、石径、怪石,此喻小人当路也。幽石、好石,此喻君子之志也。岩岭、岗树、巢木、孤峰、高峰,此喻贤臣位也。山影、山色、山光,此喻君子之德也。乱峰、乱云、寒云、翳云、碧云,此喻佞臣得志也。黄云、黄雾,此喻兵革也。白云、孤云、孤烟,此喻贤人也。涧云、谷云,此喻贤人在野也。云影、云色、云气,此喻贤人才艺也。烟浪、野烧、重雾,此喻兵革也。江湖,此喻国也,清澄为明,混浊为暗也。荆棘、蜂蝶,此喻小人也。池井、寺院、宫观,此乃喻国位也。楼台、殿阁,此喻君臣名位,消息而用之也。红尘、惊埃、尘世,此喻兵革乱世也。故乡、故园、家山、乡关,此喻廊庙也。松竹、桧柏,此贤人志义也。松声、竹韵,此喻贤人声偿也。松阴、竹阴,此喻贤人德荫也。岩松、溪竹,此喻贤人在野也。鹭、鹤、鸾、鸡,此喻君子也。百草、苔、莎,此喻百姓众多也。百鸟,取贵贱,比君子、小人也。鸳鸿,比朝列也。泉声、溪声,此贤人清高之誉也。他山、他林、乡国,比外国也。笔砚、竹竿、桂楫、桨、棹、橹,比君子筹策也。黄叶、落叶、败叶,比小人也。灯、孤灯,比贤人在乱,而其道明也。积阴、冻雪,比阴谋事起也。片云、晴霭、残雾、残霞、蟋蟀,此比佞臣也。木落,比君子道清也。竹杖、藜杖,比贤人筹策也。猿吟,比君子失志也。

8. 僧齐己撰《风骚旨格》

六诗

一曰大雅,诗云:"一气不言含有象,万灵何处谢无私。"

二曰小雅,诗云:"天流皓月色,池散芰荷香。"

三曰正风,诗云:"都来消帝力,全不用兵防。"

四曰变风,诗云:"当道冷云和不得,满郊芳草即成空。"

五曰变大雅,诗云:"蝉离楚树鸣犹少,叶到嵩山落更多。"

六曰变小雅,诗云:"寒禽黏古树,积雪占苍苔。"

诗有六义

一曰风诗云:"高齐日月方为道,动合乾坤始是心。"

二曰赋诗云:"风和月暖方开眼,雨润烟浓不举头。"

三曰比诗云:"丹顶西施颊,霜毛四皓鬓。"

四曰兴诗云:"水谙彭泽阔,山忆武陵深。"

五曰雅诗云:"卷帘当白昼,移榻对青山。"

六曰颂诗云:"君恩到铜柱,蛮款入交州。"

9. 僧虚中撰《流类手鉴》

物象流类

巡守,明帝王行也。日午、春日,比圣明也。残阳、落日,比乱国也。昼,比明时也。夜,比暗时也。春风、和风、雨露,比君恩也。朔风、霜霰,比君失德也。秋风、秋霜,比肃杀也。雷电,比威令也。霹雳,比布时暴令也。寺宇、河海、川泽、山岳,比于国也。楼台、林木,比上位也。……

10. 徐夤撰《雅道机要》

明六义

歌事曰风。布义曰赋。取类曰比。感物曰兴。正事曰雅。功成曰颂。

大雅体。变小雅体。正风体。变风体。南宗体。北宗体。

明物象

残月,比佞臣也。珠珍,比仁义也。鸳鸯,比君子也。荆榛,比小人也矣。以上物象不能一一遍举。

夫诗者,儒中之禅也。一言契道,万古咸知。

大雅题,天地、海岳、风雨、四时、日夜。大雅句,诗曰:"日月光天德,山河壮帝居。"

小雅题,松、竹、鹤、僧、道、池亭、寺观。小雅句,诗曰:"斋归门掩雪,讲彻柏生枝。"

11. 遍照金刚《文镜秘府论》①

六义

一曰风,二曰赋,三曰此,四曰兴,五曰雅,六曰颂。一曰风。体一国之教谓之风。《关雎》《麟趾》之化,王者之风也;《鹊巢》《驺虞》之德,诸侯之风也。王云:"天地之号令曰风。上之化下,犹风之靡草,行春令则和风生,行秋令则寒风杀,言君臣不可轻其风也。"二曰赋。皎云:"赋者,布也。匠事布文,以写情也。"王云:"赋者,错杂万物,谓之赋也。"(今按,皎乃皎然;王乃王昌龄)三曰此。皎云:"此者,全取外象以兴之,'西北有浮云'之类是也。"王云:"此者,直此其身,谓之此假,如'关关雎鸠'之类是也。"四曰兴。皎云:"兴者,立象于前,后以人事谕之,《关雎》之类是也。"王云:"兴者,指物及此其身说之为兴,盖托谕谓之兴也。"五曰雅。皎云:"正四方之风谓雅。正有大小,故有大小雅焉。"王云:"雅者,正也。言其雅言典切,为之雅也。"六曰颂。王云:"颂者,赞也。赞叹其功,谓之颂也。"皎云:"颂者,容也。美盛德之形容,以其成功告于神明也。"古人云:"颂者,敷陈似赋,而不华侈;恭慎如铭,而异规诫。"以六义本,散乎情性,有君臣讽刺之道焉,有父子兄弟朋友规正之义焉。降及游览答赠之例,各于一道,全其雅正。

---

① [日]弘法大师撰,王利器校注:《文镜秘府论校注》,中国社会科学出版社,1983。

（二）诗话类

尤袤撰《全唐诗话》①

（1）文宗

帝听政暇，博览群书，一日，延英顾问宰相："《诗》云'呦呦鹿鸣，食野之苹'，苹是何草？"时宰相杨钰、杨嗣复、陈夷行相顾未对，钰曰："臣按《尔雅》，苹是藾萧。"上曰："朕看《毛诗疏》，叶圆而花白，丛生野中，似非藾萧。"

（2）李行言

景龙中，中宗引近臣宴集，令各献伎为乐……国子司业郭山恽请诵古诗两篇，诵《鹿鸣》《蟋蟀》未毕，李峤以诗有"好乐无荒"之语，止之。

（3）张说

王泠然上燕公书云："《诗》云：'投我以木瓜，报之以琼琚。'此言虽小，可以喻大。相公《五君咏》曰：'凄凉丞相府，余庆在玄成。'苏公一闻此诗，移公于荆府，权渐至相，由苏得也。今苏屈居益部，公坐庙堂，投木报琼，义将安在？"

（三）史书、史料笔记类

1. 欧阳修等撰《新唐书·黎干传》（卷一百四十五）

初，唐家郊祭天地，以高祖神尧皇帝配。宝应元年，杜鸿渐为太常卿、礼仪使，于是礼仪判官薛颀、集贤校理归崇敬等，共建："神尧独受命之主，非始封君不，得冒太祖配天地。景皇帝受封于唐，即商之契、周之后稷，请奉景皇帝配天地，于礼宜甚。"干非之，乃上十诘、十难，傅经谊，抵郑玄，以折颀、崇敬等。曰："颀等引禘者至曰祭天于圆丘，周人以远祖配，今宜以景皇帝为始祖，配昊天圆丘。

---

① 　何文焕：《历代诗话》，中华书局，2004。

臣干一诘:《国语》称有虞氏、夏后氏并禘黄帝,商禘舜,周禘喾。二诘:《商颂》"《长发》,大禘也。"三诘:《周颂》"《雍》,禘太祖也。"……其十难:一曰:"《周颂·雍》之序曰:'禘,祭太祖也。'郑玄说'禘,大祭也。太祖,谓文王也。'《商颂》'《长发》,大禘也'。玄曰:'大禘,祭天也。'商、周两《颂》同文异解,索玄之意,以禘加'大',因曰'祭天'。臣谓《春秋》'大事于太庙',虽曰'大',得祭天乎?虞、夏、商、周禘黄帝与喾,《礼》'不王不禘',皆不言'大',玄安得称祭天乎?《长发》所叹,不及喾与感生帝,故知不为祭天侑喾明矣。商、周五帝大祭见于经者甚详,而禘主庙,不主天。今背孔子之训言,取玄之偏谊,诬缪祀典,不见其可。……"

2. 王谠撰《唐语林》①(卷二)

刘禹锡云:与柳八、韩七诣施士匄听《毛诗》,说"维鹈在梁",梁,人取鱼之梁也。言鹈自合求鱼,不合于人梁上取其鱼,譬之人自无善事,攘人之美者,如鹈在人之梁,《毛注》失之矣。又说"山无草木曰岵",所以言"陟彼岵兮",言无可怙也。以岵之无草木,故以譬之。

又说:《甘棠》之诗,"勿拜,召伯所憩","拜"言如人身之拜,小低屈也;上言"勿翦",终言"勿拜",明召伯渐远,人思不得见也。《毛注》"拜犹伐",非也。又言"维北有斗,不可挹酒浆",言不得其人也。毛、郑不注。

《诗》曰:"我思肥泉"者,源同而分之曰"肥"也,言我今卫女嫁于曹,如肥泉之分也。

又曰:"旄邱"者,上侧下高曰"旄邱",言君臣相背也。《郑注》云"旄当为坒",又言"坒未详",何也?

---

①　王谠撰,周勋初校证:《唐语林》,上海古籍出版社,1978。

(四) 科举考试类

1. 权德舆《明经策问·毛诗问》①

贞元十八年,权德舆《明经策问》第五问,《毛诗问》曰:"二《南》之化,六义之宗,以类声歌,以观风俗。列国斯众,何限于十四? 陈诗固多,岂止于三百? 颂编《鲁颂》,奚异于《商》《周》? 风有《王风》,何殊于《郦》《卫》? 颇疑倒置,未达指归。至若以句命篇,义例非一。瓜瓞取绵绵之状,草虫弃喓喓之声,斯类则多,不能具举。既传师学,一为起予,企闻博依之喻,当纵解颐之辨。"

贞元十九年,权德舆《明经策问》第六道,《毛诗问》曰:"三纲之道,有君臣焉,有父子焉。《周南》《召南》以风化于天下,《关雎》《鹊巢》乃首于夫妇。举后妃曷若先天子,美夫人曷若称诸侯? 岂自迩而及遐,将举细而明大? 又太师所采,孔圣所删,以时则齐襄先于卫顷,以地则魏土偏于晋境。未详差次,何所后先? 一言虽蔽于无邪,六义乃先于谲谏,既歌乃必类,何失之于愚? 理或出于《郑笺》,言无惮于匡说。"

贞元二十一年,权德舆《明经策问》第五道,《毛诗问》曰:"风化天下,形于咏歌。辨理代之音,厚人伦之道,邶、郦偏小,尚列于篇,楚、宋奥区,岂无其什。变《风》《雅》者,起于何代? 动天地者,本自何诗?《南陔》《白华》亡其辞而不获,《谷风》《黄鸟》同其目而不刊。举毛、郑之异同,辨齐、鲁之传授,墙面而立,既非其徒,解颐之言,斯有所望。"

2. 白居易,《策林·采诗》(《白居易集》卷六十五)

问:圣人之致理也,在乎酌人言,察人情,而后行为政,顺为教者也。然则一人之耳,安得遍闻天下之言乎? 一人之心,安得尽知

天下之情乎？今欲立采诗之官，开讽刺之道，察其得失之政，通其上下之情，子大夫以为如何？

臣闻：圣人酌人之言，补己之过，所以立理本，导化源也。将在乎选观风之使，建采诗之官，俾乎歌咏之声，讽刺之兴，日采于下，岁献于上者也。所谓言之者无罪，闻之者足以自诫。大凡人之感于事，则必动于情；然后兴于嗟叹，发于吟咏，而形于歌诗矣。故闻《蓼萧》之诗，则知泽及四海也；闻《禾黍》之咏，则知时和岁丰也；闻《北风》之言，则知威虐及人也；闻《硕鼠》之刺，则知重敛于下也。闻"广袖高髻"之谣，则知风俗之奢荡也。闻"谁其获者妇与姑"之言，则知征役之废业也。故国风之盛衰，由斯而见也；王政之得失，由斯而闻也；人情之哀乐，由斯而知也。然后君臣亲览而斟酌焉，政之废者修之，阙者补之，人之忧者乐之，劳者逸之。所谓善防川者，决之使导；善理人者，宣之使言；故政有毫发之善，下必知也；教有锱铢之失，上必闻之。则上之诚明，何忧乎不下达？下之利病，何患乎不上知？上下交知，内外胥悦。若此，而不臻至理，不致升平，自开辟以来，未之闻也。老子曰："不出户，知天下。"斯之谓欤？

（五）私家著述类

1. 颜师古撰《匡谬正俗》①卷一

风，《毛诗序》云："《关雎》，后妃之德也。《风》之始也，所以风天下而正夫妇也。"今人读"风"为"讽天下"。案：《序》释云："上以风化下，下以讽刺上。"此当言"所以风天下"，不宜读为"讽"。又云："风，风也，教也。风以动之，教以化之。"今人读云"风以动之"，不作"讽"音。案：此盖《序》释"风"者，训讽，训教，讽刺谓自下而

---

① 颜师古撰，严旭疏证：《匡谬正俗疏证》，北京：中华书局，2019。

上，教化谓自上而下，今当读云"讽以动之"，不宜直作"风"也。

架，《诗》郑氏笺云："鹊之有巢，冬至加功，至春乃成。"此言始起冬至，加功力作巢，盖直语耳。而刘昌宗、周续等音"加"为"架"，若以构架为义，则不应为"架功"也。

夹，又《诗传》曰："山夹水曰涧。"此引《尔雅》正文，言"两山夹水名之为涧"。居然可晓，而刘、周之徒又音"夹"为"颊"，于义无取，亦为专辄。

籀，问曰："《鄘诗·墙有茨》篇云：'中冓之言，不可读也。'《毛诗传》云：'读，抽也。'抽是何义？"答曰："读"止谓道读之读，更训为抽，翻成难晓。按：许《说文解字》曰："籀，读也。从竹榴声。"榴即古"抽"字，是以籀或作□，盖毛公以"籀"解"读"，传写字省，故止为"抽"。此当言"读，籀也"，不得为抽引之义。又《左氏传》云"其繇曰：专之渝，其繇曰：土刲羊"之类，字虽为"繇"，音训皆作"籀"，并未读卜筮卦繇之辞也。

甲，《卫诗·芄兰》篇云："能不我甲。"《毛诗传》曰："甲，狎也。"毛公此释盖依《尔雅》本训，而徐仙遂音"甲"为"狎"，案："甲"虽训"狎"，自有本音，不当便读为"狎"。譬犹"斁"字训厌，《葛覃》篇云："服之无斁。"岂得读云"服之无厌"乎？若以"甲"有"狎"音，假借为字者，不应方待训诂，始通其义也。

背，《伯兮》篇云："焉得谖草，言树之背。"《毛传》云："背，北堂也。谓于堂北种之以忘忧耳。"而陆士衡："《诗》云：焉得忘忧草，言树背，与襟便谓身体前后种之。"此亦误也。

溥，《郑诗·野有蔓草》篇云："野有蔓草，零露溥兮。有美一人，清扬婉兮。"诗古本有"水"旁作"专"字者，亦有单作"专"字者，后人辄改为之溥字，读为团圆之团，作辞赋篇什用之。递相因袭，曾无疑者。按吕氏《字林》雨下作专训云露貌，音上兖反，此字本作𩖀，或作薄耳，单作"专"者，古字从省。又"上充"之音，与"婉"相类，益知吕氏之说可依，本非团义矣。下云"零露瀼瀼"者，岂复亦论其从横之貌乎？

衡，《齐诗·南山》篇云："蓺麻如之何，衡从其亩。"《礼》云："古之冠缩缝。"今也衡缝，衡即横也，不劳借音，而徐氏并音为横，皆失之矣。

忉，《甫田》篇云："劳心忉忉。"《尔雅》："音切切，忧也。"后之赋者，叙忧惨之情多为"忉怛"，王仲宣《登楼赋》云："心凄怆以感发，意忉怛而憯恻。"诸如此类，皆当音"切"字，与"忉"字相类，"切"字从刀匕声，传写误乱或变为"忉"。今之学者讽诵辞赋皆为"忉怛"，不复言"切"，失之远矣。

矜，《小雅·鸿雁》篇序云："至于矜寡，无不得其所焉。"徐仙音"矜"为古顽反。案：此诗当章言"爰及矜人，哀此鳏寡"，故《郑笺》云："当及此可怜之人，谓贫穷者欲令䘏饩之；鳏寡则哀之；其孤独则收敛之，使有依也。"寻《序》及诗意盖云：可矜怜之人及鳏寡者皆被劳来安集，《郑笺》释之正得其理，而徐氏读"矜"为"鳏"，既无所凭，大失本旨。

央，《庭燎》篇云："夜未央。"《传》云："央，旦也。"《郑笺》云："夜未央，犹言未渠央也。"按《秦诗·蒹葭》篇云："宛在水中央。"《礼·月令》云："中央并是中义。"许氏《说文解字》云："央，中央也，一曰久。"是则夜未央者，言其未中也，未久也。今关中俗呼二更、三更为夜央、夜半，此盖古之遗言，谓夜之中耳。毛公训"央"为"旦"亦未知出于何典，而郑君直释云"未渠央"，不解"未渠"何义。按俗语云，未渠央亦言未遽央，遽与渠同，言未遽中耳。古诗云"调弦未遽央"即是其事，康成不能指明其义　而更曲引"未渠"云，复加以犹言如博依之说，适令学者不晓其意。

号,《北山》篇云:"或燕燕居息,或尽瘁事国,或息偃在床,或不已于行,或不知叫号,或惨惨劬劳,或栖迟偃仰,或王事鞅掌,或湛乐饮酒,或惨惨畏咎。"从上及下,句句相韵。叫号者,犹言喧呼自恣耳,非必要谓号呰之号。《毛传》云"叫呼,号召也。"而徐仙乃音"号"为"呼到反",今读者遵之,亦甚非也。

享,《楚茨》篇云:"以享以祀,以介景福。"《郑笺》云:"享,献也。"又《信南山》篇云:"享于祖考。"《大田》诗亦云:"以享以祀。"其义并同,自可晓,而徐仙并音"享"为"许亮反",未审其意。

赉,《楚茨》又云:"徂赉孝孙。"《毛传》云:"赉,予也。"徐仙音"赉"为"来",亦所未详。

莫,《大雅·皇矣》篇云:"皇矣上帝,临下有赫。监观四方,求民之莫。"《毛传》云:"莫,定也。"《郑笺》云:"求民之定,谓所归就也。"又《桑柔》篇云:"菀彼桑柔,其下侯旬。捋采其刘,瘼此下民。"捋采之,则叶爆烁而疏,人息其下则病于爆烁,喻群臣恣放,损王之德也。而末代文士引"求民之莫"以属辞者,改"莫"为"瘼",从而释之云:"求瘼,谓其疾苦耳。"至乃呼刺举宰牧为求瘼,既易本字,妄为臆说,安施失所?比喻乖方,相承用之,曾无觉悟,虽采酌经诂而大违厥旨,亦为巨谬。

2. 皮日休,《皮子文薮·正沈约评诗论》

《周诗》曰:"驷骠彭彭。"注曰:"骊马白腹曰骠。"议者言上周下殷。沈约又云:"骠者,盖三家之色相胜,又示周殷相代也。"日休曰:"天之命也,必以二德,则文王自信矣。何为不受殷禅哉?《诗》曰:'文王受命作周',又曰:'文王有明德',俾其率天下之义师,取一隅之凶主,南面于殷,其能昭昭矣。然非人事不可也,天时未可也,岂不可谓殷之贤人,尚众冀匡纣而易政也,岂能以驷骠之色示乎代殷哉?呜呼,禅代之事,符于天命,必不可以驷骠之色胜之也,谓尧之运为火欤,则车服一当从其色,则尧不当乘白马、冠黄收、衣纯衣也,故圣人继运以德,受禅以仁,如以马之色示于代殷,则吾以圣人用于左道矣。"或曰若然者奚著,曰:"毛公误笺,沈约过释。"

后　记

　　这本小书是在博士论文的基础上修改完成的，从取得博士学位到如今付梓，一晃就七个年头过去了。期间我虽经历了从学生到教师的角色转变，但在学术研究的道路上始终并永远是个学生。

　　面对这份求学阶段的成绩单，往日读书思考、伏案写作的种种都浮现在眼前。从硕士到博士整个求学阶段，如何循序渐进地读书，如何准确严谨地分析问题，如何把握论题的本质意义，是我的老师刘毓庆先生一直在耐心地引导我、启发我。撰写博士论文的过程中，老师就资料的梳理辨析、文章的结构布局、论题的研究意义等都给予了详尽的指导。如今得知小书即将出版，老师特意题写了书名以资鼓励。这么多年在老师门下求学，在读书问学之外，从老师身上更深切地感受到作为一名传统文化研究者的精神力量与社会担当，以所学反馈社会，"士不可以不弘毅，任重而道远"，是老师留给我们长期思考的大课题。原博士论文在撰写、答辩过程中得到山西大学文学院诸位老师、答辩委员会诸位专家的指正，不胜感激，就不再一一谢过。

　　此次出版受到成都大学文学与新闻传播学院、四川省中华文化与城市传承普及基地的资助与支持，在此表示感谢！也感谢学苑出版社编辑老师为小书顺利出版所付出的辛劳！感谢家人的陪伴与督促！

　　对于"唐代《诗经》学与诗学"这个课题而言，这本小书的出版更像是个开端，呈现的是从攻读学位到现阶段为止这一段时间内的思考结果，还有更多的问题有待下一步探讨。

　　总之，能纯粹地读书是快乐的，能继续在学术的道路上不断探索更是幸运的。

唐　婷

癸卯年夏于成都

参考文献

A

安旗主编.李太白全集编年注释.成都:巴蜀书社,1990.

B

班固.汉书.北京:中华书局,1962.

白居易著,顾学颉点校.白居易集.北京:中华书局,1979.

白居易.白孔六帖//影印文渊阁四库全书.台北:台湾商务印书馆,1986.

C

成伯玙.毛诗指说//影印文渊阁四库全书.台北:台湾商务印书馆,1986.

程颢,程颐撰.二程集.北京:中华书局,1981.

程梦星.李义山诗集.扬州:广陵书社,2011.

程元敏.诗序新考.台北:五南图书出版公司,2005.

程元敏.三经新义辑考汇评.上海:华东师范大学出版社,2011.

陈振孙.直斋书录解题.上海:上海古籍出版社,1987.

晁公武.郡斋读书志.上海:上海古籍出版社,1990.

陈奂.诗毛氏传疏//续修四库全书.上海:上海古籍出版社,2002.

陈启源.毛诗稽古编//影印文渊阁四库全书.台北:台湾商务印书馆,1986.

陈乔枞.齐诗翼氏学疏证.上海:上海书店,清经解续编本,1988.

陈鸿墀. 全唐文纪事. 上海:上海古籍出版社,1987.

陈尚君辑校. 全唐诗补编. 北京:中华书局,1992.

陈子昂撰,徐鹏点校. 陈子昂集. 北京:中华书局,1962.

陈澧. 陈澧集. 上海:上海古籍出版社,2008.

陈寅恪. 隋唐制度渊源论,唐代政治史述论稿. 北京:商务印书馆,2012.

陈寅恪. 元白诗笺证稿. 上海:上海古籍出版社,1982.

陈致. 从礼仪化到世俗化. 上海:上海古籍出版社,2009.

陈伯海主编. 历代唐诗论评选. 保定:河北大学出版社,2003.

陈良运. 中国诗学批评史. 南昌:江西人民出版社,2001.

陈良运. 中国诗学体系. 北京:中国社会科学出版社,1992.

陈伯海主编. 唐诗学史稿. 石家庄:河北人民出版社,2004.

陈伯海. 释意象(下)——中国诗学的生命形态论. 社会科学,2005(10).

程蔷,董乃斌. 唐帝国的精神文明. 北京:中国社会科学出版社,1996.

岑参撰,廖立笺注. 岑嘉州诗笺注. 北京:中华书局,2004.

岑仲勉. 隋唐史. 北京:中华书局,1982.

[英]崔瑞德. 剑桥中国隋唐史. 北京:中国社会科学出版社,2006.

陈贻焮. 唐诗论丛. 长沙:湖南人民出版社,1980.

陈贻焮. 杜甫评传. 北京:北京大学出版社,2011.

D

戴维. 诗经研究史,长沙:湖南教育出版社,2001.

董诰等编. 全唐文. 北京:中华书局,1983.

杜甫著,仇兆鳌注. 杜诗详注. 北京:中华书局,2015.

杜牧著,陈允吉校.樊川文集.上海:上海古籍出版社,1978.

杜牧著,冯集梧注.樊川诗集注.上海:上海古籍出版社,1978.

丁福保辑.历代诗话续编.北京:中华书局,1983.

邓小军.唐代文学的文化精神.台北:文津出版社,2003.

杜晓勤.初盛唐诗歌的文化阐释.北京:东方出版社,1997.

杜晓勤.隋唐五代文学研究.北京:北京出版社,2003.

杜晓勤.初唐四杰与儒道思想.文学评论,1995(3).

邓芳."致君尧舜上,再使风俗淳"——试论盛唐后期到中唐前期的文儒思想及其文学影响.北京大学学报,2009(2).

F

范晔.后汉书.北京:中华书局,2000.

范处义.诗补传//影印文渊阁四库全书.台北:台湾商务印书馆,1986.

范家相.三家诗拾遗//影印文渊阁四库全书.台北:台湾商务印书馆,1986.

冯浩菲.历代诗经论说述评.北京:中华书局,2003.

房玄龄等撰.晋书.北京:中华书局,1974.

傅璇琮.唐代科举与文学.西安:陕西人民出版社,1995.

傅璇琮.唐才子传校笺.北京:中华书局,2000.

G

高适著,刘开扬笺注.高适诗集编年笺注.北京:中华书局,1981.

顾况.华阳集//影印文渊阁四库全书.台北:台湾商务印书馆,1986.

郭绍虞.中国文学批评史.天津:百花文艺出版社,1999.

葛兆光.中国思想史.上海:复旦大学出版社,2001.

龚鹏程. 唐代思潮. 北京:商务印书馆,2007.

葛晓音. 汉唐文学的嬗变. 北京:北京大学出版社,1990.

葛晓音. 诗国高潮与盛唐文化. 北京:北京大学出版社,1998.

郭沫若. 李白与杜甫. 北京:人民文学出版社,1971.

H

韩愈撰,钱仲联集释. 韩昌黎诗系年集释. 上海:上海古籍出版社,1984.

韩愈撰,马其昶校注. 韩昌黎文集校注. 上海:上海古籍出版社,1986.

韩偓. 韩翰林集//丛书集成续编. 台北:新文丰出版公司,1989.

韩宏韬. 毛诗正义研究. 北京:中国社会科学出版社,2009.

洪湛侯. 诗经学史. 北京:中华书局,2002.

侯外庐主编. 中国思想通史. 北京:人民出版社,1980.

何文焕. 历代诗话. 北京:中华书局,2004.

[日]弘法大师撰,王利器校注. 文境秘府论校注. 北京:中国社会科学出版社,1983.

胡应麟. 诗薮. 北京:中华书局,1958.

胡震亨. 唐音癸签. 上海:上海古籍出版社,1981.

胡朴安. 诗经学. 上海:商务印书馆,1931.

胡适. 白话文学史. 上海:上海古籍出版社,1999.

黄滔. 黄御史集//影印文渊阁四库全书. 台北:台湾商务印书馆,1986.

黄琪. 殷璠《河岳英灵集》“兴象”概念论析. 重庆师范大学学报,2012(2).

J

姜广辉主编. 中国经学思想史. 北京:中国社会科学出版社, 2003.

贾岛著,李嘉言校. 长江集新校. 开封:河南大学出版社,2008.

皎然著,李壮鹰校注. 诗式校注. 北京:人民文学出版社,2010.

计有功著,王仲镛校笺. 唐诗纪事校笺. 北京:中华书局,2007.

蒋寅. 中国古代文学通论(隋唐五代卷). 沈阳:辽宁人民出版社,2005.

蒋寅. 大历诗风. 上海:上海古籍出版社,1992.

蒋寅. 大历诗人研究. 北京:北京大学出版社,2007.

金涛声,朱文彩. 李白资料汇编. 北京:中华书局,2007.

[日]静永健. 白居易写讽喻诗的前前后后. 北京:中华书局,2007.

K

寇淑慧. 二十世纪诗经研究文献目录. 北京:学苑出版社,2001.

L

吕祖谦. 吕氏家塾读书记//文渊阁四库全书. 台北:台湾商务印书馆,1986.

林叶连. 中国历代诗经学. 台北:学生书局,1992.

鲁洪生. 诗经学概论,沈阳:辽海出版社,1998.

陆德明撰,黄焯汇校. 经典释文汇校. 北京:中华书局,2006.

刘勰著,范文澜注. 文心雕龙注. 北京:人民文学出版社,2008.

刘禹锡著,瞿蜕园笺证. 刘禹锡集笺证. 上海:上海古籍出版社,1989.

刘肃. 大唐新语. 北京:中华书局,1984.

刘餗,张鷟. 隋唐嘉话朝野佥载,北京:中华书局,2005.

刘昫等撰. 旧唐书. 北京：中华书局，1975.

刘永济. 词论. 上海：上海古籍出版社，1981.

刘毓庆. 历代诗经著述考（先秦—元代）. 北京：中华书局，2002.

刘毓庆，郭万金. 从文学到经学——先秦两汉诗经学史论. 上海：华东师范大学出版社，2009.

刘毓庆. 从经学到文学——明代诗经学史论. 北京：商务印书馆，2003.

刘开扬. 唐诗通论. 成都：四川人民出版社，1983.

刘大杰. 中国文学发展史. 上海：上海古籍出版社，1982.

刘怀荣. 论殷璠"兴象"说. 中国人民大学学报，1997(4).

柳宗元著，王安国笺释. 柳宗元诗笺释. 上海：上海古籍出版社，1998.

柳诒徵. 中国文化论. 上海：上海古籍出版社，2001.

卢照邻著，祝尚书笺注. 卢照邻集笺注. 上海：上海古籍出版社，1994.

骆宾王著，陈熙晋笺注. 骆临海集笺注. 上海：上海古籍出版社，1985.

陆侃如，冯沅君. 中国诗史. 北京：人民文学出版社，1983.

罗根泽. 中国文学批评史. 上海：上海古籍出版社，1984.

罗宗强. 隋唐五代文学思想史. 北京：中华书局，2011.

李昉等编. 文苑英华. 北京：中华书局，1966.

李世民著，吴云等点校. 唐太宗集. 西安：陕西人民出版社，1986.

李白著，王琦注. 李太白全集. 北京：中华书局，1981.

李贺著，王琦注. 李贺诗歌集注. 上海：上海人民出版社，1977.

李商隐,冯浩详注. 樊南文集. 上海:上海古籍出版社,1988.

李商隐,冯浩笺注. 玉溪生诗集笺注. 上海:上海古籍出版社,1979.

李凯. 儒家元典与中国诗学. 北京:中国社会科学出版社,2002.

李春青. 诗与意识形态. 北京:北京大学出版社,2005.

李中华. 唐太宗的文艺观及其诗歌创作初探. 武汉大学学报,1984(2).

李金坤. 孔颖达《毛诗正义》对经学与诗学的贡献. 江苏大学学报,2007(5).

李金坤. 唐代诗人《风》《骚》情结探微. 南京师范大学文学院学报,2009(4).

李慧智. 儒经及其经学阐释对杜诗的影响研究. 南开大学博士学位论文,2010(5).

刘雅杰. 透视《诗经》对唐代诗歌的影响. 东疆学刊,1995(3).

李晓黎. 从《新乐府》小序看白居易的《诗序》观. 中南大学学报,2011,1.

M

马瑞辰. 毛诗传笺通释,北京:中华书局,2008.

马宗霍. 中国经学史. 北京:商务印书馆,1936.

马绪传. 全唐文篇名目录及作者索引. 北京:中华书局,1985.

缪钺,叶嘉莹. 灵谿词说. 上海:上海古籍出版社,1987.

孟浩然著,佟培基笺注. 孟浩然诗集笺注. 上海:上海古籍出版社,2013.

孟郊. 孟东野诗集. 北京:北京图书馆出版社,2005.

孟二冬. 中唐诗歌之开拓与新变. 北京:北京大学出版社,

2006.

　　孟二冬. 试论齐梁诗风在中唐的复兴. 烟台大学学报,1990,1.

　　莫砺锋. 论杜甫的文学史观. 唐代文学研究(第5辑),桂林:广西师范大学出版社,1994.

　　N

　　聂永华. 初唐宫廷诗风流变考论. 北京:中国社会科学出版社,2002.

　　O

　　欧阳修. 诗本义//影印文渊阁四库全书. 台北:台湾商务印书馆,1986.

　　欧阳修等撰. 新唐书. 北京:中华书局,1975.

　　P

　　皮锡瑞. 经学历史. 北京:中华书局,2009.

　　皮日休. 皮子文薮. 上海:上海古籍出版社,1981.

　　彭定求等编. 全唐诗. 北京:中华书局,1960.

　　Q

　　权德舆. 权文公集//影印文渊阁四库全书. 台北:台湾商务印书馆,1986.

　　乔惟德,尚永亮. 唐代诗学. 长沙:湖南人民出版社,2000.

　　R

　　阮元. 十三经注疏(清嘉庆刊本). 北京:中华书局,2009.

　　S

　　司马迁. 史记. 北京:中华书局,1959.

　　司空图,袁枚著,郭绍虞辑注. 诗品集解续诗品注. 北京:人民文学出版社,1981.

　　司马光. 资治通鉴. 北京:中华书局,1956.

宋敏求. 唐大诏令集. 北京：商务印书馆,2008.

史成. 全唐诗索引. 上海：上海古籍出版社,1990.

苏雪林. 唐诗概论. 上海：上海书店,1992.

沈德潜. 说诗晬语. 北京：人民文学出版社,2005.

T

陶敏,李一飞. 隋唐五代文学史料学. 北京：中华书局,2011.

W

王弼注,楼宇烈校释. 老子道德经校注校释. 北京：中华书局,2008.

王先谦. 诗三家义集疏. 北京：中华书局,2009.

王仁裕,姚汝能. 开元天宝遗事. 安禄山事迹. 北京：中华书局,2006.

王谠撰,周勋初校证. 唐语林. 上海：上海古籍出版社,1978.

王尧臣,王洙等撰. 崇文总目//丛书集成初编. 上海：商务印书馆,1937.

王溥. 唐会要//影印文渊阁四库全书. 台北：台湾商务印书馆,1986.

王仲荦. 隋唐五代史. 上海：上海人民出版社,2003.

王勃著,蒋清翊注. 王子安集注. 上海：上海古籍出版社,1995.

王维著,赵殿成笺注. 王右丞集笺注. 上海：上海古籍出版社,2013.

王士禛著,戴鸿森校点. 带经堂诗话. 北京：人民文学出版社,1998.

王运熙,顾易生主编. 中国文学批评通史. 上海：上海古籍出版社,1996.

王友胜. 唐宋诗史论. 上海：上海古籍出版社,2006.

韦应物著,孙望校笺. 韦应物诗集系年校笺. 北京:中华书局,2002.

魏庆之. 诗人玉屑. 上海:上海古籍出版社,1978.

魏征等撰. 隋书. 北京:中华书局,1973.

吴兢. 贞观政要. 上海:上海古籍出版社,1978.

吴雁南等. 中国经学史. 福州:福建人民出版社,2001.

吴梅. 词学通论. 上海:上海古籍出版社,2006.

吴熊和. 唐宋词论. 杭州:浙江古籍出版社,1985.

吴宗国. 唐代科举制度研究. 沈阳:辽宁大学出版社,1997.

吴相洲. 中唐诗文新变. 北京:学苑出版社,2007.

汪祚民. 诗经文学阐释史. 北京:人民出版社,2005.

闻一多. 唐诗杂论. 北京:生活·读书·新知三联书店,2012.

王长华. 易卫华. 孔颖达《诗》学观略论. 河北师范大学学报,2007(1).

X

徐松. 登科记考. 北京:中华书局,1984.

许维遹注释. 韩诗外传集释. 北京:中华书局,1980.

萧统编,李善注. 文选. 北京:中华书局,1986.

萧绎撰,许逸民校笺. 金楼子校笺. 北京:中华书局,2011.

萧华荣. 中国诗学思想史. 上海:华东师范大学出版社,1996.

谢建忠.《毛诗》及其经学阐释对唐诗的影响研究. 成都:巴蜀书社,2007.

[美]夏含夷. 兴与象——中国古代文化史论集. 上海:上海古籍出版社,2012.

萧涤非,廖仲安. 别裁伪体. 转益多师. 文学评论,1962(2).

Y

颜师古撰,严旭疏证.匡谬正俗疏证.北京:中华书局,2019.

永瑢等撰.四库全书总目.北京:中华书局,1965.

尤袤.遂初堂书目.//丛书集成初编.上海:商务印书馆,1935.

元结,孙望.元次山集.北京:中华书局,1960.

元稹,冀勤点校.元稹集.北京:中华书局,1982.

殷璠等编.唐人选唐诗(十种).上海:上海古籍出版社,1989.

严羽著,郭绍虞校释.沧浪诗话校释.北京:人民文学出版社,2012.

杨伯峻.春秋左传注.北京:中华书局,2012.

杨金花.毛诗正义研究——以诗学为中心.北京:中华书局,2009.

杨明.汉唐文学辨思录.上海:上海古籍出版社,2005.

杨明."兴象"释义.中山大学学报,2009(2).

余英时.朱熹的历史世界.北京:生活·读书·新知三联书店,2012.

余才林.唐诗本事研究.上海:上海古籍出版社,2010.

余恕成.唐诗风貌.北京:中华书局,2010.

宇文所安.初唐诗.北京:生活·读书·新知三联书店,2004.

宇文所安.盛唐诗.北京:生活·读书·新知三联书店,2004.

叶嘉莹.叶嘉莹说初盛唐诗.北京:中华书局,2008.

叶嘉莹,叶嘉莹说中晚唐诗.北京:中华书局,2012.

Z

朱熹.诗集传.北京:中华书局,2017.

朱熹.诗序辨说//影印文渊阁四库全书.台北:台湾商务印书馆,1986.

朱彝尊撰,林庆彰等编.经义考新校.上海:上海古籍出版社,

2010.

朱自清. 诗言志辨. 经典丛谈. 北京:商务印书馆,2011.

郑樵. 通志. 北京:中华书局,1987.

郑处海,裴庭裕. 明皇杂录. 东观奏记. 北京:中华书局,1994.

詹锳编著. 李白诗文系年. 北京:人民文学出版社,1984.

钟嵘著,周振甫译注. 诗品. 北京:中华书局,2013.

张伯伟. 全唐五代诗格汇考. 南京:江苏古籍出版社,2002.

张宝三. 唐代经学及日本近代京都学派中国学研究论集. 台北:里仁书局,1999.

查屏球. 唐学与唐诗. 北京:商务印书馆,2000.

查屏球. 从游士到儒士. 上海:复旦大学出版社,2005.

朱易安. 元和诗坛与韩愈的新儒学. 文学遗产,1993(3).

周勋初. 元和诗坛新风貌. 唐代文学研究(第 3 辑). 桂林:广西师范大学出版社,1992.

湛兆麟. 论"兴象". 湖南师范大学社会科学学报,2001.